LE DÉFI DU CHAMPION

LE CODE DU HÉROS

TOME 2

A.R. KNIGHT

CHAPITRE 1
LA GROTTE

LE BRUIT FURTIF LE RÉVEILLA. Il força Thane à ouvrir les yeux pour voir la grotte, argentée sous le clair de lune du Pacifique. Thane retint sa respiration, ce geste seul lui demandant presque trop d'effort, et attendit que le son se fasse à nouveau entendre. Le grattement sur les pierres de la grotte portait les signes révélateurs d'un animal, les mouvements spasmodiques d'une créature en quête de quelque chose. La légèreté des griffures indiquait aussi que l'animal ne serait pas une menace, mais pourrait, très probablement, être de la nourriture. Et Thane avait bien besoin de se nourrir.

Il avait recommencé.

Thane savait pourquoi il gisait sur le sol de la caverne, pourquoi sa gorge brûlait de soif et ses muscles flasques souffraient d'inactivité. La raison pour laquelle, à l'époque où les Paragons l'avaient laissé dans une prison froide du nord pendant des décennies, le personnel le maintenait dans une routine rigide. Le gardait stimulé, mais dans une certaine mesure seulement. Gardait Thane sous l'emprise de drogues apaisantes qui embrumaient son esprit et l'empêchaient de trop s'enfoncer en lui-même.

C'est là où Thane se trouvait maintenant, rejouant les

choix qui l'avaient amené à ce moment et poursuivant leurs infinies ramifications à la recherche d'un présent meilleur que celui qui était en train de le tuer.

Les grattements reprirent. Une ombre bougea, puis fila à travers le sol de la grotte vers... oui. Thane déplaça ses yeux, frotta sa joue inerte contre les rochers pour voir la source du bruit se diriger droit vers les os de son prédécesseur, empilés là où Thane les avait laissés. De minces morceaux de viande s'accrochaient encore aux petits bâtons blancs, des bouchées que la langue de Thane n'avait pas réussi à racler.

Ce qui pouvait être trop petit pour lui pourrait, cependant, servir d'appât pour quelque chose de plus gros.

L'ombre s'approcha du tas et fut pleinement éclairée par la lune, révélant un petit rat trapu grignotant les restes. La créature servait de bouée de sauvetage, un point focal que Thane pouvait saisir, pouvait utiliser pour se sortir des abysses sombres où son esprit s'était égaré. Quelque chose ici, maintenant, sur quoi se concentrer.

Réel. Physique.

La possibilité que représentait le rat fit du bien à Thane. Il respira à nouveau, facilement cette fois. Le sentiment revint dans ses doigts et ses orteils avec la sensation pétillante de membres laissés en jachère trop longtemps. Une personne ordinaire, normale, aurait pu les perdre complètement. En l'état, Thane dut serrer sa propre gorge pour s'empêcher de gémir de plaisir-douleur alors que son corps revenait à la vie réelle. Cela faisait des décennies qu'il n'était pas allé aussi loin, et son corps souffrait du défi.

Des craquements et des grincements secouèrent ses os, envoyant des tremblements le long de ses nerfs ravivés, et tout du long Thane garda sa concentration. Sur le rat, et tout ce que le rat avait que Thane n'avait pas.

Le rongeur avait la liberté, pour commencer. Il pouvait aller où bon lui semblait, du moins dans les limites de ses capacités. Pas besoin de s'inquiéter des drones, ou des lois, seulement des prédateurs. Le rat, aussi, pouvait manger ce qu'il voulait. Pas de cuisine ici, pas de normes à respecter pour être civilisé. Sa fourrure pouvait être sale, ses petites dents recouvertes de plaque, et pourtant le rat resterait un rat et serait accepté comme tel. Thane, lui, avait été banni de sa société pour... des raisons qui n'avaient pas d'importance ici.

Reste concentré sur le rat. Utilise-le.

Déforme-le.

Comme il avait l'air heureux, tirant sur du cartilage qui aurait pu provenir de son propre frère. Quelle créature immonde. Le rat pervertissait la vie. Il méritait de mourir, plus que Thane ne le mériterait jamais. Mais qui pourrait infliger cette juste punition au rat ? Qui était ici, dans cette grotte, et capable de faire une telle chose ?

Lui. Et il le ferait.

Thane se redressa brusquement. Il se précipita vers le rat, bras et jambes forts le propulsant en avant. Thane tendit la main alors que le rat essayait de s'enfuir, la petite chose ne faisant pas le poids face à la vitesse, aux réflexes et aux muscles alimentés par l'anomalie. Il ne parvint pas à émettre un seul couinement avant sa fin, avant que Thane ne le dévore en une seule, énorme bouchée, recrachant les os tout en mastiquant l'en-cas.

Thane tourna en rond dans la grotte, chassant, reniflant. Le rat avait été seul, oui, mais il y avait d'autres odeurs dans l'air. Proches.

Pliant son corps de trois mètres, Thane se précipita vers l'entrée de la grotte donnant sur la colline, loin des falaises océaniques. Ses épaules frôlèrent et brisèrent la roche, les arêtes vives laissant de minuscules égratignures sur sa peau hérissée de veines.

Les pieds de Thane écrasaient les pierres détachées, réduisaient en poussière les feuilles et autres débris. À travers tout cela, Thane continuait de cracher des os de rat comme de minuscules roquettes, la salive volant partout. Le rat avait peu fait pour sa faim, et pour la première fois depuis des jours, Thane exigeait de la nourriture.

À l'extérieur de l'entrée de la grotte, un portail de roche noire rainurée révélait son origine comme une coulée de lave refroidie depuis longtemps, le sol s'inclinait sous une épaisse forêt de fougères. Leurs frondes en niveaux de gris ondulaient dans la brise nocturne selon une cadence au-delà de la compréhension ou de l'intérêt de Thane, alors qu'il s'élançait dans le clair de lune, suivant son nez, ses yeux, et tous ses autres sens qui le dirigeaient vers un humain en train de reculer.

Un petit homme plus jeune, l'humain tenait un bâton aiguisé de ses mains squelettiques sur un corps décharné, une barbe hirsute menant à des yeux qui, malgré son apparence entièrement sauvage et dépenaillée, montraient une certaine intelligence.

Pas que Thane s'en souciait. La nourriture était de la nourriture, et il mangerait celui-ci comme il avait mangé le rat. L'homme poussa un bâton pointu vers Thane, qui saisit l'arme, l'arracha et la brisa. Il jeta les morceaux et lança un rugissement plein de salive à l'homme pour faire bonne mesure.

La nourriture, le visage figé dans un masque de terreur, tendit une main vers Thane, et la tête du monstre fut brutalement projetée sur le côté, poussée par un vent soudain et puissant. L'homme frappa à nouveau dans le vide et les chevilles de Thane glissèrent, le bras tendu vers sa cible fut dévié alors que des rafales surgies de nulle part repoussaient le monstre.

Mais le monstre était tout sauf inadaptable. Grognant sans cesse, Thane se retourna vers sa proie, planta ses larges pieds dans le sol, et lorsque les coups de vent furieux de l'homme pénétrèrent le corps de Thane, la bête ne bougea pas.

Glapissant, l'homme tenta de s'enfuir, agitant des rafales derrière lui tandis que Thane le poursuivait et, d'un bond à travers les feuilles, attrapa la jambe traînante de l'homme. Thane ramena sa prise, le souleva et le suspendit la tête en bas.

Où mordre en premier ?

— Je peux t'aider ! cria l'homme, les yeux écarquillés et roulant. Ne me tue pas !

Aider ? Thane se pencha, renifla l'homme. L'odeur âcre de la peur emplit les narines de Thane, givrée d'une puanteur et d'une crasse de corps non lavé. L'homme avait l'air répugnant et affamé. Comme une proie, rien de plus.

— J'ai vu quand elle t'a lâché, poursuivit l'homme, sa voix trouvant un ton presque grinçant. Que tu sois encore en vie signifie que tu es fort ! Peut-être assez fort pour t'échapper !

S'échapper ? S'échapper, c'était l'océan, et les drones meurtriers. La nourriture était juste là. Thane rapprocha l'homme. Ouvrit grand la bouche.

— Tu n'es pas le seul à vouloir Mynx morte !

Ce nom. Thane s'arrêta, ses dents pressant le bras de l'homme. Mynx. Ce nom, il le connaissait, et bien. Elle était sa véritable proie, pas celui-ci. Car Mynx avait été la première à le trahir, la première à traiter Thane de monstre plutôt que de Parangon. Elle avait construit sa prison. Elle lui avait causé tant de douleur...

Thane lâcha l'homme sans s'en rendre compte, ses bras trop faibles pour le tenir plus longtemps. Il rétrécissait, revenant à la raison, à la force d'un homme normal. Les douleurs revinrent avec la réversion, et Thane retraça ces douleurs et les comprit, saisit où il était, et se tourna vers le corps gémissant et pleurant à ses pieds.

— Lève-toi, dit Thane, formant des mots au lieu de les cracher. Je ne vais pas te tuer.

L'homme se figea, coupant court à un autre sanglot paniqué. À genoux, les mains agrippant le sol mince au-dessus de la roche noire, l'homme leva les yeux vers un Thane beaucoup plus petit et plus mince.

— La bête est de retour dans son placard, poursuivit Thane. Elle y restera jusqu'à ce que j'en aie besoin.

L'homme attendit une main tendue qui ne vint jamais. Sans le voile de sa colère, Thane analysa l'anomalie d'un œil critique.

Décharné, oui, et couvert de crasse et, sans aucun doute, de maladie, mais Thane pouvait y voir aussi une force nerveuse. Quelqu'un qui avait été au plus bas pendant long-temps et avait appris à vivre avec, à survivre avec ce qu'il pouvait grappiller. Qui échangeait sa dignité comme n'importe quelle autre ressource, et savait quand se prosterner comptait plus que se tenir debout.

— Sook, dit l'homme, se relevant enfin de lui-même. Il était maintenant un peu plus grand que Thane, mais cela n'effaçait en rien la peur persistante dans ses yeux. C'est mon nom.

—J'ai cru comprendre.

— Quel est le tien ?

— Tu ne le connais pas ?

La réputation de Thane était largement établie. Le genre de légende qui se répand partout, dans toutes les langues. La bête inarrêtable qui, lorsqu'elle n'était pas en pleine rage, se transformait en fontaine de connaissances des Parangons. Cela dit, il avait été dans cette prison pendant longtemps. Peut-être que le monde ne se souciait plus d'apprendre à son sujet.

— Au cas où tu ne l'aurais pas remarqué, dit Sook. On est plutôt isolés ici. On ne lit pas les nouvelles.

— On ?

— Ouais. Toutes les autres anomalies sur l'île. La plupart sont une bande de crétins, c'est pourquoi je suis ici, à te cher-cher. Mais on est nombreux.

Thane avait vu de la fumée, mais faire le lien entre un petit panache dans le ciel et une horde d'anomalies était un saut qu'il n'avait pas pensé faire. Il avait supposé que cette île abriterait quelques rares anomalies comme lui, mais les Parangons s'étaient peut-être ramollis depuis son emprisonnement. Ce qui aurait autrefois valu une exécution sommaire du poing d'Aegis pouvait maintenant signifier une peine à perpétuité ici.

Rassembler des anomalies en un seul endroit serait dangereux, cependant. On ne savait jamais comment leurs capacités fonctionneraient ensemble.

Peut-être que Mynx pensait que les anomalies s'occuperaient elles-mêmes de ses exécutions.

— Ça va ? dit Sook. Tu, euh, rétrécis.

Pas exactement rétrécir. Se flétrir serait le mot plus juste. Stop. Il recommençait, poursuivant des idées et les menant à leurs conclusions.

Thane chancela, sa jambe droite soudain peu disposée à le maintenir debout sur la pente. Sook tendit la main, saisit le bras de Thane et le stabilisa.

— C'est un problème, dit Thane, et il essaya de se concentrer à nouveau. S'il trouvait la raison pour laquelle il avait été jeté ici, une trahison des Parangons, leur refus de le voir pour ce qu'il était, il pourrait retrouver assez de force. Je vais le régler.

La pensée fonctionna, injectant de l'énergie dans ses jambes, son corps, et Thane grandit à nouveau, mais il se maîtrisa cette fois. Il nivela la haine à un bouillonnement tout en gardant l'esprit clair.

— Qu'es-tu ? demanda Sook.

— Thane est qui je suis, répondit l'anomalie. Quant à ce que je suis, Thane regarda autour de lui, le ciel sans nuages, éclairé par les étoiles et la lune, les plantes ondulantes et l'océan noir sans fin à l'horizon. Je suppose que je suis le nouveau maître de cette île.

Sook rit.

— Nouveau maître ? Mon pote, il y a déjà trop de maîtres sur cette île. Tu arrives un peu tard pour avoir une place.

Thane tendit la main, la posa sur la gorge de Sook. L'homme arrêta de rire, se figea.

— J'ai passé trop d'années sous le règne de leaders inférieurs, dit Thane lentement, calmement. C'est fini. Tu dis qu'il y en a d'autres sur cette île ? Alors tu vas me conduire à eux. Ils nous rejoindront, et ensemble nous trouverons un moyen de sortir de cette prison, et nous donnerons aux Parangons la fin qu'ils méritent.

Sook déglutit.

— Tu es d'accord ? dit Thane, desserrant légèrement sa prise.

Sook hocha la tête.

— Bien. Alors nous commencerons au lever du soleil. Nous ne ferons pas attendre le nouveau monde.

CHAPITRE 2
TOC TOC

ELLE A FAIT les tests sans ouvrir les yeux. Elle a fléchi ses jambes, ses bras, tourné son cou d'avant en arrière, et n'a rien ressenti. Pour la première fois depuis la semaine où elle s'était battue contre Calvin dans la casse, Kat n'avait ni courbatures, ni bleus, et n'était pas malade du gros rhume qu'elle avait attrapé en se battant dans une nuit glaciale. Associez un corps en bonne santé à un lit sur lequel elle avait dépensé beaucoup trop de crédits, et Kat avait l'impression de pouvoir y rester toute la journée. Elle se sentirait un peu paresseuse, car Kat n'avait pratiquement rien fait de toute la semaine, mais pourquoi pas ? Ne l'avait-elle pas mérité ?

Frôler la mort méritait bien un peu de temps libre.

Une langue épaisse et baveuse frappa le visage de Kat, laissant une traînée dégoulinante le long de sa joue. Une haleine chaude l'enveloppa, et des pattes pressèrent ses épaules contre le matelas tandis que Seeker, le husky de Kat, passait à l'attaque. Elle avait commis une erreur, donné un signe qu'elle était réveillée. Une erreur critique.

— Seeker, arrête, dit Kat sans enthousiasme et avec encore moins de force. J'essaie de dormir.

Elle n'obtint qu'un autre coup de langue pour ses efforts. Kat se tortilla, essayant de faire un minimum d'efforts pour faire partir Seeker sans ouvrir les yeux et céder à la journée, mais le chien ne bougea pas.

— Tap, dis à Seeker de me laisser tranquille, dit Kat.

— Seeker, mauvais chien. Pas cool, dit Tap, l'IA de son appartement. Laisse-la dormir. Pas cool de réveiller quelqu'un le week-end, mon pote.

Le thème du surfeur décontracté. L'attitude laconique lui rappelait les plages dorées et le soleil étouffant, tout ce que Chicago n'avait pas un week-end de février. Seeker, cependant, obéissait à Tap aussi bien qu'à Kat, et continua de baver allègrement. À un certain moment, le chien franchit le seuil de tolérance aux léchouilles et, sentant que son temps au lit touchait à sa fin, Kat se roula loin de Seeker, s'assit et repoussa ses cheveux châtains de ses yeux.

Encore une journée grise de l'hiver du Midwest, à en juger par la fenêtre à sa gauche. Quelle surprise.

— Tap, comme d'habitude, dit Kat, levant un doigt vers Seeker, maintenant au sol mais semblant prêt à reprendre son assaut à tout moment. Si tu sautes ici, Seeker, je ne te ramène rien.

L'« habituel », un assortiment d'un diner de nuit du coin, comprenait des œufs au plat, du pain de seigle grillé et des fruits aléatoires disponibles sur place. Un drone de livraison le déposa dans la fente à colis à l'extérieur de la fenêtre de Kat peu après que Tap eut passé la commande. Juste assez de temps pour que Kat enfile quelques vêtements, s'asperge le visage d'eau et commence à faire couler le café. Avec une cuisine à peine plus grande que son placard et une plaque de cuisson qui préférait court-circuiter plutôt que chauffer, Kat choisissait la facilité et montait dans le train de la restauration à emporter.

Cela aidait que le diner ajoutait toujours du bacon supplémentaire pour Seeker, qui mâchonnait le porc carbonisé avec un bonheur joyeux et claquant des dents. Kat enviait la joie sans fin du chien, tandis qu'elle picorait sa propre nourriture sur la table basse depuis son canapé. Un meuble en cuir depuis longtemps condamné à la ruine canine, les coussins du canapé restaient confortables et offraient une vue imprenable sur l'immense moniteur servant à la fois de poste de travail et de divertissement à Kat. À présent, alors que l'horloge rampante dépassait le milieu de la matinée, elle avait demandé à Tap de faire défiler ses messages, lisant les intéressants et supprimant le reste.

Pas qu'il y en ait beaucoup ces jours-ci. Les Paragons étaient toujours dans un sacré pétrin. Depuis la sortie de cette vidéo, celle qui semblait montrer la mort d'Aegis — une horreur que Kat refusait vraiment de croire —, les Paragons de Chicago semblaient sans chef. Personne ne postait de nouveaux contrats d'anomalies dans la région, et les Paragons eux-mêmes répondaient à ses appels avec des messages préprogrammés indiquant que les choses étaient en cours de traitement, qu'il ne fallait pas s'inquiéter. Bien que Kat puisse se permettre d'attendre, étant donné toutes les anomalies qu'elle avait déjà tracées et qui continuaient à lui rapporter des crédits, d'autres traceurs n'avaient pas cette chance. Ils réagissaient en inondant les forums de messages de demandes de travail de plus en plus paniquées. Cela ne faisait qu'une semaine, mais apparemment les gens de sa profession ne gardaient pas beaucoup d'économies.

D'un autre côté, étant donné la probabilité de mourir dans ce métier, il était peut-être plus logique de dépenser pour le moment présent que d'économiser pour l'avenir.

— Hé Kat, dit Tap après avoir conclu un autre message ennuyeux exhortant la traceuse à mettre à jour ses bénéficiaires en cas de décès prématuré. Comme si elle en avait. Je voulais juste te dire que tu devrais peut-être faire attention au prochain. Il vient de quelqu'un qui pourrait t'intéresser.

Le ton ensoleillé de Tap cachait assez bien les calculs sous le capot — Kat ne doutait pas que la ligne « quelqu'un qui pourrait t'intéresser » venait du fait qu'il connaissait toutes les personnes que Kat prenait la peine de contacter via son ordinateur — mais elle se redressa, délaissant les restes déclinants de son petit-déjeuner, et regarda l'écran tandis que Tap affichait les mots.

— Salut Kat, lut Tap, sa voix de surfeur mal adaptée au parler du Midwest de Gordon Holyoak. Je sais que ça ne t'intéresse peut-être pas, mais je sors de l'hôpital aujourd'hui. On dirait qu'ils pensent que je ne vais plus mourir, ce qui est sympa. Mais, euh, je ne connais personne d'autre en ville qui se donnerait la peine de venir m'aider à me rendre là où je vais rester jusqu'à ce que je sois prêt à reprendre. Tu penses que tu pourrais ? Je t'offrirai même le dîner. Pas que ce soit suffisant pour couvrir ce que je te dois, mais, si tu es disponible à 16 heures, tu penses que tu pourrais ? Et merci, Kat. Merci pour tout.

Gordon. Capable de mettre tant de sincérité dans un paragraphe, et tant d'ignorance insensible dans tous les autres aspects de sa vie. Kat fixa les mots, puis dit à Tap d'envoyer une réponse.

— Salut Gordon. Contente d'apprendre que tu n'es pas un cadavre. Ouais, je serai là à 16 heures. Si tu es partant pour le dîner, tu peux être sûr qu'on ira dans l'endroit le plus cher qui acceptera un homme en blouse d'hôpital. À bientôt, Kat.

Tap envoya le message en un éclair.

Trop dur ? Non. Kat termina son petit-déjeuner, cherchant des excuses pour sa réponse sèche et pourquoi elle était si justifiée. Gordon était apparu à Chicago il y a un peu plus d'une semaine, entraînant des traqueurs à la poursuite d'une dangereuse anomalie sans rien leur dire sur Calvin. Que l'anomalie pouvait prendre tout ce qu'il touchait et le transmuter à travers son corps en quelque chose d'autre. Un mur de béton pouvait être transformé en lances de pierre volantes.

L'air pouvait être transformé en verre, le faisant exploser en éclats. L'alcool pouvait être aspiré — l'estomac de Kat se retourna à ce souvenir — d'une bière et envoyé directement dans le sang de quelqu'un, instantanément toxique.

Personne n'était mort, mais Gordon s'était retrouvé perforé par de la glace à l'intérieur de son propre corps, des dégâts que Kat n'avait même pas remarqués — le médecin qui avait pris en charge Gordon le lui avait dit après qu'elle l'ait contacté, essayant de savoir si Gordon était toujours en vie. Quant à Calvin, il avait été tracé, récupéré par un drone Paragon et emmené là où vont les anomalies dangereuses avant d'être relâchées comme serviteurs loyaux ou, à défaut, emprisonnées quelque part. C'étaient des détails que Kat ne voulait pas connaître.

Pourquoi émousser l'enthousiasme pour une carrière qui souffrait déjà de plus de problèmes que de solutions ?

Quoi qu'il en soit, Kat avait maintenant un plan pour la journée. Vérifier ses comptes de réputation. Emmener Seeker pour une longue promenade. Trouver quelque chose pour le déjeuner après. Aller au centre-ville pour 16 heures. Soit Gordon serait partant pour dîner, soit elle le déposerait à l'endroit où il récupérerait, et à partir de là, qui sait. Les chances étaient bonnes pour une soirée tranquille, avec quelque chose de chaud à boire et quelque chose de joyeux à l'écran pendant que Kat attendait qu'une autre anomalie à capturer apparaisse sur le tableau.

Étant donné le chaos qui enveloppait Atlantis suite à la mort d'Aegis, Kat trouvait un peu étrange d'avoir un emploi du temps si clair. Comme si elle devait être dans les rues à se battre pour... quelque chose. Mais, à part les drones qui envahissaient le ciel en grand nombre, la ville autour d'elle n'avait pas changé. Au cours de la dernière semaine, les rues avaient les mêmes foules, les restaurants servaient la même nourriture, et si elle captait quelques murmures nerveux, remarquait que les habitués du *Carver's* buvaient plus qu'avant, ce n'était pas trop effrayant.

Les Paragons avaient les anomalies les plus fortes et les plus intelligentes de la planète. Ils trouveraient un moyen de continuer.

— Que dirais-tu de cette promenade ? dit Kat à Seeker, en jetant les déchets du petit-déjeuner dans le conduit menant à l'incinérateur de déchets-énergie du bâtiment. D'une certaine manière, en mangeant des contenants jetables, Kat alimentait le bâtiment. Quelle noblesse. J'ai besoin de me dégourdir les jambes, et toi tu as besoin de dépenser ton énergie folle.

Seeker acquiesça, attrapant sa laisse du crochet près de la porte. Kat enfila ses bottes, attacha la laisse au chien, et était au milieu de son regard circulaire ai-je-oublié-quelque-chose quand quelqu'un frappa violemment à la porte. Le son lourd, comme un coup de poing, fit bondir Kat vers son bureau et le pistolet paralysant secondaire qu'elle gardait attaché sous le bureau, concession à la paranoia.

— Tap ? Qui est-ce ? demanda Kat, gardant l'arme pointée vers la porte.

— Je n'ai jamais vu ce type avant, répondit Tap. Je peux scanner vos dossiers et trouver une correspondance ? Je dois dire cependant, il a l'air d'avoir passé un sale quart d'heure.

— Des armes ?

— Non.

— Seeker, reste, dit Kat, puis elle ouvrit la porte.

Debout là, du sang gouttant d'une grande tache ovale autour de son estomac, se trouvait la même anomalie qui avait envoyé Gordon à l'hôpital une semaine auparavant, qui avait failli tuer Kat en même temps. La sueur brillait sur sa peau d'ébène, et bien que Calvin ait amélioré ses vêtements par rapport à ses anciens haillons, les nouveaux portaient déjà des déchirures, des taches et des cicatrices. Si les sept derniers jours n'avaient été qu'un grand rien pour Kat, Calvin avait connu bien pire.

— S'il vous plaît, dit Calvin. Ils vont me tuer.

Kat fit un pas en arrière. Seeker grogna.

— Qui ?

— Les Élémentaires.

Oh. Merde.

CHAPITRE 3

RECOMMENCEMENT

L'HORLOGE la plus bruyante résonnait dans son esprit.

Zhan-Yo entendait chaque seconde tandis qu'il levait un doigt pour écarter légèrement le plastique de construction qui recouvrait la fenêtre sans vitre de la tour inachevée. Le plastique embuait la lumière de la fin de matinée, et si Zhan-Yo devait passer une minute de plus de sa journée dans l'obscurité, il risquait de perdre la raison. Camper au milieu de fils électriques exposés et de poutres en acier était loin de la glorieuse révolution à laquelle Zhan-Yo s'attendait, et le présumé leader du nouveau monde passait ses heures à regarder sa respiration s'évaporer en vapeur tandis qu'il tapait des messages cryptés sur son Tama.

L'ordinateur porté au poignet bipa à cette pensée, attirant le regard de Zhan-Yo vers le contenu clignotant d'une nouvelle note. Sans doute une autre mise à jour de la situation de la part de Wexley, probablement aussi décevante que les dernières dizaines. Des promesses avaient été faites, avaient été catalysées lorsque Zhan-Yo avait enfoncé son épée dans Aegis et mis fin au leader invincible des Paragons. Pourtant, les entreprises et les citoyens reconnaissants ne s'étaient pas manifestés.

Dans les heures qui avaient immédiatement suivi la diffusion de la vidéo de l'assassinat, les rues de Chicago étaient restées calmes, les nacelles transportant acheteurs, dîneurs et couples à leurs diverses destinations. Peut-être avec plus de tension, peut-être avec un peu de peur et de confusion, mais une révolution ? La fin des temps ?

Des promesses avaient été faites, et elles n'avaient pas été tenues. Ziran, l'entreprise de Zhan-Yo et le plus grand fournisseur de communications au monde, se retrouvait assiégée sans alliés. Lorsque les autres entreprises n'avaient pas déclaré leur allégeance, lorsque les groupes de citoyens qui avaient participé aux réunions de Zhan-Yo et accepté ses conditions étaient restés silencieux, Zhan-Yo avait dû changer de cap. Dans ce qui ressemblait maintenant à un épisode psychotique, Zhan-Yo avait cédé ses responsabilités, sa fortune et son pouvoir à ceux qui l'entouraient avec une crédibilité plausible.

Un Ziran isolé serait détruit, et si Ziran mourait, tout espoir mourrait avec lui. Ainsi, Ziran devait être préservé.

Alors maintenant, caché et à la merci totale des gens qu'il commandait autrefois, Zhan-Yo subsistait avec un maigre régime de nouvelles et de ce que Rhimes, son nouveau garde du corps et gestionnaire, arrivait à monter par le seul ascenseur en état de marche. Son lit était passé d'un confort douillet en duvet d'oie à un dur sac de couchage étalé sur le sol en béton lisse. Un magnifique appartement où Zhan-Yo pouvait regarder le lever du soleil avait été remplacé par une nouvelle tour en construction dans le centre-ville de Chicago, avec des échafaudages et du plâtre pour seuls compagnons. Zhan-Yo avait souvent dit, souvent pensé qu'il pourrait survivre sans les luxes que sa vie lui avait offerts, et pourtant, c'était sacrement difficile.

Un carillon retentit depuis l'ascenseur, trop joyeux pour cet endroit, signalant à Zhan-Yo que Rhimes était de retour. Avec de la nourriture, espérait-il. Zhan-Yo se réinstalla dans sa chaise, les pieds en plastique raclant le sol en ciment, tandis que Rhimes émergeait avec un grand sac qui sentait la graisse et l'ail. Rhimes lui-même avait une petite carrure, enveloppée dans un lourd manteau d'hiver, de la fausse fourrure bouffant aux manches et au col. Des gants bruns assortis au manteau, un jean foncé, et en dessous de tout cela, Zhan-Yo le savait, des étuis d'épaule avec des armes létales si éloignées de la légalité que Rhimes passerait sa vie à pourrir dans une prison des Paragons s'ils l'attrapaient un jour.

— Tu as trouvé quelque chose de bon ? demanda Zhan-Yo.

— La même vieille merde. Rhimes sourit, posa le sac et commença à en sortir les sandwichs, de longs sous-marins chargés de garnitures encore fumantes.

Ses décennies gagnées signifiaient probablement que Zhan-Yo n'aurait pas dû manger ce genre de choses, remplies de graisses et d'autres cochonneries, jour après jour, mais être recherché avait une façon de remettre les problèmes dans leur contexte. Zhan-Yo avait cependant arrêté les cigarettes, sur recommandation de Rhimes. Si les Paragons fouillaient l'appartement de Zhan-Yo, ils trouveraient les cendriers, les brûlures sur les murs, et diraient aux drones de chercher l'odeur. Les fumeurs étaient suffisamment rares dans la ville pour qu'une bouffée distraite attire la mauvaise attention. Les sandwichs gras, en revanche, ne trahiraient pas Zhan-Yo, alors il se jeta sur le repas avec un appétit vorace.

— Comment c'est dehors ? dit Zhan-Yo, une question qui aurait pu concerner la météo, mais Rhimes savait mieux.

— Ça s'améliore, répondit Rhimes. Personne n'est vraiment nerveux maintenant. Trop de drones pour que quoi que ce soit aille mal, même si les Paragons sont encore confus. Rhimes remarqua le soupir de Zhan-Yo et haussa les épaules. Désolé, mec. Ta révolution ne viendra pas de la rue.

Sans aucun doute. Aegis était censé être l'étincelle, mais apparemment sa mort n'avait pas suffi. L'ancien Zhan-Yo aurait attendu, décidé que le sentiment populaire signifiait se recroqueviller dans sa tour de bureaux et diriger Ziran comme n'importe quelle autre entreprise, en attendant que quelque chose d'autre se présente. Le nouveau, cependant, celui qui se penchait sur un radiateur dans une construction glaciale, n'avait pas ce temps.

Sylvie, une vieille amie et le poignard qui avait poussé cette révolution au bord du précipice, aurait continué. Attisé les flammes, pour ainsi dire. Elle chercherait ce qu'ils pourraient faire maintenant, ce soir ou dans les prochains jours, pour capitaliser sur le chaos et forcer une population réticente à se soulever. Elle voudrait que Zhan-Yo fasse un plan et agisse en conséquence.

Et Zhan-Yo en avait trouvé un.

Le Tama à son poignet, un micro-ordinateur de la taille d'un gantelet, connecté à Internet, pouvait donner à Zhan-Yo toutes les informations qu'il voulait. Cependant, ouvrir cette connexion au-delà des messages sécurisés qu'il échangeait avec quelques alliés de confiance mettait Zhan-Yo en danger. Chaque Tama avait une signature — une exigence des Paragons, pour leur interminable état de sécurité — et il était possible que les Paragons puissent tracer tout ce qu'il faisait. Pourtant, ne rien risquer signifierait aucune récompense.

— Rhimes, avons-nous le prochain endroit prêt ? demanda Zhan-Yo.

— Toujours une longueur d'avance, répondit Rhimes. Wexley l'avait spécifié dans le contrat. Pourquoi ? Tu veux bouger ?

— Nous perdons notre temps. Je gâche notre chance. Zhan-Yo se leva, retourna vers la fenêtre couverte de plastique où la réception serait meilleure. Merci pour le sandwich.

— Qu'est-ce que tu fais ?

— Je commence quelque chose.

— Attends, laisse-moi faire, dit Rhimes en se levant et en époussetant les miettes de sandwich de ses mains. Tu es compromis.

— C'est le but. Le monde va savoir que ça vient de moi.

Zhan-Yo sortit son Tama, baignant son visage dans la lumière bleue de l'écran. Pour que Ziran puisse faire avancer la révolution, l'entreprise avait besoin d'alliés. Ceux qui se cachaient dans l'ombre devaient se manifester. Pour cela, le risque de ne rien faire devait être inférieur au risque d'agir. Tout devait être en jeu pour que ces institutions mobilisent leurs ressources contre les Paragons.

Alors Zhan-Yo les mit en jeu. Il envoya un court message au monde entier, tagué depuis son Tama personnel, et dénonça tous les leaders que Zhan-Yo avait rencontrés dans l'ombre. Ces conversations de sous-sol où les lèvres rendaient hommage à la liberté, aux droits, à une vie vécue sans l'oppression des Paragons. Maintenant, elles étaient publiques, et chacun d'entre eux allait devoir faire un choix : riposter en traitant Zhan-Yo de menteur et se considérer, intérieurement, comme des lâches, ou rendre publiques leurs opinions privées et renforcer la position de Zhan-Yo. Avec les plus anciennes et les plus puissantes entreprises du monde travaillant ensemble, même les Paragons devraient le remarquer. Devraient concéder que les normaux avaient raison, qu'ils méritaient leurs droits.

Le Tama de Rhimes bipa derrière lui, et le garde du corps cracha un juron. Bien. Les révolutions devaient susciter des émotions.

— Il faut qu'on parte, dit Rhimes en attrapant le bras de Zhan-Yo et en l'éloignant de la fenêtre. Tu aurais dû me prévenir que tu allais péter les plombs.

— Je suis désolé, Rhimes, dit Zhan-Yo, profitant de son élan pour saisir le sac à dos contenant déjà ses effets essentiels. Il prit les épées d'un demi-mètre, ses tachi, glissa les fourreaux d'épaule qui leur permettaient de reposer contre son dos, par-dessus son manteau. Une nouvelle après qu'Aegis ait brisé sa prédécesseure. C'était difficile à cacher, mais Zhan-Yo ne les laisserait pas. Il fallait que ça arrive.

— Vraiment ? dit Rhimes en attrapant son propre sac. Laisse le reste. C'est remplaçable.

—Bien sûr.

Rhimes prit la tête, se dirigeant vers l'ascenseur. Zhan-Yo enjamba leurs emballages de sandwich, le radiateur et le sac de couchage qui leur avaient servi de maison ces trois dernières nuits. Il ne regarda pas en arrière.

Alors que l'ascenseur descendait, Zhan-Yo réalisa que son cœur s'était accéléré, que ses nerfs picotaient et que, malgré une journée passée à faire les cent pas dans l'étage vide, il se sentait bien éveillé. Le frisson, l'excitation, des choses qu'il n'avait pas ressenties depuis trop longtemps, crépitaient. Auparavant, Rhimes avait changé leurs emplacements en pleine nuit, avec des itinéraires prévus et un trafic civil minimal. Maintenant, Chicago approchait de midi. Pas moyen de cacher les choses ici.

Voulait-il se faire prendre ?

Peut-être, concéda Zhan-Yo, que oui. Sylvie avait donné sa vie pour la cause et, jusqu'à présent, le grand coup de Zhan-Yo l'avait réduit à se tapir dans l'ombre. Se retrouver devant les caméras, avoir une chance de se lever et probablement de mourir pour son message serait une fin appropriée. Ou peut-être que le voir jouer les martyrs inspirerait enfin tous les normaux nerveux à passer à l'action eux-mêmes et à s'opposer aux Paragons.

— Reste derrière moi, dit Rhimes alors que l'ascenseur s'ouvrait. Ne croise le regard de personne. Ne dis pas un mot.

Zhan-Yo suivit Rhimes dans le rez-de-chaussée dénudé, laissé en attente d'un meilleur temps pour achever sa transformation en un autre bureau étincelant. Les gens ici fonctionneraient avec des reps plutôt qu'avec le dollar, dépendants d'une économie contrôlée non par les forces du marché mais par des êtres divins. Une saute d'humeur et les vies qui seraient créées ici pourraient être ruinées sans que ce soit de leur faute.

Pourquoi tous les normaux ne pouvaient-ils pas voir ça ?

Rhimes ne se préoccupa pas de l'entrée principale, passant plutôt par une porte latérale couverte de panneaux d'entretien et d'interdiction d'entrer. L'allée qui suivait abritait des bennes à ordures couvertes de neige et des bouches d'aération fumantes du bâtiment voisin, une structure plus ancienne en béton blanc. Aucune âme à part eux deux ne laissait d'empreintes sur le sol tandis que Rhimes ouvrait la voie vers la rue.

Ici, le soleil donnait suffisamment de lumière grise pour faire une froide journée d'hiver, rendant facile de voir la paire de drones plongeant sur l'arrière et l'avant de l'allée. Les ovales noirs surgirent à la vue, planant sur place et dirigeant leurs rayons lumineux vers Zhan-Yo et Rhimes qui, par de rapides allers-retours, confirmèrent le piège. Alors que les drones aboyaient un avertissement robotique de se rendre, Rhimes prit Zhan-Yo et le poussa en avant.

— Ne t'arrête pas de bouger jusqu'à ce que je te le dise, dit Rhimes par-dessus les avertissements des drones.

Zhan-Yo obéit, réussissant à continuer d'avancer sans glisser sur le sol asphalté de l'allée. Les drones augmentèrent leurs tons, les conséquences, alors que Zhan-Yo et Rhimes refusaient d'obtempérer. Avant de tuer Aegis, entendre ces exigences de drones aurait provoqué une montée de peur chez Zhan-Yo, sans doute rempli son esprit de toutes les conséquences criminelles. Maintenant, tout semblait, sinon bien, du moins acceptable. Le coût de la vie qu'il avait choisie.

— Ici, dit Rhimes, arrêtant Zhan-Yo à côté d'une porte épaisse donnant sur le bâtiment en béton. Vu la benne adjacente, Zhan-Yo supposa qu'ils avaient trouvé l'entrée des ordures. Attention.

Zhan-Yo s'écartant, Rhimes recula et donna un coup de pied sec sur la poignée de la porte. Une barre métallique reliée à ce qui ressemblait à une porte métallique, peinte en rouge terne, Zhan-Yo n'aurait pas pensé qu'un seul coup de pied puisse la briser, mais apparemment Rhimes avait une certaine force, car la barrière céda et s'ouvrit, les morceaux brisés du verrou s'éparpillant sur le sol intérieur.

Les drones ne restèrent pas sans réaction face à ce mouvement, et alors même que Zhan-Yo s'élançait, deux rayons paralysants jaillirent et marquèrent le sol là où Zhan-Yo s'était tenu. Rhimes grogna derrière lui, et Zhan-Yo pensa qu'il avait été touché, mais Rhimes continua d'avancer, le rejoignant dans une course surréaliste à travers une cuisine bondée. Divers chefs abandonnèrent leurs ustensiles alors que Zhan-Yo et Rhimes faisaient irruption. Un drone de plonge laissa tomber une pile d'assiettes quand Zhan-Yo le poussa de côté, dégageant un chemin. Les serveurs près de la sortie, s'attardant dans les brefs moments avant l'apparition des plats principaux de leurs tables, reconnurent au moins la menace et ouvrirent les portes pour le duo.

— Continue, souffla Rhimes derrière Zhan-Yo. J'ai envoyé l'adresse de la planque sur ton Tama. Suis les instructions.

Ils se tenaient dans le hall du bâtiment, avec des gens qui regardaient mais tout autant qui continuaient d'entrer et de sortir pour des déjeuners tardifs, des réunions en début d'après-midi, et plus encore. Des gens à l'allure étrange en fuite ne valaient pas la peine d'être remarqués, perturbant un emploi du temps serré.

Rhimes, cependant, semblait avoir eu sa journée bien perturbée. Il s'appuyait contre le mur à l'extérieur de la cuisine, les mains sur les genoux et les yeux au sol. Zhan-Yo avait toujours pensé que Rhimes était un homme épais, avec des muscles larges sur un corps bâti pour les porter, justifiant les repas copieux de l'homme. Plié en deux et respirant difficilement, cependant, Rhimes ressemblait moins à un garde intimidant et plus à quelqu'un ayant besoin d'un hôpital.

— Qu'est-ce qui ne va pas ? demanda Zhan-Yo.

— Ils m'ont touché, dit Rhimes. Je ne peux pas courir. Va-t'en. Je m'en sortirai.

Diriger une entreprise aussi importante que Ziran signifiait que Zhan-Yo devait compter sur ses employés, leur faire confiance et agir sur leurs paroles sans douter. Alors quand Rhimes lui a dit de courir, Zhan-Yo a couru. L'entrée principale et ses hordes de piétons offraient une bonne couverture, et Zhan-Yo a ralenti pour adopter une marche normale en ressortant, rabattant sa capuche sur son visage. La paire de tachi ne facilitait pas le déguisement, mais Zhan-Yo ne se vantait pas d'être grand, donc même avec les poignées d'épées, il ne se démarquait pas trop dans le trafic urbain rempli de modes extravagantes et d'énormes tenues d'hiver. Même les épées n'étaient pas si inhabituelles dans un monde de Paragons, où les anomalies et les normaux avaient redéfini les limites du possible.

Les drones encombraient le ciel, sombres et menaçants. La reconnaissance faciale repérerait Zhan-Yo avant longtemps, mais la foule lui a acheté assez de temps pour s'éloigner d'un demi-pâté de maisons du bâtiment et de son allée adjacente. Zhan-Yo s'est glissé dans un autre grand gratte-ciel, celui-ci abritant un imposant restaurant à son rez-de-chaussée. Zhan-Yo s'est dirigé droit vers les toilettes, y est entré et s'est enfermé dans une cabine sans attirer plus que quelques regards. Il s'est enfermé, a relevé sa manche et a regardé son Tama tandis que son cœur continuait sa course effrénée.

Sans aucun doute, les drones traçaient ses itinéraires probables et les Paragons débarqueraient bientôt ici, à sa recherche. Il serait capturé, il accomplirait son destin. Un martyr pour sa cause.

C'était un coup audacieux. Tu aurais pu me prévenir.

Le message a bipé sur son Tama, venant de Wexley, le nouveau dirigeant de Ziran essayant de maintenir l'entreprise à flot alors que son ancien patron était l'homme le plus recherché au monde. Wexley voulait la révolution autant que Zhan-Yo, mais Zhan-Yo avait tenu l'homme à l'écart de la fatidique nuit avec Aegis précisément pour cette raison : Zhan-Yo avait encore besoin de quelqu'un avec un vrai pouvoir.

Inspiration soudaine. Besoin d'aide. Rhimes à terre. Distraction ?

Zhan-Yo a entendu quelqu'un d'autre entrer dans les toilettes, a fermé les yeux pendant qu'ils utilisaient les toilettes pour leur usage prévu.

Où ?

Boucle sud.

C'est fait.

Zhan-Yo n'était pas dans la boucle sud, mais il y avait juste assez de chances qu'il ait pu y courir pour tromper les drones. Ziran gérait toujours les réseaux de communication de Chicago, du monde entier, et avec un peu de manipulation, quelques faux signaux des Tamas des gens prétendant avoir aperçu Zhan-Yo, celui-ci pouvait apparaître n'importe où. Pas un outil à utiliser trop souvent, de peur que les Paragons ne s'en aperçoivent et ne retirent le contrôle à Ziran, mais cela comptait comme une urgence.

Après dix minutes de plus dans les toilettes, Zhan-Yo est sorti et, trouvant les rues sans drones, s'est fondu à nouveau dans la foule, suivant la carte jusqu'à la prochaine planque. Au-dessus et autour, sur des écrans géants éparpillés diffusant les nouvelles du jour, il a vu ses propres gros titres. Son message, ses nombreux destinataires parmi les entreprises les plus puissantes du monde, diffusé à une population marchante qui commençait déjà à parler, à regarder autour d'elle avec des visages froncés et des yeux écarquillés un monde qui changeait devant eux.

Au véritable début d'une révolution.

CHAPITRE 4
APPELLE-MOI CHAMPION

ELLE REGARDA les visages de ses amis et soupira. Mynx balaya d'un geste les portraits des Champions flottant au-dessus de la table en marbre, non pas sur sa terrasse surplombant l'océan Pacifique, mais à l'intérieur d'un monolithe dans une tour massive et menaçante du centre-ville de Los Angeles, représentant les Paragons et leur contrôle total. Un contrôle qu'ils n'avaient plus.

Reeves, son IA et, Mynx n'hésiterait pas à le dire, son meilleur ami, avait une présence minimale ici. Aucun drone ne venait l'aider à se lever, aucun ne lui apportait de thé chaud. À la place, Mynx devait demander à la secrétaire, qui continuait d'être stupéfaite que la dirigeante de Pacifica et l'un des huit — maintenant sept — Champions, existait réellement. Cette surprise était agaçante : Mynx avait peut-être passé la plupart de son temps à travailler dans les mines numériques de sa Fabrique, construisant les plus grands drones qui survolaient maintenant les cieux à la recherche de l'assassin d'Aegis, mais elle n'était pas un mythe.

La confrontation avec ses dirigeants Paragon s'était déroulée de la même manière. Les responsables régionaux, si habitués à l'autonomie, n'avaient pas accueilli le retour de

Mynx au cours des sept derniers jours avec la déférence et le bonheur qu'elle attendait. L'ambiance n'avait pas encore atteint la rébellion ouverte, mais si Mynx pensait que Pacifica était son royaume, Pacifica n'était pas d'accord.

— Reeves, dit Mynx à son Tama, attaché à son poignet et relié par satellites et tours de transmission à son IA à l'extérieur, le soleil de midi flottait dans un ciel d'hiver clair, bien qu'on ne puisse pas vraiment s'en rendre compte ici. Pourquoi ce n'est pas comme avant ?

— C'est une question vague.

— Nous avions l'habitude de nous faire confiance, dit Mynx, pleinement consciente qu'elle se plaignait à un programme informatique, bien que très sophistiqué. Les Champions travaillaient tous ensemble. Nous avons sauvé le monde tant de fois. Maintenant, j'ai l'impression que tout le monde ne travaille que pour soi. Tu les as entendus lors de l'appel ? Tout ne concernait que leurs propres régions, leurs propres objectifs. Pas un mot sur notre avenir collectif.

— Peut-être s'attendent-ils à ce que tu t'en occupes.

Mynx regarda par la fenêtre, mal à l'aise dans l'uniforme bleu Paragon qu'elle portait. Reeves l'avait suggéré, appuyé par des études montrant que les gens, normaux et anomalies, respectaient plus l'uniforme que la tenue d'affaires standard. En d'autres termes, si elle ressemblait à un Champion, elle serait traitée comme tel.

Mais ressembler à un Champion ne suffisait peut-être plus.

— Combien de Champions ont répondu ? demanda Mynx.

— Tous ont fait des déclarations publiques de soutien et de deuil pour Aegis, répondit Reeves. Aucun n'a reconnu ton appel à un sommet.

Mynx hocha la tête. Ce n'était pas surprenant. Elle aurait probablement fait la même chose si l'un des autres avait appelé à une réunion. Les Champions ne s'étaient pas exactement séparés dans les meilleurs termes. Ou dans aucun terme du tout, une fois qu'ils avaient si bien découpé le monde qu'ils n'auraient plus jamais besoin de se parler.

Si, cependant, il y avait une chose qu'elle pouvait faire que les autres Paragons de Pacifica, dispersés dans la moitié ouest de l'Amérique du Nord dans des districts cartographiés selon la population, ne pouvaient pas faire, ce serait de mobiliser le monde face à la crise dont personne ne voulait parler : les Champions allaient probablement mourir ou, comme Mynx le souhaitait, disparaître dans leurs vraies passions d'ici une décennie ou deux. D'autres devraient prendre la relève, ou tout s'effondrerait.

Le monde avait à peine survécu à un conflit entre les Paragons et les nations normales qui refusaient de céder. Le monde ne survivrait pas à une lutte entre anomalies pour les restes d'Aegis.

— C'était toujours Aegis qui s'occupait de ces choses. Mynx tapota du doigt sur la vitre, le cliquetis de son ongle résonnant dans la pièce. Un son régulier, continu. Elle devrait être pareille. Reeves, si je dois faire ce que je déteste, autant m'en débarrasser tout de suite.

— Que veux-tu dire ?

— Commençons par Naija. Nous avons toujours été bienveillantes l'une envers l'autre, et il ne devrait pas être trop tard là-bas.

— Tu veux que j'appelle un Champion ?

— Fais-le.

— Et tu es consciente que tu n'as pas de rendez-vous prévu avec elle ?

— Reeves.

— J'appelle.

Mynx n'entendit pas de sonnerie. Elle observa le reflet de son Tama dans la vitre, mais garda autrement son attention sur le paysage urbain. Des millions de personnes vaquaient à leurs occupations ici, et au-dessus d'eux, des drones voletaient par dizaines. Elle avait tendance à oublier combien d'humains, normaux et anomalies, vivaient sous sa surveillance. Il était plus facile d'agir, en réalité, quand elle ne ressentait pas le poids d'un Champion presser sur chaque instant. Mynx ne pouvait pas retourner assez vite à la Fabrique.

Naija répondit par un clic, son visage auréolé dans le Tama, éclairé par ce qui semblait être la lumière d'un feu. Toujours la guerrière majestueuse, le regard étincelant de Naija restait fixe dans la vue du Tama. De l'or — peinture ou vrai, Mynx ne savait pas — bordait ses yeux, tandis que le reste semblait nu. Peut-être couvert par un masque maintenant retiré. On apercevait à peine le haut d'une robe montant sur Naija avec une ligne droite argentée à la gorge. Si Mynx se sentait de son âge et, pour être honnête, le montrait, Naija avait capturé le temps et l'avait plié à sa volonté.

— Dix ans, dit d'abord Mynx à ces yeux émeraude. Trop longtemps.

— Trop longtemps pour que tu appelles sans prévenir, dit Naija. Il y a une raison à ces années. J'ai envoyé mes condoléances, Mynx. Que veux-tu de plus ?

De l'hostilité, de la suspicion. Des traits que tous les Champions avaient acquis alors que leur guerre contre le monde normal tournait en leur faveur et que les conséquences inévitables devenaient évidentes. Comment diviser une planète, une population avec un million de différences entre huit personnes ? Avec des compromis catastrophiques. D'interminables querelles, des accords et des diversions qui ont érodé des liens qui avaient duré tout au long de la fondation des Paragons, tout au long de la transformation de la société. Aucun n'était parti vraiment heureux, mais ils ne s'étaient pas non plus entre-tués.

— Toi, Naija. Toi et les autres, répondit Mynx, invoquant sa propre volonté d'acier. J'ai demandé un sommet, et tu n'as pas répondu.

— Quelqu'un d'autre l'a fait ?

Mynx ne répondit pas. Naija comprendrait à son regard, et la Championne d'Afrique fit un simple hochement de tête sec.

— Nous avons divisé le monde, Mynx. Nous l'avons brisé parce que nous ne supportions plus d'être ensemble. Et même après, nous avons continué d'essayer. Pendant des années, nous nous sommes réunis, et chaque fois nous nous sommes divisés en petites factions. Nous avons joué nos petits jeux au nom de l'unité des Paragons, et nous avons toujours laissé quelqu'un derrière. Toi, moi, Aegis, Apinya. L'un d'entre nous devait se sacrifier pour les tout-puissants Paragons d'Aegis.

— Ça a fonctionné, pourtant. La Terre tourne toujours.

— Alors laissons-la continuer à tourner. L'Atlantide se débrouillera. Naija pencha la tête. Ou tu peux la prendre pour toi. Je ne pense pas que quelqu'un s'en souciera.

— Je n'en veux pas. Mynx n'avait pas voulu de Pacifica non plus, mais elle avait accepté la région pour maintenir un certain équilibre entre les Champions. Elle avait joué à un jeu dont elle voulait être exclue, un jeu qu'elle dirigeait maintenant. Ce que je veux, c'est trouver qui a tué Aegis et les arrêter avant qu'ils ne recommencent.

— Tu penses qu'ils vont essayer de nous tuer tous ? dit Naija. Audacieux.

— Peut-être. As-tu vu le message qu'ils ont diffusé aujourd'hui ? Ça cause le chaos ici. Nous prenons le contrôle des entreprises, nous envoyons plus de drones dans les rues pour décourager toute manifestation.

— Une main faible a besoin d'outils forts.

Mynx fronça les sourcils, détournant le regard de l'écran. Toujours directe, comme elle. Elle ne pouvait pas prendre personnellement la remarque tranchante de Naija. Pas maintenant, pas quand il y avait des choses plus importantes que la fierté.

— Alors vous êtes mes outils les plus puissants, dit Mynx. Toi et les autres Champions. Nous avons besoin d'un sommet.

Nous devons présenter un plan clair pour tout le monde qui explique ce qui va se passer quand nous aurons fini. Qui va prendre le relais, comment les choses vont continuer. C'est le moment, et nous devons faire ça ensemble.

Naija s'adoucit, secoua la tête. — Mynx, tu me dis que quelqu'un prévoit de nous tuer tous, puis tu nous demandes de nous réunir ? Pourquoi ne pas organiser ça via les Tamas ?

Mynx n'aurait rien souhaité de plus.

— Les Paragons ont besoin de nous voir unis à nouveau. En personne, répondit Mynx. Un communiqué de presse n'aura pas le même impact que nous tous ensemble. Nous réunissons les Champions pour un sommet, et personne ne parlera d'autre chose. Nous aurons le temps de trouver un avenir pour l'Atlantide, et quand nous ferons notre proposition sur le fonctionnement du monde, tout le monde écoutera parce que nous serons ensemble pour le dire. Aegis m'a au moins appris ça.

Naija secoua lentement la tête, ferma les yeux et porta une main à sa gorge. Quand elle rouvrit ses émeraudes, Naija s'adoucit avec elles.

— Aegis avait trop de bravade en lui, dit Naija. Je suis d'accord, cependant, qu'il pourrait avoir raison sur ce point. Elle détourna le regard de la caméra un instant, et Mynx se demanda si la Championne au cœur dur s'était trouvé une famille là-bas. Très bien. Mynx. Si tu peux organiser ton sommet, alors je viendrai.

— Je le ferai, répondit Mynx. Et Naija ? C'était agréable de te parler.

Un mince sourire. — C'était le cas, n'est-ce pas ? Prends soin de toi, Mynx. Nous ne sommes plus que sept maintenant.

L'écran s'éteignit et Mynx laissa retomber son poignet. Une de faite, six à venir. Elle allait traîner tous les Champions ici, à Los Angeles. Sur son territoire, Mynx aurait le plus léger des avantages dans les négociations, et quand on rassemblait les Champions, on avait besoin de tous les avantages possibles.

— Mynx, je veux vous dire, dit Reeves. Nous n'avons toujours pas trouvé Celice. L'Atlantide peine à rester organisée, et Pixie demande votre aide.

— De l'aide comment ?

— Vous êtes une Championne. Ils n'en ont aucun. Pixie veut que vous choisissiez un leader intérimaire. Elle pense que les autres respecteront votre choix.

— Donc je vais à New York ?

— C'est ce que l'Atlantide veut.

— Alors c'est ce que l'Atlantide aura, répondit Mynx. Tu continues de m'appeler Championne, Reeves, et je pourrais bien finir par agir comme telle.

CHAPITRE 5
VISITE DE L'ÎLE

TRENTE ANS s'étaient écoulés depuis la dernière fois que Thane s'était réveillé dans le même espace qu'un autre être humain. Faire confiance à Sook pour ne pas le tuer pendant le reste de la nuit était un pari facile — Sook mourrait d'une mort horrible s'il ratait le meurtre, et tout ce que disait cette anomalie filiforme indiquait un désir désespéré de changer sa vie misérable. Bien que Thane ne puisse pas promettre grand-chose depuis sa grotte au bord de l'île, il *pouvait* promettre du changement.

En venant dans la grotte de Thane, Sook avait entrouvert une porte déjà fissurée, et maintenant que le soleil s'était levé et que les chemins étaient dégagés, Thane n'attendrait pas plus longtemps.

Ils trouvèrent leur petit-déjeuner dans les fruits et les baies qui pendaient des buissons et des arbres voisins ; Sook grimpait avec agilité sur les palmiers à l'écorce frangée, faisant tomber les noix de coco au sol avec une branche ou les projetant avec ses rafales de vent. Thane commença par fracasser les fruits contre les parois de la grotte, utilisant sa frustration face à leur apparente invincibilité pour devenir assez fort jusqu'à ce qu'il puisse les fendre à mains nues.

Sook gardait ses distances pendant cette rage, observant derrière des fougères couvertes de rosée. Thane pouvait sentir la peur de l'anomalie et, tout en dévorant le contenu de chaque noix de coco, luttait contre l'envie de déchiqueter Sook. Néanmoins, il savourait le goût naturel. De la vraie nourriture, plutôt que des apports vitaminés et des injections caloriques.

Dans la prison de Paragon, les repas arrivaient à intervalles réguliers. Des horaires précis, des doses précises destinées à maintenir Thane en vie mais faible. Mélangés à des sédatifs qui ne seraient relâchés que si les Champions avaient besoin de poser une question au plus grand esprit du monde, le plus instable aussi. Laissé à faire les cent pas dans une chambre isolée, nourri de livres et d'imprimés de revues scientifiques et de journaux, Thane avait été béni par la connaissance et le temps, et maudit par l'incapacité de faire quoi que ce soit avec ce qu'il avait appris. Comme un bœuf élevé pour labourer un champ, Thane serait appelé quand on aurait besoin de lui, et, quand ce n'était pas le cas, laissé à pourrir dans sa cage.

— C'est peut-être la chose la plus effrayante que j'aie jamais vue, dit Sook quand Thane se calma pour reprendre la taille et la stature d'un homme plus âgé.

Les deux s'assirent pour gratter l'intérieur blanc et charnu des noix de coco avec des pierres.

— Alors tu as vécu une vie charmée.

Sook rit. — Charmée ? Moi ?

— Tu es en vie. Tu n'as pas de besoins immédiats. Tu es sur une belle île avec beaucoup de nourriture. Thane mâchait. — Par rapport à toute l'histoire de l'humanité, ta situation est plutôt merveilleuse.

Sook s'arrêta. Regarda la noix de coco dans ses mains. — Je ne sais pas trop, mais reste sur cette île pendant un moment et tu verras si ça te plaît.

— Comparé à l'endroit où j'étais, dit Thane, c'est un paradis. Quand tu m'as trouvé, j'étais tellement détendu que j'ai failli mourir.

— Tellement détendu ? Tu as failli me tuer !

— Avant ça.

— Ah, d'accord. Sook jeta les coques dans les fougères. — Donc, tu sais que je suis venu ici pour te chercher, n'est-ce pas ?

— Tu as mentionné que cette île avait des maîtres. Je suppose que l'un d'eux t'a envoyé ?

— Disons ça comme ça. Sook leva les yeux, regardant au loin vers une paire de mouettes volant dans le ciel. — En fait, ce ne sont pas vraiment des maîtres. Juste des anomalies qui ont rassemblé un groupe d'amis et ont décidé qu'une partie de l'île leur appartenait. Maintenant, ils se battent tout le temps entre eux.

— Bien sûr qu'ils le font. Parce qu'ils manquent d'un vrai leader.

— Et c'est toi, ce leader, n'est-ce pas ?

— C'est moi. Thane n'avait jamais compris comment tant de gens si mauvais pour diriger les autres parvenaient à des positions de pouvoir. La cupidité et la force pouvaient peut-être vous mener au sommet, mais elles ne pouvaient pas vous y maintenir longtemps. La sagesse, la patience, l'impitoyabilité devaient jouer un rôle pour qu'un règne tienne. — Nous allons intégrer ces autres dans notre giron, Sook, et ensemble nous nous échapperons de cette prison.

— N'as-tu pas dit il y a une minute que cette prison était meilleure que la plupart de l'histoire humaine ?

— Sook, un bon serviteur sait quand tenir sa langue.

— D'accord.

Sook prit la tête lorsqu'ils partirent, marchant lentement à travers les broussailles. Une brise soufflante offrait des pauses fraîches face à la chaleur tropicale du soleil, bien qu'elle n'apportât guère de soulagement contre les mouches indigènes de l'île et autres insectes volants. La sueur s'avéra plus appétissante que les fleurs blanches et violettes parsemant les extrémités des frondes, et bientôt Thane et Sook se retrouvèrent assiégés par les nuisibles. Ils cherchèrent protection en arrachant de grandes feuilles de fougère et en les utilisant comme d'énormes éventails tandis qu'ils descendaient la colline, à travers une jungle qui s'épaississait progressivement au fur et à mesure qu'ils avançaient. Les fougères devenaient plus denses, les arbres développaient des troncs plus épais, et ils trouvèrent de nombreux ruisseaux qui coulaient à côté d'eux pendant leur marche vers le littoral.

Une fumée noire s'élevait de plusieurs feux, leur indiquant le chemin.

— Tu as mentionné plusieurs maîtres, dit Thane. Vers lequel nous dirigeons-nous maintenant ?

— Elle se fait appeler le Néant, répondit Sook, en contournant un tronc moussu. Je trouve ce titre un peu grandiloquent, mais personne ne va le lui faire remarquer. Du moins, s'ils le font, ils ont tendance à mourir.

— Donc elle gouverne par la peur.

— Ils le font tous, répliqua Sook. Qu'est-ce qu'ils pourraient utiliser d'autre ? L'argent ?

Une promesse de sécurité. Une société communautaire. Thane pouvait trouver de nombreuses raisons pour que les gens travaillent ensemble, mais peut-être qu'une île de rejets et de criminels de Paragon n'était pas l'endroit idéal pour s'attendre à de telles choses.

— As-tu peur d'elle, Sook ?

L'anomalie se retourna vers Thane, trébuchant sur un bâton et titubant en avant, se rattrapant contre un palmier. Sook afficha sur son visage fin cette expression de fausse confiance si prisée des faibles d'esprit. Un semblant de bravoure pour pouvoir vivre avec le reste de ses décisions lâches. Si Thane ne savait pas comment tant d'incompétents se retrouvaient à diriger les autres, il connaissait bien la façon dont les pleutres finissaient coincés à suivre leurs ornières.

— Je n'ai pas peur, dit Sook, gardant son dos contre le tronc du palmier. Mais je ne peux pas les battre tout seul. C'est pour ça que je suis parti te chercher. À mon avis, tout le monde sur cette île doit faire équipe ou ils vont mourir.

— N'allons-nous pas mourir ici de toute façon ? Thane pointa du doigt vers le mur de drones. Mynx ne nous laissera jamais partir.

— Ouais, je préfère mourir à ma façon plutôt que d'un coup de couteau dans le dos, ou en me faisant exploser les entrailles.

— Ça arrive ici ?

— J'ai vu des anomalies mourir de plus de façons que je ne pensais possible. Sook frissonna. Tu as besoin d'amis pour survivre ici. Sinon, quelqu'un que tu ne connais pas va s'approcher de toi et te faire exploser avec ses yeux ou quelque chose comme ça.

Une image intéressante, et, ici, très possible.

Tant d'armes retournées les unes contre les autres en ce moment. Si Thane pouvait les pointer dans la bonne direction, les unir sous un objectif précis — disons, quitter cette île — alors ils pourraient bien traverser le mur de drones. Retourner dans le monde. Ensuite, avec toute la puissance de feu à leur disposition, Thane pourrait les viser vers les Paragons et lâcher prise. Proposer une façon différente de gouverner le monde, une façon soutenue par la force. Pas l'autocratie artificielle instaurée par les Paragons, mais une société fluide, axée sur l'entreprise, avec Thane et ses anomalies servant de limites.

Les gens pourraient aller aussi loin que leurs capacités le leur permettraient. N'était-ce pas l'idéal sous lequel Thane avait grandi, dans le bon vieux temps ? Un retour, mais cette fois avec des garde-fous alimentés par les anomalies.

— Ça va ? demanda Sook alors qu'ils se baissaient pour passer sous une cascade qui tombait d'un surplomb. Thane ne se souciait pas de ce rafraîchissement qui réduisait ses vêtements déjà sales et étirés à l'état de haillons. Tu es silencieux derrière.

— Je réfléchis, répondit Thane, mais il essaya d'arrêter l'exercice mental. Déjà, ses os semblaient plus faibles, ses muscles plus fins, et il respirait plus difficilement qu'avant tout en faisant des pas plus petits. Quand nous atteindrons ce Void, que fera-t-elle ?

— Ça dépend de son humeur, j'imagine, dit Sook. Si elle est de bonne humeur, peut-être qu'elle nous ajoutera à son équipe maintenant que je t'ai amené. Si elle ne l'est pas, alors nous sommes morts.

— Toi, peut-être.

— Ne pense pas que tu pourrais la battre non plus, rétorqua Sook. Tu peux devenir aussi grand que tu veux, ça ne l'empêchera pas de te faire un trou dans la tête.

Cette menace suffirait. Thane pouvait nourrir l'étincelle de colère pour rester fort, continuer alors que la journée avançait et qu'ils se rapprochaient de plus en plus du niveau de la mer. Il pouvait déjà entendre les vagues lécher la plage, et les oiseaux voltigeants plus haut sur l'île avaient été remplacés par ceux plus enclins à courir sur le sol. Des ruisseaux épars s'étaient formés en ruisseaux plus importants, bruissant vers leur mère salée. Un endroit magnifique pour commencer la fin du monde.

CHAPITRE 6
SE RASSEMBLER

UNE BALLE. C'était ce qui avait causé la blessure de Calvin, un vilain impact qui avait réussi à éviter de perforer les organes en effleurant le côté de l'anomalie. Kat avait utilisé son kit de premiers secours au maximum, étalant des onguents sur l'entaille sanglante et se demandant si elle pouvait la recoudre avant de se rappeler qu'ils allaient à l'hôpital. Elle avait promis à Gordon qu'elle serait là pour le récupérer, et bien que les besoins immédiats de Calvin semblaient l'emporter sur le fait d'être une bonne amie pour un traqueur par ailleurs capable, pourquoi ne pas régler deux problèmes à la fois ?

— Je ne vais pas à l'hôpital, dit Calvin, faisant un travail admirable pour garder la douleur hors de sa voix.

— Ne sois pas bête, dit Kat. Tu es tracé. Tu es sur les registres de Paragon maintenant. Ils paieront pour ça.

Calvin resta silencieux à ces mots, tandis que Kat glissait de la gaze sur la blessure et la fixait en place avec du ruban adhésif. Ce n'était pas exactement le traitement médical préféré, mais cette solution devrait suffire à contenir le saignement jusqu'à ce qu'ils puissent se rendre au centre-ville. Elle avait déjà demandé à Tap d'appeler une capsule en utilisant sa désignation de traqueur d'urgence, un outil pratique quand elle avait besoin d'aller quelque part rapidement. En abuser et le perdre, mais jusqu'à présent, Kat avait réussi à rester dans les bonnes grâces de Mynx. Il y avait tellement de règles et de réglementations que les traqueurs devaient suivre, mais Kat faisait ça depuis assez longtemps pour que la plupart semblent être une habitude.

Calvin, quant à lui, ne parlait pas. Il était juste assis sur le lit, fixant le vide. Perdu dans ses pensées peut-être ?

— Ça va ? demanda Kat, se levant et s'éloignant de lui, commençant à remettre ses manteaux.

— Ouais, ça va, dit Calvin, ramenant son regard vers elle. C'est juste que... tu as raison. Je peux voir un médecin. Je, euh, n'en ai jamais vraiment vu avant.

Kat fit la moue.

— D'après ce que je peux voir, tu as encore toutes tes dents, et tu n'as pas l'air de mourir d'une quelconque maladie ?

— Les familles d'accueil m'ont aidé au début. Ce n'était pas trop difficile de rester en bonne santé.

— Tu n'étais certainement pas propre, dit Kat, puis elle chancela quand Seeker donna un coup de tête contre ses genoux. Le chien voulait sortir pour un autre tour du pâté de maisons, une promenade qui n'allait pas avoir lieu mainte-nant. Allez, on y va. Gordon te déteste déjà assez, et ça ne va pas s'arranger si on est en retard.

— Gordon ? C'est l'autre traqueur qui était avec toi ?

— Celui que tu as failli tuer ? Ouais. Il va être tellement ravi de te revoir.

Gordon n'avait pas, en fait, l'air ravi de revoir Calvin. Kat et l'anomalie blessée — Seeker, déçu, avait été laissé derrière — prirent une capsule jusqu'au vaste complexe médical qui s'était développé autour du Centre médical de l'Université de Chicago. Alimentés par les injections de repré-sentants de Paragon et les anomalies avec diverses capacités régénératives, de nouveaux bâtiments émergeaient comme des mauvaises herbes, chacun promettant aux patients une guérison complète de maux spécifiques, tous garantis par les fonds de Paragon. Les capacités des anomalies à effacer les cancers d'un simple toucher ou à restructurer la peau et les os comme de l'argile, faisaient disparaître les difficultés des soins de santé. Maintenant, l'engouement se concentrait sur l'espérance de vie, et sur la question de savoir si la véritable immortalité n'était qu'à une anomalie près.

Tout cela ne signifiait pas qu'on ne pouvait pas se faire détruire si on choisissait la mauvaise bataille.

Gordon n'avait pas l'air aussi dévasté que Kat s'en souvenait, mais le traqueur avait perdu du poids au cours de sa semaine de convalescence, et avait échangé un bronzage subtil contre la pâleur de ceux dont le corps avait d'autres priorités que les soins de la peau. Gordon s'était coiffé, cependant, et avait réussi à enfiler une chemise et un jean de marque Paragon, lui donnant une apparence acceptable de quelqu'un qui appartenait à la société plutôt qu'à une chambre d'hôpital.

Gordon était assis sur une chaise dans le hall principal, sous une sculpture imposante représentant Hippocrate — pas le Grec ancien, mais une anomalie du même nom qui pouvait, comme Jésus transformant l'eau en vin, convertir un groupe sanguin en un autre d'un simple toucher — la statue avait les bras écartés, un large sourire, toute bienveillante.

Kat n'avait jamais eu à capturer ces anomalies, celles avec des capacités douces et gentilles. Toutes ses missions l'envoyaient à la poursuite des tueurs, des voyous et des vagabonds qui refusaient de participer à un système qui pouvait produire des endroits comme celui-ci. Pourtant, étant donné l'insuffisance hépatique probablement induite par l'alcool que Kat finirait par développer, elle ne pouvait pas trop en vouloir aux miracles médicaux. Difficile de se plaindre quand on pouvait être à moitié gelé de l'intérieur et toujours survivre.

— N'est-ce pas ? dit Kat, marchant derrière Gordon, absorbé par quelque chose sur son Tama.

— Quoi ? dit Gordon, se tournant pour la regarder, arborant ce sourire éclair qui faisait autrefois vibrer son cœur.

— Tu me dois une faveur, dit Kat.

— C'est comme ça que tu me dis bonjour ?

— Lève-toi et tu auras peut-être droit à un câlin. Kat croisa les bras, les manches de sa veste crissant l'une contre l'autre.

Gordon réussit à bouger sans trop de grincements, bien qu'il utilisa la chaise comme support. Il fit un pas vers Kat, ouvrant les bras, et Kat recula en conséquence.

— J'ai dit peut-être. Kat agita un doigt, puis rit devant l'air blessé de Gordon et se précipita pour enlacer le gars.

— Merci Kat, dit Gordon, son menton frôlant la tempe de Kat. Je le pense vraiment.

Ils se séparèrent, les bras de Gordon retombant comme s'il ne savait plus quoi en faire. Kat recroisa les siens, pencha la tête sur le côté, et se prépara à demander une faveur.

Sans laisser à Gordon le temps de dire un mot, Kat déballa l'histoire de Calvin — l'anomalie s'était faufilée aux urgences pour se faire correctement recoudre, esquivant cette réunion — et termina par une question chargée :

— Donc Calvin pense que les Élémentaires sont après lui. As-tu des contacts ici, en ville, qui pourraient aider ?

Gordon la fixa du regard, puis rit doucement et secoua la tête. — Bon sang, Kat, je pensais que tu venais ici parce que tu étais gentille. Tu crois que je vais aider Calvin ? Le type qui m'a mis ici ?

— Pour être honnête, on était à ses trousses.

— Parce qu'il a enfreint la loi !

— Parce qu'on aurait des points si on l'attrapait, dit Kat. Ne joue pas les nobles avec moi, Gordon. On n'est pas des saints.

— Pas des démons comme lui non plus.

Kat lui lança un regard noir, mais Gordon l'ignora. Il

attrapa son sac, un autre cadeau de l'hôpital fourni par Paragon, rempli, supposait Kat, du matériel de traqueur que Gordon portait lors de sa confrontation avec Calvin. Il mit le sac sur ses épaules, jeta un regard glacial à Kat et commença à marcher lentement vers la sortie. Sans manteau, sans rien qui convienne au temps qu'il faisait.

— Gordon, arrête ça, dit Kat à son dos. Tu te comportes comme un idiot.

— Au moins, je ne te poignarde pas dans le dos.

— Et maintenant, tu fais du mélodrame.

Gordon ne se retourna pas, continuant jusqu'à atteindre l'énorme porte tournante censée faire entrer et sortir les patients à un rythme alarmant. Le garde de sécurité, qui faisait double emploi comme protecteur et guide des patients, lança à Gordon un regard qui disait « es-tu fou ? », mais ne parvint pas à intercepter le traqueur avant que Gordon ne s'engage dans le tourniquet implacable. Tandis que la porte s'adaptait au rythme glacial de Gordon, celui-ci ne s'adapta pas à la gifle soudaine de février, qui le renvoya dans la porte et le fit tourner jusqu'à ce qu'il ressorte à l'intérieur, juste devant le sourire narquois de Kat.

— Tu t'es bien amusé ? dit Kat.

— Non. Gordon essaya de passer devant Kat pour aller Dieu sait où. Kat se plaça devant lui une fois, deux fois, s'attirant un froncement de sourcils. — Qu'est-ce que tu fais ?

— Tu veux bien grandir un peu ? Kat pointa du doigt la chaise de Gordon. Il se passe plus de choses ici que ta petite fête d'apitoiement.

Ces mots arrachèrent un soupir à Gordon, qui sembla accepter son triste état et céder à la demande de Kat. Ensemble, Kat lui offrant une épaule sur laquelle s'appuyer, le duo s'installa sur deux chaises.

— Tout est parti en vrille cette semaine, dit Gordon. Tu t'es tenue au courant ?

Il ne pouvait faire allusion qu'à une seule chose avec ce commentaire.

— Aegis ? dit Kat. Ouais.

Elle ne pouvait pas ajouter grand-chose d'autre. Que dire quand une légende meurt ? Aegis n'avait jamais semblé très réel pour Kat, quelqu'un qui semblait exister mais qu'elle ne rencontrerait jamais. Qui apparaissait dans les photos et les infos, mais était si loin de sa vie quotidienne qu'elle n'y pensait pas beaucoup. Et pourtant, sans lui, sans les Paragons en bon état de marche, on avait l'impression qu'une couverture protectrice avait disparu.

— Je pensais avoir plutôt bien compris la vie, dit Gordon tandis qu'ils regardaient les patients, les soignants et les drones médicaux aller et venir devant eux. J'aime mon boulot, même s'il manque de me tuer de temps en temps. J'aime les gens, comme toi.

— Merci.

— Mais je n'ai jamais pensé que tout ça pouvait disparaître. Gordon jeta un coup d'œil à son Tama, révélant l'éditorial, quelque peu hystérique selon Kat, qu'il lisait, déclarant que tout le monde devrait faire des réserves de nourriture et d'eau pour survivre à la fin des temps. — Je me demande si quelqu'un voit venir des changements comme ça.

— Probablement le gars qui a tué Aegis. Lui, il l'a sûrement vu venir.

Gordon lança un regard étrange à Kat. — Tu arrives à plaisanter là-dessus ?

— Pas toi ? Kat haussa les épaules. — Ce n'est pas que je ne sois pas nerveuse, Gordon, mais si je ne peux pas ériger un mur de sarcasme, je vais m'effondrer. En plus, il n'y a rien que je puisse faire pour Aegis. Il y a quelque chose que je peux faire pour Calvin.

— Bien sûr. Aider l'anomalie mortelle, ignorer le monde qui s'écroule.

— Exactement.

Gordon souffla. Allait-il se lancer dans une autre diatribe sur le fait que Kat ne se souciait pas assez du monde en général ? Ç'avait été un classique de l'époque où ils sortaient ensemble, les imposantes tirades de Gordon sur l'actualité, déclamant tel ou tel discours détaillé à Kat avec un mépris cinglant. Kat avait souvent supporté cela en, eh bien, récapitulant ses dernières chasses dans sa tête, analysant ses erreurs et comment elle pourrait faire mieux, ou en chantant, silencieusement, le dernier hymne de la pop star du moment. Ce n'était pas que Kat ne se souciait pas du monde en général, elle ne faisait simplement pas tourner sa vie autour de ça.

Cette fois, cependant, que ce soit à cause de sa faiblesse persistante ou de la réalisation que Kat ne changerait pas, Gordon se retint. Il resta silencieux, puis demanda : — Alors, qu'est-ce que tu veux ?

— Les Élémentaux. Je veux savoir comment les trouver, dit Kat, puis elle se lança dans le récit de ses rencontres avec Beth, l'Élémentale qui lui avait demandé de capturer Calvin et de le leur livrer. — Mais c'est elle qui m'a trouvée. Je ne peux pas, genre, siffler et la faire apparaître comme par magie.

Kat n'avait pas essayé, en fait, mais ça semblait peu probable.

— Tu as été à Chicago plus que moi dernièrement, répondit Gordon, mais sa voix avait ce côté fuyant, quelqu'un qui essaie de s'en sortir sans tout révéler. — Tu ne connais personne ?

— Si c'était le cas, je ne te le demanderais pas, dit Kat. Je n'aime pas les grands combats d'anomalies, alors les Élémentaux sont bien en dehors de ma zone de confort.

— Pourtant, tu vas les trouver. Pour ce type.

— Hé, Calvin est ma prise. Il est censé me rapporter des points. Je protège mon investissement.

— C'est tout ce que c'est ?

— Arrête de changer de sujet. Si tu connais quelqu'un, dis-le-moi. Sinon, je suppose que je vais devoir déterrer quelque chose.

Gordon se frotta le front, descendit vers sa bouche et son menton, un essuyage complet de la main sur le visage, ce que Kat considérait comme une mauvaise idée étant donné tous les germes qui circulaient dans un hôpital, mais bon, ce n'était pas son corps.

— Il y a une boucherie. Un gars là-bas avait l'habitude de faire passer des messages quand les Paragons et les Élémentaux se parlaient, dit Gordon. Je t'enverrai les infos. C'était il y a un moment, cependant. À l'époque où Mynx avait accepté de ne pas balancer tous les Élémentaux dans la base de données pour qu'on les chasse. J'étais assez nouveau à l'époque.

Le barrage rompu, l'objectif atteint, Kat et Gordon se lancèrent dans une conversation plus décontractée, passant l'heure suivante jusqu'à ce que, l'air mal à l'aise et déplacé, Calvin s'approche avec un côté fraîchement bandé. Apparemment, sa blessure n'était pas assez grave pour bénéficier du traitement spécial réservé aux anomalies.

— Calvin, dit Kat, se levant et se plaçant, en partie, entre Gordon et l'anomalie. Voici Gordon. Je sais que vous vous êtes déjà rencontrés, mais que diriez-vous de vous serrer la main ? Essayez de ne pas vous entretuer ?

Aucun des deux ne tendit le bras. Aucun des deux n'offrit un sourire.

Génial. Ça allait être génial.

CHAPITRE 7
RÉFLEXIONS

LE DERNIER SOUPIR du crépuscule plaça Zhan-Yo
devant un immeuble d'appartements rutilant. Un ours vert
néon, dressé sur ses pattes arrière, servait de logo agressif au
nom de la tour, un choix approprié. Bien que le bâtiment lui-
même partageât les courbes subtiles et le design recouvert de
verre et de mailles solaires qui avait envahi toutes les
nouvelles constructions de la ville, un rebord de cuivre plissé
créait une sensation de fourrure d'ours. Zhan-Yo n'était jamais
venu dans cet immeuble auparavant, ce qui en faisait un bon
choix pour se cacher — bien qu'il ait depuis longtemps désactivé le suivi de localisation de son Tama, il ne pouvait pas
contrôler les autres caméras qui voyaient et cataloguaient
chacun de ses mouvements, et les Paragons pourraient avoir
placé ses lieux fréquentés sur une liste de surveillance par
drone.

Wexley avait approuvé chaque cachette, cependant, et
celle-ci semblait particulièrement adaptée au lieutenant de
Zhan-Yo. En montant les marches, Zhan-Yo ne vit aucun
portier, et les portes elles-mêmes affichaient un accueil sur
leurs surfaces de verre sombre. Le moins d'interférence

humaine possible. Les lettres vertes assorties étalaient des déclarations clichées sur le foyer et le chez-soi tandis qu'elles couraient sur le verre, comme si les phrases elles-mêmes fuyaient l'ours du bâtiment. Un contour lumineux apparut au centre, superposé à la ligne séparant les deux portes d'entrée. Selon un algorithme observateur, le carré se positionnait à la hauteur parfaite pour les yeux de Zhan-Yo, et le leader de la révolution, champion des peuples libres, attendait qu'une serrure sophistiquée lui donne accès.

— Je suis désolé, dit la porte depuis un haut-parleur encastré dans sa base alors que le cercle vert virait au rouge. Vous n'êtes pas un résident, ni sur la liste des invités. S'il y a eu une erreur, veuillez contacter votre hôte ou le gestionnaire de l'immeuble.

S'était-il trompé d'endroit ? Zhan-Yo jeta un coup d'œil à son Tama, vérifia l'adresse que Wexley lui avait envoyée par rapport aux chiffres verts lumineux incrustés dans le mur à droite de la porte. Tout correspondait. Ce devrait être la prochaine cachette... à moins que les Paragons ne l'aient devancé ici.

Zhan-Yo pivota, gardant ses pieds à niveau sur la marche et tendit les mains en arrière, saisissant les poignées de ses tachi. Les épées ne feraient peut-être rien contre une force de drones, mais Zhan-Yo préférerait mourir en combattant plutôt qu'impuissant. Les révolutions pouvaient utiliser des martyrs, et bien qu'il n'approuvât pas exactement cette voie, Zhan-Yo l'accepterait.

Rien n'attendait dans la rue latérale, à part un couple de l'autre côté qui se retourna, vit Zhan-Yo atteindre ses armes, et accéléra le pas. Sa paranoïa pimentait une soirée en amoureux, et rien de plus. Zhan-Yo resta là, regardant sa respiration se condenser, et se calma. Pas de drones, pas de Paragons. Ils ne l'avaient pas encore trouvé.

— Quelqu'un t'a suivi ? demanda Wexley alors que le

léger bruit de succion annonçait l'ouverture des portes verrouillées. Tu vas bien ?

Zhan-Yo se retourna pour voir la main de Wexley sous son grand manteau noir, sans doute en train d'atteindre une arme très illégale. Les yeux de Wexley scrutaient la rue tandis que Zhan-Yo reconnaissait que non, il n'était pas poursuivi. Juste trop tendu.

— Avec ce qui est arrivé à Rhimes, tu devrais l'être, dit Wexley. Allez, entre.

Wexley resta sur le chemin de la porte suffisamment long-temps pour que Zhan-Yo passe, le système de sécurité vaincu par le besoin primordial de ne pas écraser quelqu'un entre les portes. Au-delà, le hall de l'immeuble s'ouvrait sur une élégance faussement rustique, exploitant encore une fois le thème de l'ours autant que possible. Des lumières jaunes chaudes vacillaient, imitant des bougies, contre des tapis rouge sang bordés de motifs dorés. Des fauteuils en bois sombre, recouverts de coussins bordeaux, étaient disposés autour de tables basses similaires, chacune arborant une ou deux brin-dilles de pin enroulées autour d'un bol de pot-pourri diffusant des parfums de forêt nordique. Les rangées d'ascenseurs à l'ar-rière du hall gâchaient l'image, cependant, brûlant l'effet avec leurs panneaux numériques et leurs portes métalliques grises.

— C'est un endroit plutôt singulier, dit Zhan-Yo alors que Wexley le guidait à travers. Ce n'est pas ce à quoi je m'at-tendais.

— C'est le but, répondit Wexley. C'est ridicule. Tous ceux qui louent ici sont aussi fous que nous.

— Tu as peut-être raison, Zhan-Yo n'avait jamais été dans une cabane de chasseur, jamais expérimenté la vérité derrière un décor comme celui-ci. Ce hall ne lui faisait pas regretter cela. La porte ne m'a pas laissé entrer.

— C'est intentionnel, dit Wexley. Un système de moins avec tes informations intégrées dans sa base de données.

En effet. Ayant grandi et vécu à une époque où chacune de ses actions était cataloguée et exploitée pour son prétendu bénéfice, Zhan-Yo avait de mauvaises habitudes à éliminer. Posséder Ziran, une entreprise avec une grande partie de ses revenus provenant de l'exploration de données, ne rendait pas les choses plus faciles. Maintenant, chaque parcelle de ces données pouvait être utilisée contre lui.

Ironique ? Peut-être.

Gênant ? Définitivement.

L'appartement de Wexley s'avéra être un acte de défi contre le thème annoncé du bâtiment. Des pièces argentées et chromées éclatantes étaient éparpillées partout, comme si elles avaient été achetées dans le seul but de capter la lumière blanche et de la refléter dans toute la pièce. Zhan-Yo se protégea les yeux en entrant derrière Wexley, qui enfila des lunettes de soleil sans commentaire. Un parfum artificiel de lilas emplissait l'air, et une douce musique house rebondissait en arrière-plan depuis des enceintes que Zhan-Yo ne pouvait localiser. Une bouteille de vin rouge, accompagnée de deux verres, trônait au centre d'une table en verre et métal sans ornement.

— Cet endroit te va bien, réussit à dire Zhan-Yo.

— Il a un but, répliqua Wexley. Tous ces reflets et cette lumière rendent difficile pour les yeux extérieurs de voir à l'intérieur. Si tu veux te cacher des drones, tu viens ici.

— Ne pourraient-ils pas supposer qu'un endroit conçu pour les bloquer devrait être la cible évidente ?

Wexley ne dit rien, puis se dirigea vers la bouteille de vin, dévissa le bouchon et versa le liquide. Zhan-Yo trouva une chaise et s'y installa, laissant tomber son petit sac et ses épées dans le coin près de la porte. Il les déplacerait dans la chambre plus tard, les gardant à portée de main, mais la course effrénée de la journée l'avait épuisé et se débarrasser du poids sur son dos semblait être une priorité plus élevée.

— Ton message n'a pas rendu beaucoup de gens heureux,

dit Wexley en prenant place à côté de Zhan-Yo, le vin entre eux. Tu es agressif.

— Ils sont lents.

— Les gros navires mettent longtemps à virer de bord, surtout à cette distance.

— Ils ont eu amplement le temps d'être prévenus. Zhan-Yo fit tournoyer le vin rouge, le regardant redescendre des parois du verre vers le fond. Si on ne leur donne pas un coup de pouce, ils ne bougeront jamais. Mon père ne l'a jamais fait.

Au lieu de cela, le père de Zhan-Yo avait passé l'ascension du Paragon d'abord à nier les implications, puis à s'en plaindre tout en guidant Ziran pour tirer profit du nouveau monde. Des années et des années passées dans une rage impuissante, et maintenant que Zhan-Yo avait agi, il semblait que les normaux restants ayant encore du pouvoir ne voulaient pas risquer de le perdre. Lâches sans foi ni loi.

— Tu ne gagneras pas leur loyauté en leur faisant tout perdre. Wexley avait gardé son manteau et ses gants, un signe aussi clair que possible que Zhan-Yo serait laissé ici. J'étais en train de les travailler, Z. Ils auraient fini par se rallier.

— Oui, c'est facile à dire quand tu n'as rien perdu. Les drones me traquent tout le temps, Wexley, et ils continueront à me trouver.

— Rhimes s'en était bien sorti, jusqu'à aujourd'hui.

— J'en suis désolé, mais je n'ai pas fait tout ça pour rester silencieux, dit Zhan-Yo. Sylvie n'est pas morte pour que je me cache dans des bâtiments abandonnés et attende que l'humanité trouve son courage.

— Elle n'avait pas besoin de mourir du tout. C'était sa propre faute.

Jeter le vin au visage de Wexley aurait été tellement, tellement satisfaisant, mais Zhan-Yo s'appuya sur la maîtrise de soi qui l'avait amené jusque-là. Wexley était à peu près tout ce qui lui restait, et si Zhan-Yo repoussait son lieutenant, alors la révolution mourrait avant même d'avoir vraiment commencé.

Donc, au lieu de cela, il ravala sa colère et orienta la conversation vers l'idée qui l'avait remplacée.

— Sylvie vivait à l'écart de tout ça, dit Zhan-Yo. D'une manière ou d'une autre, elle faisait ce qui devait être fait sans jamais craindre les drones ou les Paragons. Comment ?

Wexley vida son verre, se leva. — Je ne sais pas, Z. Elle avait une formation, non ? Un coup d'œil à son Tama. Mais j'ai ton bazar à nettoyer. Tu devrais être en sécurité ici pendant un moment. Préviens-moi juste avant de décider de péter les plombs à nouveau, d'accord ?

— Tu vas récupérer Rhimes ?

— Entre autres choses. Wexley se dirigea vers la porte, ne l'ouvrit pas tout de suite. Je vais voir si on ne peut pas tirer quelque chose de ton éclat. Si on peut forcer quelqu'un à faire un mouvement, ça devrait détourner un peu l'attention de toi. De Ziran. Quand on ne sera plus en train de courir et de se cacher, on pourra élaborer un vrai plan.

— D'accord. Plus de la moitié de la bouteille de vin restait, et toute la nuit pour que Zhan-Yo la boive. Merci, Wexley. Fais-moi savoir ce que je peux faire.

— Rester tranquille, pour commencer, répondit Wexley. Bonne nuit, Z.

Après son premier verre, Zhan-Yo baissa les lumières. Alluma les informations. Les têtes parlantes babillaient sur ceci et cela pendant que Zhan-Yo sirotait de plus en plus, jusqu'à ce qu'il ait vidé la bouteille et que son esprit tourne plus vite que la pièce.

Sylvie s'en était si bien sortie. Elle avait tiré sur des ficelles que Zhan-Yo ne pouvait pas voir, puis l'avait quitté avant qu'il puisse apprendre. Certains diraient que Zhan-Yo, approchant la soixantaine, était trop vieux pour devenir un agent mortel, mais il était en forme, savait comment tuer un homme. Ce dont Zhan-Yo avait besoin maintenant, c'étaient les ressources de Sylvie, les outils qui lui permettaient de se déplacer sans être vue, les contacts dans l'ombre pour accomplir les tâches mortelles qui devaient être faites.

Si Wexley avait pris la place de Zhan-Yo au sommet de la tour de l'entreprise, alors Zhan-Yo devait trouver un nouveau rôle. La place de Sylvie était libre. Il allait l'occuper.

Elle aurait aimé ça.

CHAPITRE 8
UN MONDE VERROUILLÉ

LE PANORAMA de New York changeait plus que tout autre que Mynx connaissait. La ville se réinventait continuellement, étant si souvent l'épicentre d'un séisme culturel, pour ensuite se reconstruire à neuf. Les nouvelles lumières qui balayaient maintenant le ciel n'appartenaient cependant pas à des bâtiments : des drones patrouillaient à toute heure. Ils scrutaient à la recherche d'insurrection, de révolution.

Il y a des décennies, ces mêmes drones auraient été l'ennemi numéro un. Un poids évident sur les libertés et les idéaux que les Champions avaient adoptés lors de leurs premières incursions ensemble, une fois que les gouvernements mondiaux avaient décidé qu'une équipe d'anomalies prête à anéantir toute menace avait du sens. Les Champions avaient été affublés de tant de platitudes inspirantes — chacun d'entre eux devait défendre, en particulier, un droit choisi ; celui de Mynx avait été la connaissance — que, comme une drogue addictive, cette posture constante avait changé leur perception. Presque d'un seul coup, les huit Champions avaient réalisé que la base même de leur pouvoir violait, en même temps, les libertés qu'ils cherchaient à préserver.

— Tu te souviens quand nous les avons détruits ? demanda Mynx à Reeves, alors que son jet personnel se dirigeait vers la grande tour du Paragon, près de Central Park. Bastion brillait d'un bleu profond ce soir-là, comme chaque nuit depuis la mort apparente d'Aegis — Mynx n'avait dit à personne qu'elle avait l'ancien leader des Champions congelé au fin fond de sa Factory — et bien que Bastion ne fût pas le bâtiment le plus haut de cette rangée de dents métalliques étincelantes, elle ne pouvait manquer sa façade incurvée et iconique.

— Parfaitement. Mes souvenirs ne se dégradent pas, dit Reeves. Veux-tu que je te les fasse revivre ?

Cela signifierait franchir le seuil, et Reeves le savait. Les Paragons n'avaient pas pris le pouvoir avec des vœux pacifiques. Les armées ne s'étaient pas couchées, pas plus que les dirigeants libres. Avec seulement huit Champions, conquérir des milliards aurait été impossible. Apinya, cette télépathe, avait trouvé une meilleure stratégie que la guerre ouverte : le peuple. Apinya avait argumenté lors d'une de leurs dernières discussions, quand les huit affichaient une frustration croissante sur leurs visages, que la loyauté du public était une chose éphémère. Ils ne se souciaient pas de qui dirigeait tant que les gens et leurs familles avaient ce dont ils avaient besoin et un peu de ce qu'ils voulaient.

Donnez la stabilité aux gens, et ils vous choisiront.

— Non, je devrais me concentrer sur l'atterrissage.

— Tu n'es pas retournée à ces enregistrements depuis longtemps.

— Je ne les aime pas.

— Tu disais avant qu'ils te maintenaient centrée.

— Reeves, tu es un ordinateur, pas mon thérapeute.

Les drones existaient sous toutes les formes, mais ceux qui planaient au-dessus de New York City étaient parmi les plus complexes. Arrêter le crime, aider ceux dans le besoin, tout cela nécessitait un raisonnement complexe, de nombreux outils et la flexibilité de les utiliser. Mynx n'avait pas perfectionné ses drones modernes, mais ils fonctionnaient suffisamment bien pour maintenir les pertes assez basses pour que les civils acceptent leur protection constante, même avec un coût occasionnel.

Il avait été bien plus facile de construire une flotte ciblée avec un seul but meurtrier. De petites choses, capables d'insérer quelques bulles d'oxygène dans le sang. Pas de logique profonde là-dedans. Elles nécessitaient cependant du timing. Et quelque chose pour les gérer si certaines perdaient leur chemin lors de leur traversée du monde.

— J'aime à penser que je suis bien plus qu'un ordinateur. Reeves avait la capacité de paraître offensé, et Mynx devait souvent se rappeler que Reeves n'était vraiment qu'un ensemble de code. Je suis, après tout, ton ami.

— Une déclaration audacieuse. Mynx sourit alors que les moteurs du jet pivotaient à la verticale, permettant à l'avion de se poser sur l'héliport du toit de Bastion. Mais je pense que tu as raison.

Mynx avait désactivé les petits robots tueurs après la mission, après que le premier travail de Reeves eut été un succès retentissant. Le monde avait été plongé dans le chaos en une seule nuit. Mynx et ses drones s'étaient occupés des dirigeants, Aegis et ses anomalies s'étaient occupés des armes, et les Champions, ainsi que les rangs nouvellement formés du Paragon, avaient promis la paix. Il y avait eu des luttes, mais pour une prise de contrôle totale, il y avait eu très peu de sang versé. Aegis avait proclamé que c'était la preuve qu'ils étaient destinés à cela depuis le début.

Maintenant, il les avait laissés comprendre ce qui allait suivre.

Mynx était entrée dans Bastion plusieurs dizaines de fois par la porte du toit, une entrée en colimaçon qui continuait à s'enrouler au-delà de la porte jusqu'à la grande antenne coiffant le bâtiment avec sa lente lumière bleue clignotante. La porte elle-même n'avait ni bouton, ni poignée, ni autre mécanisme pour la forcer à s'ouvrir. Au lieu de cela, la dalle d'acier ne cédait rien, ne donnait aucun indice sur ses secrets. Pour quelqu'un qui ne connaissait pas son fonctionnement, cela aurait ressemblé à rien d'autre qu'un mur particulièrement brillant. Deux lumières jaunes se mirent à clignoter lorsque Mynx s'approcha, et elle fixa la porte d'un regard droit et clair.

De minuscules caméras enverraient l'image de Mynx à l'appartement d'Aegis, qui devait maintenant appartenir à Celice. Mynx apparaîtrait sur l'un des moniteurs près de la baie vitrée, ou peut-être sur le Tama de Celice si elle n'était pas dans la pièce principale. La fille d'Aegis verrait que Mynx était arrivée, et bien qu'elle n'ait pas répondu à l'appel précédent de Mynx, Celice ne laisserait pas son amie sur le toit froid. Mynx portait l'un de ses uniformes spéciaux du Paragon, conçu pour une action flexible, un tissu cinétique réglé pour brûler son énergie en gardant Mynx au chaud. L'énergie cinétique, cependant, nécessitait de l'élan pour se charger, et rester immobile devant cette porte n'en fournissait aucun.

— Celice, dit Mynx — les caméras pouvaient aussi capter l'audio. Ouvre.

Mynx compta dix secondes, chaque chiffre soufflant un souffle blanc dans l'air. Pas de réponse.

— Polly ? Mynx essaya l'IA de Bastion. Celice est-elle à la maison ?

Pas de réponse, même pas pour Mynx.

— Ta combinaison commence à manquer d'énergie, parla Reeves depuis le Tama. Tu veux retourner au jet ? On peut se rediriger vers La Guardia et tu pourras entrer par la voie normale.

— C'est *ma* voie normale, dit Mynx. Ramène-moi si j'ai trop froid.

La Championne de Pacifica s'avança vers la porte, tendit la main, toucha sa surface glacée, et s'y enfonça.

Des épines noires hérissées s'élevèrent autour d'elle, à l'exception d'une petite parcelle recouverte de mousse sur laquelle Mynx se retrouva. Les pointes luisantes des épines semblaient menaçantes, mais Mynx chercha les petites lignes rouges brillantes qui s'enroulaient à partir de ces extrémités acérées, chacune traçant son chemin à travers le nom d'un Paragon, passé ou présent. Une belle routine, puisant dans la base de données active de Bastion. De l'art pour un public d'une seule personne, car à sa connaissance, Mynx était le seul être humain, anomalie ou non, capable d'entrer dans ces lieux.

Le froid disparut, et son souffle fumant, inutile ici, ne s'échappait plus de ses lèvres. Mynx ne sentait plus les battements de son cœur et ne goûtait plus la cannelle persistante de la barre protéinée qu'elle avait mangée pendant le vol. Si elle avait eu un miroir, Mynx aurait pu se voir quarante ans plus jeune, avec une peau, des cheveux et une santé plus parfaits qu'elle n'avait jamais réellement atteints. Dans cet Élysée numérique, de telles choses étaient possibles.

Mynx alla droit devant elle, de longues enjambées la portant vers les épines, qui s'écartaient comme des jardins pour une princesse de conte de fées. La lumière argentée d'une pleine lune omniprésente glissait à travers la canopée épineuse et contrastait avec les chapeaux de champignons rose-violet qui jaillissaient à chacun de ses pas, guidant son chemin. Mynx avait peu de temps pour la beauté dans le monde réel, où les concessions esthétiques créaient souvent des coûts et des défis de construction. Ici, son imagination pouvait donner vie à ses idées les plus folles et les laisser s'épanouir.

Au-delà, les épines se retirèrent en un large ovale moussu, qui contenait la vedette de ce domaine particulier : une piscine entourée d'une cascade incessante de pétales de rose. Mynx faillit rire à cette vue, si absurde, produit de son moi plus jeune. À l'époque où Bastion était nouveau, marquant le pouvoir des Paragons atteignant son apogée absolue, et avec son sommet venait la fierté de Mynx. Elle pouvait créer de belles choses, certes, mais les pétales de rose prenaient maintenant une tournure laide, une indulgence tape-à-l'œil. Tout ce dont cette serrure avait besoin était un simple interrupteur que Mynx devait actionner, pas cet exercice grandiose de fioritures inutiles.

Elle passa sous les pétales — sans odeurs dans cet endroit, les fleurs étaient encore moins agréables — et regarda dans la piscine. Voici ce miroir, le turquoise avertissant le visage de Mynx, la faisant ressembler, encore une fois, à l'une de ces princesses de contes de fées. Elles pouvaient souhaiter effacer leurs problèmes, ou attendre un prince, ou un tournant dans le scénario pour les sauver. Mynx n'avait pas ce luxe, alors elle plongea ses deux bras dans la piscine et chercha cet interrupteur. Elle le trouva, pas loin sous la surface, mais au lieu du levier mince à tirer, Mynx trouva à la place un sceau. Un boîtier empêchant ses mains d'atteindre le levier.

Quelqu'un avait ajusté la sécurité de la porte. L'avait renforcée, changée, avait —

Mynx, ta température baisse.

La voix de Reeves résonna dans l'espace, brisant la barrière sensorielle. Ironiquement, les mots ne seraient pas entendus à l'extérieur car Reeves devait les prononcer à une fréquence trop basse pour l'audition humaine. Ils pouvaient, cependant, être analysés comme des données, et ils signifiaient que Mynx manquait de temps. Elle pouvait partir, essayer de passer par la porte d'entrée, bien que si Mynx rencontrait de la résistance ici, l'entrée principale ne serait probablement pas plus facile. Et quiconque avait changé cette serrure saurait qu'elle était arrivée.

Non.

Aegis pouvait frapper plus fort que quiconque. Apinya pouvait décomposer un esprit et le recomposer comme bon lui semblait. Mynx régnait sur le domaine des uns et des zéros.

Mynx retira ses bras de la piscine. Elle inclina la tête et se concentra. Des formes et des fonctions commencèrent à se superposer à travers l'eau, détaillant le fonctionnement interne de la serrure et l'ensemble très précis qui pouvait déclencher son ouverture. Mynx écarta ces barrières extérieures, effaçant les routines destinées à vérifier la voix, l'image, le toucher, vidant l'eau jusqu'à ce qu'il ne reste que le vrai et le faux, une barrière booléenne. Cela aurait dû être le levier, mais maintenant la boîte le recouvrait à la place.

Tes extrémités sont engourdies. Tu risques de ne plus pouvoir tenir debout longtemps.

La boîte elle-même n'était qu'un autre ensemble de fonctions sécurisées, conçues pour empêcher l'entrée à quiconque ne possédait pas un élément unique. Mynx se pencha, lut à travers les lignes vert citron tatillonnes. Un code épais, et bâclé. Pas étonnant qu'ils n'aient réussi qu'à créer une boîte grossière. Quant à la clé du code, ce n'était pas difficile à trouver, bien que la lire n'était pas facile.

Le vrai nom d'Aegis. Celui avec lequel il était né, et qu'il avait cherché à enterrer sous l'apparence d'une légende. Ce qui signifiait qu'une seule personne avait pu mettre tout cela en place.

Mynx introduisit le nom dans la fonction et la boîte s'estompa comme l'eau l'avait fait, laissant le levier. Mynx tendit la main vers lui, actionna l'interrupteur. Il n'y eut aucun bruit, aucun autre signe. Mynx devrait faire confiance que Celice n'avait pas réellement désactivé la porte et laissé la boîte comme un piège alléchant. Reeves appela à nouveau, disant quelque chose à propos de perdre ses doigts. Il était temps de partir.

Elle s'éloigna du puits, ferma les yeux — un geste plus pour son propre confort que par nécessité — et quitta son monde enchanté.

Et trouva la douleur, une douleur glaciale brûlante et une souffrance sur son côté gauche, maintenant allongée sur le sol devant la porte ouverte. Mynx ne sentait plus ses jambes, ses bras, et chaque respiration s'accompagnait de tremblements incontrôlables. Sa combinaison était à sec, et elle gelait. L'entrée d'acier de Bastion s'ouvrait devant elle, le mur s'étant écarté et une simple porte à poignée attendant qu'elle la tire pour entrer. Elle pouvait, elle devait, il le fallait.

Elle tendit la main —

CHAPITRE 9
FAIRE UNE ENTRÉE

LE CRÉPUSCULE orange brûlé s'étendait au-dessus de leurs têtes tandis que Thane et Sook approchaient de l'apparent... avant-poste ? Repaire ? Thane ne savait pas vraiment comment appeler cet endroit, mais des termes plus forts comme forteresse ou quartier général ne correspondaient pas à la large dune qui s'élevait à plusieurs centaines de mètres de la plage. Le mur de sable doré, cousu de débris et de terre plus sombre, révélait ses origines artificielles alors que le vent violent si près de l'océan ne parvenait pas à déplacer le moindre grain. L'odeur de fruits de mer qui cuisaient flottait vers Thane, dont l'estomac grondait, réclamant des protéines après une journée passée à dévorer des noix de coco et des baies. De la musique jouait aussi, des percussions légères et les grattements métalliques d'une guitare de fortune. Quelqu'un riait et, derrière tout cela, les vagues continuaient leur éternel fracas.

Une existence avancée pour une île déserte au milieu de l'océan. Les films avaient conditionné Thane à s'attendre à un groupe hagard accroupi autour de quelques bâtons de bois flotté, tentant de faire griller une carcasse de poisson échouée sur le rivage. Une fois de plus, les anomalies prouvaient leur supériorité. Placez-les n'importe où, et leurs pouvoirs leur offriront une vie meilleure que ce à quoi n'importe quel être normal pourrait s'attendre.

— Les dunes sont venues plus tard, disait Sook. Il parlait toujours, et Thane avait développé un don pour bloquer la voix nécessiteuse de l'homme. D'après ce que j'ai entendu, ça n'a pas commencé avec tout le monde essayant de s'entre-tuer. C'est seulement arrivé quand Arthur a essayé de prendre le contrôle.

— C'est généralement à ce moment-là que les combats commencent, dit Thane. Les gens sont souvent trop stupides pour accepter leurs dirigeants légitimes.

Devant eux, le sentier cabossé, rejoint par d'autres chemins connectés menant plus profondément dans l'île, achevait son parcours à une brèche dans le mur de dunes. Le sable s'arrêtait simplement, comme s'il s'agissait de pierre, avec des côtés plats créant un espace occupé par un duo vêtu de feuilles de palmier. Chacun, un homme et une femme, portait un bâton aiguisé pas très différent de celui que Sook avait apporté à la grotte de Thane. Ils ne réagirent pas lorsque Thane et Sook approchèrent, du moins jusqu'à ce que Sook s'approche suffisamment pour que l'homme inspire et crache en direction du guide malheureux de Thane. Le crachat tomba loin du but, mais Sook recula quand même.

Pour des premières secondes, c'était moins que prometteur.

— Qui es-tu ? demanda la femme à Thane, ignorant Sook qui se tenait à plusieurs pas derrière.

— Thane. Je suis ici pour le Néant.

Il ne s'abaisserait pas à bavarder avec des subalternes.

— Alors tu n'aurais pas dû venir avec Sook, dit l'homme. Il ne va pas t'aider à aller où que ce soit.

— Il m'a amené ici. Je ne suis pas un ennemi. Je veux parler à votre chef.

Les gardes se regardèrent, la femme rit : — Tu sors d'un

film ou quoi ? Tu débarques ici et tu demandes à entrer ? Tu pourrais travailler pour n'importe qui, et même si ce n'est pas le cas, tu pourrais simplement essayer de la tuer.

— Sook a dit qu'elle était plus que capable de se défendre elle-même.

— Peut-être, mais elle ne nous paie pas pour laisser entrer des inconnus, dit l'homme.

— Avec quoi vous paie-t-elle ? demanda Thane, sincèrement curieux. Des coquillages ?

— De la nourriture, répondit l'homme. La seule chose qui vaille quelque chose sur cette île. Fais un tour de garde aux portes, et tu es assuré d'avoir une part de la pêche du jour. L'homme baissa son bâton, la pointe aiguisée pointée vers Thane. Tu veux voir le Néant, convaincs-nous.

Sook, toujours derrière Thane, toussa et commença à parler : — Vous ne savez pas qui il est...

— Stop. Thane leva une main, sans quitter les gardes des yeux. Je suis un nouvel arrivant. Je me suis écrasé près de la grotte là-haut. Sook m'y a trouvé et m'a parlé du Néant, m'a dit qu'elle serait la personne avec qui travailler pour trouver un moyen de quitter cette île.

Les gardes rirent à nouveau, mais d'un rire plus faible cette fois, plus triste et moqueur. Thane connaissait bien ce rire, car il l'avait lui-même fait de nombreuses fois. À l'époque où il combattait les Champions, il avait rejeté ses propres chances de survie de la même manière. Malgré tout, Thane essayait toujours. Peu importe que les chances soient minces, Thane essayait toujours.

— Tu essaies de nous convaincre de te laisser entrer, dit la femme. Et tu dis quelque chose comme ça ? Qu'est-ce qu'Arthur a dit qu'il ferait pour toi ? Ou est-ce que la Duchesse t'a donné quelque chose ? Personne ne quitte cette île. Jamais personne ne l'a fait, jamais personne ne le fera.

Des broutilles. C'en était fini.

— Écartez-vous, ou je vous y forcerai, dit Thane.

— Il le fera, ajouta Sook.

— Parfait, répondit l'homme. Je commençais à m'ennuyer de toute façon.

Dès que le garde eut fini sa phrase, Thane sentit l'air autour de ses chevilles s'épaissir. Il baissa les yeux pour voir un brouillard épais se former autour de ses genoux, avec de petits micro-éclairs étincelant à l'intérieur alors que des gouttes de pluie commençaient à tomber sur ses pieds. Ces éclairs commencèrent à frapper sa peau, chacun le brûlant comme une minuscule allumette. Un pouvoir étrange, mais après tout, la plupart l'étaient. Thane utilisa les étincelles, la douleur, pour alimenter sa colère et conduire ce qui allait suivre.

— Attention ! cria Sook, et Thane leva les yeux pour voir la femme lui lancer son bâton aiguisé. Quand Thane essaya de bouger, il glissa sur le sol boueux créé par ces minuscules tempêtes. La lance lancée frappa Thane à l'épaule, s'enfonçant dans sa peau et se dressant comme un mât de drapeau alors que Thane tombait sur le dos.

D'autres douleurs le déchiraient, allumant les feux dont Thane avait besoin.

La femme, sans se soucier de rien, courut vers Thane et arracha la lance. Dans ses mains, le bois s'allongea, devenant malléable comme de l'argile jusqu'à ce que, ses extrémités s'affaissant pour former une arche grossière, le bois durcisse à nouveau. Elle enfonça la lance modifiée, la pressant sur la poitrine de Thane et dans la terre. Suffisamment profond pour clouer un homme ordinaire au sol. Alors qu'elle termi- nait son geste, d'autres mini-nuages d'orage se formèrent au- dessus du visage de Thane, de sa poitrine, envoyant à nouveau des étincelles de foudre dans sa peau, le forçant à fermer les yeux.

Sook continuait de crier, se disputant maintenant avec le garde masculin.

Pas que cela importait. Les choses avaient été poussées

assez loin.

Comme quelqu'un glissant sur une pente glacée, Thane à la fois céda à l'inévitable chute et tenta de garder le peu de contrôle qu'il pouvait. Alors que son corps grandissait, sa perception de lui-même rétrécissait jusqu'à ce que l'instinct submerge la pensée cohérente.

Le monstre dominait l'homme.

Thane bondit vers le haut, arrachant le fragile bâton du sol avec ses seules épaules et le laissant tomber. Les deux gardes se détournèrent de Sook et Thane sentit leur peur soudaine alors que l'homme faible et âgé qu'ils menaçaient se tenait maintenant à près du double de leur taille, les yeux enflammés et la gueule dentée grande ouverte.

Les petites explosions d'éclairs grandirent et essaimèrent sur son corps, et Thane vit ces mêmes éclairs se refléter dans les yeux de l'homme. Des nuages miniatures éclataient devant le visage de Thane, tentant d'obscurcir sa vue, mais Thane avait plus de sens que la vue, et il les utilisa. Un bond rapide en avant perça la barrière et poussa sa cible dans la terre.

Un craquement se fit entendre avec une poussée sourde sur sa gauche, et il écrasa l'homme au sol en se tournant pour voir l'autre garde, tenant une autre lance brisée dans ses deux mains. Elle le fusilla du regard alors que les deux fragments s'allongeaient et s'affûtaient en deux dagues de bois.

Des armes sans valeur.

Thane n'avait besoin que de ses mains pour saisir la garde, la soulever alors qu'elle brisait ses nouveaux jouets contre ses bras, et la jeter contre la paroi de la dune. Le sable durci n'offrit pas beaucoup d'amortissement, et elle rebondit au sol, immobile.

— Thane ? dit une voix gémissante derrière lui, et Thane fit volte-face.

Le petit homme qui l'avait conduit ici se recroquevillait, les mains devant son visage, comme si en cachant ses yeux

Thane pouvait disparaître. Un cauchemar banni. Thane, cependant, n'était pas un rêve.

Mais ce n'était pas l'ennemi. Ça ne pouvait pas être une menace. Cette question, cette minuscule incertitude, fournit le crochet dont Thane avait besoin pour commencer son ascension hors de la rage brumeuse. Vers le haut et l'extérieur, de retour vers la raison. Ses muscles se contractèrent, son cœur ralentit son chœur tonnant, et Thane profita à nouveau de vraies pensées traversant son esprit. La rage pouvait être, était, une liberté enivrante sans conséquence. Une plongée dans un ça violent si séduisant... si Thane s'était presque affamé en se baignant dans la froide connaissance, là-haut dans la grotte, tomber si totalement dans la colère résulterait en quoi ?

— Es-tu redevenu normal ? demanda Sook, chassant cette pensée. Parce que tu vas devoir dire quelque chose.

Sook pointa du doigt vers une foule grandissante se massant dans la brèche de la dune. La lumière des torches remplaçait les derniers vestiges du soleil, bien qu'il fallut un moment à Thane pour remarquer que personne ne tenait de vraies torches. De petits globes enflammés apparaissaient dans l'air autour de lui et des nouveaux venus, comme si un essaim de lucioles géantes les avait trouvés. La lumière révéla une troupe sale et misérable. Des anomalies de tous types, oui, mais universelles dans leurs silhouettes minces et leur peau brûlée par le soleil. Les hommes portaient des barbes en désordre, les femmes avaient les cheveux frisés jusqu'en dessous de la taille, ou tressés en touffes désordonnées. Aucun ne semblait particulièrement hostile, même si Thane se tenait au-dessus des corps inconscients de leurs gardes choisis.

Sook avait dit que l'île avait trois dirigeants, et les deux gardes avaient mentionné les autres avant de s'engager dans le pire combat de leur vie. Peut-être que le Néant était le moindre de ceux-ci. Peut-être que Thane avait choisi la mauvaise voie.

— N'es-tu pas un peu vieux pour chercher la bagarre ? dit une voix venant de la foule, une voix qui semblait à la fois provenir du cœur du groupe et pourtant aussi des dunes, des fougères derrière Thane, et même de Sook.

Les anomalies étaient étonnantes, et, Thane commençait à le découvrir, épuisantes.

— Pas trop vieux pour les gagner, répondit Thane. N'ayant nul autre endroit où regarder, il adressa sa remarque aux gens. Mais je ne suis pas venu ici pour vous menacer ou vous blesser. Vos sentinelles ont refusé toute autre voie.

— Alors pourquoi es-tu venu ici ? dit cette même voix, d'acier féminin. Aucune des personnes qu'il voyait, et Thane en comptait maintenant plus de deux douzaines, ne bougeait les lèvres, pourtant les mots venaient quand même. Pour nous rejoindre ?

— Pour vous faire une offre.

— Alors fais-la.

Un carrefour. Soit Thane cédait au Néant — il supposait que c'était à elle qu'il parlait, qui d'autre cela pouvait-il être ? Soit il faisait sa propre demande, qu'elle se révèle et qu'ils parlent d'égal à égal. La fierté dictait cette dernière option, mais la fierté faisait beaucoup de fous. Thane avait abandonné ce qui lui restait de fierté quand il avait laissé les Paragons l'utiliser, quand il avait refusé de mourir pendant toutes ces années dans ce donjon de fortune. Il n'avait que faire des folies des hommes plus jeunes.

— Je veux quitter cette île, dit Thane, projetant sa voix, puisant dans suffisamment de cette colère toujours brûlante pour donner de la profondeur à ses mots. Ajouter du volume à ses bras, ses épaules. Je crois que c'est possible, mais pas pour un seul. Ensemble, cependant, nous pouvons être libres.

Pas un son. Thane s'était attendu à quelque chose. Peut-être des rires. Au lieu de cela, seulement les vagues.

— Sais-tu ce qui te différencie de nous ? répondit enfin la voix. Tu as été envoyé ici par les Paragons, tout comme nous. Tu veux t'échapper, tout comme nous. Tu as peut-être de la famille, comme certains d'entre nous, ou tu n'as peut-être que de la haine qui te pousse à quitter cet endroit, comme beaucoup d'entre nous. Mais la différence ? Tu n'as pas essayé de partir. Tu ne sais pas à quel point c'est impossible.

— J'ai vu beaucoup d'anomalies faire l'impossible, moi y compris.

D'un seul coup, tous les globes brûlants s'éteignirent, laissant la lune commander pleinement le ciel nocturne. Thane resta immobile. Cela ressemblait à un spectacle, mieux valait le laisser se dérouler.

Lorsque les globes réapparurent, cette fois plus haut, comme une auréole autour de la brèche dans la dune, ils ne révélèrent pas une foule entre les dunes, mais un cercle entourant Thane, Sook et les gardes à terre. Non plus haillonneux, mais vêtus de diverses tuniques, robes et capes improvisées, les yeux lavés et quelque peu civilisés de l'armée du Néant semblaient bien plus forts que la cohue qu'il avait vue un instant auparavant. Cela signifiait aussi que le Néant disposait d'une anomalie capable de créer une illusion, ou du moins de déformer la vision de Thane.

Les anomalies étaient vraiment épuisantes.

Debout seule dans la brèche, portant une robe épaisse faite de fils orange lave en fusion — des fils parcouraient la tenue rocailleuse mais étrangement fluide —, et de petite taille, se tenait la personne que Thane présumait être le Néant. Le visage figé dans une grimace, les bras croisés, le Néant ne semblait pas ravie.

— Tu as du cran, dit le Néant, ses mots sortant maintenant de sa bouche réelle. Je te l'accorde.

— Et tu as mis en scène tout un spectacle, répliqua Thane. Les jeux sont-ils terminés ?

— Ce n'est pas un jeu. C'est la vie sur cette île, et maintenant c'est la seule vie que tu as. Avance prudemment, Thane, ou tu ne vivras pas pour voir un autre lever de soleil.

Elle se détourna de lui, vers sa ville.

— Attends, dit Thane. Tu connais mon nom. Comment ?

— Nous ne sommes pas tous Sook. Nous savons qui tu es, et nous n'avons pas peur.

Le Néant ouvrit la marche à travers les dunes, le reste de ses forces se formant autour de Thane et le faisant avancer à l'intérieur. D'après ce qu'il voyait, le Néant disait vrai : la peur n'avait pas d'emprise ici, mais à sa place planait le regard mort des condamnés. Ces anomalies avaient peut-être du pouvoir, avaient peut-être formé une communauté, mais elles n'avaient aucun espoir.

Thane avait travaillé avec Aegis, avait vu le Champion inspirer des milliards de personnes. Il pouvait gérer cela.

Il le devait.

CHAPITRE 10

CHAIR FRAÎCHE

KAT AVAIT FAIT DÉPOSER le pod pour elle et Calvin dans un petit resto miteux niché dans un coin à un pâté de maisons du contact de Gordon. Kat avait quelques règles avant d'entrer dans une situation dangereuse — tout contact avec les Élémentaires était considéré comme dangereux — et un bon petit-déjeuner arrosé de café figurait dans le top cinq de cette liste. Juste derrière le fait d'apporter la combinaison et devant celui d'amener Seeker, qu'elle avait laissé à l'appartement. Malgré l'absence de sa joie baveuse, l'énorme husky constituait une cible facile dans une bagarre en espace confiné, et Kat préférait voir son toutou heureux plutôt que blessé.

Une autre règle interdisait d'amener des personnes supplémentaires, bien que Gordon n'ait pas insisté pour venir. Ils avaient tous passé la soirée en centre-ville, dînant ensemble, Kat exécutant une danse conversationnelle pour lisser les tensions entre Calvin et Gordon. Chaque fois que l'un ou l'autre lançait un regard noir, Kat changeait brusquement de sujet, commandait une autre tournée, ou pointait du doigt l'une de ces statues à déplacement lent qui orbitaient autour du parc. Ce n'était pas exactement le rôle qu'elle préférait, mais ils avaient quitté le restaurant vivants. Ils avaient déposé Gordon à son hôtel, puis Calvin s'était effondré sur son canapé, Tap, l'IA surfeuse, surveillant partout une éventuelle embuscade des Élémentaires.

Maintenant, Kat tenait un latte fumant dans une soucoupe entre ses mains gantées. Sa combinaison d'un blanc éclatant, déjà parsemée ici et là de taches de neige sale, semblait excessive dans l'atmosphère parfumée aux omelettes du petit restaurant, mais Kat ne pouvait pas l'enlever comme un manteau. Plus proche d'une armure que d'un vêtement, la combinaison provenait d'un marché réservé aux traqueurs que Mynx maintenait approvisionné en outils utiles, destinés à mettre les normaux sur un pied d'égalité avec les anomalies qu'ils pourchassaient.

En face d'elle était assis l'une de ces anomalies, fixant son café noir comme s'il avait quitté le restaurant pour un lointain voyage mental. Ils avaient demandé à Tap de commander de nouveaux vêtements pour Calvin la nuit dernière et ils étaient apparus, livrés par drone, à l'aube. Une fine veste arctique bleu royal, une capuche en fausse fourrure et des gants conçus pour déterrer les avalanches. Un peu absurde pour la vie en ville, mais Calvin insistait sur le fait que le froid n'était pas son ami, et comme il payait tout cela avec ses propres reps de Paragon, Kat s'en fichait.

— Ça va ? demanda Kat alors que la serveuse, une vraie humaine qui semblait travailler là depuis avant même que les Paragons n'existent, déposait un assortiment hétéroclite d'œufs et de toasts.

— Ouais, répondit Calvin, clignant des yeux pour sortir de sa torpeur et prenant une lente gorgée. Je pensais juste que je n'aimais pas le café avant de commencer à fuir.

Kat étala de la confiture de fraise sur le toast, donnant à Calvin une chance de continuer.

— Puis j'ai appris qu'une tasse de noir coûtait moins cher que presque tout le reste.

Kat leva les yeux. — C'est tout ?

— Ouais. Calvin commença à manger son propre toast. Quoi, tu pensais que j'allais avoir une profonde révélation en regardant une tasse de café ?

Boucherie locale de Delano. L'enseigne semblait ne pas avoir été mise à jour depuis un siècle, avec de grandes lettres blanches en bloc sur une bande noire bordée de rouge et recouverte de saleté. Kat supposait que l'endroit avait dû chevaucher la transition entre la viande provenant de véritables créatures et la version moderne, cultivée. Une vieille pancarte suspendue indiquait « Ouvert » au centre de la porte vitrée, les deux grandes fenêtres de chaque côté donnant vue sur des vitrines réfrigérées montrant des steaks, des côtelettes et plus encore. Tous dans ce rouge publicitaire, marbrés à la perfection.

Un rapide coup d'œil à travers la vitre, cependant, ne révélait pas grand-chose de plus. L'endroit semblait aussi vide que le trottoir sur lequel ils se tenaient. Un matin de semaine, mais assez tard maintenant pour que tous ceux qui allaient travailler y soient déjà, et assez froid pour que ceux qui n'y allaient pas soient recroquevillés à l'intérieur. Kat avait saisi tout cela en un seul passage, se retournant une fois qu'elle avait dépassé le champ de vision de la fenêtre pour faire signe à Calvin de traverser. L'anomalie essaya de suivre la méthode de Kat, mais le regard de l'homme s'attarda trop longtemps. Ce n'était pas assez décontracté.

— La prochaine fois, dit Kat lorsque Calvin la rejoignit, essaie de ne pas avoir l'air de te soucier de l'endroit.

— Quoi ?

— Tu y fais attention, ils font attention à toi.

— Il n'y avait personne là-dedans.

— Salut, je suis le monde dans lequel on vit, dit Kat. Il y a des caméras partout, et la plupart d'entre elles ont des algorithmes qui repèrent l'intérêt. Si tu regardes cet endroit avec autant d'intensité, ils vont te cataloguer, prévenir le propriétaire pour qu'il puisse t'envoyer des pubs.

— Et alors ?

— Calvin, si les Élémentaires essaient de te tuer, tous ceux qui travaillent pour eux connaissent probablement ton visage. C'était pour cela que Kat préférait de loin chasser seule, là où les amateurs ne pouvaient pas la faire tuer. Si les caméras lui disent que tu es dehors, il va maintenant être prêt pour toi.

— Alors pourquoi on attend ici ?

Kat ferma les yeux un instant, prit une inspiration. — D'accord, reste là. Je t'appellerai quand ce sera clair.

Calvin essaya de protester, mais Kat le dépassa. Dans le même mouvement, elle tendit la main et tapota légèrement le loquet sur le col de sa combinaison. Déverrouillé, le masque de la combinaison jaillit de sous son menton pour envelopper son visage et se connecter à sa capuche. Un écran sombre couvrit ses yeux, puis s'estompa en s'adaptant à sa vision, donnant à Kat une meilleure vue. Le déblocage du masque mettait également en mouvement les autres parties de la combinaison : les extrémités de ses gants se scellaient avec les brassards sur ses bras, qui pivotaient vers ses gadgets par défaut, ses holsters à la taille s'ouvraient pour permettre un accès facile à la paire de pistolets paralysants de chaque côté, et la combinaison passait sa température cible du repos à l'actif.

Kat avait voulu y aller en douceur, faire preuve de gentillesse, mais ces gens avaient essayé de tirer sur Calvin, de le tuer. Ils avaient échoué, mais ils n'auraient même pas cette chance avec Kat.

Elle poussa la porte, faisant retentir ce tintement si ancien d'une fausse clochette dorée suspendue au-dessus de sa tête. Le masque de Kat filtrait les détails, mettant en évidence en rouge les deux portes du fond, l'une à double battant pour sortir les stocks de viande et la seconde, du côté droit, une porte simple menant probablement à un bureau. D'autres vitrines remplissaient l'espace, contenant une variété absurde qui incluait de l'élan, de l'orignal et du kangourou. Comment cela pouvait être considéré comme des « viandes locales » à Chicago, allez savoir.

Kat balaya la pièce du regard en un seul coup d'œil. Il semblait peu probable que quelqu'un se soit caché derrière les vitrines. Le plafond était bas, les néons diffusant cette pâle lumière blanche vacillante qui indiquait qu'ils n'avaient pas été remplacés depuis des décennies. Rien ne se cachait là-haut non plus. Les deux portes, alors.

Comme si elle anticipait son prochain mouvement, la petite porte s'ouvrit, révélant exactement l'homme que Kat aurait imaginé tenir un endroit comme celui-ci : un corps vieillissant et fatigué cachant de meilleurs jours sous une longue vie à ouvrir tôt et fermer tard. Une barbe grise à moitié faite remontait sur le long visage de l'homme jusqu'à ses cheveux grisonnants. Un tablier recouvrait un ensemble usé composé d'un t-shirt et d'un jean. Et un fusil de chasse totalement illégal se trouvait entre ses mains.

Le masque identifia la menace avant Kat, envoyant une vibration sur le côté de Kat qu'elle utilisa pour guider sa plongée. La trajectoire calculée la mit hors de portée potentielle du tir en plaçant la principale vitrine de viande de l'établissement entre elle et l'arme, du moins pour le moment.

— Pourquoi tu fuis ? dit l'homme. Je ne vais pas te tuer !

Ouais. Bien sûr.

Au lieu de cela, Kat sortit un pistolet paralysant de sa main droite, tout en tendant son poignet gauche et en serrant le poing. La gâchette projeta un câble solide avec un grappin en acier à son extrémité, qui s'enroula autour d'un de ces néons. Le visage de l'homme apparut au-dessus de la vitrine, la regardant et pointant ce fusil de chasse.

Kat déclencha le grappin et elle s'élança du sol alors que l'homme tirait, les plombs faisant un trou là où Kat se trouvait un instant auparavant. Le grappin la fit monter de quelques mètres avant que le néon, gémissant, ne cède. Peu importait : la hauteur lui permit de passer au-dessus de la vitrine, lui donnant une ligne de tir dégagée avec le pistolet paralysant. La fléchette toucha l'homme en plein cou et il tituba en arrière, heurtant le mur, puis bascula en avant et se cogna le visage contre l'arrière de sa propre vitrine.

Le néon se détacha de ses fixations et tomba, Kat atterrissant et s'écartant alors que le tube d'un mètre de long s'écrasait sur le devant de la vitrine et projetait du verre brisé partout. Ignorant la destruction, Kat contourna rapidement le côté de la vitrine, glissant une autre fléchette paralysante dans la chambre du pistolet tandis que son grappin se rétractait dans son compartiment au poignet.

Avec Calvin, il avait fallu plus d'une fléchette pour le mettre hors d'état de nuire. Elle n'allait prendre aucun risque.

— Que feriez-vous si quelqu'un entrait chez vous avec une dégaine comme la vôtre ? dit Delano une heure plus tard, après que Kat lui eut confisqué le fusil, l'eut attaché à une chaise dans son bureau et eut retourné l'enseigne à l'entrée pour afficher « fermé ». Je vous vois sur les caméras, et qu'est-ce que je suis censé penser ? Que vous êtes là pour acheter un filet ?

Le bureau de Delano servait aussi d'espace de vie, s'ouvrant sur une petite cuisine et une chambre. Deux téléviseurs diffusant des programmes de jour et les images des caméras de l'entrée trônaient sur un énorme bureau en métal vert recouvert de photos et d'un petit ordinateur portable à l'ancienne affichant encore ce qui ressemblait à un tableur de ventes sur son minuscule écran. Des étagères remplissaient le reste de l'espace, servant apparemment aussi de garde-manger pour la cuisine et contenant une myriade de produits secs. Sans son masque et son purificateur d'air en fonction, l'odeur lourde et métallique de la viande crue imprégnait tout.

Calvin restait en retrait, adossé près de la porte de sortie et regardant plus le sol qu'autre chose. Pas habitué à jouer les interrogateurs. Ce qui, soit. Kat pouvait, avait et continuerait de poser toutes les fichues questions, et elle avait assez de mordant pour le boulot cette fois : Delano avait essayé de lui tirer dessus. Avec une vraie arme.

— Donc parce que vous pensez que j'ai l'air bizarre, vous décidez de tirer d'abord et de poser les questions ensuite ? répliqua Kat. Et si j'avais été un Paragon ? Vous seriez déjà enfermé dans une cellule, ou mort.

Delano haussa les épaules. — Regardez autour de vous. Vous pensez que j'ai beaucoup à perdre ?

— Arrêtez ça. On dirait que chaque fois que j'attrape quelqu'un, tout ce dont il parle, c'est à quel point sa vie est si terrible qu'elle ne peut pas empirer. Alors pourquoi êtes-vous encore là ? Il y a beaucoup de viande qui attend d'être vendue, et elle a l'air fraîche, ce qui signifie que vous vous en sortez bien. Kat se surprit un peu elle-même. Ça semblait beaucoup à dire à un homme qu'elle n'avait jamais rencontré auparavant, et ça ne les rapprochait pas de ce qu'ils voulaient savoir. Apparemment, ça faisait du bien, parfois, de s'emporter contre quelqu'un. — Quoi qu'il en soit, ça n'a pas d'importance. Vous avez vos propres problèmes. Nous sommes ici pour que vous nous aidiez avec les nôtres.

— Je sais pas si je peux faire ça, ma p'tite dame, répondit Delano, lâchant un petit rire à la fin. Avec une combinaison comme la vôtre, je pense pas faire partie de votre monde.

— Je serais ravie que ce ne soit pas le cas, dit Kat. Mais mon ami ici présent est en danger, et j'essaie de l'en sortir. Répondez aux questions, et nous oublierons que vous ayez jamais existé.

— Alors posez-les, dit Delano. Vous avez déjà saccagé ma boutique et gâché ma journée. J'aimerais vous oublier aussi.

Dans les films, ils passeraient à un autre plan. La musique officielle d'interrogatoire commencerait à jouer et Kat se pencherait en avant, poserait ses paumes sur la table et lancerait un regard glacial à Delano tout en l'assaillant de questions incisives. Ici, elle parlait simplement et aurait aimé avoir un verre d'eau pour compenser tout ce bavardage.

— Nous cherchons les Élémentaux, dit Kat. J'ai entendu dire que vous saviez où les trouver ?

Il fallait reconnaître à Delano qu'il ne changea pas d'expression le moins du monde. Le sourire arrogant resta plaqué sur son visage, ses yeux ridés restèrent brillants, — Qu'est-ce que vous voulez dire, les Élémentaux ? C'est un groupe de musique ?

— Vous n'êtes pas si stupide.

— Vous ne me connaissez pas si bien.

Kat se frotta le front, retardant ce qui pourrait bien être un mal de tête imminent.

— Ils m'ont tiré dessus, dit Calvin, sans bouger de son mur. Les Élémentaux l'ont fait. Hier, devant l'endroit que les Paragons m'ont donné.

Maintenant Delano se retourna, son sourire se tordant un peu, — Tu es un Paragon ?

— Il est un Paragon, je suis une traqueuse, dit Kat. Vous avez dit que vous n'aimiez pas votre vie, nous pouvons la ruiner pour vous, mais je préférerais sauver la sienne.

— Pour la première fois, ajouta Calvin. Je fais partie de la société, et maintenant quelqu'un essaie de me tuer. Je veux savoir pourquoi.

Delano secoua la tête. — Ce n'est pas comme ça qu'ils procèdent. Les Élémentaux ne sont pas des assassins. Je ne dis pas que ce sont des héros, mais il ne s'agit pas de meurtre. Ça ne les aide pas.

— Tu as dit que tu ne les connaissais pas, fit remarquer Kat. Peut-être que les choses ont changé.

— Beaucoup de choses changent en ce moment, admit Delano, haussant les épaules dans un geste qui fit disparaître sa dernière résistance. Enfin bref, oui, qui que soit votre gars, il a raison. J'ai effectivement connu certains des Élémentaux qui travaillaient dans cette ville. J'ai aussi connu quelques-uns des anciens Paragons.

— Comment ?

— La viande, voyons. Si tu veux les meilleurs spécimens de la ville, tu viens ici. Je servais les deux groupes, puis un jour ils se sont croisés ici et je m'attendais à ce que l'enfer se déchaîne, mais ils ont commencé à discuter et bientôt ma boutique est devenue le lieu de rencontre choisi pour les acteurs surhumains de Chicago.

Il y avait beaucoup à démêler là-dedans. Les Paragons et les Élémentaux travaillant ensemble ? Établissant des accords ? Kat n'était pas assez proche des cercles des Paragons pour savoir comment cela pouvait se produire, mais, si on voulait garder une ville aussi grande en sécurité, il fallait probablement collaborer avec ceux qu'on détestait. Surtout quand ils pouvaient raser un pâté de maisons à volonté.

Comme si Kat avait ouvert une vanne, Delano se mit à déballer encore plus d'informations, parlant sans arrêt des deux dernières décennies pendant lesquelles les Paragons et les Élémentaux avaient négocié un arrangement après l'autre, avant d'en arriver enfin à ce que Kat et Calvin étaient vraiment venus chercher, l'enclave Élémentale la plus récente. Pas si loin d'ici d'ailleurs.

Quand Delano n'eut plus rien à dire, l'horloge approchait de l'heure du déjeuner et Kat avait besoin de sortir de cette odeur de fer et de sueur. Elle libéra Delano de l'emprise de son grappin et rangea son équipement. Elle lui dit qu'elle achèterait de la viande dans quelques jours pour aider à payer les réparations de sa boutique. Puis elle et Calvin se dirigèrent vers la sortie, enjambant le verre sur le sol principal.

— Hé, dit Delano alors que Calvin s'apprêtait à ouvrir la porte. J'essayais de me souvenir où je t'avais vue, Kat. Que faisaient tes parents ?

— Ils étaient Paragons. Pourquoi ?

— Oui, c'est bien ce que je pensais. Tu as les yeux de ton père et les cheveux de ta mère, dit Delano, un balai maintenant à la main. Désolé d'apprendre ce qui s'est passé.

— Tu les connaissais ?

— D'où crois-tu que venaient vos repas ? répondit Delano. C'étaient deux des bons. Ils venaient toujours ici avec des visages heureux, prêts à parler de leurs filles. Ils disaient que tu étais une battante. Delano pointa le balai vers les dégâts. On dirait qu'ils avaient raison.

CHAPITRE 11
À LA RECHERCHE
D'UN APPARTEMENT

LAISSER une bouteille de vin à moitié pleine à portée de main dans un endroit que Zhan-Yo décrivait comme son enfer personnel avait des conséquences, et elles étaient lancinantes. Après le départ de Wexley, il avait utilisé le Cabernet pour se noyer dans l'adrénaline de la journée, puis s'était résigné à fixer son Tama, guettant le moindre signe que son plaidoyer au monde avait eu un effet. Les démentis se répandaient partout, les dirigeants et les conseils d'administration qui avaient approuvé le plan de Zhan-Yo une semaine auparavant le désavouaient maintenant dans des déclarations publiques grandiloquentes. Il n'y avait pas d'affrontements dans les rues, pas de renversements, pas d'invitations pour que Zhan-Yo vienne diriger les fiers normaux du monde vers la place qui leur revenait de droit.

Complètement imbibé, Zhan-Yo se résigna à l'horloge et passa sa dernière heure consciente dans une quête futile pour éteindre les lumières de l'appartement. Il réalisa, après avoir scruté chaque mur plusieurs fois, établissant un réseau de prises pour soutenir ses pas chancelants, que, dans une concession aux commodités les plus modernes, l'appartement de Wexley n'avait pas d'interrupteurs du tout. Zhan-Yo confirma cette découverte lorsque l'IA de l'appartement finit par prendre la parole, insistant sur le fait qu'elle s'inquiétait pour la santé de Zhan-Yo. Dans un borborygme confus, Zhan-Yo donna une liste de demandes, dont la plupart dépassaient largement les capacités de l'IA.

Zhan-Yo se contenta de l'obscurité et d'un peu d'eau.

La fin de matinée s'avéra être un réveil tonitruant, que seuls des processus routiniers, exécutés lentement, conçus pour émousser la puissance d'une gueule de bois, parvinrent à faire taire. Zhan-Yo grignota des crackers, s'entraîna aussi intensément qu'il l'osait dans la salle de sport du sous-sol de l'immeuble, et prit une longue douche. Les pilules anti-migraine firent leur magie, et au moment où Zhan-Yo s'était de nouveau emmitouflé, il pouvait se dire vivant.

Il avait aussi un plan.

L'immeuble de Wexley offrait un havre de paix, mais, même après et peut-être surtout à cause d'hier, Zhan-Yo n'en voulait pas. L'adrénaline, le sentiment de faire quelque chose s'avérait être une drogue qu'aucune dose de bon sens ne pouvait vaincre. Après tout, Zhan-Yo n'avait pas commencé sa révolution en restant assis dans les bureaux de Ziran. Il était sorti, s'était mis en danger, lui et tout le reste, pour sa cause ! S'arrêter maintenant rendrait tout cela inutile.

Sylvie avait opéré dans l'ombre. Zhan-Yo y vivait maintenant, en marge. Il devait apprendre ce qu'elle savait, comprendre comment provoquer le changement sans être vu ni perçu. Sylvie avait des ressources, des connections et des méthodes que Zhan-Yo n'avait jamais demandées, mais Sylvie les aurait gardées quelque part. Certainement pas sur un serveur public, où Ziran aurait pu les trouver : après sa mort, Zhan-Yo avait cherché. Wexley avait cherché. Ils n'avaient trouvé aucune trace. Mais à moins que Sylvie n'ait tout gardé dans sa tête, et Zhan-Yo ne pouvait pas écarter cette possibilité, elle l'aurait stocké quelque part. Et de tous les endroits où ce quelque part pourrait être, Zhan-Yo avait opté pour son appartement.

Enregistré sous un faux nom et dans un quartier si peu remarquable, Zhan-Yo n'aurait peut-être jamais trouvé l'appartement sans une fouille minutieuse des archives du pod de Sylvie. Même la maître espionne ne pouvait déjouer tous les traceurs numériques du monde moderne, et, avec la paranoïa de Wexley alimentant son choix, Zhan-Yo avait dédié une infime partie du réseau de Ziran à suivre ses mouvements. Livrés à son Tama par rafales quotidiennes, les enregistrements confirmaient la loyauté de Sylvie, et une fois confirmée, Zhan-Yo avait oublié le programme jusqu'à la mort de Sylvie. Alors ses mouvements, lignes colorées sur la grille de Chicago détaillant où la connexion constante de son Tama la plaçait, devinrent un jeu de devinettes doux-amer. Pourquoi Sylvie était-elle allée ici ou là ce jour-là, était-ce son café préféré ou l'endroit où elle aimait faire ses achats de vêtements ? Un amour apparent pour le Field Museum ? Les pièces cachées de sa vie révélées.

Maintenant, il se tenait devant son immeuble, son tachi dissimulé sous son manteau chaud montant jusqu'au cou. Wexley avait laissé le vêtement dans le placard avec une note suggérant qu'il serait préférable de garder les épées cachées. Zhan-Yo sourit au milieu d'un léger frisson — encore une journée froide, malgré le soleil d'hiver — Wexley ne voudrait pas qu'il sorte du tout, mais l'homme connaissait bien son patron.

Si l'appartement de Wexley vivait dans le cœur techno battant de Chicago, celui de Sylvie plantait ses pieux dans les os de la ville. Les gens s'agitaient dans les rues ici, entrant et sortant des pods, se pressant vers les magasins ou à l'intérieur de leurs maisons. D'après ce que Zhan-Yo pouvait voir, les revenus s'étalaient sur une large échelle, mais il ne ressentait pas une société se bousculant sous le stress. Les sourires se montraient plus que les froncements de sourcils, bien que

Zhan-Yo attribuât la nervosité de beaucoup à sa récente proclamation, son invitation à briser un statu quo qui, manifestement, servait bien cette communauté.

Mais il comptait sauver le monde entier. On ne pouvait pas regarder les bonnes poches et supposer que tout allait bien partout.

Contrairement à l'immeuble de Wexley, celui de Sylvie avait peu de dispositifs de sécurité. Une seule serrure compatible Tama montait la garde sur la porte d'entrée, et Zhan-Yo attendit simplement, fumant une cigarette — Wexley, toujours prévenant, lui en avait laissé un paquet — et observant les passants jusqu'à ce que quelqu'un sorte. Il attrapa la porte, écrasa son mégot, et se glissa à l'intérieur. Cinq étages plus haut dans un ascenseur terne, une minute de marche dans un couloir crème criblé de trous et un tapis qui criait liquidation totale, et Zhan-Yo arriva devant une porte qu'il n'avait jamais réussi à voir quand cela comptait vraiment.

Il avait mis sur le compte de la planification d'un assassinat et d'autres sombres desseins le fait que leur relation n'ait jamais dépassé le stade des dîners occasionnels. Une vision optimiste, et potentiellement illusoire : Sylvie n'avait peut-être pas vu Zhan-Yo sous le même jour que lui la voyait, mais il n'en souhaitait pas moins que Sylvie lui ait ouvert cette porte.

Ne serait-ce qu'une fois.

Sans elle, cependant, Zhan-Yo devait trouver un autre moyen d'entrer. Des passants au hasard n'ouvriraient pas la porte de Sylvie, et s'il traînait trop longtemps devant l'appartement, il attirerait le mauvais genre d'attention. Une serrure Tama, sans doute liée directement à la signature de Sylvie, brillait sur le côté droit comme une ardoise noire. Zhan-Yo la trouvait laide contre le revêtement bleu marine de la porte, mais tout cet endroit semblait avoir existé bien avant que les Tamas ne deviennent une réalité. La modernité s'imposant au passé.

Zhan-Yo regarda de haut en bas du couloir. Le bâtiment

avait la forme d'un carré, et le couloir épousait le cadre extérieur, Sylvie ayant naturellement choisi l'appartement le plus éloigné des ascenseurs. Son appartement était situé dans un coin et, pour le moment, les couloirs de chaque côté étaient vides. Zhan-Yo ouvrit son manteau et utilisa sa main droite pour tirer l'un des tachi. Déplaçant le manteau pour cacher la lame, Zhan-Yo coinça l'épée entre la porte et le cadre, puis fit glisser le tranchant vers le bas. Dans un bâtiment reconverti comme celui-ci, comme l'ancien appartement de Zhan-Yo, on aurait remplacé les serrures par des Tamas, mais il pariait qu'ils n'auraient pas changé les verrous eux-mêmes. Du métal solide, certes, mais les tachi de Zhan-Yo étaient faits pour couper des choses plus dures. Avec quelques pressions fermes, leurs tintements aigus étouffés par le manteau de Zhan-Yo, le verrou se fendit et la porte de Sylvie pendait librement.

Rengainant l'épée, Zhan-Yo poussa la porte et entra dans un endroit qu'il avait imaginé visiter maintes fois. Ces versions imaginées, comme il s'avéra, étaient erronées. Dès qu'il franchit l'entrée, refermant doucement la porte derrière lui, un mot dominait tout ce qu'il voyait :

Plantes.

Chicago avait ses jardins, mais sa situation ne se prêtait pas à la luxuriance tropicale ou aux forêts de pins qu'on trouvait plus au nord. Zhan-Yo considérait les plantes comme une garniture plutôt que comme l'élément phare d'un lieu, mais ici quelque chose avait changé. Nichées entre des aloès et des orchidées, Zhan-Yo distinguait les preuves éparses et dispersées d'une vie normale : une table, une seule chaise. Les fenêtres laissaient entrer suffisamment de lumière naturelle, bien que teintée par les fleurs qui s'étaient accrochées à la plus grande source de soleil qu'elles pouvaient trouver. Des lianes couraient sur le sol, rampant les unes sur les autres et sur presque tout le reste.

Un chaos, mais d'une manière naturelle. Comme si Sylvie

avait voulu que son appartement montre ce qui pourrait arriver au monde si les humains disparaissaient.

Le pollen et les parfums des plantes épaississaient l'air, qui était beaucoup trop chaud pour cette période de l'année. Son Tama indiquait une température de 26,7 degrés, un gaspillage d'énergie ridicule, mais nécessaire pour maintenir en vie une serre comme celle-ci.

Zhan-Yo s'avança dans la cuisine, apercevant au-delà, à travers une porte surplombée d'un rosier grimpant d'un jaune vif, ce qui semblait être le salon principal. Entre les feuilles, Zhan-Yo essaya de trouver une preuve que la femme qu'il avait admirée, voire aimée, avait vécu ici, mais il n'y avait pas de photos. Pas de lettres laissées sur le comptoir. Chaque produit qu'il pouvait voir, du grille-pain à l'ensemble de couteaux accrochés au mur près de quelques planches à découper, semblait basique et sans marque.

Mystifiant. Zhan-Yo avait toujours supposé que Sylvie menait une vie vaste au-delà de leurs interactions, mais maintenant il se demandait si c'était son refuge. Si, après avoir accompli encore un autre travail de chantage ou un assassinat, Sylvie venait ici dans cet endroit rempli de verdure pour simplement être. Toutes ces plantes auraient nécessité tellement de soins, tellement de temps, mais elles ne jugeraient pas non plus ses actions. Elles ne lui demanderaient pas de considérer les implications du renversement du gouvernement mondial.

Il rit en passant sous le rosier grimpant. À quoi s'était-il vraiment attendu ? Des photos de Sylvie à sa ligue de bowling hebdomadaire ? De vastes bibliothèques détaillant les philosophes anciens ? Une collection de fils à tricoter ?

Sylvie défiait toujours ses attentes. Pourquoi cela s'arrêterait-il maintenant ?

Le salon confirmait l'engagement de Sylvie envers le jardinage, avec deux citronniers nains encadrant un écran gigantesque. Avait-il trouvé sa vraie passion ? Les films ? Mais non.

Un coup d'œil à la table basse révéla une tablette Tama dédiée, et il comprit. Des fenêtres vidéo liées sur l'écran afficheraient les opérations en cours. À la fin, Sylvie n'avait plus besoin de se salir les mains elle-même. Elle pouvait commander de loin, regarder chaque poignard trouver sa gorge sans jamais quitter son canapé.

— Tu n'es pas censé être ici, ces mots lourds vinrent de derrière Zhan-Yo, et il fit volte-face, trébuchant sur une vrille de lierre et reculant contre ce grand écran.

L'observant, debout devant ce que Zhan-Yo soupçonnait être la chambre, se tenait un homme imposant. Corpulent, mais équilibré, à l'aise ; Zhan-Yo pariait que l'homme savait utiliser son poids. Un jean fusionnait avec un pull. Pas de manteau, même s'il faisait près de zéro dehors. Des yeux creux, avec de profonds cernes en dessous, suivirent la retraite désordonnée de Zhan-Yo. Des mains gantées, mais pas d'armes. Néanmoins, Zhan-Yo tira ses tachi et les garda tous deux prêts.

— Qui es-tu ? demanda Zhan-Yo.

— Son frère, dit l'homme. Et tu es l'homme qui l'a fait tuer.

Un frère ? Zhan-Yo aurait aimé être surpris que Sylvie n'ait jamais mentionné cela, mais sa famille restait fermement sur la liste des choses dont elle n'avait jamais parlé à Zhan-Yo. Une collection de sujets de conversation esquivés avec aisance chaque fois que Zhan-Yo avait essayé de percer les défenses de Sylvie.

— Mais je ne l'ai pas tuée, répondit Zhan-Yo. C'est Aegis qui l'a fait, et je lui ai fait subir le même sort.

— Elle m'a parlé de toi. De tes grands rêves. Elle n'a jamais dit s'ils valaient la peine de mourir pour eux.

— J'aurais donné ma vie pour eux. Nous partagions cela.

— Mais tu es toujours là.

Zhan-Yo s'était toujours enorgueilli de sa patience. Il avait maintenu la croissance de Ziran à travers d'innombrables rebondissements, non pas par une colère inflexible ou des décisions prises sur un coup de tête, mais par une analyse soigneuse et des mouvements délibérés. Il avait vu des rivaux s'effondrer en poursuivant des tendances ou en ignorant leurs résultats financiers pour des investissements risqués et mal avisés. Pour Zhan-Yo, Ziran n'était pas personnel. C'était un puzzle à résoudre, et rien de plus.

Sylvie avait été un puzzle, et tellement plus.

Zhan-Yo traversa la pièce avant de réaliser ce qu'il avait fait, les deux tachi pointés droit sur le cœur du frère. Il s'arrêta avec les pointes pressant contre le pull du frère, créant de petites indentations dans le tissu noir.

— Remets encore une fois en question mes sentiments pour Sylvie, dit Zhan-Yo. Ce sera la dernière chose que tu diras.

Le frère promena son regard des pointes des épées jusqu'au visage de Zhan-Yo.

—Si tu dis la vérité, alors pourquoi es-tu ici ?

— Je n'ai jamais vu cet endroit de son vivant, dit Zhan-Yo, sans bouger les épées. Je voulais savoir comment elle vivait, et j'ai besoin de connaître ses secrets.

La tension s'est dissipée à ce moment-là. Le frère s'est éloigné du tachi, hochant la tête en comprenant les raisons de Zhan-Yo et les faisant siennes. Lui aussi était venu ici pour essayer de découvrir ce que sa sœur avait fait, comment elle avait pu mourir. Il n'y avait aucune réponse ici qu'il puisse trouver, sauf peut-être dans une petite unité de stockage numérique dans le placard qu'il n'avait pas réussi à déverrouiller, et dont il ne se souciait plus. Sylvie avait décidé de garder sa vie mystérieuse même après sa mort, et son frère pouvait l'accepter.

— Qu'est-ce que tu vas faire maintenant ? demanda Zhan-Yo alors que le frère se dirigeait vers la sortie de l'appartement.

— Tu diriges l'entreprise de ta famille, répondit le frère.

Sylvie dirigeait la nôtre. Maintenant, c'est à moi de m'en charger.

— Alors, bonne chance, dit Zhan-Yo, en s'inclinant légèrement devant le frère.

— Ma sœur t'aimait bien, elle voulait que ton travail réussisse, dit le frère en enfilant ses chaussures. Quand j'aurai ramassé les morceaux, je te contacterai.

Alors que la porte se refermait derrière le frère, Zhan-Yo réalisa que l'homme n'avait jamais dit son nom. Une vie dans l'ombre, tout comme Sylvie.

CHAPITRE 12
LA FILLE DU HÉROS

CHOCOLAT CHAUD. Le parfum chaud et délicieux traversa la conscience engourdie de Mynx, dégelant son esprit avec des souvenirs plus heureux jusqu'à ce qu'elle revienne au présent, un présent où elle aurait dû être gelée sur le toit de Bastion. Un prix rigide qui ne serait pas trouvé avant que le dégel du printemps n'amène des oiseaux affamés, car Mynx ne pensait pas que quelqu'un d'autre utilisait l'entrée du dernier étage de la tour.

Au lieu de cela, repoussant une irritation semblable à un coup de soleil, Mynx ouvrit les yeux sur une pièce qu'elle connaissait très bien. Le centre de contrôle d'Aegis, le salon, la cuisine, tout cela combiné en une énorme chambre en demi-cercle avec des fenêtres du sol au plafond d'un côté, surplombant la moitié sud de Manhattan comme un dieu surveillant son œuvre. À en juger par la douce lumière de la pièce — pas de soleil direct ici — le temps avait déjà glissé vers l'après-midi. Mynx n'était pas venue à New York pour passer la journée allongée sur le sol — bien que son dos semblât aller bien, suggérant que quelqu'un avait placé une couverture sous elle — mais revenir d'une mort certaine avait le don de mettre les tâches d'une journée en perspective.

Mynx tourna la tête et suivit la vapeur du chocolat chaud jusqu'à la grosse tasse bleue à côté d'elle, ornée du logo incliné P des Paragons. Bien que ses muscles protestassent contre le mouvement, donnant la preuve évidente que ce dégel prendrait quelques jours pour guérir, Mynx réussit à rouler sur le côté et à atteindre la tasse.

— C'est chaud, dit la seule voix possible de quelque part derrière Mynx.

— J'ai bien besoin de quelque chose de chaud en ce moment. Mais Mynx ne but pas tout de suite, tenant plutôt le mélange brun mousseux près de son nez et inhalant, aspirant un peu de chaleur et se délectant de la saveur. Pacifica était rarement assez froide pour justifier un chocolat chaud, mais ici ? Dans le Nord-Est ? Elle pouvait se permettre cette indulgence. Merci.

— Pour le chocolat chaud ?

— Pour avoir sauvé mon moi gelé. Je suppose que c'était toi ?

Celice, la fille d'Aegis et une Paragon, bien que dépourvue de capacités d'anomalie, n'entra pas dans le champ de vision de Mynx et cette dernière dut compléter son roulement sur le ventre pour voir Celice debout au comptoir moderne en métal de la cuisine. Dans la semaine qui avait suivi la mort apparente de son père — Mynx gardait secret le statut gelé d'Aegis, à la fois parce qu'elle ne savait pas comment, ou si, elle serait capable de ramener Aegis, et parce que Zhan-Yo pourrait essayer de finir le travail — Mynx n'avait rien entendu de Celice. Mynx avait imaginé que cela signifiait que Celice avait fait une introspection, peut-être cherché vengeance, mais imaginer et être témoin étaient deux choses différentes.

La praticité avait été le code vestimentaire définissant Celice aussi longtemps que Mynx pouvait s'en souvenir. Petite fille, Celice avait défié les robes pour les poches, une attitude qui s'était transformée en une véritable obsession pour garder plusieurs Tamas à portée de main et faire d'elle la coordinatrice principale des Paragons dans l'hémisphère occidental. Ce que Mynx voyait maintenant n'était pas un revirement contre cette éthique, mais Celice redirigeant son intention. Les poches existaient toujours sur la tenue bleunoir que Celice portait, mais elles étaient longues et étroites, serrées autour de ses cuisses et le long de sa taille. Une configuration pour le terrain, plutôt que pour le bureau.

— Tu ne m'as pas dit que tu venais, dit Celice, faisant tournoyer une cuillère dans ce que Mynx supposait être sa propre tasse de chocolat chaud.

— Je ne pensais pas que tu voudrais me voir.

— Je ne veux pas.

— Mais tu m'as quand même fait entrer.

— Qu'étais-je censée faire ? Te laisser dehors pour mourir ? Celice laissa tomber ses mains loin de la tasse, saisit le bord du comptoir et le fixa comme si des lasers allaient jaillir de ses yeux. Je ne pouvais pas te porter jusqu'aux chambres.

— Je suis vivante, Celice. Tout va bien. Mynx essaya de se lever, mais ses jambes, encore sous le choc, ne voulaient pas coopérer. Bien que cela semblât un peu absurde, elle devrait poursuivre la conversation depuis le sol. Je suis venue ici pour toi, parce que tu n'as pas répondu à mes appels.

— J'ai été occupée.

— Apparemment.

Mynx laissa le mot en suspens, invitant Celice à mordre à l'hameçon.

Alors que Mynx se remettait du frisson d'être encore en vie, le soulagement de voir Celice vivante l'envahit. Des cauchemars l'avaient tourmentée pendant la semaine, suggérant que Celice était partie dans une quête suicidaire pour tuer quelqu'un de trop dangereux pour une personne normale avec peu d'entraînement sur le terrain, peu importe combien d'entraînement Aegis avait pu faire avec sa fille dans cette tour. L'ancien Champion avait clairement indiqué que

Celice n'était pas préparée pour le sale boulot, que son destin se trouvait en dehors de la violence que les Paragons avaient utilisée pour façonner le monde.

— Tu sais qui l'a tué, dit Celice. Mais tu n'as pas Zhan-Yo, n'est-ce pas ?

— Nous cherchons.

— Comment cela peut-il vous prendre autant de temps ? Vous avez tous ces drones. Son image est sur chaque écran de la planète. Chaque fois qu'il respire, vous devriez le savoir.

Les mots suggéraient que Celice devrait exploser de rage, mais au lieu de cela, ils sortaient flasques, aplatis.

— Il est intelligent, mais il ne peut pas se cacher éternellement.

— Il n'a pas besoin, dit Celice. Zhan-Yo essaie de retourner tout le monde contre nous. Les normaux. S'il peut continuer à envoyer ces messages, il pourrait en retourner davantage avant longtemps.

— Tu présumes trop, répondit Mynx. Elle prit une gorgée du chocolat, maintenant assez frais pour être apprécié, et son sucre liquide était, en effet, incroyable. Les normaux et les anomalies se portent trop bien pour risquer quoi que ce soit. Le monde est un bon endroit, Celice. Il pourrait en trouver quelques-uns, mais difficilement une révolution.

— Je pense que tu as tort, répliqua Celice. Je pense qu'il peut faire plus de dégâts que tu ne le crois.

— On dirait que tu as un plan.

— Zhan-Yo a des amis. Il avait toute une entreprise. Ils sauront où il est. Celice s'éloigna du comptoir. Je suis désolée d'avoir scellé la porte du haut, Mynx. Je ne voulais pas que tu entres à l'improviste, parce que je ne voulais pas que tu m'arrêtes.

— On dirait que tu as réussi.

Celice accepta cela, puis s'approcha et se tint au-dessus de Mynx, et dans les yeux de Celice, Mynx put voir les pensées condamnatrices : vieille, estropiée, inutile. Un soupir ravalé confirma le diagnostic.

— Je m'en vais, et vous ne me retrouverez plus ici, dit Celice. C'était l'endroit de mon père, pas le mien. Si vous attrapez Zhan-Yo avant moi, peut-être que je reviendrai. Si je l'attrape avant vous...

— Fais ce que tu as à faire. Je ne vais pas t'arrêter. Mais si tu as des ennuis, tu sais comment me joindre.

Celice esquissa un léger sourire à ces mots, tendit sa main gauche et serra l'épaule de Mynx. — Remets-toi bien.

Avant que Mynx ne finisse une autre gorgée de chocolat chaud, la fille d'Aegis avait disparu dans l'ascenseur.

Mynx se redressa et commença à masser ses jambes. Dire que la visite à New York avait été infructueuse serait lui faire trop d'honneur. Elle avait failli mourir, et maintenant l'unique objectif de la visite, ramener Celice dans le giron, s'était évanoui sans un gémissement. Mynx n'avait même pas protesté lorsque Celice s'était éclipsée.

Et elle savait pourquoi. Parce que, à sa place, Mynx aurait voulu qu'on la laisse tranquille. Quand ses propres parents étaient morts, non pas à cause d'un cataclysme mais simplement du cours ordinaire de la vie, Mynx n'avait pas cherché de réconfort dans les bras des autres. Elle avait entamé le voyage qui l'avait menée à Denise Jones et au potentiel d'une vie éternelle.

Bien sûr, cela avait été un échec cuisant, mais peut-être que Celice trouverait ce qu'elle cherchait. Au moins, elle semblait stable. Cohérente.

— Reeves, dit Mynx, continuant à se frictionner pour faire revenir la sensation dans son corps. Celice est en train de quitter le bâtiment. Localise-la et suis-la, s'il te plaît.

— Bien sûr, répondit Reeves. J'ai déjà plusieurs drones dans la zone. Je dois dire que c'est bon d'entendre votre voix.

— Tu savais que j'étais vivante.

— Les signes vitaux d'un humain ne racontent qu'une

petite partie de l'histoire. Je ne savais pas combien il resterait de vous après le dégel.

Mynx tressaillit à ces mots. — Combien de temps suis-je restée là-haut, Reeves ?

— Plus d'une heure. Les défenses de Bastion ont bloqué un sauvetage par drone, et le temps que je les convainque que c'était vraiment vous là-haut...

Même le chocolat chaud restant ne parvenait pas à faire fondre cette peur. Mynx n'était pas du genre à mourir. Elle pouvait jouer les héros, mais il y avait une raison pour laquelle elle préférait les drones, aimait se fondre dans un métal épais et résistant avant d'entrer au combat. Sous tous ses talents se cachait un simple corps humain fragile qui pouvait être brisé comme n'importe quel autre.

— La prochaine fois, sors-moi de là par tous les moyens nécessaires, dit Mynx. Je t'y autorise. Plus de chances.

— Vous vous en souviendrez ?

— Non, mais tu me le rappelleras, et alors je serai reconnaissante.

Reeves ne semblait pas si sûr de cela, mais l'IA accepta les nouveaux paramètres. Mynx continua à bavarder pendant qu'elle se réchauffait, se levait et boitait jusqu'à la salle de bain. Une douche chaude lui rendit son humanité perdue, et après avoir commandé un repas à la cafétéria des Paragons trente étages plus bas, Mynx se sentit plutôt bien.

Jusqu'à ce que son Tama vibre pour signaler un appel entrant.

Huit Champions avaient travaillé ensemble pour fonder les Paragons, et après que les nations du monde eurent refusé d'accepter l'avantage évident de laisser les anomalies les plus puissantes maintenir les choses sûres et sécurisées, ces huit Champions créèrent un mouvement qui écrasa toute force insensée qui tentait de se dresser sur leur chemin.

Mynx aurait préféré terminer l'histoire là, mais la vie continuait même après que les derniers pays eurent signé leur indépendance. Le soleil se leva à nouveau le lendemain, et bientôt Lukas déclara qu'il rentrerait chez lui, et que sa maison lui appartiendrait. Parmi les mille petites fissures qui séparaient les Champions, Lukas avait décidé de devenir le coin, et avait sans relâche versé de l'acide sur leurs différences jusqu'à ce qu'Aegis divise le monde pour les réparer.

Maintenant, le visage de l'homme apparaissait sur son Tama, l'air bouffi malgré la taille de Lukas. Des taches colorées marbraient une partie de sa peau, et ses cheveux s'étaient amincis en un ensemble clairsemé, mais ces maudits yeux avaient toujours le même aspect. Un code-barres coloré, c'est ainsi qu'Aegis les avait appelés et ce que Mynx avait vu depuis lors.

Néanmoins, il était un Champion, et Mynx avait besoin qu'il se montre.

— Lukas. Merci d'avoir appelé. Mynx essaya de se tenir plus droite, ajusta l'angle du Tama pour montrer la fenêtre de Bastion plutôt que la cuisine terne. J'imagine que vous avez reçu mon message ?

— Bien sûr, bien sûr que je l'ai reçu ! dit Lukas, et il cligna des yeux. Quand il le fit, les lignes de couleur à travers son iris se déplacèrent, insérant du rouge au centre. Quelle excellente idée d'organiser un sommet. Cela fait si longtemps, et j'imagine que vous avez tous tellement changé.

— Certains d'entre nous plus que d'autres, répondit Mynx. Lukas cligna à nouveau des yeux, et les couleurs bougèrent. Mynx essaya de se rappeler ce que chacune signifiait, puis abandonna. Elle n'avait rien à cacher à Lukas. Les choses bougent. Nous vieillissons, et nous avons besoin d'un plan.

— Et de tels plans ne peuvent être faits qu'à Los Angeles ? Pas à Londres, ou Amsterdam ?

— J'ai convoqué le sommet, je choisis.

Lukas sembla sur le point de contester pendant un court instant, et Mynx répliqua par une profonde inspiration ferme. Tous deux s'étaient affrontés à maintes reprises durant leurs jours de Champions, et chacun avait ses stratégies. La différence ici, semblait-il, était un petit bip du côté de Lukas. Il regarda, toujours vers la caméra mais visiblement ailleurs que le visage de Mynx, et grimaça.

— Un autre jour, une autre fois, dit Lukas en relevant les yeux. Dans l'esprit de notre camaraderie, ma chère amie, je ferai le voyage. Envoyez-moi les dates et les détails, et je serai là.

— J'apprécie cela.

— Et Mynx, vous devriez peut-être consulter votre médecin, dit Lukas, portant la main à son large menton carré. On dirait que vous pourriez avoir quelques soucis à l'intérieur de ce gros cerveau. Je détesterais voir un Champion terrassé par une attaque.

— Au revoir, Lukas. Mynx balaya l'appel d'un geste, s'effondra sur l'une des chaises en métal dur d'Aegis.

Les médias l'avaient appelé Spectrum. Lukas aimait ça parce que le mot était le même en néerlandais et en anglais, et ça correspondait. Ces yeux lui permettaient de voir ce que n'importe quelle fréquence lumineuse pouvait montrer, et bien plus encore. Mynx n'était pas sûre de comment ça fonctionnait, mais chaque fois que Lukas effectuait l'une de ses lectures improvisées, elle se sentait violée.

Les Champions avaient trop de lecteurs d'esprit, de manipulateurs émotionnels. Apinya, Lukas et Burov retournaient les gens normaux contre eux-mêmes. Au moment où leurs victimes réalisaient qu'elles avaient été retournées contre leur volonté, Mynx et Aegis avaient déjà revendiqué des infrastructures vitales, décimé toute résistance confuse.

Sauf que, quand les combats s'étaient arrêtés, ces mêmes pouvoirs manipulateurs d'esprit s'étaient tournés vers Mynx, vers Aegis. La seule façon de garder des secrets, d'être sûre que ses motivations étaient vraiment les siennes, avait été de diviser le monde et de renvoyer les Champions dangereux chez eux.

Maintenant, Mynx les ramenait.

— Tu vois Reeves ? dit Mynx, finissant les dernières gouttes de son chocolat chaud réchauffé. C'est ça, être un Champion.

Et c'est pourquoi, une fois le sommet terminé, Mynx abandonnerait ce manteau.

CHAPITRE 13
DIPLOMATIE DE PLAGE

THANE S'ÉVEILLA au son toujours apaisant des vagues, cette fois-ci alors qu'elles remontaient la plage vers la parcelle de sable qu'il avait déclarée sienne. Sook ronflait à proximité, un bruit alternant entre de forts grondements et des couinements nasaux aigus, comme s'il jouait un accompagnement hasardeux à la chanson de l'océan. Derrière lui, à mesure que l'aube se levait, le village s'animait. Des feux s'allumaient, et plusieurs anomalies se tenaient déjà au bord de l'eau, une jeune femme balançant ses mains d'avant en arrière en larges cercles, chacun d'eux tirant un poisson frétillant de l'eau pour le jeter dans les mains agiles de son camarade. D'autres pillaient l'eau des grands tonneaux de pluie parsemant le village, remplissant de fins seaux en pierre fabriqués, comme Thane l'avait découvert, par cette même garde qui avait étiré les lances en bois la nuit précédente : le moulage de la pierre figurait apparemment parmi ses talents.

Dans tout le monde que Thane connaissait, il n'existait pas une seule société fonctionnant grâce au pouvoir des anomalies. Au moment où les anomalies étaient apparues, l'humanité avait développé des moyens de satisfaire tous ses besoins sans recourir à des moyens « magiques », bien que les Paragons semblaient déterminés à intégrer les anomalies là où elles pouvaient accroître l'efficacité. Ici, cependant, les anomalies avaient besoin de leurs capacités pour survivre. Une dynamique intéressante, et Thane, après la longue réunion de la veille où il avait rencontré la vingtaine de personnes vivant ici, en voyait à la fois les avantages et les inconvénients.

Utiliser sa capacité pour survivre vous en rapprochait. La fille qui tirait les poissons avec ses mains — Thane se demandait quel crime l'avait fait échouer ici — montrait plus de contrôle, plus d'aisance avec son pouvoir que la plupart des anomalies qu'il connaissait. Comme un autre membre, elle exploitait chaque traction fantôme comme si elle le faisait avec ses doigts réels.

Lors de la conversation décontractée de la veille, Thane avait entendu les anomalies se vanter, maintes et maintes fois, de la façon dont leurs capacités leur permettaient de rôtir facilement le dîner, ou de sculpter des fougères en vêtements utiles, ou d'ajouter de la saveur à une eau de pluie autrement fade. Tout cela était utile, mais ennuyeux. Bien que chacun ici ait fait quelque chose de terrible, ils semblaient avoir oublié ce potentiel et s'être installés dans une existence primitive.

Thane briserait ce calme. Il le devait, sinon ils ne quitteraient jamais ce paradis de prisonniers.

Après avoir secoué le sable de sa nouvelle tenue en palmes, une chemise ample en fronde et ce qui s'apparentait à une jupe en tissage d'herbe, Thane piétina devant Sook endormi et se dirigea vers la structure principale de la ville, une hutte de chaume servant de maison au Néant et seul lieu de réunion privé du camp. En arrivant au sommet des dunes, Thane compta trois feux de cuisine allumés, plus proches de l'océan que des portes principales, chacun chargé d'un repas différent. Comme le soleil n'avait pas encore atteint son plein éclat, ces globes de feu dansants proliféraient à nouveau, projetant leur brillance vacillante sur les anomalies qui découpaient des légumes et des œufs d'oiseaux pour les ajouter à la pêche fraîche.

La hutte du Néant se trouvait au centre du camp, et à sa gauche, la plupart des gens dormaient sous un grand auvent protégé par des couches de feuilles de palmier. À droite, de plus petites huttes offraient des espaces privés. Une anomalie, la veille, avait expliqué la nécessité de s'occuper de toute personne malade, ou de ceux qui avaient besoin d'intimité pour accomplir leur travail ou se recentrer. Un geste bien-veillant, jusqu'à ce que Thane se souvienne que toutes ces personnes avaient commis quelque chose d'odieux dans le passé. Fournir un espace pour décompresser était peut-être moins un acte de bonté qu'un mécanisme de survie.

Des boîtes tressées étaient disposées tout autour du camp, stockant des denrées séchées. Suffisamment de lances de fortune pour armer une phalange s'alignaient sur les dunes à l'intérieur de l'entrée principale, tandis que trois ensembles d'arcs et de flèches reposaient sur un râtelier près du centre du village. Il serait facile de remettre en question cet arme-ment de l'âge de pierre sur une île avec tant de pouvoir, mais un tir bien placé aurait le même effet sur une anomalie que sur une personne normale. Peu pouvaient encaisser des bles-sures mortelles comme Thane et Aegis.

Le Néant était assise dans sa hutte, sirotant quelque chose de fumant dans une tasse en terre. La robe de pierre de la veille était posée sur le côté, et elle portait une tenue tissée similaire à celle de Thane. Elle ne leva pas les yeux quand Thane entra, bien que le léger assentiment qu'elle avait donné après que Thane eut demandé à entrer prouvait qu'elle savait qu'il était là. Au lieu de cela, le Néant gardait son attention sur un bac à sable d'un mètre de large au centre de la hutte. Thane s'approcha et regarda ce qui semblait être l'île, méticu-leusement sculptée dans la terre. Les instruments, des bâtons étirés en fines pointes de pinceau, étaient disposés sur la droite.

De petits cercles et lignes délimitaient des sections, et Thane supposa qu'ils marquaient les territoires et les positions des autres insulaires. De ce point de vue, il semblait que la Duchesse avait pris la majeure partie de l'île, un territoire autour du pic central, ses lignes atteignant presque la côte entre le village du Néant et le campement d'Arthur à l'autre bout de l'île.

— Eyre dessine ceci chaque matin, dit le Néant, d'une voix plus douce en privé. Elle jette son regard aussi loin qu'elle peut voir et observe notre maison d'en haut. Une chance ridicule qu'elle soit tombée avec moi.

— Quelle est son histoire ? demanda Thane, s'asseyant de l'autre côté du bac à sable face au Néant.

— Est-ce que ça importe ? répondit le Néant. Elle est ici, tout comme toi. Je pense qu'elle a espionné les mauvaises personnes, et plutôt que de la tuer sur-le-champ, Mynx l'a larguée sur cette île.

— Peut-être que les Paragons pensent pouvoir l'utiliser.

Le Néant leva les yeux de la carte, plissant la bouche vers Thane. — Les Paragons ? Je l'utilise maintenant, et elle m'utilise, bien que pour des choses différentes.

— Bien sûr, dit Thane. Il devait tâter le terrain autour de cette dynamique de pouvoir. Toute sa vie, Thane avait soit été le leader le plus fort dans la pièce, soit un prisonnier forcé d'obéir aux ordres des Paragons. — Tu veux savoir où sont tes ennemis.

Le Néant secoua la tête. — Pas des ennemis. Des rivaux. Arthur et la Duchesse ne sont pas assez stupides pour se battre l'un contre l'autre pour ce rocher, et je ne suis pas assez stupide pour les combattre non plus. Nous avons un équilibre, et cela fonctionne pour tout le monde.

— Mais tu postes des gardes jour et nuit ?

— Parce que je ne suis pas stupide. Parce que l'équilibre ne fonctionne que lorsque nous croyons que les coûts sont trop élevés pour agir.

— Ah. La dissuasion.

— Nous attendons une opportunité, dit La Vide en pointant la ligne de la Duchesse qui s'approchait de la mer. Une fois qu'elle aura accès à l'océan, elle n'aura plus aucune raison de commercer avec nous.

— Alors pourquoi ne pas l'arrêter ?

— Parce qu'elle a au moins le double de mes anomalies. Elle reçoit le plus de largages de Mynx. Et elle est douée pour les convaincre de rester.

— Tu veux dire qu'il y a une raison pour laquelle on l'appelle la Duchesse ?

— Je dis que nous sommes en infériorité numérique, répondit La Vide, et bien que Thane ne se considérât pas comme un télépathe, elle semblait agacée. Personne ici n'est assez loyal pour mourir en combattant une guerre sans issue.

— Vous avez besoin d'un leader.

— Je *suis* une leader.

Thane hésita. Encore un fil du rasoir sur lequel il risquait de basculer dans l'abîme. Si ce que Sook avait dit était vrai, alors La Vide pourrait effectivement le tuer. Même si elle ne le pouvait pas, Thane ne voulait pas non plus avoir à combattre tous ses partisans anomalies. Mais il n'était pas venu dans cet endroit pour passer ses journées à pêcher sur la plage et à compter les noix de coco avec d'autres criminels.

— Quel est ton nom ? demanda Thane. Ton vrai nom.

La Vide se leva, épousseta le sable de ses genoux. — Viens avec moi.

Ce n'était pas une réponse, mais au moins elle ne semblait plus sur la défensive.

Thane suivit La Vide hors de la hutte, et elle le conduisit au-delà des feux, où ils prirent chacun une portion de poisson enveloppée dans une feuille ainsi que quelques racines grillées. La Vide saluait tous ceux qu'ils croisaient par leur prénom, bien que rarement avec un sourire. Un commandant passant ses troupes en revue, vérifiant le moral.

Sook faisait paraître l'île comme un champ de bataille chaotique entre anomalies, où le plus fort régnait, mais le petit village de La Vide ressemblait davantage à une opération contrôlée. Chacun connaissait son rôle et le jouait, juste pour vivre un jour de plus.

La Vide le conduisit jusqu'à la plage et loin du village, marchant le long d'un rivage cristallin sous le soleil du matin. Des coquillages jonchaient le sable, et un regard vers la mer révélait des formes sombres s'agitant sous la surface. Des crabes s'enfuyaient à leur passage, et, au-dessus, les premiers oiseaux du jour prenaient leur envol, gazouillant sans cesse. Pour une scène idyllique, et Thane ne se considérait pas comme un romantique, celle-ci occupait une place de choix.

— Tu es l'anomalie la plus ancienne de l'île, dit La Vide une fois qu'ils eurent dépassé l'unique sentinelle surveillant l'approche de la plage, une femme qui adressa un bref signe de tête à sa chef. Donc tu pourrais voir les choses différemment, mais le reste d'entre nous est arrivé ici face à une longue vie d'emprisonnement.

Thane rit. — J'ai passé des décennies dans une cellule.

— Alors regarde tout ceci et demande-toi si tu risquerais de retourner là-bas. Que penses-tu que Mynx et les Paragons feraient si nous nous échappions ? Nous laisseraient-ils partir ? Nous donneraient-ils un prix ?

En la regardant, Thane estimait que La Vide avait passé la quarantaine. Elle avait beaucoup pris le soleil sur l'île, mais les gris n'avaient pas encore envahi ses cheveux, les rides n'avaient pas marqué les vallées de la sagesse sur ses joues, mais elle ne bougeait ni ne parlait non plus avec le feu plus juvénile de Sook. Elle savait ce que c'était que de jouer, et de perdre.

— Cette île est une prison, répliqua Thane. En restant, tu les laisses gagner. Ils règnent sans conséquence, sans contrôle. Avec toutes les anomalies sur cette île, nous pourrions résister. Les forcer à changer.

— Toutes les anomalies sur cette île ? C'était à son tour de rire. Une centaine d'entre nous, peut-être, contre des millions de Paragons ? Thane, je ne sais pas à quel point tu es fort, mais nous ne survivrions pas à ce combat.

— Nous ne serions pas seuls. Les Paragons ne sont pas aimés partout. Nous trouverions des alliés.

Ils atteignirent un étroit banc de sable qui s'étendait dans l'océan comme une lance et La Vide choisit d'y marcher, l'eau fraîche leur caressant les pieds. Derrière eux, un immense bosquet de palmiers s'étendait, portant des fougères à sa base. Derrière cela, le pic central de l'île s'élevait haut et gris dans le ciel sans nuages.

— As-tu oublié pourquoi nous sommes ici ? dit La Vide, menant leur marche. Chacun d'entre nous a trahi ses amis, sa famille, la société. Qu'est-ce qui te fait penser que nous pourrions rester unis ? Nous ne sommes pas des soldats.

— Tout le monde veut que sa vie ait un sens, dit Thane. En ce moment, chacun d'entre nous sur cette île n'est rien pour le monde. Si tu vieillis et meurs ici, c'est tout ce que tu resteras. Rien.

La Vide s'arrêta au bout du banc de sable. Au loin, ponctuant l'horizon à intervalles réguliers, se trouvaient les drones. Des taches noires malveillantes. La Vide tendit sa main gauche, et Thane sentit soudain une chaleur. Presque brûlante, irradiant d'elle. Et là-bas dans l'océan, les vagues entrantes éclataient, des trous apparaissant entre leurs crêtes bouillonnantes, les faisant s'effondrer les unes sur les autres. Elles s'entrechoquaient encore et encore jusqu'à ce qu'un chaos écumeux entoure leur petite promenade sur le sable.

La Vide brillait presque de chaleur, et Thane fit un pas en arrière, jusqu'à ce qu'elle s'arrête et que la brise emporte la chaleur qui émanait d'elle.

— Je viens ici parce que les vagues se moquent de ce que je leur fais, dit La Vide. Et personne ne peut voir à quel point je suis en colère.

— Nous sommes tous en colère. On nous a fait du tort.

— C'est beaucoup à perdre.

— Ce n'est rien comparé à ce que tu as déjà perdu.

Tous deux continuaient de regarder droit devant, vers ces drones. Ce mur implacable.

— Si tu veux changer nos destins, il faudra convaincre la Duchesse, dit La Vide. Elle a le plus grand nombre d'entre nous. Fais-la adhérer à ton rêve et peut-être que je ne te trouverai pas si fou.

— Mais pas toi ? Maintenant ?

La Vide secoua la tête. — Avant tout ça, j'étais enseignante. Si tu peux le croire. Une enseignante qui a eu quelques coups durs, qui s'en est prise aux mauvaises personnes. Les Paragons ont découvert que je n'avais jamais admis être une anomalie, ils m'ont envoyée ici. Mais on ne devient pas enseignante sans comprendre ce que signifie prendre soin des petits, et tous ceux là-bas sont les miens.

— Ce ne sont pas des petits. Ils ont besoin que tu les diriges, pas que tu les maternises.

— Peut-être. La Vide écarta une mèche de cheveux de ses yeux. Thane, prouve que tu peux tenir tes paroles. Ensuite, si tu es toujours toi-même, j'accepterai ce que tu demandes. Rallie la Duchesse à ta cause.

Encore une anomalie à persuader. Si cela faisait avancer les choses, très bien. Thane acquiesça, et ils firent demi-tour pour retourner au village.

— Et Thane ? dit La Vide alors qu'ils revenaient sur la plage proprement dite. Mon nom est Cassidy.

CHAPITRE 14
LE CHASSEUR ET LE CHASSÉ

POUR UNE FOIS, l'ennemi avait une planque en ville. Kat adorait les zones sauvages en périphérie de Chicago, où les terrains vagues industriels séparaient les bars si cruciaux à l'existence de leurs employés, mais de temps en temps, s'aventurer dans l'étreinte technologique de la ville constituait un agréable changement. En sortant de la station de métro, le sifflement du train à lévitation magnétique derrière eux, Calvin et Kat marchaient à travers le miasme urbain alors que l'après-midi battait son plein. La plupart des gens voyaient la combinaison de Kat et s'écartaient largement d'elle et de Calvin, se pressant contre les bâtiments ou se glissant dans les cafés ou les magasins pour les observer jusqu'à ce que la traqueuse soit passée. Au-dessus, un drone interrompait le ciel, sa masse noire et silencieuse dérivant lentement. Les restaurants se préparant pour le dîner emplissaient l'air d'arômes alléchants que Kat ignorait — qui sait si l'un d'entre eux l'accueillerait même, armée comme elle l'était ?

Selon les renseignements de Delano, la base actuelle des Élémentaires se trouvait non loin dans cette rue, en face d'un parc d'un pâté de maisons. La neige et la glace avaient trans-formé les équipements de jeu du parc en œuvres d'art abstraites, tandis que les gens se blottissaient sur les bancs, penchés sur leurs Tamas et grignotant des sandwichs. Les nacelles crissaient sur la route et, bien que Kat surveillât ce qu'elle pouvait, son masque voyait le reste.

Aucune menace potentielle n'apparut pendant qu'ils approchaient du café. Cela semblait un peu étrange — les Élémentaires devaient savoir qu'ils n'avaient pas tué Calvin, et qu'attaquer un Paragon entraînerait des représailles — mais peut-être étaient-ils tous sortis déjeuner ?

— Tes parents étaient des anomalies ? demanda Calvin tandis qu'ils marchaient.

L'homme était resté silencieux presque tout le trajet depuis chez Delano jusqu'ici, et maintenant il choisissait d'entamer cette conversation ?

— Ouais.

Kat assassinerait ce sujet mille fois.

— Mais pas toi ?

— Non.

— Étrange.

— Ouais.

Son Tama bipa et Kat y jeta un coup d'œil. Le café des Élémentaires devait être proche maintenant, juste devant. Comme si la réalité se conformait aux données du Tama et non l'inverse, lorsque Kat releva les yeux, elle remarqua un doux auvent bleu avec des tasses de café au pochoir blanc partout dessus. De minuscules glaçons pendaient des bords de l'auvent, lui donnant l'apparence d'un peigne.

— C'est la cible, dit Kat, choisissant d'hocher la tête plutôt que de pointer du doigt, pour éviter que leur apparence déjà suspecte ne devienne complètement flagrante. Tu devrais rester en retrait.

— Kat, écoute, je ne suis pas impuissant.

— Vraiment ? Tu n'es pas armé, et ce manteau ne va pas te protéger. Je n'ai pas envie de surveiller tes arrières.

Calvin balbutia quelque chose à propos de surveiller les siens. Kat posa un doigt ferme sur sa poitrine.

— Écoute, je connais ces gens. Ou certains d'entre eux, en tout cas, dit Kat. Je peux leur parler, et on peut comprendre pourquoi ils ont essayé de te tuer. Comme je l'ai dit, l'assassinat n'est pas vraiment leur truc, donc ils doivent avoir une autre raison. À moins que tu puisses en penser une ? Maintenant ?

— Aucune idée. Je te l'aurais dit. Le tir est venu de nulle part.

— Alors reste en arrière. Je te ferai signe quand tu pourras entrer. Kat recula de l'anomalie. Si tu veux aider, reste hors de vue. Surveille tout ce qui paraît bizarre.

Calvin ne discuta pas. Tellement plus rafraîchissant que Gordon, qui semblait aimer s'opposer à elle sur tout. Kat n'avait jamais voulu de faire-valoir, ni de partenaire, mais si elle en avait eu un, Calvin et son obéissance totale auraient pu être le seul type qu'elle accepterait.

Le café ne s'étendait pas beaucoup au-delà de l'auvent, son profil long et étroit s'étirant depuis la rue. Des vitres teintées offraient une vue sombre de l'intérieur, bien que des tables beiges pressées contre la vitre indiquaient clairement que l'espace servait, à un moment donné, quelque chose. Pas maintenant, cependant. Un panneau Tama éclairé en rouge près de la porte déclarait l'endroit fermé, malgré un affichage des horaires montrant que le café devrait être bel et bien ouvert.

Cela semblait suspect.

Kat continua d'avancer, suivant son propre conseil concernant les caméras et tournant dans la prochaine ruelle jonchée de détritus, un bâtiment plus loin. Elle envoya rapidement un message à Calvin depuis son Tama, et contourna la ligne de démarcation du pâté de maisons. Un espace étroit avec de hauts bâtiments de chaque côté, des escaliers de secours métalliques grimpant de haut en bas et des bennes à ordures occupant chaque centimètre carré le long des murs, la ruelle n'avait rien d'accueillant. Kat, cependant, ne s'attendait pas à un accueil chaleureux.

Les Élémentaires étaient un collectif d'anomalies qui s'étaient fait un nom en réclamant diverses libertés, droits et autres choses qui revenaient à rejeter le système des Paragons sans rien proposer de mieux. Comme si les normaux, et les Paragons, étaient censés accepter qu'un groupe d'anomalies renégates puisse librement circuler sans aucune surveillance, aucun contrôle. Comme Aegis l'avait proclamé dans d'innombrables discours, la dernière chose dont le monde avait besoin était une nouvelle guerre, et encore moins une guerre entre plusieurs forces surpuissantes. Ainsi, avec les Paragons qui fondaient sur eux pour réduire leurs effectifs chaque fois que les Élémentaires faisaient des mouvements sérieux, Kat n'était pas surprise de trouver la ruelle, et le café, vides.

Frapper, puis se replier et se cacher.

Pourtant, Kat gardait quand même sa main gauche sur la poignée de son pistolet paralysant, l'arme reposant dans son étui de cuisse. Les anomalies pouvaient être n'importe où, pouvaient être invisibles ou, comme Vedder il n'y a pas si longtemps, pouvaient projeter une image visuelle qui faisait paraître les choses beaucoup plus sûres qu'elles ne l'étaient réellement. Cependant, rien n'envoyait de boules de feu depuis le ciel ni ne faisait fondre le béton sous ses pieds. Les entrailles de Kat ne s'embrasaient pas, son esprit ne sombrait pas dans la folie. Malgré l'interrogatoire, Kat se demandait si Delano leur avait dit la vérité.

La porte arrière du café, étiquetée d'un épais autocollant sur la surface peinte en beige, avait sa propre plaque Tama avec le même message de fermeture. Verrouillée aussi. Ce qui signifiait que si Kat voulait entrer, elle devrait forcer l'entrée. Ce serait une violation de la loi de Paragon, traceuse ou non. Avant de franchir cette ligne, Kat pensa qu'ils pourraient faire un peu d'observation. Trouver un banc dans le parc, déjeuner et voir si le café finissait par ouvrir. Ou peut-être que les Élémentaires verraient Calvin et décideraient de passer à l'action, faisant sortir leurs gens au grand jour.

Kat écarta cette idée sur son Tama, se retourna vers la sortie de l'allée, et son masque vira au rouge vif.

Elle plongea en avant alors qu'un éclat de béton explosait derrière elle, le craquement arrivant plus tard et résonnant le long de l'allée. Kat roula sur la droite en touchant le sol, plaçant une benne entre elle et l'entrée de l'allée, la direction d'où venait le tir. Elle pressa son corps contre le métal vert rouillé, lisant les informations bleu translucide qui défilaient sur son masque.

Ses signes vitaux, sa combinaison, tout ça allait bien. Elle n'avait pas été touchée, mais le son et l'impact où la balle avait frappé suggéraient un fusil illégal. Le masque ne signalait pas que presque tous les fusils et les armes tirant des balles létales étaient désormais illégaux.

Une vraie arme à feu. Kat avait eu affaire à des anomalies lançant des flammes, d'autres qui pouvaient changer de forme ou, comme Calvin, transformer n'importe quoi en outil mortel, mais elle n'avait jamais été la cible de vraies balles. La combinaison n'était pas conçue pour être pare-balles, car quiconque utilisant ces armes se mettait une si grosse cible dans le dos que c'était, eh bien, stupide. Ou trop puissant pour s'en soucier. Déjà, son masque lui indiquait que le drone qu'ils avaient vu flotter au-dessus d'eux faisait demi-tour au bruit.

Le masque bipa à nouveau, les capteurs visuels de la combinaison détectant quelqu'un alignant un tir. Le côté droit du masque s'illumina, indiquant à Kat d'où viendrait le tir. Elle sauta à nouveau, mais cette fois aucun coup ne partit, seulement le bip constant alors que le masque hurlait qu'elle était dans la ligne de mire de quelqu'un. Kat avait besoin de se mettre à couvert, de rentrer quelque part. La peur lui nouait la gorge tandis qu'elle se précipitait au centre de l'allée, puis plongeait derrière une autre benne du côté opposé, coupant court à la panique du masque pendant une seconde.

Kat détestait être chassée. Recroquevillée derrière un tas d'ordures, le cœur battant mille fois par minute, les mains tremblantes et la respiration sifflante, Kat devait se calmer, devait arrêter de penser comme une proie.

Devenir le prédateur à la place.

— Hé ! Kat, ça va ? cria Calvin, sa voix venant de l'entrée de l'allée.

Merde. On dirait qu'elle ne pouvait pas jouer les lâches aujourd'hui.

— Calvin ! cria Kat en se jetant hors de son abri. Le tireur est sur le toit !

Son masque ne s'alluma pas, et même alors que Kat courait vers Calvin, lui faisant signe de s'enfuir, elle leva les yeux vers le seul endroit possible où un tireur pouvait se trouver et la suivre entre les bennes. Elle l'aperçut, et le masque souligna la silhouette accroupie en vert clair. Difficile de se cacher sur des toits épars quand on trimbale une arme longue comme la sienne ; le mince canon de l'arme dépassait du bord du toit, pointé vers Calvin.

L'anomalie n'obéit pas aux instructions de Kat, mais il se tenait près de l'entrée de l'allée, la main sur le coin du bâtiment le plus proche. Lorsque Kat arriva, elle vit l'air devant Calvin miroiter, se durcir et se transformer en l'épaisse argile rouge qui composait la plupart des briques que Calvin touchait. Le bouclier d'argile montait avec la main de Calvin à mesure qu'il grandissait, et quand le coup de feu retentit, la balle s'écrasa dans la barrière. Calvin ne broncha pas, donc sa défense improvisée avait dû fonctionner.

Kat ne voulait pas laisser plus de temps au tireur. L'attention du sniper étant sur Calvin, elle visa son poignet vers le toit du tireur et tira son grappin. Le crochet tourna vers le haut, et alors que Kat sprintait vers le mur, elle tourna son poignet pour rétracter le grappin, le laissant mordre dans le bord du toit de pierre. Le bruit fit se retourner le sniper alors que Kat heurtait le mur d'un saut en course, la rétraction du grappin la tirant vers le haut en même temps.

Courir sur le mur. De toutes les choses qu'une jeune Kat aurait qualifiées de super-héroïques et que Kat faisait presque quotidiennement, cela lui procurait toujours le frisson qui accompagnait le défi à l'ordre normal. Au diable la physique, Kat courut droit sur le côté du bâtiment, menée par son bras gauche.

Le sniper, toujours visible, fit une tentative pour déloger son grappin, mais quand une seule traction ne suffit pas à le détacher, l'homme — avec son équipement tactique noir et sa façon de bouger, Kat identifia le tueur comme un homme — saisit son fusil et s'enfuit.

Kat franchit le rebord du toit quelques secondes plus tard, soufflant fort après avoir sprinté sur quatre étages, mais prête à l'action. Le sniper s'était replié sur un autre bâtiment et semblait se diriger vers une entrée de maintenance. Des drones noirs approchaient, fonçant de plusieurs directions, et le sniper n'aurait aucune chance de leur échapper s'il ne se dépêchait pas maintenant.

Kat n'allait pas laisser cela se produire.

Elle s'élança vers le sniper, tandis que le grappin se rétractait dans son poignet. Kat dégaina un pistolet paralysant de sa main droite, visa et tira en courant alors que le sniper ouvrait brusquement la porte de maintenance, se cachant derrière. La fléchette rebondit sur le bouclier improvisé, mais ce mouvement plaça le sniper du mauvais côté de l'escalier qu'il avait choisi. Le masque bipa, une ligne jaune apparaissant au bas de sa vision, et Kat saisit l'avertissement à temps pour planter son pied sur le bord et pousser, sautant par-dessus l'étroit espace vide et atterrissant sur le toit carrelé suivant.

Le sniper repoussa la porte, et le masque de Kat hurla à nouveau. Pendant la seconde où il avait été caché à sa vue, le sniper avait lâché son fusil et sorti une arme de poing plus petite. Kat tenta d'esquiver, bondissant en avant — toujours en avant, car les tireurs ne s'y attendaient pas. Elle sortit de sa roulade, visa son pistolet paralysant sur l'homme masqué, et il tira.

C'était comme recevoir un coup de poing, un choc coupant le souffle à sa poitrine qui projeta Kat au sol. Elle essaya d'appuyer sur la détente de sa propre arme, mais ses nerfs étaient occupés ailleurs, se concentrant sur la douleur soudaine, le choc, et le sang qui coulait d'endroits qui n'étaient pas censés en perdre. Sa tête retomba, heurtant le toit froid. Le masque lui hurlait dessus, ces signes vitaux parfaits maintenant altérés et se détériorant rapidement.

Mais le sniper. Kat ne pouvait pas le perdre. Pas maintenant, pas encore.

Elle essaya de se redresser, tenta de garder les yeux sur la cible, mais tout ce qu'elle vit fut l'éclair de la porte qui claquait derrière lui, la laissant là-haut, seule, froide et mourante.

De toutes les façons de partir. Les traceurs mouraient tout le temps, mais pas comme ça. Pas abattus dans les rues au hasard, pas laissés à se vider de leur sang. Ce n'était pas comme ça que ça devait se passer. Même alors que le froid se répandait depuis sa poitrine, Kat essaya de se concentrer, tenta de penser à ce qu'elle pouvait faire, qui elle pouvait appeler. Si c'étaient ses derniers moments, alors elle devrait appeler quelqu'un. Juste pour ne pas être seule.

— Appelle-le, dit Kat à sa combinaison, sa bouche à la fois froide et chaude en même temps. Appelle Gordon.

Son Tama se connecta, sonna, tandis que le ciel nuageux s'assombrissait de drones en vol stationnaire.

Elle n'entendit pas s'il décrocha.

CHAPITRE 15
CRAQUER LA BOÎTE
DE RÉCEPTION

ZHAN-YO FIXAIT l'ordinateur depuis des heures maintenant. Le dispositif de stockage, une machine robuste et déconnectée conçue pour durer des décennies avec un minimum d'énergie et un maximum d'instabilité, était posé dans le placard de Sylvie, calé dans un coin et dissimulé par des vrilles de lierre suspendues. Sans l'indice du frère de Sylvie, Zhan-Yo ne l'aurait peut-être jamais trouvé, car l'appareil n'était pas beaucoup plus grand que son propre Tama, ne faisait aucun bruit et n'avait pas de lumières.

L'écran, gris et terne, sans rétroéclairage, ne présentait à Zhan-Yo qu'un curseur clignotant et rien d'autre. Un minuscule clavier sur le bord inférieur de l'appareil offrait la possibilité de saisir des données, et Zhan-Yo le fixait depuis longtemps sans toucher un bouton. Qui savait combien de tentatives il aurait avant que l'appareil ne le verrouille ? Chaque essai devrait être précis, planifié.

Au début, les possibilités infinies étaient désespérantes — Sylvie connaissait la valeur d'un mot de passe fort, et elle ne jouerait pas à des jeux. Elle aurait mis des lettres et des symboles dans une série aléatoire sans aucun lien avec quoi que ce soit, une vingtaine de caractères destinés à déjouer toute tentative d'intrusion. Si c'était le cas, à moins de l'apporter aux Paragons, qui pourraient avoir une anomalie capable de le craquer, les secrets de Sylvie resteraient à jamais secrets. Et Zhan-Yo, évidemment, n'allait pas apporter cet appareil près des Paragons.

Il restait assis dans cet appartement envahi de plantes, faisant des pauses dans sa réflexion en parcourant les nouvelles mortes du jour sur son Tama : l'histoire la plus intéressante, une fusillade en direct sur un toit pas si loin d'ici, s'était conclue rapidement et sans bilan apparent. Les drones avaient également raté leur cible, tout comme avec Zhan-Yo et Rhimes. Peut-être que les machines vieillissaient.

Cette cogitation cérébrale a commencé à faire courir son esprit sur différentes pistes, s'arrêtant sur l'idée alléchante que Sylvie devait savoir que la mort pouvait survenir à tout moment. Zhan-Yo, regardant sa propre vie, pouvait voir à quel point elle avait changé dans le court laps de temps depuis qu'il avait rejoint le côté obscur : quand chaque action présentait un risque mortel, on évaluait ces actions différemment.

Alors, comment Sylvie aurait-elle agi ?

Elle se serait préparée. Comme Zhan-Yo, elle s'était engagée dans un avenir post-Paragon. Tout ce qu'ils avaient fait ensemble allait dans ce sens, et Sylvie avait continué à pousser même lorsque les risques étaient devenus plus grands. Aegis avait été son plan. Que penserait-elle que Zhan-Yo ferait si elle mourait et qu'il survivait ?

— Tout le reste ne me mène nulle part, se dit Zhan-Yo, puis il jeta un long regard autour de la pièce, comme si le fantôme de Sylvie pouvait apparaître pour confirmer ce fait.

Si Zhan-Yo ne croyait pas que Sylvie supposait qu'il viendrait chercher ce qu'il savait, alors il était de retour à la case départ. Possibilités infinies. Mais s'il choisissait de croire que Sylvie voudrait qu'il trouve ceci, qu'elle s'attendrait à ce qu'il essaie d'en percer les secrets, alors Zhan-Yo avait une chance.

Le plan limitait les mots de passe potentiels à ce que Zhan-Yo pourrait deviner. Mais aussi, ce que Zhan-Yo *seul* pourrait deviner.

Les termes communs n'étaient pas plausibles, pas plus que les mots facilement devinables qu'ils avaient partagés, comme « Ziran » et « Révolution ». Les deux pouvaient être trouvés par n'importe qui ayant une connaissance superficielle. Zhan-Yo continuait à regarder l'appareil, ne voyant pas vraiment son écran en niveaux de gris, mais plutôt mille fils se ramifiant derrière lui, chacun menant à un choix possible. Il était temps de commencer à les éliminer. Premièrement, le mot de passe serait personnel. Quelque chose entre eux deux seulement.

Certains fils disparurent, beaucoup d'autres restèrent.

Sylvie jouait un jeu difficile, poussant constamment Zhan-Yo et tous ceux qui l'entouraient vers de plus grandes choses. Elle n'était pas sentimentale. Elle laissait l'ambition engloutir les sentiments plus doux. Les petites choses, comme les repas qu'ils avaient partagés ou le nom de leur restaurant préféré, ne correspondraient pas à son style.

D'autres fils s'envolèrent.

Ils communiquaient par messages cryptés. Une notification apparaissait sur son Tama, l'invitant à cliquer sur un portail anonyme et à entrer un code à usage unique pour voir ce qu'elle avait envoyé, puis répondre de la même manière. Chaque message s'effaçait peu après avoir été lu. Sylvie serait-elle allée dans cette direction ? Un mot de passe lié à leur vie guidée par les codes ? Zhan-Yo se demandait, ses mains flottant au-dessus du clavier, prêtes à taper le nom du service mutuel qu'ils avaient utilisé pendant tant d'années.

Non. Le service lui-même était assez connu. Pas émotionnel, mais pas assez personnel non plus.

Il coupa ces fils.

Il n'en restait que peu, et parmi ceux-là, un seul semblait assez fort pour cela. Ils préféraient se rencontrer le long du lac

Michigan, la nuit, et sur une partie particulièrement déserte entre Soldier Field et Navy Pier, où, à l'exception des joggeurs nocturnes, ils n'avaient à partager l'espace avec personne. Les pods naviguaient par adresse, et cet endroit particulier n'en avait pas.

La première fois qu'ils s'étaient vraiment rencontrés, c'était sur cette portion, sur la suggestion de Sylvie qu'ils partent tous les deux des extrémités opposées et se rencontrent au milieu comme moyen de garder les choses aléatoires. De là, quand ils avaient fini, ils appelaient un pod à leur endroit précis, générant un code de localisation spécifique. Intelligent de la part des pods — le code vous permettait de revenir précisément à l'endroit où vous aviez été pris en charge, en cas d'objet ou de mémoire perdue, avec votre propre identifiant personnel lié pour que vous puissiez partager l'endroit avec n'importe qui d'autre.

À la connaissance de Zhan-Yo, le code de Sylvie pour cet endroit sur Lake Shore Drive n'avait été envoyé qu'à lui. À cet endroit, ils avaient fait leurs plans, ils avaient partagé leurs rêves, et ils avaient travaillé pour rapprocher ces rêves de la réalité. Le mot de passe parfait, le seul mot de passe.

Il sortit le code sur son Tama, puis entra les douze chiffres. L'écran en niveaux de gris cligna une fois, puis lui présenta des options. Il était entré.

Dans cet appartement sombre rempli de plantes, Zhan-Yo s'autorisa un petit sourire.

Et maintenant ?

D'abord, Zhan-Yo lut. Bien que naviguer sur l'appareil ressemblait à la lecture d'un énorme tome sans table des matières, Zhan-Yo parcourut maladroitement des documents détaillant les pensées de Sylvie sur tout, de lui-même à Ziran en passant par le monde en général. Au début, les possibilités semblaient fascinantes : une fenêtre sur les réflexions privées de Sylvie à son sujet ? Sur sa cause ? Mais plutôt que des missives sincères, Sylvie s'avéra être une analyste directe. Le propre dossier de Zhan-Yo, au-delà d'une description physique rudimentaire — capable mais hésitant ? Zhan-Yo contestait cela — ne contenait guère plus que quelques lignes le déclarant comme un leader fort mais trop idéaliste pour qu'on puisse compter sur lui pour prendre les décisions les plus difficiles.

Plus précieux étaient les listes et les méthodes de contact pour les nombreux groupes de mercenaires encore cachés dans les bas-fonds du Paragon. Tous ces soldats devaient aller quelque part quand l'armée s'était dissoute, et si, en surface, ils avaient adopté des professions pacifiques, beaucoup exerçaient leurs compétences dans des travaux clandestins que les Paragons ignoraient largement, à moins que le nombre de victimes ne devienne trop élevé. Avec ces listes, et suffisamment de contacts, Zhan-Yo pourrait se constituer une dangereuse armée en peu de temps, bien qu'elle serait dispersée à travers le monde. Néanmoins, s'il pouvait influencer l'opinion publique, ces noms lui donneraient le combustible pour transformer une étincelle en un véritable brasier.

Et pourtant, assis parmi ces plantes, la déception planait. Zhan-Yo pensait être venu exactement pour ce qu'il avait trouvé, les éléments tangibles qui feraient avancer sa cause. Au lieu du bonheur, une tristesse lancinante s'installa dans la pénombre alors que la nuit tombait sur la ville. Sylvie n'utilisait pas ou n'avait pas de lumières automatiques, et Zhan-Yo n'avait pas envie de quitter le canapé. Alors, avec son Tama brillant, il continua à lire un fichier après l'autre, espérant que quelque chose comblerait le vide.

Zhan-Yo n'était pas stupide. Il savait, maintenant, que ce qu'il avait voulu était quelque chose de plus profond. Une note ou une vidéo — même si cet appareil ne semblait pas montrer d'images — juste pour lui, lui disant au revoir, révélant ce que Sylvie avait secrètement ressenti mais jamais dit. Son cœur parlant quand sa tête savait mieux.

Sylvie avait prévu le pire, mais elle l'avait fait de la même manière qu'elle avait fait tout le reste : avec un œil tourné vers les résultats, pas vers les émotions.

Et peut-être était-ce la meilleure façon de voir les choses. Sylvie faisait confiance à Zhan-Yo pour prendre les rênes, pour continuer sans elle et concrétiser leur rêve. Elle ne s'était pas laissé distraire par des sottises romantiques, et lui non plus ne devrait pas. Les révolutions comme la leur exigeaient des cœurs durs, des volontés déterminées. Sylvie n'avait pas mis de note ici parce qu'elle n'en avait pas besoin. Zhan-Yo savait déjà ce qu'elle dirait.

Vas-y. Le monde t'attend.

Zhan-Yo se leva, fourrant maladroitement l'appareil dans l'une des plus grandes poches de son manteau. Il s'enfonça jusqu'au fond, faisant gonfler le côté gauche de Zhan-Yo comme s'il avait développé une tumeur particulièrement impressionnante, mais porter l'ordinateur de style ancien dans ses bras aurait été encore plus suspect. Il jeta un dernier regard aux diverses plantes, commença à se dire qu'il demanderait à Wexley d'acheter l'endroit, d'envoyer quelqu'un pour s'en occuper. Zhan-Yo viendrait vérifier de temps en temps, s'assurer que tout était comme maintenant.

Non. C'était du sentiment. Sylvie n'approuverait pas.

Il enverrait plutôt un message anonyme à la direction du complexe, les informant que la propriétaire de cet appartement particulier était décédée et les laisserait s'en occuper. Ils remettraient probablement l'endroit à neuf, et dans un mois il n'y aurait plus aucune trace que Sylvie ait jamais vécu ici.

Bien que, apparemment, quelqu'un semblait penser qu'elle y vivait encore.

Alors que Zhan-Yo s'approchait de la porte pour partir, il remarqua qu'une simple enveloppe blanche avait été glissée sous la porte. Il la ramassa, la retourna et ne vit rien d'écrit au dos. Il y avait une chance qu'elle soit tombée de la poche de son frère, mais cet homme ne semblait pas du genre à perdre quelque chose comme ça. Et puisque Sylvie n'ouvrirait plus son propre courrier...

Le message n'était pas long. À peine deux paragraphes, tapés et largement espacés, comme le premier devoir d'un écolier. Son message, cependant, concernait des choses nettement plus lourdes qu'un compte rendu de lecture.

Sources multiples confirmées : les Champions organisent un sommet. Lieu le plus probable : Los Angeles. Mynx serait à l'origine. Organisé rapidement. Commence dans quelques jours. Envoyer plan.

Des lettres et des chiffres suivaient dans un code de vingt caractères. Quelque chose que Sylvie saurait peut-être déchiffrer, quelque chose que Zhan-Yo devrait décoder. Le point du message, cependant, n'était pas difficile à comprendre : un sommet ? Où tous ou la plupart des Champions seraient au même endroit ? Des légendes, chacun d'entre eux, et vulnérables. Si Aegis avait été un faux départ, le monde ne pourrait pas nier un coup de balai net de ses héros les plus éminents. Sylvie ne laisserait pas passer cette opportunité. Zhan-Yo non plus.

Il s'était senti perdu en fuite, se cachant des fenêtres, des messages, des responsabilités. Sa révolution n'avait pas eu lieu, mais ce qui avait semblé être le final d'une décennie de préparation apparaissait maintenant comme le premier acte. Les Paragons donnaient à Zhan-Yo une seconde chance de les faire tomber. Il n'échouerait pas.

Sylvie ne le laisserait pas faire.

CHAPITRE 16
ENNEMIS À LONG ISLAND

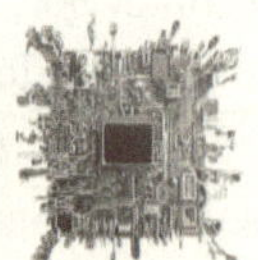

PARFOIS, il fallait transformer le fait d'être congelée en opportunité. Pendant les heures que Mynx avait passées à récupérer durant la journée, tandis que son corps dégelait, qu'un cocktail de médicaments s'employait à restaurer son équilibre physique, qu'une offensive à base de crème menait une guerre victorieuse contre sa peau sèche et endommagée, la Championne de Pacifica avait mené l'enquête. Avec l'aide de Polly, l'IA d'Aegis, Mynx avait mobilisé une armée d'écrans surgis des fentes autour de la fenêtre panoramique donnant sur Manhattan et avait passé au peigne fin toute information susceptible de mener au pourquoi.

Pourquoi Zhan-Yo, alors que tout allait dans son sens, avait-il décidé d'agir maintenant ?

Les Paragons, en tant que force mondiale, semblaient être plus puissants que jamais. Les propres drones de Mynx couvraient les Amériques et s'étendaient en Europe à mesure que les autres Champions réalisaient qu'il valait mieux envoyer les Paragons gérer de vrais problèmes que patrouiller dans les rues. Les sondages d'opinion prouvaient que le public adorait ses Paragons — la stabilité comptait, apparemment — et la paix régnait globalement. Zhan-Yo avait aussi beaucoup à perdre, ce qui rendait un tel revirement encore moins compréhensible. Logiquement, il n'aurait fait un geste aussi radical que s'il avait le soutien d'une autre puissance, capable de le pousser à devenir une véritable menace.

Bien qu'ils n'aient pas encore fait de grand coup d'éclat, Mynx ne pouvait penser qu'à un seul groupe assez fou pour défier les Paragons ouvertement : les Élémentaux.

Ces maudits terroristes étaient présents comme une maladie presque depuis le début, des anomalies prétendant qu'elles ne voulaient pas travailler dans le nouvel ordre mais, au contraire, le défier par solidarité avec une liberté imaginaire. Les Paragons n'étaient pas des négriers, ils étaient des protecteurs. Les Élémentaux affirmaient que les nouvelles lois, comme la conformité aux représentants, l'enregistrement des anomalies, ou la restriction des postes de Paragon à ces mêmes anomalies, étaient dictatoriales et punitives, mais ils passaient à côté de l'essentiel : dans un monde où n'importe qui pouvait être une bombe nucléaire ambulante, il n'était tout simplement pas viable de laisser les choses sans contrôle. Si un pâté de maisons explosait, ou qu'un stade entier se transformait en cendres, soit on savait, grâce aux lois des Paragons sur les anomalies, qui l'avait fait, soit on vivait dans la peur totale.

Zhan-Yo voulait apparemment un retour à cette peur, avec des groupes de personnes aux super-pouvoirs, mais par ailleurs très humaines, se battant dans les rues pendant que les normaux regardaient avec une horreur impuissante. Les Élémentaux soutiendraient cet objectif, aussi stupide soit-il, et avaient peut-être garanti à Zhan-Yo leur puissance de feu s'il tentait ce coup.

De toutes les choses qu'Apinya avait faites, et Mynx respectait la plupart d'entre elles, avoir convaincu les Paragons de laisser les Élémentaux subsister en tant que groupe politique plutôt que de les anéantir comme les Paragons l'auraient fait pour tout autre groupe terroriste, était la pire.

Certes, il y aurait eu des dégâts partout dans le monde si les Paragons avaient mené une guerre d'anomalies contre les Élémentaux. Cela aurait été douloureux, voire catastrophique à certains endroits, mais les Paragons auraient gagné. Ils auraient éradiqué ce problème.

Mynx reviendrait sur la question lors du prochain sommet, mais si elle voulait retourner les Champions contre les Élémentaux, il lui faudrait d'abord des preuves. Dans ce but, Polly aida Mynx à fouiller dans les archives d'Aegis, cherchant et trouvant ce qu'elle voulait : une importante enclave Élémentale, pas si loin que ça sur Long Island. Mynx pourrait y aller, poser quelques questions difficiles. Découvrir si ces monstres avaient vraiment changé et méritaient l'élimination.

— Polly, active la combinaison de réserve numéro cinq, dit Mynx en se levant du comptoir. Et ouvre le toit. Il est temps de faire quelque chose de productif.

Retourner à l'endroit qui avait failli la tuer ne perturbait pas le moins du monde Mynx. Il fallait apprendre à se remettre des expériences de quasi-mort dans cette vie, sinon on ne pourrait jamais rien faire.

De nouveau dans sa combinaison à énergie cinétique, les batteries chargées par son va-et-vient constant dans la pièce, Mynx passa quelques dernières minutes à nettoyer l'ancienne demeure d'Aegis. Elle débarrassa le comptoir, fit fonctionner le combo lave-vaisselle-stérilisateur, et demanda à Polly de ranger la forêt d'écrans à sa place. C'était un peu comme dire au revoir à son ami, en faisant ce qu'Aegis aurait dû faire. Avec le départ de Celice, qui savait combien de temps s'écoulerait avant que quelqu'un d'autre ne vienne ici ? Le trône des Paragons laissé vacant, peut-être à juste titre.

Dehors, les vents continuaient de souffler, et le soleil déclinant de l'hiver ne faisait pas grand-chose pour la réchauffer. Cependant, au moment où Mynx fit trois pas vers son jet, la combinaison de réserve numéro cinq la rejoignit. L'ovale de métal léger bleu Paragon se lança depuis sa station de stockage sur le toit de Bastion, l'un des nombreux secrets que Mynx et Aegis avaient intégrés au bâtiment pour gérer une armada de scénarios au cas où.

Utilisant sa batterie au plutonium, la combinaison avait assez d'énergie pour fonctionner longtemps, bien que toute perforation de l'épais blindage de cette batterie signifierait une fin rapide pour l'occupant. Le risque, cependant, était toujours présent, et Mynx avait au moins conçu celle-ci. Si elle échouait, ce serait sa faute et celle de personne d'autre.

L'ovale s'approcha, ses minuscules réacteurs le maintenant en l'air, et, ce faisant, les divers treillis composant la coque extérieure de la combinaison se séparèrent et engloutirent Mynx comme la gueule d'un félin. Mynx s'avança dans cette étreinte, glissant ses mains et ses pieds dans des emplacements rembourrés tandis que le dos de l'ovale se reformait autour d'elle, serrant un solide support le long de son dos. Mynx entra dans son cocon métallique, et dès qu'il se referma complètement, les parois disparurent.

Tout autour d'elle, Mynx pouvait voir comme si elle flottait dans une bulle. Un coup d'œil vers le bas montrait la passerelle du toit de Bastion, et au-dessus se trouvaient les nuages violet foncé. Droit devant se trouvait son jet, et à côté, flottant dans des tons bleus et noirs translucides, des lectures détaillaient les systèmes de la combinaison, la température extérieure, l'heure et plus encore. Mynx n'avait pas utilisé celle-ci depuis des années, mais c'était bon d'être de retour. Comme brancher un vieux gadget et constater qu'il fonctionnait comme dans vos souvenirs.

— Reeves, tu m'entends correctement ? demanda Mynx.

— C'est dégagé. Je dois dire que c'est plus agréable de te savoir dans cet engin plutôt que de geler dehors.

— C'est plus agréable pour nous deux, je pense. Mynx entra les coordonnées de la base des Élémentaires. Pendant qu'elle le faisait, une image satellite flottait devant elle, l'aidant à cibler sa destination. — Aegis pense qu'il y a un centre des Élémentaires par ici, et je crois qu'ils aident Zhan-Yo. J'aimerais en avoir le cœur net. Préparons quelques drones en renfort au cas où les choses tourneraient mal.

— Bien sûr. Tu te sens prête pour ça ?

— Il y a moins de vingt-quatre heures, j'étais au bord de la mort. C'est comme au bon vieux temps, répondit Mynx alors que sa combinaison commençait à décoller, les jets omnidirectionnels recouvrant l'extérieur de la combinaison lui donnant un glissement fluide et précis.

— Je ne suis pas sûre que tu veuilles revenir au bon vieux temps.

— Je n'ai pas le choix, dit Mynx. Ils sont venus me chercher.

Au fil des années, la transformation technologique avait progressé à des rythmes différents selon les quartiers. Les endroits chargés d'histoire avaient tendance à la préserver et à la mettre en valeur, conservant des façades emblématiques aux côtés de nouvelles structures scintillantes. Cette tendance se poursuivait alors que Mynx survolait les arrondissements en direction de l'est, où des éléments plus pittoresques continuaient de mener leurs guerres culturelles contre les exigences modernes de New York. Les bateaux de pêche clignotaient de leurs feux nocturnes dans l'ombre des gratte-ciel étoilés. Les nacelles se déplaçaient en files interminables le long des autoroutes, tandis que de plus petits drones de livraison encombraient les couloirs aériens prescrits sous Mynx, créant un treillis luminescent.

C'était beau, à sa manière.

Sa destination l'était moins : un centre commercial édulcoré survivant grâce à ses magasins de quartier et pas grand-chose d'autre. Le choix des Élémentaires était logique dans son invisibilité, sinon dans ses commodités. Un vaste parking témoignait de la léthargie du quartier - les nacelles rendaient ces espaces vraiment inutiles - mais donnait à Mynx la place d'atterrir près d'un lampadaire défectueux. Quelques nacelles erraient dans le coin, récupérant des gens qui attendaient en examinant une épicerie de nuit et les deux restaurants qui faisaient vivre le centre commercial. L'air glacial avait limité l'affluence et Mynx ne pensait pas que quiconque se soit donné la peine de regarder dans sa direction.

C'était drôle, en un sens. Il était facile de secouer la tête devant les changements survenus au fil des décennies, le peu d'attention que les gens accordaient à un objet volant atterrissant au milieu d'eux. Plus drôle encore que Mynx trouve cela amusant. Bien qu'elle résistât à l'idée que les gens deviennent leurs parents, que les jeunes deviennent vieux et que le cycle se répète, elle devait admettre cette vérité : ce qui avait été, et était encore, des miracles pour elle ne signifiait rien pour la plupart des gens.

Les Élémentaires avaient choisi un petit local, s'affichant comme un spa d'exception réservé aux membres. Bien que les Parangons, avec l'accord d'Apinya, ne massacreraient pas les terroristes en masse, les Élémentaires s'étaient également engagés à garder leurs propres opérations secrètes. En d'autres termes, pas de publicité pour recruter les anomalies désaffectées trop effrayées pour vivre à la hauteur des bénédictions de leur droit de naissance. Au lieu de cela, les Élémentaires se cachaient dans des endroits comme celui-ci et envoyaient des vendeurs rusés dans les rues, recrutant leurs membres par des jeux d'esprit et de fausses promesses.

Oui, anomalie, tu peux changer le monde. Il suffit de te cacher dans ce centre commercial sordide pendant quelques décennies jusqu'à ce que nous voulions faire autre chose qu'ennuyer tout le monde.

Maintenant, Mynx devait prendre une décision : soit entrer avec la combinaison, blindée et prête à tout, soit jouer la Championne et supposer son invincibilité jusqu'à preuve du contraire. À travers la combinaison, elle afficha les drones les plus proches et leurs distances dans le ciel autour d'elle.

Les deux qu'elle avait demandés étaient proches et pouvaient la rejoindre en quelques secondes si nécessaire. Cela pourrait suffire. Mynx ne voulait pas déclencher une guerre, pas encore, et faire irruption dans cette coquille armée n'allait pas donner une impression pacifique.

De retour dans le froid, comptant sur sa combinaison cinétique pour continuer à fonctionner, Mynx s'approcha du spa. Bien qu'un panneau affichât *Fermé* en néon rouge sur la vitrine, les lumières extérieures vert menthe du spa brillaient, et elle pouvait distinguer des gens qui bougeaient à l'intérieur. Cependant, personne ne surveillait la porte lorsque la Championne approcha.

— Reeves, garde les drones prêts et en alerte, dit Mynx. Si je donne le signal, je m'attends à être récupérée en moins de dix secondes.

— Compris. Dois-je aussi alerter les Parangons locaux ?

— Non, ils sont déjà assez occupés.

Aegis ne voyait pas d'inconvénient à ce que Mynx travaille à Atlantis quand elle le devait, mais tous les Parangons n'appréciaient pas que les Champions fassent justice eux-mêmes en dehors de leurs régions désignées. Pixie, la femme de Boston qui avait pris le commandement provisoire, avait toujours semblé amicale, mais il y avait de meilleures façons de commencer une relation de travail qu'un appel tardif révélant une mission agressive sur le sol national. Bien sûr, si tout cela tournait mal, Mynx devrait expliquer ses décisions.

Elle prendrait ce risque.

Mynx essaya d'ouvrir la porte en verre à simple vitrage menant à l'intérieur, jetant un coup d'œil à son propre reflet délavé au passage. Elle avait l'air fatiguée et refusait de concéder quoi que ce soit d'autre sur son apparence. Mynx se tint bien droite et afficha un regard perçant pour l'Élémentaire qui vint déverrouiller la porte, un jeune homme arborant un sourire hésitant.

— Nous sommes fermés ? dit-il comme une question.

— Je ne suis pas là pour le spa, répondit Mynx. Qui est responsable ici ?

— Euh, quoi ?

Une autre anomalie apparut de l'arrière, une femme plus âgée dans un ensemble doux de pull et survêtement qui semblait effectivement appartenir au spa, et elle vint au secours du jeune homme, lui disant de retourner finir le nettoyage. Elle fit ensuite signe à Mynx d'entrer.

— Merci, dit Mynx en franchissant la porte et en inspectant rapidement l'intérieur du regard. Des petites bosses noires trahissaient la présence de caméras dans les coins, mais sinon Mynx ne remarqua aucune embuscade évidente qui l'attendait. — J'ai besoin de parler à la personne qui dirige cette succursale.

— Vous lui parlez. Je suis Rosamund, et je gère le nord-est pour les Élémentaires, répondit la femme. Mais allons dans un endroit plus confortable. J'imagine qu'une Championne est habituée à mieux qu'une entrée.

Mynx laissa Rosamund la conduire à l'arrière du spa, dans une zone de massage et une pièce qui semblait principalement destinée aux présentations commerciales ; des affiches et des brochures jonchaient la zone, annonçant de nombreuses possibilités de soulagement du stress, de relaxation musculaire et plus encore. Des flûtes douces jouaient sur des sons de jungle, et des pochoirs de fleurs ondulantes ornaient les murs. Mynx aurait situé l'espace à mi-chemin entre le bon marché et le véritable luxe, ce qui convenait parfaitement à un centre commercial mourant dans une ville par ailleurs florissante.

Rosamund joignit ses mains sur la table et afficha un sourire, comme si elle s'apprêtait à déverser des amabilités dans un long chemin sinueux vers le sujet. Mynx ne se souciait pas d'attendre cela, alors elle commença la première.

— Avez-vous tué Aegis ? dit Mynx.

Ce sourire se transforma en un froncement de sourcils.

— Nous ne l'avons pas fait, répondit Rosamund. En fait, j'ai été attristée d'apprendre son décès. Nous avions une sorte de relation, nous travaillions bien ensemble.

— Vraiment.

— Dans une certaine mesure, dit Rosamund. Deux parties qui veulent des choses différentes ne seront pas toujours d'accord, mais je crois que nous avons maintenu les animosités au minimum.

— Donc je suis censée vous croire juste parce que vous le dites ?

Mynx, cependant, se surprit à croire Rosamund. Le visage sérieux et triste de la femme, ainsi que sa posture affaissée, racontaient l'histoire de quelqu'un encore aux prises avec une tragédie, et non de quelqu'un se préparant à en tirer profit.

— Tu as vu la vidéo, dit Rosamund. Le tueur a avoué son acte. Le leader de Ziran aurait les ressources pour mener l'attaque sans notre aide. De plus, il veut un retour aux normaux. Ce n'est pas notre objectif.

— Donc, tu nous aiderais à le trouver ?

Ce sourire revint, — Quand les puissants demandent une faveur aux faibles, les faibles doivent demander quelque chose en retour.

— Et que voudraient les faibles ?

— Un siège à votre sommet.

Mynx ne s'attendait pas à ce que le sommet reste secret très longtemps. Elle voulait attendre que chaque Champion s'engage avant de l'annoncer, mais assez de gens étaient au courant pour que Mynx ne soit pas surprise que l'existence de la réunion soit parvenue jusqu'ici.

— Je pensais que tu étais triste pour Aegis, dit Mynx. Maintenant tu en profites.

— Si nous attendions le moment parfait, nous ne bougerions jamais.

— Tu ne bouges pas ici. Le sommet est pour les Paragons. C'est non.

Rosamund n'acquiesça pas, ne secoua pas la tête et ne cria pas. Elle resta assise là, écoutant quelques mesures supplémentaires de flûte glisser, avant de tapoter la table d'un seul doigt.

— Thane ne s'est pas libéré tout seul, dit Rosamund. D'autres catastrophes pourraient se produire, si vous ne répondez pas aux risques.

— Tu menaces quelqu'un qui pourrait raser ce bâtiment en une seconde.

— En effet.

Mynx soutint le regard de Rosamund, envisageant de la mettre au défi. Elle pourrait dire à Reeves de faire livrer une frappe de précision à un mètre devant la position actuelle de Mynx et regarder Rosamund se transformer en cendres. Pourtant, parmi les choses que les Paragons ne pouvaient pas se permettre en ce moment, une guerre ouverte avec les Élémentaires figurait assez haut sur la liste.

Le moment était venu de lancer une autre balle en l'air.

— J'organise le sommet pour que ceux qui le méritent puissent décider de l'avenir de notre monde, dit Mynx. Prouve que vous le méritez, et je vous obtiendrai un siège.

Que les Élémentaires ne mériteraient jamais, ne pourraient jamais mériter une telle chose resta entièrement sous-entendu.

CHAPITRE 17

TRAVERSÉE

THANE SE RÉVEILLA, une fois de plus, à l'aube naissante. Sans électricité, les nuits commençaient plus tôt et les jours débutaient à leurs premiers murmures. Thane prit son temps pour bouger, écoutant les vagues et les oiseaux qui commençaient à s'agiter. Les premiers feux laissaient leurs crépitements se mêler aux sons naturels de l'île. Il savourait cette ambiance, car il ne la revivrait peut-être jamais.

La veille avait été passée avec Cassidy, alias le Néant, et ses anomalies. Thane avait pêché, aidé à construire une nouvelle hutte pour dormir, et était allé cueillir des fruits et des baies. Le soir, il s'était assis avec Cassidy pour déguster les fruits de leur labeur, ainsi qu'un peu d'une étrange concoction ressemblant à du vin, fabriquée par l'une des anomalies avec de l'eau salée, du lait de coco et ses capacités. Thane n'avait aucun mal à admettre que c'était la plus belle journée qu'il avait passée depuis que les Paragons lui avaient passé les menottes et l'avaient jeté dans leur prison.

Une belle journée suffisait.

Thane se releva du sable et assembla sa jupe d'herbe, veillant à entretenir cette petite flamme de colère toujours présente. Il n'était plus si imposant maintenant, et sa peau ridée et bronzée abondait, mais tant que Thane pouvait garder assez de frustration bouillonnante envers Mynx et les Paragons, il aurait la force d'avancer. Et peu importe à quel point l'île pouvait être agréable, le véritable objectif se trouvait là-bas, au-delà de cette ligne de drones omniprésente.

— Debout, dit Thane à Sook qui ronflait à proximité. On bouge.

L'anomalie chétive marmonna quelque chose, passa son bras sur son visage, mais Thane vit ses yeux s'ouvrir. Sook obéirait. Il ne pouvait pas risquer d'être laissé sans la protection de Thane.

Le petit village de Cassidy bourdonnait à nouveau d'activité tandis que Thane le traversait, se dirigeant vers la sortie entre les murs de dunes. Un sac à dos en paille était posé sur le sol à côté de l'ouverture dans la barrière, rempli de poisson fumé et de racines grillées. Une noix de coco fêlée était posée dessus. Un homme âgé à la peau tannée montait la garde à la fois pour le portail et les provisions, tenant l'un de ces bâtons pointus, bien que Thane sût que cet homme en particulier pouvait rendre sa main gauche aussi dure que le diamant, et tout aussi tranchante.

— C'est pour nous ? demanda Thane en approchant.

— Le Néant l'a ordonné, répondit l'homme, Hiram. Je suis content qu'elle l'ait fait.

— Vraiment ?

— Tu vois cette île pour ce qu'elle est, plutôt que pour ce que nous prétendons qu'elle soit. Hiram fit un signe de tête derrière Thane, vers l'océan ouvert et la mort qui gisait au-delà. J'ai vécu ici pendant presque quinze ans. La troisième anomalie, je crois, placée sur ce lieu maudit. Si tu peux nous en faire sortir, alors je ferai tout ce que je peux pour t'aider.

Thane tendit la main et serra celle d'Hiram, la droite, puis pointa vers le village :

— Si tu veux aider, convaincs-les de partir.

— Nous le ferons, si tu nous montres le chemin.

Les paroles d'Hiram, si sincères et honnêtes, firent tourner la tête de Thane. Il avait dirigé des mercenaires auparavant, mais ces gens-là venaient pour la réputation et restaient par peur. Il n'avait jamais été un Champion, jamais été chargé de guider les autres vers un but moral. Mais après tout, à quel point cela pouvait-il être difficile ? Thane voulait quelque chose, ces gens voulaient la même chose, et lui faisaient confiance pour les aider à l'obtenir. Ça, Thane pouvait le faire.

Sook arriva peu après, alors que Thane luttait pour trouver une façon de porter le sac à dos qui ne lui donnait pas l'impression que ses sangles rigides lui découpaient le dos. Il finit par le tendre à Sook, et l'anomalie accepta son rôle, enfilant le sac à dos avec une grimace. Prêts, les deux commencèrent à marcher, dépassant Hiram et se dirigeant vers la jungle.

— Attendez ! Le cri de Cassidy retentit clairement, et Hiram posa sa main sur l'épaule de Thane pour le faire se retourner. Cassidy approchait, portant son propre sac, accompagnée de plusieurs autres anomalies, chacune portant des lances et semblant prête pour un voyage. Si vous allez voir la Duchesse, on va vous accompagner.

— Je ne pensais pas que tu croyais en moi ? demanda Thane.

— Ça n'a rien à voir avec toi. Cassidy sourit et ajusta son sac. La Duchesse aime le poisson fumé, et nous pourrions utiliser un peu du métal qu'elle extrait du volcan. C'est juste une coïncidence.

— Bien sûr, Thane fit traîner le mot, laissant Cassidy savoir exactement ce qu'il pensait de cette coïncidence. Puis il changea d'expression et d'attitude. Quoi qu'il en soit, je suis content que vous nous accompagniez. Sook semble connaître son chemin sur l'île, mais je préfère ne pas me perdre.

— Je ne nous aurais pas perdus, marmonna Sook. Le meilleur guide que cette île ait jamais vu.

Sook continua de se plaindre alors que le groupe se

mettait en route, qu'ils piétinaient les fougères et s'éloignaient de la mer vers des terrains de plus en plus élevés, où l'atmosphère tropicale luxuriante cédait la place, mètre par mètre, à de longues herbes et des fleurs sauvages. Des abeilles voletaient d'un pétale violet à l'autre, tandis que des oiseaux chanteurs voltigeaient au-dessus de leurs têtes. Le groupe continuait à s'enduire d'huiles végétales pour éviter les pires coups de soleil, ce que Thane appréciait maintenant qu'ils quittaient les palmiers pour la vaste plaine. Sans ombre, le soleil tapait fort, et seule une brise constante rendait les choses supportables.

— Pourquoi la Duchesse a-t-elle choisi de vivre de ce côté ? demanda Thane pendant qu'ils marchaient. Le bord de mer semble offrir beaucoup plus d'avantages.

— Si vous n'avez pas de moyen de faire de l'eau douce, répondit Cassidy, vous allez avoir soif près de l'océan. Et c'était bondé.

— Bondé ?

— Avant qu'on ne mette de l'ordre, Arthur, la Duchesse et moi, tout le monde s'entassait sur la plage. Une vraie collection de meurtriers, de tricheurs et d'escrocs avec toutes sortes de pouvoirs.

— Une situation dangereuse.

— Je pense que c'est ce que Mynx voulait. Cassidy cracha sur le côté, les yeux étincelants. Qu'on s'entre-tue pour qu'elle puisse justifier notre présence ici. Les Paragons pourraient dire qu'ils avaient raison.

— Mais vous ne l'avez pas fait ?

— On l'a fait. Chaque jour apportait son lot d'anomalies mortes. Je dormais dans un arbre, j'utilisais mon pouvoir pour creuser des prises, puis je les détruisais une fois en haut. Pas le plus sûr, mais mieux que de se faire trancher la gorge ou bouillir de l'intérieur. Ceux qui ne supportaient pas le stress, ou qui pensaient pouvoir le faire, essayaient de s'échapper seuls. J'en ai vu un qui pouvait voler en invoquant des rafales de vent fantastiques, il s'est élancé vers les drones, pensant pouvoir passer au-dessus.

— Et alors ?

— Il n'a pas fait un kilomètre au large avant qu'ils ne l'assaillent. Pas d'étourdissement ici. Quelques flashs précis et il est devenu de la nourriture pour poissons frite. D'autres ont essayé de passer sous terre ou sous l'eau. Je ne les ai jamais revus.

— Peut-être qu'ils ont réussi à s'échapper ?

— Tu as déjà entendu parler de quelqu'un qui s'est échappé d'ici ? demanda Cassidy.

— Non.

— Exactement.

Ayant vu les drones de Mynx en action, Thane ne pouvait pas contester l'histoire. Toute évasion en solo aboutirait à des conséquences similaires. Regrouper un tas d'anomalies avec leurs pouvoirs complémentaires, cependant, et ces résultats pourraient être inversés, ou du moins retardés suffisamment longtemps pour que certains puissent passer.

C'était, bien sûr, la véritable clé. Travailler sous l'illusion que toutes ces anomalies quitteraient cette île grâce à une opération symphonique mêlant leurs capacités reviendrait à s'enchaîner à un fantasme. L'objectif n'était pas de sauver tout le monde, mais de sauver ceux qui pourraient avoir le plus d'impact.

Comme Thane.

— Alors tu as été capturé tout ce temps ? demanda Cassidy tandis qu'ils continuaient à marcher dans la matinée. Ils t'ont utilisé ?

— J'ai essayé de les combattre, et j'ai perdu, répondit Thane, l'herbe chatouillant ses pieds sous ses sandales. Toutes les sensations ici, le simple fait d'être sous un ciel ouvert, étaient merveilleuses. Ils auraient dû me tuer, mais Apinya a reconnu ma valeur.

— N'est-il pas le gentil ?

— Les autres préfèrent les punitions physiques. Ils m'ont frappé avec leurs poings, des machines, des balles, des épées et des lances, dit Thane. En vérité, la bataille se confondait dans son esprit. Son moi en colère ne se souciait pas beaucoup des souvenirs ou des détails. Apinya adopte une approche différente. Il retournera votre esprit contre lui-même, vous brisera. Il aurait pu faire de moi un fou ou me réduire à un tas bafouillant. Au lieu de cela, il a brisé ma rage, et laissé le reste prendre le dessus.

Thane remarqua que les autres anomalies écoutaient. Ils marchaient en quelque sorte en groupe, avec Sook quelques mètres en avant pour surveiller le chemin. Les oreilles indiscrètes ne retenaient pas Thane, et il parlait plus fort à cause de cela. Chacune de ces anomalies serait plus tard dans le camp de la Duchesse, et chacune pourrait propager sa légende.

— Mais maintenant tu es ici ?

— J'ai réussi à m'en sortir. Thane lança un regard à Cassidy, pour s'assurer qu'elle comprenait que ce n'était pas un mince exploit. Il a fallu des décennies, mais j'ai brisé leurs chaînes et je me suis frayé un chemin vers un petit goût de liberté.

Cassidy rit. — Ça a dû être vraiment petit si tu es déjà ici.

Quelqu'un qui n'avait pas été enchaîné à un lit, nourri de force, déplacé de force pour éviter les escarres, et obligé d'utiliser un bassin pendant toutes ces années aurait pu avoir un orgueil blessé par les mots de Cassidy, son ton. Thane, cependant, n'avait rien laissé là. Seulement une ambition brûlante, et celle-ci pouvait encaisser un coup sans perdre son feu.

Alors il rit avec elle, — Ce n'était peut-être pas la plus grande évasion de l'histoire des Paragons. Je pense cependant que cela m'a mené là où je dois être.

— Nous guider vers une mission suicide qui nous laissera tous morts ?

— Tu ne crois pas ça, dit Thane. Si c'était le cas, tu ne serais pas ici.

— Nous livrons le poisson fumé. Cassidy ajusta son sac à dos, comme pour rappeler à Thane, bien que l'odeur constante, presque écrasante, le fasse déjà.

— Un voyage qui devait avoir lieu aujourd'hui, à ce moment précis ?

C'était maintenant au tour de Cassidy de lancer un regard à Thane, — Non, ça ne devait pas être aujourd'hui. Mais ça fait longtemps que personne n'a offert d'espoir dans cet endroit, et même si la seule chose que je vais voir aujourd'hui est toi jeté dans un volcan, au moins ce sera quelque chose de différent.

La Duchesse, apparemment, avait un éventail varié d'exécutions à disposition. Elle s'était fait une réputation sur l'île pour être impitoyable envers les ennemis et les traîtres, et pour inspirer une loyauté à toute épreuve parmi ceux qui choisissaient sa tribu. Parmi ces exécutions, sa préférée, selon Sook et ses connaissances aléatoires acquises en parcourant l'île, consistait à paralyser une anomalie d'une manière ou d'une autre - Sook n'était pas sûr si la Duchesse le faisait elle-même, ou si c'était une autre anomalie à son service - puis à la porter jusqu'au bord du volcan et à la jeter dedans.

— Elle a l'air d'une méchante de dessin animé, dit Thane. Personne ne fait vraiment ce genre de choses. Trop de temps, trop risqué.

— Nous n'avons que du temps ici, répondit Cassidy. Et pour ce qui est du risque, qu'a-t-elle à perdre ?

Thane ne voulait pas être jeté dans un volcan, ni déclencher une bagarre. Chaque anomalie perdue signifiait une de moins qu'il ne pourrait utiliser pour vaincre ou distraire les drones. Si la Duchesse voulait des suppliants, alors elle en aurait. Jusqu'à ce que Thane la convainque de se ranger de son côté.

— Quand nous arriverons, dit Thane, je ferai comme si j'étais l'une de vos nouvelles anomalies. Je prétendrai vouloir faire défection pour rejoindre la Duchesse, et j'obtiendrai un rendez-vous avec elle. Ensuite, je la convaincrai de se joindre à notre objectif.

— Si sûr de toi, dit Cassidy. Quand as-tu appris à être si prétentieux ?

— Quand j'ai laissé Aegis battu et brisé dans un champ gelé.

CHAPITRE 18
LE PRIX DE LA VIE

KAT ne se réveilla pas vraiment, mais trouva plutôt son chemin à travers les épaisses toiles d'araignée qui encombraient son esprit. Elle poussa et tira, déchira et arracha les fils argentés collants, se dirigeant vers une lueur bleue. Vacillante et lointaine, la lumière l'attirait à travers les fils, et les pas de Kat s'accélérèrent au fur et à mesure. Bientôt, les toiles se dissipèrent et tombèrent comme de la poussière alors qu'elle s'approchait de plus en plus de la lumière, bien que la minuscule taille de la lueur restât la même. Elle se tenait au-dessus du point bleu, presque aveuglée, et bien que Kat ne pût sentir ses mains, ses jambes, ni voir aucune partie d'elle-même, elle tendit la main vers elle malgré tout, cette seule chose qui restait dans cette obscurité sans fin.

Et elle vit une douce pièce turquoise qui semblait appartenir à un comploteur, la lumière du jour se déversant par une unique fenêtre en fente haut sur un mur.

Étaient-ils en train de prélever ses organes ?

Kat essaya de respirer et découvrit un tube relié à sa bouche qui longeait sa poitrine et partait sur le côté. L'air y était poussé, gardant ses poumons pleins. Elle ne pouvait pas bouger ses mains — elle pouvait les sentir, mais elles étaient attachées par quelque chose qu'elle ne pouvait pas voir sous la large couverture jaune posée sur elle. Les autres sens de Kat se mirent en marche pour lui parler de l'air froid, du goût de fer dans sa bouche et d'un vaste vide dans sa poitrine.

Elle avait été touchée par balle. L'instant lui revint en mémoire, moins comme un flash et plus comme une hallucination, une rediffusion au ralenti avec l'homme au masque noir et sa roulade en avant, le pistolet visant fermement et le coup sec unique qui l'avait envoyée dans le monde sombre où elle s'était réveillée. Bien que Kat n'ait pas rencontré de telles armes dans la nature, elle avait vu les films, lu suffisamment de récits sur leurs dégâts pour savoir qu'elle n'aurait pas dû survivre.

Ce qui faisait de cet endroit soit l'hôpital le plus miteux et hostile au monde, soit une sorte d'au-delà surréaliste. Kat n'avait pas vraiment adhéré à une religion particulière, mais cela ne semblait correspondre à la définition de fin de partie d'aucune d'entre elles. À moins qu'elle n'ait trouvé son chemin vers l'enfer, et que ceci ne marque le début de sa torture éternelle.

Un poids familier attira son attention. Sur le poignet gauche de Kat, le Tama. Sa présence confirmait la propre vie de Kat, tout en mettant simultanément en doute son décès imminent. Un Tama réagirait à tout véritable danger en émettant un signal radio vers les services d'urgence, et sa combinaison de GPS et de suivi cellulaire enverrait des drones et plus encore à la position de Kat. Si elle avait toujours son Tama — alors quiconque la retenait devait la maintenir en vie et en bonne santé, sinon ils auraient déjà été pris.

Ce qui signifiait quoi, exactement ?

Premièrement, elle avait été sauvée. Par qui, elle ne le savait pas, mais parmi les personnes qui savaient qu'elle avait été sur le toit, qui auraient su qu'elle avait été touchée, Calvin se démarquait comme la seule option, à moins que l'homme au masque noir n'ait décidé de l'enlever et de la maintenir en vie après lui avoir tiré dessus, ce qui semblait tiré par les cheveux. Si les drones étaient arrivés jusqu'à elle, Kat se serait réveillée dans un hôpital maintenant, un vrai, donc cela les excluait. Donc Calvin avait dû faire quelque chose, l'emmener quelque part.

Deuxièmement, même avec des médicaments, Kat n'arrivait pas à croire qu'elle ne ressentait rien de la blessure par balle. Aucune douleur dans sa poitrine, aucune sensation de trou béant, ni même la faiblesse qu'elle aurait supposé venir d'une blessure quasi mortelle. À moins que Kat n'ait été inconsciente pendant des semaines en stase — elle espérait que quelqu'un avait nourri Seeker — elle ne devrait pas se sentir comme ça, se sentir bien, même si fatiguée. Ce qui signifiait qu'elle avait bénéficié d'une sorte de guérison spéciale.

Troisièmement, si quelqu'un ne faisant pas partie des services de santé d'urgence avait décidé de la ramener du bord du gouffre, ils devaient l'avoir fait pour une raison. Le prélèvement d'organes fit à nouveau surface dans son esprit, mais Kat écrasa ce scénario tiré par les cheveux. Son sauveur pouvait vouloir n'importe quoi. En tant que traqueuse, Kat avait accès à toutes sortes d'informations. Ils voulaient peut-être savoir où une certaine anomalie était passée, ou qui d'autre faisait son travail à Chicago ou dans une autre ville. Peut-être qu'ils voulaient juste des répétitions, bien que cela aussi semblait peu probable.

Quoi qu'il en soit, Kat se sentait vivante et en bon état, ce qui signifiait qu'elle devait descendre de ce lit, sortir de cette pièce. Trouver sa combinaison, la faire réparer et traquer cet homme au masque noir. D'abord se venger, puis revenir ici et découvrir ce qui se passait vraiment. À qui elle devait une dette pour lui avoir sauvé la vie.

Kat secoua son côté droit, essayant de faire basculer le lit, mais quelqu'un l'avait ancré au sol. Rien à faire. Ensuite, elle essaya de se tortiller les mains, les poignets hors des entraves, mais quiconque avait attaché ces choses savait ce qu'il faisait. Ses jambes étaient attachées aux chevilles, les mettant aussi hors service. Le mieux que Kat pouvait faire était de secouer la tête jusqu'à ce que le tube se détache et tombe sur le côté, lui permettant au moins d'avaler un peu d'air réel. Il avait un goût stérile, comme du plastique.

Alors que son plan d'évasion échouait, une autre porte s'ouvrit.

La porte littérale.

Un homme large, pas particulièrement en forme, ne portant guère plus qu'un débardeur et un short ample ouvrit la voie, et Kat se surprit à examiner les tatouages partout sur son corps. Plutôt que d'être une sorte de grande expression artistique, les tatouages semblaient être des symboles aléatoires et des lignes abstraites, souvent superposés les uns sur les autres, comme un enfant coloriant la même page à plusieurs reprises. Un look laid, mais hypnotisant par la pure couleur que l'homme avait entassée sur sa peau. Kat s'attendait à de la malice, ou à un sourire méchant, mais au lieu de cela, l'homme débarrassa le tube et entreprit de détacher les liens de Kat sans un mot. Kat, elle aussi, ne parla pas.

Au lieu de cela, elle regarda qui entrait ensuite, car Beth changeait tout.

— La prochaine chose que tu ferais mieux de faire, c'est de me sortir de ce lit, dit Kat à la femme blonde, qui souriait autour de son visage ridé comme une mère patiente écoutant un enfant pleurnicher. Agaçant. Je suppose que tu m'as sauvé la vie d'une manière ou d'une autre, mais ça ne veut pas dire que je suis ta prisonnière.

— C'est lui qui t'a sauvé la vie, en fait, dit Beth en désignant l'homme tatoué. Tu vois toutes ces formes sur sa peau ? L'une d'entre elles t'appartient.

— M'appartient ?

L'homme jeta un coup d'œil à Beth, qui hocha la tête, et il commença à défaire le reste de ses liens.

— Nous t'avons trouvée presque morte, dit Beth. Nous sommes sortis quand nous avons entendu le coup de feu, et qui devrions-nous trouver, sinon Calvin, l'anomalie que nous recherchions, qui dit que la traqueuse qui nous a trahis a besoin de notre aide.

— Je ne vous ai pas trahis, dit Kat. Sa jambe gauche se libéra et elle la bougea, laissant le sang réveiller les muscles engourdis. Je n'ai jamais rien accepté.

— Sémantique, répliqua Beth. Taro ici présent t'a sauvée. Il a pris ta blessure et tous ses dégâts et les a transformés en cette longue ligne sur sa joue, celle qui est rouge vif juste là. Lui aussi a fait un choix, le bon.

— Merci, dit Kat à Taro, qui libéra sa gauche et commença à faire le tour du côté droit. Je m'en occupe.

Kat avait défait les liens en quelques secondes pendant que Taro allait se placer près de Beth. Kat se glissa hors du lit, trébucha quand ses jambes n'étaient pas tout à fait prêtes pour elle, et finit par s'appuyer contre le mur, lançant un regard noir à Beth.

— Tu es restée sur ce lit pendant presque dix-huit heures. Ton corps va avoir besoin de temps pour récupérer.

— Je croyais que tu avais dit que Taro avait tout pris. Kat adressa un sourire forcé à Taro. Encore une fois, merci de m'avoir sauvé la vie. Je le pense vraiment.

— J'en suis sûre, dit Beth, et je suis sûre que tu sais qu'une blessure grave comme la tienne laisse des effets qui durent au-delà de sa guérison. Malheureusement, tu ne peux pas rester ici pour t'en remettre.

— Ne t'inquiète pas, ce n'était pas mon intention, dit Kat, puis elle essaya de regarder derrière Beth. Où est Calvin ? Vous ne le contraignez pas, n'est-ce pas ?

— Calvin est parti il y a à peine une heure, répondit Beth. Il promène ton chien.

Wow. Il n'y a pas si longtemps, Calvin avait failli tuer Seeker avec une utilisation créative et concrète de son pouvoir, et maintenant le voilà qui promenait le chien. Quel revirement. Cela prouvait aussi que Kat avait pris la bonne décision en livrant l'homme aux Paragons : un bon cœur irait plus loin là-bas qu'avec ces anomalies manipulatrices.

Beth bougea et laissa Taro passer devant elle, laissant les deux femmes seules dans la pièce. Kat remarqua, cependant, que Beth bloquait la porte. Elle voulait quelque chose, et Kat n'avait pas vraiment le choix que de demander ce que c'était.

— Tu as vu le tireur, dit Beth. Tu n'es pas sa première victime.

— Je sais, Calvin est arrivé avec une blessure par balle il y a quelques jours. C'est comme ça que toute cette histoire a commencé.

— Calvin n'était pas le début. La façade de Beth commença à se fissurer, ce sourire lisse glissant de quelques crans. Je ne pense pas que le tireur ait encore touché des Paragons, mais nous en souffrons.

— Attends, tu penses qu'il cible les Élémentaires ? Kat essaya de suivre cette révélation. Je pensais qu'il en était un. Que vous vouliez faire du mal à Calvin pour être allé chez les Paragons.

— Nous ne sommes pas des assassins. Nous n'essaierions pas de tuer une anomalie juste parce qu'elle est un Paragon. En quoi cela servirait-il nos objectifs ?

— Hé, je ne vous connais pas. Tout ce que j'entends, c'est les infos qui me disent que vous êtes tous là pour semer le chaos, causer la panique dans les rues et tout ça.

— Ce n'est pas totalement faux. Beth ferma la porte. Mais nous ne faisons pas ça. Pas tirer sur des anomalies avec une arme comme celle-là. Beth semblait un peu pâle maintenant, un peu sonnée, et elle s'appuya sur le lit. Il en a tué cinq d'entre nous au cours des deux derniers mois. Nous n'arrivons pas à le trouver, et les Paragons sont trop dispersés à cause d'Aegis.

— Cinq ? Autant de meurtres était inouï de nos jours,

quand même avoir l'air agressif vous mettait un drone aux fesses avant que vous ayez pu prononcer un mot en colère. Tous en plein air, comme moi ?

— Partout. La nuit, le jour. Pas tous des tirs de sniper non plus. Beth secoua la tête, Kat remarqua ses poings serrés. Nous devons le trouver, Kat, mais nous ne sommes pas formés pour ça. Nous ne sommes pas des traqueurs.

Ah. Maintenant, ça avait du sens pourquoi Beth lui avait sauvé la vie, pourquoi ils avaient gardé Kat ici au lieu de la soigner et de la larguer quelque part anonymement. Une faveur.

— Devine quoi ? dit Kat. Normalement, je vous ferais payer pour ça. Payer beaucoup. Mais quand quelqu'un me tire dessus, je me fais un point d'honneur de lui rendre la pareille.

Que cette politique soit nouvelle, promulguée maintenant après qu'elle ait été tirée dessus pour la première fois, resta non dit. Beth ne posa pas de questions et commença à exposer le où et le quand des assassinats précédents. À mi-chemin, Taro revint avec la combinaison de Kat, son tissu déjà réparé et, à l'exception de quelques taches rouges sur la poitrine, prêt à l'emploi.

En tant que nouvelle couleur, Kat ne détestait pas les éclaboussures sanglantes. Elle allait se salir les mains. Autant avoir l'air du rôle.

CHAPITRE 19
ACCORD CONCLU

EN SE RÉVEILLANT dans l'appartement hyper-moderne de Wexley, moins accablant sans la bombe mentale de la gueule de bois, Zhan-Yo fit ce qu'il faisait depuis son retour de l'ancien appartement de Sylvie : essayer de confirmer l'existence du sommet, ou découvrir qui pourrait être le contact.

Aucun organe de presse n'avait publié quoi que ce soit sur une convergence des Champions, bien qu'avec le contrôle draconien du Paragon sur lesdites informations, ce n'était pas surprenant. Zhan-Yo, cependant, ne trouvait aucune petite note sur les réseaux sociaux montrant une sécurité renforcée, une construction rapide, ou quoi que ce soit d'autre. Il trouva des vidéos d'hommage à Aegis, allant de jeunes enfants à des anciens grisonnants postant des histoires sur la façon dont le Champion avait amélioré leur vie.

Pas une seule ne parlait des libertés qu'Aegis leur avait volées. Pas une seule n'explorait comment les gens normaux n'avaient plus aucun rôle à jouer dans le gouvernement actuel.

Mais après tout, comment Zhan-Yo pouvait-il s'attendre à autre chose ? Les Paragons avaient balayé toute représentation équitable de la planète. Personne n'y pensait plus, personne ne s'en souciait. Si quelqu'un qui, d'un geste, pouvait anéantir des pâtés de maisons voulait diriger les choses, autant le laisser faire. Tout autre choix signifierait le désastre.

Alors Zhan-Yo se tourna vers le contact à la place, essayant de comprendre qui Sylvie pourrait connaître avec des informations comme celles-ci. Sylvie ne semblait pas être du genre à avoir une ligne de renseignements ouverte, à laisser ses coordonnées traîner n'importe où pour que des informations aléatoires puissent lui parvenir. Elle n'avait jamais non plus mentionné de programme de primes pour des nouvelles croustillantes, ce qui signifiait que Sylvie devait connaître cette personne d'une manière ou d'une autre. Et cette personne gardait l'anonymat, ce qui signifiait qu'elle occupait une position avec un certain pouvoir.

En combinant ces deux éléments, les possibilités se limitaient à une seule solution : un Paragon. L'un des soldats d'Aegis devenu traître. L'idée aurait semblé absurde, sauf que Zhan-Yo avait déjà vu Sylvie le faire avec Innis, le chef Paragon de Chicago qui semblait tirer plus de bénéfices de la mort d'Aegis que quiconque. Les Paragons, semblait-il, étaient tout aussi assoiffés de pouvoir que les autres, prêts à tenter leur chance pour atteindre le sommet.

Mais s'il y avait quelqu'un qui ne connaissait pas les Paragons, qui les évitait activement... Zhan-Yo fixa les appareils chromés qu'il détestait, leurs surfaces brillantes une sorte de métaphore de la vie qu'il avait menée par rapport à celle qu'il menait maintenant. À la recherche de traîtres. Utilisant son... le terme « béguin » était-il encore utilisé de nos jours ? Pas pour lui. Sylvie, c'est qui elle était, et c'est ses ressources qu'il utilisait pour dénicher quelqu'un à corrompre.

Cela semblait bien loin de cette position morale élevée sur laquelle il insistait tant.

— Tu as l'air morose, dit Wexley en ouvrant la porte,

toujours raffiné avec ses cheveux lisses, ses lunettes, son long manteau de laine noir. Ses gants en cuir noir claquèrent sur le comptoir. J'ai entendu dire que tu avais fait un voyage aujourd'hui.

— Entendu ?

Son propre lieutenant l'espionnait-il maintenant ?

— Certaines personnes ont pris des photos avec leurs Tamas, dit Wexley. Devant l'ancien immeuble de Sylvie. J'ai dû chercher cette information, parce que ça n'avait pas de sens que tu risques tout pour une promenade en plein jour.

Wexley tira une chaise et s'assit sur le bord. Zhan-Yo ne pouvait pas voir cette partie, mais il pouvait voir la posture parfaite de Wexley, comme si le dossier de la chaise était radioactif. L'homme croisa les jambes, plia les bras et joignit ses mains sous la table ; Wexley, un psychologue venu écouter les problèmes de Zhan-Yo. Puis, Wexley attendit.

Comme Zhan-Yo avait l'habitude d'attendre pour lui.

Très bien. Parfois l'équilibre changeait. Wexley avait maintenant son nom sur Ziran. Zhan-Yo servait toujours de figure de proue à la révolution, le visage que les partisans, quels qu'ils soient — s'il y en avait vraiment — regardaient pour s'inspirer. Mais en termes réels, Wexley pouvait expulser Zhan-Yo dans la rue et laisser les drones le traquer. Cela aurait dû être une réalisation écœurante, mais au lieu de cela, Zhan-Yo se sentait libre. Ses seuls biens accessibles se trouvaient dans cette pièce. Il pouvait faire n'importe quoi sans contacter une secrétaire et dégager un agenda, sans avoir une escouade qui le suivait partout et l'embêtait à propos de tel ou tel marché, réunion ou motion.

— Et alors ? Zhan-Yo rit presque en parlant. Il avait l'air d'un adolescent. Je peux faire ce que je veux.

— Bien sûr que tu peux. La question est de savoir si ce que tu veux est dans ton intérêt. Notre intérêt.

— Tu préférerais que je reste enfermé ici toute la journée à attendre ? C'est ce que je faisais avant, sauf que j'avais toute une entreprise pour me distraire.

— C'est en fait pour ça que je suis venu, répondit Wexley. J'ai organisé une autre réunion ce soir. Ces personnes que tu as contactées, celles qui ne veulent pas s'impliquer publiquement, elles veulent toujours parler en privé. Elles n'ont pas abandonné le rêve, Zhan-Yo, elles ne sont juste pas prêtes à s'engager encore.

Zhan-Yo repoussa sa chaise, se leva et alla à la fenêtre. Pas aussi haute que celle de son bureau, pas une vue tout à fait aussi majestueuse, mais il pouvait encore voir les foules du matin qui déambulaient. Des gens qui l'attendaient.

— Je me suis engagé, dit Zhan-Yo. J'avais le plus à perdre et je me suis engagé. Qu'est-ce qui les retient ?

— La peur. Wexley n'hésita pas, ne retenant pas non plus son mépris. Tu as tout risqué sur un coup de chance. Elles ne le feront que pour un coup sûr.

—Et toi ?

— Je suis là, non ? dit Wexley, bien qu'il n'ait pas suivi Zhan-Yo jusqu'à la fenêtre. Où que ce chemin mène, je le suivrai. Les Paragons doivent être détruits.

Zhan-Yo hocha plusieurs fois la tête, pinçant les lèvres et réfléchissant à la meilleure façon de formuler cela avant d'opter pour l'approche directe, — Je suis allé chez Sylvie pour voir si je pouvais trouver quelque chose. Elle avait toujours plus de choses en cours qu'elle ne le laissait paraître.

— C'est pour ça que je ne lui ai jamais fait confiance.

Il y a des moments pour être agacé, et des moments pour ignorer.

— Elle a quelqu'un à l'intérieur des Paragons. Pas Innis, dit Zhan-Yo. Ils lui ont envoyé un message hier disant qu'il allait y avoir un sommet des Paragons. Tous les Champions au même endroit.

— Avec plus de sécurité que n'importe où ailleurs sur la planète.

— Peut-être, dit Zhan-Yo. Mais je ne pense pas qu'on puisse laisser passer ça. Si Aegis n'a pas pu déclencher notre révolution, alors ceci pourrait le faire. Imagine le chaos si on les éliminait tous ? Les gens auraient besoin de quelqu'un vers qui se tourner.

Ça se passerait vite. Avec les Champions morts, une lutte intestine éclaterait chez les Paragons tandis que les anomalies tenteraient de prendre leur place. Ils s'entre-détruiraient pendant que Zhan-Yo rassemblerait tous les autres, promettant la paix, l'ordre et un gouvernement représentatif pour le monde. Au début, oui, il y aurait de la souffrance, mais après ? Quand le besoin de stabilité l'emporterait sur tout le reste ? Les gens pourraient reprendre le pouvoir. Une région après l'autre se rallierait. Zhan-Yo offrirait même aux Paragons des places dans le nouveau gouvernement pour éviter un bain de sang. Une transition en douceur.

— Le monde ne se tournerait jamais vers quelqu'un qui a tué les Champions, dit Wexley. Jamais. Je crois que tu ne réalises pas à quel point les gens détestent ce que tu as fait à Aegis.

— C'était nécessaire.

— Tu as détruit le héros d'enfance de milliards de gens. L'idée ne me plaisait pas au départ, et maintenant tu en vois les conséquences. Zhan-Yo, tu peux lancer cette révolution, mais tu ne la dirigeras jamais.

— Ce sont les mots de quelqu'un qui n'a jamais rien dirigé. Quand le moment viendra, j'expliquerai et ils comprendront.

Wexley ne hocha pas la tête, ne dit rien. Zhan-Yo fronça les sourcils. L'homme gâchait la journée, la découverte. Le sommet devrait être une bonne chose ! Une raison de célébrer et de se mettre à planifier. Au lieu de cela, Wexley semblait plus déterminé à briser le moral de Zhan-Yo qu'autre chose.

— Tout ça, c'est pour l'avenir de toute façon, dit Zhan-Yo. Ce qui compte maintenant, c'est l'informateur. Nous devons savoir qui c'est, comment correspondre avec lui. Comme tu l'as dit, ce sera difficile de s'infiltrer dans un endroit avec autant de Paragons. Mais si nous avons quelqu'un à l'intérieur, alors nous avons une opportunité.

— Tu as des pistes, ou c'est juste une tentative désespérée ?

— Tout ce que j'ai, ce sont des tentatives désespérées, Wexley. C'est pour ça que je suis dans ton ridicule appartement après ce qui aurait dû être mon plus grand triomphe. Regarde-moi, regarde ça. Zhan-Yo suivit ses propres instructions, vit ses mains à la peau fine, un corps montrant des signes qu'il n'était pas de taille à combattre le monde. Je vais trouver ce Paragon, nous irons à ce sommet, et nous allons lancer un monde meilleur.

Wexley n'avait pas de réponse pour lui, et après avoir extorqué à Zhan-Yo la promesse qu'il monterait au centre commercial ce soir-là, et qu'il passerait la journée à ne pas se faire voir par tout le monde sur la planète, il partit.

Zhan-Yo attendit que Wexley soit parti, enfila un pull et un jean quelconques, mit un bonnet en fausse fourrure, laissa les épées et s'aventura dans la fin de matinée. Il avait une destination, pas très loin du bâtiment étincelant de Wexley, un restaurant de style ancien niché au milieu d'un pâté de maisons dans une rue latérale de Michigan Avenue, un espace qui semblait avoir été oublié par le temps, avec du bois partout, des lanternes en métal tacheté qui n'avaient peut-être pas été nettoyées depuis des siècles, et un long bar où se tenait une foule voûtée sirotant du café noir et regardant vaguement des télévisions éparpillées.

Zhan-Yo prit une table pour lui sans aucune objection de l'hôtesse plus occupée par son Tama que par son travail. Une bougie non allumée ornait le dessus de la table, raffinée tant de fois qu'elle brillait comme du plastique. Outre les écrans, autour de Zhan-Yo pendaient de vieux objets sans rime ni raison, comme si quelqu'un avait parcouru des ventes aux enchères, attrapé des objets au hasard et les avait cloués aux murs. Ici une roue de vélo, là une affiche de film du siècle dernier, et oui, c'était bien un vrai jukebox dans le coin, ses lumières allumées mais aucun disque prêt à jouer. Ceux-ci auraient été trop chers, et le bar diffusait de toute façon du sport sur ses haut-parleurs.

— Je ne m'attendais pas à un message de toi à deux heures du matin, dit le frère de Sylvie en tirant la chaise d'en face et en y installant sa grande corpulence.

— Je travaille toujours, dit Zhan-Yo, et il aurait continué si la serveuse n'était pas passée en coup de vent avec un regard qui disait commandez maintenant ou taisez-vous à jamais. Des œufs, du bacon et plus de café obtenus, Zhan-Yo se retourna vers le frère de Sylvie. Ta sœur a reçu un message de quelqu'un, et je veux savoir qui est ce quelqu'un.

— Il y a beaucoup de quelqu'uns dans le monde.

— Ils avaient des connaissances que la plupart n'auraient pas, répondit Zhan-Yo. Il jeta un coup d'œil autour de lui, personne ne semblait leur prêter attention. Des micros pouvaient être n'importe où, mais personne n'écouterait tout ce bruit enregistré sans raison. Je pense que c'est un Paragon.

Le frère de Sylvie ne réagit pas à la déclaration, puis roula des yeux et regarda son Tama. — Bien sûr, je vais tout de suite demander à chaque Paragon s'il connaissait ma sœur. C'est ce que tu veux, non ?

— Écoute, dit Zhan-Yo. Je ne sais pas comment ces choses fonctionnent, mais j'ai besoin d'entrer dans ce sommet, et je ne peux pas y entrer sans l'aide d'un Paragon.

— Tu supposes que, parce que celui-ci t'a envoyé un message, il sera prêt à franchir cette prochaine étape ?

— Je le suppose.

— Dangereux. Le grand homme arrêta les roulements d'yeux, les haussements d'épaules. Il était direct, maintenant. Tout le monde est prêt à tout risquer quand les enjeux ne sont pas réels. Tu demandes à ce Paragon de risquer son avenir, toute son organisation pour toi, il pourrait se défiler.

Zhan-Yo hocha la tête, — Je dois essayer. Dès que les Paragons se seront remis en ordre, ils me trouveront, et quand ils le feront, ce rêve sera mort.

— Et c'est pour ça que Sylvie est morte en essayant ?

— Oui.

— Alors montre-moi le message, dit le frère de Sylvie. Les empreintes numériques sont faciles à lire.

— Merci.

— Ne me remercie pas, je ne t'ai pas encore envoyé la facture. L'homme offrit un demi-sourire. Au fait, je m'appelle Mathieu.

— Zhan-Yo.

Ils se serrèrent la main, le petit-déjeuner arriva, et ils complotèrent pour le nouveau monde autour de bacon et d'œufs.

CHAPITRE 20

LE CONSEIL D'UN CHAMPION

INCROYABLE CE QU'UNE bonne nuit de sommeil et une matinée à savourer des rapports d'opérations de drones autour d'un thé pouvaient faire. Mynx termina sa liste de mises à jour et l'envoya à Reeves, qui passerait la journée à peaufiner le logiciel pour tenir compte de certains problèmes de la veille — en particulier une nouvelle tendance vestimentaire impliquant des bandes réfléchissantes qui pouvaient perturber les caméras des drones. D'ici demain, les drones prendraient en compte la coloration et enregistreraient les porteurs comme des personnes plutôt que, disons, des cônes ou des panneaux de chantier.

Aegis aurait trouvé cela ennuyeux, de ne pas être sur le terrain à cogner quelque voyou. C'était en partie pour cela qu'ils travaillaient si bien ensemble : Aegis et son audace constante attiraient la presse vers lui, permettant à Mynx d'œuvrer dans l'ombre pour maintenir le monde en sécurité. Sans lui, Reeves devait constamment bloquer la presse, les renvoyant vers les responsables régionaux de Paragon, ce qui ne satisfaisait jamais les journalistes et les institutions.

— Tu pourrais rendre les journalistes illégaux, tu sais, suggéra Reeves.

— Non, je suis contente qu'ils existent, répondit Mynx en balayant une autre demande d'interview sur son Tama. Je suis moins contente d'être le centre d'attention.

Les Champions avaient d'abord taillé la société à la scie. Dans ces premiers temps euphoriques après que les derniers gouvernements eurent cédé, alors que tout le monde se regroupait dans les confins relativement sûrs de Genève, les Champions s'étaient lancés dans une frénésie de réalisation de souhaits. Ils avaient émis des directives, forcé les pays à se redessiner en régions, fusionné les devises en une seule, le rep, puis utilisé ce bouleversement pour réaligner les industries qui avaient souffert, selon l'opinion des Champions, sous le joug du capitalisme. Mynx avait orienté son vague soutien vers le journalisme — plus par opportunité que par noble motivation : l'amélioration du programme de drones accaparait déjà son temps et son énergie. Des publications de tous types et de toutes qualités proliférèrent, les reps gagnés par le service fournissant un approvisionnement sain pour écrire et diffuser à peu près n'importe quoi.

Maintenant, Mynx recevait des appels d'organes de presse prestigieux, ceux qui avaient survécu à la prise de contrôle de Paragon, et des plus petits et plus spécialisés, chacun espérant être le premier à briser son silence. Depuis la mort d'Aegis, Mynx n'avait fait qu'une seule déclaration. Pour le deuil et le calme. Elle n'avait pas eu le temps pour autre chose. Elle ne savait pas ce qu'elle dirait quand on lui poserait des questions.

— Ils ne te laisseront pas tranquille tant que tu ne leur auras pas donné quelque chose, dit Reeves. J'ai effectué une analyse des volumes d'appels que tu as reçus lors des crises précédentes, et ils ont tous chuté dès que tu as pris la parole.

— Reeves, j'espère que je n'ai pas construit une IA surpuissante pour qu'elle me dise que les gens arrêteront de demander des citations une fois que je leur en aurai donné une.

— Je confirme l'évidence.

— En effet.

Mynx devait de toute façon garder le Tama libre. Elle attendait un autre appel, celui-ci de la région nébuleuse englobant l'Europe de l'Est et l'Asie centrale. Le visage tourmenté de Burov, toujours en guerre avec lui-même, devrait bientôt apparaître.

Parmi les Champions, Burov était celui qui ressemblait le plus à Aegis. Il s'était d'abord forgé une légende dans sa Russie natale, puis avait dépassé ses frontières nationales à travers une série de performances remarquables. Contrairement à Aegis, l'homme n'utilisait pas ses poings.

Mynx frissonna. Elle détourna le regard du Tama vers la ville en contrebas. Les Paragons aux capacités physiques, même celles qui se moquaient des lois de la physique, Mynx pouvait les comprendre et les apprécier. Les autres, comme Apinya, comme Burov, qui pouvaient modeler votre esprit comme de la pâte à modeler, la rendaient malade. Burov, en particulier, lui semblait toujours anormal. Ce n'était pas la faute de l'homme — il n'avait pas choisi son pouvoir — mais pas vraiment la sienne non plus.

Comme pour confirmer ses pensées, son Tama vibra, attirant à nouveau son regard. Le visage de Burov, couvert du maquillage épais que l'homme portait toujours pour dissimuler les ombres mouvantes sous sa peau. Il ressemblait à une poupée de cire, refusant de porter un masque mais s'inclinant aussi devant l'impossibilité inhérente de parler avec quelqu'un dont le visage semblait... eh bien, comme s'il avait des ombres rampant sous la surface.

— Mynx ! s'exclama Burov lorsqu'elle tapota pour répondre à l'appel. Comment vas-tu ? Cela fait si longtemps !

— Tu as ponctionné de l'enthousiasme aujourd'hui ? dit Mynx.

Ils s'étaient rencontrés pour la première fois au Japon. Une opération conjointe de sauvetage après un tremblement de terre. Alors qu'Aegis, Mynx et d'autres étaient là pour gérer les tâches physiques, Burov aspirait la panique, la peur, et les remplaçait par le calme. La détermination. Il substituait la confiance au désespoir, au moins pour un temps.

— Bien sûr ! répondit Burov. J'ai visité une école ce matin, de jeunes enfants qui voulaient rencontrer leur Champion. Ils étaient tellement excités que j'ai pensé les calmer un peu. Pas que j'aie besoin de ce coup de pouce pour parler avec toi !

— Tu en as besoin, pourtant ?

Les yeux de Burov s'assombrirent d'une nuance, contrastant avec ses cheveux noirs clairsemés. — Mynx, tu me demandes de venir à ton sommet, mais tu es si froide ?

Que faisait Burov de toute cette tristesse ? De toute cette peur qu'il volait aux gens agglutinés autour des décombres, tirant sur leurs familles, attendant des nouvelles qu'ils soupçonnaient terribles ? Burov la stockait, la gardait dans ces taches qui se faufilaient sur sa peau, et la rendait à ses ennemis.

S'il y avait eu un secret derrière la prise de contrôle du monde par les Champions, ça avait été la manipulation mentale d'Apinya couplée à Burov qui aspirait la peur pour l'insuffler dans les cœurs de chaque dirigeant mondial, de chaque général, de chaque politicien assis en face d'eux. Mynx avait observé des volontés opposées s'effondrer en temps réel, n'avait rien dit alors que des signatures extorquées offraient aux Champions leurs rêves.

— Désolée, Burov, dit Mynx en plaquant un sourire crispé sur son visage. La semaine a été longue. Il ne me reste plus beaucoup de bonheur.

— Ah, alors je devrais venir. On peut arranger ça.

— J'en suis sûre, dit Mynx.

— Oh, ne me regarde pas comme ça. Je prends la joie d'un chiot et elle revient en un instant, mais toi, tu peux la garder pendant une journée. Il n'y a rien de mal à un tel échange.

— Viens au sommet, et on pourra en discuter.

— Mynx, bien sûr que je viens. Ce qui s'est passé... Ici, pour la première fois, Burov perdit son sang-froid. Ce qui est arrivé à Aegis était un acte monstrueux. Il méritait mieux. Je viendrai, et ensemble nous pourrons trouver ce Zhan-Yo. Il paiera pour ce qu'il a fait.

— Il paiera. Ayant obtenu l'engagement, Mynx ne voulait plus que mettre fin à l'appel. Elle croyait voir une forme bouger sous l'œil gauche de Burov. À qui appartenaient ces émotions ? Une fois que je l'aurai attrapé.

Burov inclina la tête. — Je suis surpris qu'il soit encore en liberté. Si cela s'était produit ici, un tel criminel ne tiendrait pas une journée sans se faire capturer.

— Les drones le trouveront. Les choses ont été chaotiques.

La conversation s'éternisa après cela, malgré tous les efforts de Mynx pour se débarrasser de Burov. Le Russe voulait couvrir tous les détails du sommet, les changements à venir pour Atlantis — Burov insistait pour rencontrer Pixie avant de donner son approbation — puis il s'enquit de la vie personnelle de Mynx, ce qui dépassait tellement les bornes que Mynx finit par dire franchement au Champion qu'elle devait partir.

— Toujours sensible, même après toutes ces années ? dit Burov face au congé. Qu'en dit Apinya ?

— Il ne dit rien, parce qu'il comprend les limites.

— Et regarde où cela t'a menée. Burov parvint à avoir l'air déçu, un exploit pour sa tête carrée. Malgré toute la capacité de l'homme à voler des émotions, son langage corporel avait la finesse d'un rocher. Une blessure ne guérit que si tu la laisses cicatriser.

— Au revoir, Burov.

Mynx balaya l'appel avant que le Champion ne puisse ajouter un mot. De tous les moments pour emprunter ce chemin bien usé, ce n'était pas celui-là.

— Un signe de Celice ? demanda Mynx à Reeves via son Tama, observant les drones dériver au-dessus de Manhattan.

— Elle ne s'est pas encore manifestée, répondit Reeves. Une analyse de votre dernière conversation suggérerait qu'elle a l'intention d'aller à Chicago.

— Tous les deux, alors. Burov avait raison sur un point, Reeves. New York n'a pas ce que nous voulons. Envoie la confirmation à Pixie et dis-lui de déménager ici après le sommet. Elle est la Championne provisoire maintenant, et elle doit mettre de l'ordre dans Atlantis.

— C'est fait. Dois-je faire chauffer le jet ?

— Oui. Le ciel bleu sans nuages semblait agréable, mais elle pouvait voir la neige tourbillonner entre les bâtiments, froide et tranchante. Fais-le très chaud.

Zhan-Yo avait échappé aux drones depuis trop longtemps. Mynx devait trouver l'homme avant Celice, car le monde devait voir que les Parangons étaient plus que capables de rendre leur propre justice.

Les révolutions ne tiendraient pas.

CHAPITRE 21
RENCONTRE AVEC LA ROYAUTÉ

DEPUIS LA CÔTE, le volcan de l'île se dressait, noir et pointu, tel une flèche visant le ciel bleu de la baie. De près, et Thane le sentait à chaque pas dans ses sandales sans pitié, le volcan révélait ses véritables traits : des escarpements, des plantes robustes nichées dans les rochers, et des évents fumants prouvant que cette merveille géologique était bien vivante.

Cassidy marchait à côté de lui à la tête du petit groupe, Sook caché vers l'arrière où sa présence, apparemment une offense constante pour chaque faction sur cette île, passerait, espérait-on, inaperçue. Sook lui-même avait suggéré l'idée, déclarant qu'ils risquaient d'être attaqués à vue s'il était devant.

Et cela, compte tenu de la ville de la Duchesse, aurait vite fait de mettre un terme à leur entreprise. Contrairement au rassemblement de huttes de Cassidy sur la plage, cet endroit semblait être un espace pleinement fonctionnel où un véritable écosystème prospérait. De la fumée s'élevait, mais pas seulement des feux de cuisine : le martèlement des marteaux, les cris pour des fournitures et les crépitements des étincelles du pouvoir des anomalies à l'intérieur des murs de roche surpassaient les maigres offrandes de Cassidy.

— Je ne l'ai jamais nié, dit Cassidy, la bouche pincée. Elle a le plus de terres. La plupart des gens largués sur l'île commencent ici.

— Comment l'a-t-elle obtenu ?

— Son pouvoir, cracha presque Cassidy. On entend parler d'anomalies qui manipulent les esprits, mais là, c'est autre chose. Je ne l'ai jamais ressenti. Je ne l'ai jamais laissée s'approcher suffisamment.

— C'est pour ça que Mynx l'a amenée ici ?

— Aucune idée. Mais je pense que tu auras l'occasion de lui demander.

Le mur de roche de la ville semblait avoir été assemblé à la va-vite, des roches mal ajustées écrasées les unes contre les autres, la réparation évidente dans une substance vert émeraude, semblable à de la mousse, qui bordait leurs intersections. À l'entrée principale, où le groupe de Thane et Cassidy approchait, le joint mousseux s'élevait pour recouvrir les côtés du sol jusqu'au sommet, préservant l'espace pour une porte de dix mètres de large.

Le village de Cassidy semblait à moitié terminé, un habitat temporaire destiné à maintenir les gens en vie jusqu'à ce qu'une meilleure alternative se présente. Celui-ci, cependant, semblait permanent. Les gens créaient des vies ici, même si « ici » était une prison qu'ils n'avaient pas choisie.

Ce que cela signifiait pour les propres objectifs de Thane, il n'en était pas sûr, mais il doutait que cela l'aide. Les gens ne voyaient pas d'inconvénient à quitter un abri de fortune, mais une maison ?

Trois gardes s'avancèrent pour les accueillir, un trio mixte arborant des tissages d'herbe comme celui de Thane. Aucune arme visible, et sans ceintures pour tenir les poignées, il semblait peu probable qu'il y ait des options cachées non plus.

Pas que les anomalies aient besoin d'armes normales.

— Cassidy, dit le garde en tête, un homme filiforme dont les lettres se collaient avec du sirop quand il parlait. On vous a vus venir. L'habituel est presque prêt.

— Tu peux m'appeler le Néant. Le prénom, c'est pour les amis seulement, dit Cassidy en haussant les épaules et déposant le paquet de poisson fumé devant elle.

— On n'est pas amis ?

— Mort, on n'est pas amis. Mais Thane pourrait être intéressé, si tu proposes.

Les yeux de Mort se tournèrent vers Thane, mais rien d'amical n'apparut sur le visage de l'homme. Thane lui rendit son regard noir. Malgré ce que disait Cassidy, il ne s'agissait pas de se faire des amis. Il avait besoin d'une armée, et d'une armée loyale. C'est tout.

— Je dois voir la Duchesse, dit Thane. J'ai un plan pour nous faire tous sortir de cette île, et ça va nécessiter sa coopération.

— Cassidy, dit Mort. Ton ami — est-ce qu'*il* compte comme tel ? — a du culot. Il pense qu'il peut entrer ici comme ça et la voir ?

— En effet, répondit Thane alors que Cassidy fusillait Mort du regard. Et tu vas m'y conduire. Maintenant. Le reste d'entre vous peut terminer vos échanges.

Mort secoua la tête et croisa les bras.

— Ah, impossible. Vois-tu, la Duchesse est occupée aujourd'hui. Pas d'audiences. Pas de nouvelles entrées. Cassidy...

Thane ne la vit pas bouger, mais il vit les résultats de Cassidy : le tissage de Mort s'arracha de sa peau, attiré vers ce que Thane devina être un point à quelques centimètres devant la poitrine de Mort. Les brins d'herbe heurtèrent ce point, tourbillonnèrent et se réduisirent d'abord en poussière, puis en rien.

Mort, nu et n'ayant pas l'air ravi de l'être, poussa un cri et recula derrière les deux autres gardes.

— J'ai dit, appelle-moi le Néant. La prochaine fois, je prendrai plus que tes vêtements.

Derrière son bouclier humain, la tête de Mort dépassait au-dessus de leurs épaules. Il cracha dans leur direction, un échec qui tomba bien loin de sa cible.

— La prochaine fois, nous prendrons vos têtes, dit Mort.

— Je ne pense pas que ta Duchesse apprécierait beaucoup, dit Thane. Pas si elle veut du poisson comme celui-ci. Maintenant, je te l'ai demandé gentiment. Fais-moi entrer.

Être un leader exigeait de nombreuses qualités, notamment de comprendre quand un homme pouvait être commandé. Malgré la colère de Mort, Thane pouvait voir l'homme céder, balbutiant pour garder sa stature. Les deux autres gardes ne parvenaient pas à réprimer leurs sourires tandis que leur patron nu essayait de conserver son autorité. Le groupe de Cassidy riait.

Mort, lui aussi, reconnut qu'il avait perdu celle-ci. Il prit une profonde inspiration, avec tout le monde qui attendait, puis s'éclaircit la gorge comme un conseiller pompeux, ce qui, maintenant que Thane y pensait, correspondait parfaitement à l'homme.

— Très bien. Je vais vous conduire à l'intérieur. Les autres attendent ici, terminez vos échanges et partez, proclama Mort. Je vous préviens cependant, la Duchesse ne voudra pas perdre son temps.

— C'est mon problème. Allons-y.

La journée avait déjà atteint son zénith, et maintenant que son plan était en marche, Thane ressentait chaque heure inutile qui passait. Le monde avait besoin d'être sauvé, et passer du temps sur cette île insignifiante n'aidait pas.

Cassidy et les autres n'avaient pas protesté contre l'arrangement final de Mort, et après quelques minutes à récupérer des morceaux d'autres tissages, Mort avait assemblé une jupe en herbe grossière et avait conduit Thane à travers les portes de la ville de la Duchesse.

— Bienvenue à Avalon, annonça Mort alors qu'ils franchissaient les portes, croisant plusieurs anomalies qui allaient dans l'autre sens, des sacs remplis de bois, de pierres polies et de ce qui semblait être de la viande fumée d'une variété plus consistante.

— Avalon ? Thane faillit rire. N'est-ce pas présomptueux ?

— Tu ne l'as pas encore rencontrée.

C'était vrai. Thane n'avait pas encore rencontré la Duchesse, ni même entendu parler d'elle avant d'arriver sur cette île. Bien que les Champions ne lui aient pas tout raconté sur ce qui s'était passé pendant ses années d'enfermement, il pensait qu'il aurait été informé de l'apparition d'une anomalie quasi divine tentant de recréer une cité mythique.

Il semblait bien plus probable que la Duchesse jouait de son ego comme moyen de contrôler des anomalies désespérées et piégées. Pourquoi ne pas faire de son village insulaire un lieu magique ? Qui ici s'en plaindrait ?

Avalon ne suivait pas le modèle du village de Cassidy. Comme les villes intérieures diffèrent des villes côtières, Avalon regorgeait de bâtiments en pierre noire, dont certains trop grands pour être des maisons qui, selon Mort, servaient à la production. Des forges pour les outils, les armes, un espace de tissage pour des vêtements plus chauds.

Alors que le village de Cassidy dépendait de l'océan pour tout, y compris le divertissement et l'exercice, Avalon n'avait pas cette opportunité. Des anomalies se regroupaient autour d'un grand rectangle au centre, se passant un ballon rudimentaire entre des buts de fortune. D'autres jouaient à un jeu avec des éclats de pierre sur une table debout, les empilant les uns sur les autres.

— Ça ne vaut pas grand-chose comparé à chez nous, dit Thane à Mort. Mais, vu les circonstances, je suis impressionné.

— Personne ne se soucie que tu sois impressionné.

— Moi, si. La Duchesse semble se soucier de vous.

— Oui. Nous lui appartenons. Prendre soin de nous, c'est comme prendre soin d'elle-même. Une fois de plus, la voix de Mort, ses yeux, prirent cet éclat lointain lorsqu'il parlait de la Duchesse. Nous allons maintenant chez elle, où tu attendras jusqu'à ce qu'elle soit prête à te voir.

La maison de la Duchesse s'avéra être modeste en taille - les forges et autres bâtiments étaient plus grands - mais de loin la plus belle. De la roche volcanique, lissée et superposée, formait ce qui ressemblait à un glaçon noir à l'envers, s'élevant en pointe à une dizaine de mètres dans les airs. De la fumée s'échappait du sommet, envoyant son doigt noir vers le ciel.

Dans n'importe quelle autre ville sur Terre, la structure aurait fait une étrange statue. Sur cette île, sans aucune concurrence, elle convenait à une déesse.

Mort déposa Thane devant l'entrée du bâtiment, qui n'avait pas de garde. Thane resta seul, et après avoir observé le jeu de ballon pendant quelques minutes et attiré des regards curieux, il entra.

Des sols en pierre noire accueillirent ses pieds, et Thane réalisa que c'était la première fois qu'il marchait sur un vrai sol dur depuis qu'il avait quitté la grotte. Après une vie passée sur de telles surfaces, ça avait été agréable de reposer ses pieds, de sentir les contours de la terre. Maintenant, à l'intérieur de cet espace caverneux, Thane se sentait déconnecté de la planète. Petit et insignifiant.

Les runes en cascade gravées sur les murs du bâtiment soulignaient ce dernier point. Des lettres géantes dans différentes langues descendaient en spirale depuis le sommet, illuminées par un petit feu éblouissant. Au début, Thane pensait que les runes étaient des lois, ou des maximes, mais en lisant autour, il réalisa qu'elles étaient beaucoup plus... stupides.

Duchesse. C'est tout ce qu'elles disaient, mais dans différentes écritures. Elle en avait laissé une en lettres romaines là, supprimant tout le mystère. Ce n'était pas un hymne à la sagesse, les runes étaient pour elle-même.

La royauté, même autoproclamée, avait besoin de son château.

— Mort m'a dit que j'avais un visiteur ? dit une voix svelte derrière lui, et Thane se retourna, s'inclinant déjà en le faisant. Les dictateurs avaient tendance à aimer la supplication, et Thane n'avait aucun scrupule à la donner, pour l'instant. Mais il ne m'a pas dit qui c'était.

— Thane, dit-il, levant les yeux pour voir une femme endurcie devant lui.

Comme une orpheline costumée, la Duchesse portait des robes qui semblaient cousues de tant de tissus différents, beaucoup s'usant. Elles s'entassaient autour d'elle et de ses longs cheveux argentés, une tenue que Thane aurait trouvée ridicule partout ailleurs qu'ici : le pouvoir se manifestait de différentes manières, porter de vrais vêtements alors que tout le monde arborait des tissages d'herbe prouvait à quel point la Duchesse était au-dessus d'eux. Bien que Thane supposât qu'elle avait pris ces mêmes vêtements aux anomalies lorsqu'elles avaient atterri ici, de tels détails techniques n'auraient pas d'importance pour ses disciples.

— Je sais qui tu es, répondit la Duchesse, entrant dans sa demeure et marchant à gauche de Thane. Le long prisonnier enfin libéré, seulement pour se retrouver dans d'autres chaînes.

— En effet, dit Thane, suivant la marche de la Duchesse des yeux. Elle lui fit signe de s'asseoir sur l'un des plusieurs tabourets en pierre - la Duchesse avait ce qui ressemblait à un trône carré grossier - et Thane s'exécuta, appréciant de s'asseoir ailleurs que sur le sol. Ce n'était pas la libération que j'espérais.

— Alors maintenant, tu en planifies une autre ?

Thane inclina la tête. Comment pouvait-elle savoir ?

— Thane, poursuivit la Duchesse. Il n'y a que quelques anomalies sur cette île que je considérerais comme une menace, ce qui, dans cet endroit, est la seule considération qui compte. Elle se pencha en avant, ces vêtements s'amoncelant sur ses genoux. Le Néant et Arthur restent dans leurs rôles. Les autres travaillent pour moi. Que devrais-je faire de toi ?

— Écouter.

Elle le fit.

La Duchesse, remuant le feu de temps en temps avec un bâton roussi apparemment prévu à cet effet, écouta l'histoire de Thane, parsemant de questions de temps à autre comme pour montrer son intérêt.

Thane résuma les points forts, de l'évasion en Nouvelle-Angleterre à l'arrivée sur l'île, Cassidy et le voyage jusqu'ici. Il conclut avec son plan d'évasion, qui, jusqu'à présent, consistait à unir les anomalies et voir ce qu'elles pourraient faire ensemble.

À la fin de cela, la Duchesse se leva, fit un long cercle autour de Thane. L'inspectant. Thane suivit, tournant sur place.

— Vieux, mais vigoureux, dit la Duchesse. Une caractérisation juste ?

— Fort et sage, je pense.

— Si sage que tu viendrais ici seul ? Sans amis, sans renforts à l'extérieur de mes murs ?

— Comme je l'ai dit, je ne suis pas ici pour me battre.

La Duchesse continuait de faire les cent pas, ses sandales coussinées d'herbe laissant des traces sur les rochers à chacun de ses mouvements. Ses mains étaient le long de son corps, mais Thane remarqua qu'elle semblait tenir quelque chose, pétrir quelque chose entre ses doigts. Des grains tombaient au sol.

— Non, et vous n'en aurez pas besoin, répondit la Duchesse. Vous allez croire.

— Quoi ? dit Thane, mais à peine avait-il fini de parler qu'il commençait à comprendre.

La Duchesse rayonnait. Une faible aura blanche, comme un ange dans les vieux films, et plus encore, elle ne laissait pas tomber des grains de ses mains, mais de minuscules étoiles scintillantes. Ses cheveux argentés, qui avaient été emmêlés et en bataille, flottaient maintenant librement en longues mèches jusqu'en dessous de sa taille.

Ces vêtements n'étaient plus faits de pièces rapiécées, mais une robe dorée et scintillante d'un seul tenant. Si Thane avait été d'humeur poétique, il l'aurait qualifiée de couleur de l'aube elle-même.

La Duchesse continuait de tourner autour de Thane, parlant sans cesse, lui disant toutes les choses auxquelles il allait croire désormais. Qu'il serait en sécurité maintenant, avec sa protectrice, sa reine.

Qu'après un si long voyage, et tant d'épreuves, Thane pouvait enfin se reposer. Thane entendait ces mots, et son cœur, depuis si longtemps fragile et en colère, fondait. La paix l'envahit, et Thane ne pouvait rien désirer d'autre.

CHAPITRE 22

PROMENADE DE CHIEN

RENTRER chez soi après avoir frôlé la mort ne semblait pas normal. Kat descendait les marches du train mag-lev vers sa rue, les grilles métalliques vacillant sous ses pas, bien que personne d'autre ne semblât le remarquer. La neige ne s'écrasait plus sur les côtés de ses bottes comme avant. Les réverbères se reflétaient partout, durs et brillants. Les choses avaient un côté tranchant, une distorsion. Comme dans un rêve, mais en plus net.

Elle ne pouvait pas se débarrasser de Beth, des Élémentaires. De ce qu'ils avaient dit et demandé. Travailler pour eux ? Attraper un tueur qui avait failli la tuer ? Kat n'était pas censée être une héroïne. Elle n'était pas censée pourchasser le mal dans les rues.

Les Traqueurs étaient censés chasser les anomalies qui avaient fui leurs responsabilités, qui étaient dangereuses, certes, mais pas des tueurs. Confus, ou simplement effrayés, la plupart de ceux que Kat attrapait acceptaient leur rôle dans la société une fois que les Paragons le leur fournissaient et passaient à autre chose. Quelques-uns rechutaient, essayaient de fuir, et le payaient de leur vie.

Aucun n'avait tiré sur des gens dans la rue. Aucun ne lui avait tiré dessus.

Et pour tous ceux qu'elle attrapait, Kat recevait une belle récompense en réputation. Pour celui-ci, si Kat pouvait faire confiance à Beth, elle gagnerait sa vie. Plus gros enjeux, plus grosse récompense.

— Tu crois que ça va arriver ? dit Calvin, assis sur son canapé avec Seeker sur ses genoux. J'ai toujours entendu dire que les Élémentaires étaient les méchants. C'est pour ça que je n'ai jamais voulu les rejoindre, même quand ils me l'ont proposé.

— Quel choix ai-je ? rétorqua Kat, appuyée contre son bureau. Si je ne trouve pas ce type, soit il me tue, soit Beth met sa menace à exécution et je m'effondre quand le capitaine tatouage là-bas me fait disparaître.

— On pourrait les dénoncer aux Paragons, dit Calvin, puis il cligna des yeux. Merde, je suis un Paragon. Je pourrais faire venir des drones.

— J'y ai pensé, dit Kat. Je ne sais toujours pas comment fonctionnent les tatouages. Il pourrait me tuer avant qu'ils n'approchent.

— Attends, et ça ? On t'amène à l'hôpital, on te branche de partout, puis on appelle la cavalerie. Pas vrai ? Le type aux tatouages te fait exploser, tout le monde est prêt à aider.

— Tu vois, le problème avec cette idée, c'est que je serais blessée. Encore.

Calvin haussa les épaules. Kat lui lança un regard noir. Seeker aboya, et c'est à ce moment-là que Kat déclara qu'ils allaient faire une promenade. Après avoir passé tant de temps dans le sous-sol exigu des Élémentaires, faire un tour dans le parc voisin leur ferait du bien.

En fin d'après-midi, les gens étaient de sortie, rentrant du travail ou profitant simplement de l'air frais. Les nuages arrivaient, mais pas assez pour gâcher le coucher de soleil, encore si précoce. Les capsules roulaient le long des rues, et çà et là, une enseigne ou une vitrine promettait des distractions, aucune assez puissante pour interrompre leur conversation incessante.

Tandis que Seeker reniflait tout ce qu'il pouvait, Kat et Calvin continuaient à passer en revue les options, mais aucune n'était bonne. Tout menait au danger, mais une seule menait à la vengeance.

— Alors tu veux vraiment aller chercher ce type ? dit Calvin. Genre, vraiment pourchasser le mec qui t'a tiré dessus à bout portant ? Encore ?

Kat n'en avait pas envie. Comme souvent, ce qu'elle voulait, c'était un chocolat chaud et un film. Ou un bon dîner au restaurant, pour changer. Mais ces choses-là semblaient être un rêve perpétuel plutôt qu'une réalité.

— Tu as eu la vie dure, pas vrai ? dit Kat.

— C'est une vraie question ?

— Ce que je veux dire, c'est que je n'ai pas eu la vie facile non plus. Kat éloigna Seeker d'une poubelle fascinante, et le gros chien comprit le message et bondit en avant, les tirant avec lui. Donc, on pourrait dire que je ne suis pas bien adaptée.

— Qu'est-ce que ça veut dire ? répondit Calvin.

— Je veux dire, tous ces gens ici. Cette ville. Ce monde. C'est comme si tout le monde acceptait sa situation, et voulait juste rentrer à la maison à la fin de la journée et être heureux.

— Donc tu es, quoi, pas comme eux ?

— Non, je le suis, mais je ne sais pas comment l'être.

— Se faire tirer dessus t'a dérangé le cerveau ?

Ils atteignirent le parc, un grand carré avec des arbres sans feuilles formant une canopée squelettique. Une petite aire de jeux, la neige poussée pour former une sorte de fosse autour du toboggan, des barres de singe et des balançoires, occupait le centre. Des bancs, certains avec des gens, d'autres vides, bordaient les allées dégagées. Assez serein pour faire tiquer Kat.

— Je pense que se faire tirer dessus dérange la plupart des gens, dit Kat. Ce que je veux dire, c'est que je ne sais pas comment être comme ça. Je n'y arrive pas.

— D'accord ?

— Donc quand tu me dis d'appeler les Paragons. Quand tu me dis de prendre la voie qui me laisse en dehors de ça, je ne sais pas comment être cette personne.

— Kat, j'ai fui pendant longtemps. Ça marche. On s'habitue à éviter les conflits, et tu sais quoi ? Je n'étais peut-être pas heureux, mais j'étais en vie.

— Tu vivais dans une décharge.

— J'ai jamais dit que c'était parfait.

Kat rit et ça lui fit du bien. Calvin rit, et tu sais quoi, ça lui fit du bien aussi. Partager un moment avec un ami. Bon sang. Elle devait faire ça plus souvent. Elle avait besoin de plus d'amis.

— Donc tu vas le poursuivre, c'est ce que tu dis, dit Calvin.

— Ouais.

— Tu vas me laisser t'aider ?

— Comme tu as été si utile la dernière fois ?

Calvin se pencha, ramassa de la neige. La plupart s'effrita dans sa main — trop froide pour faire une vraie boule de neige — mais il lança les restes vers Kat. Elle esquiva, et Seeker, le remarquant, revint en courant et aboya. Calvin jeta plus de neige au chien, qui bondit et attrapa les flocons.

À partir de là, les choses dégénérèrent en folie. Tous deux se lançant des fragments de neige improvisés, Seeker sautant au milieu. Les autres personnes dans le parc regardaient avec, pour autant que Kat puisse dire, des sourires sur leurs visages.

Kat réussit à obtenir un assez gros morceau dans sa main gauche et le lança directement sur la poitrine de Calvin. L'anomalie l'attrapa de sa main gauche, et le morceau irrégulier rétrécit, comme s'il fondait par une chaude journée. Dans la main droite de Calvin, une boule de neige parfaite se forma. Il la lança vers Kat, et Seeker l'attrapa au vol, réduisant la boule en poussière.

Une anomalie. Kat avait presque oublié sur le moment. Calvin était un Paragon, pas un simple ami lançant des boules de neige dans le parc. Comme ses parents, il serait envoyé en mission, on lui confierait des tâches et il ferait partie de quelque chose qu'elle ne pourrait jamais rejoindre. Et s'il avait des enfants, alors l'un d'eux pourrait-

— Tu veux qu'on rentre ? dit Calvin. Je ne sais pas pour toi, mais il commence à faire sombre et j'ai froid.

— On commande à emporter et on essaie de comprendre qui pourrait être ce type ?

— Ce n'est pas ma soirée idéale, mais ça me va. Si tu paies.

— Pour m'avoir sauvé la vie ? dit Kat. Oh attends, ce n'était pas toi.

— J'ai, euh, tenu compagnie à ton chien ?

Ils parvinrent à éloigner Seeker du parc et rentrèrent, avec un semblant de plan en tête. Ils trouveraient le tireur ensemble. Arrêteraient les meurtres, puis obtiendraient des Élémentals qu'ils libèrent Kat de leur lien. Assez simple.

L'obscurité était tombée le temps qu'ils reviennent à l'immeuble de Kat, bien que les nombreux lampadaires maintiennent une atmosphère chaleureuse. Ils avaient opté pour quelque chose de chaud et épicé, Calvin tenant la laisse de Seeker pendant que Kat tendait le bras pour approcher son Tama du scanner d'entrée de l'immeuble.

Le jappement de Seeker retentit en premier, un son paniqué qui fit se retourner Kat au moment où la balle sifflait près de sa tête et explosait un trou dans la porte en bois derrière elle. Kat ne réfléchit pas, plongea simplement en avant dans les escaliers, essayant de se mettre à l'abri derrière les arbres le long de la rue.

Calvin cria quelque chose, lâcha la laisse de Seeker et toucha le trottoir. Alors que Kat se précipitait vers le bas, un autre coup de feu retentit, s'écrasant contre la barrière de béton improvisée de Calvin, qui s'étendit autour d'eux deux et de Seeker qui aboyait, que Kat attrapa par le collier.

— J'appelle les drones, dit Kat, se blottissant près de lui et tapant l'alerte sur son Tama.

Autant elle voulait attraper le type elle-même, le faire dans l'obscurité, sans sa combinaison ni aucune arme, semblait être une mauvaise idée.

Aucun troisième coup de feu ne vint, et en trente secondes, alors que les drones apparaissaient au-dessus d'eux et projetaient leurs lumières sur les immeubles environnants, aucune arrestation n'eut lieu non plus.

Calvin attendit que les drones donnent le feu vert avant de laisser tomber son dôme. Kat regarda les bâtiments autour d'eux, qui se dressaient dans l'obscurité, chacun étant un point de tir potentiel. Le tireur, apparemment, savait qui elle était, savait où elle vivait.

— On ne peut pas rester ici, dit Kat.

— Ne me demande pas pour mon appartement, parce que je n'en ai pas, répondit Calvin. Je squattais chez les Paragons, mais c'est le bordel là-bas en ce moment.

— Non, non. Kat ferma les yeux un instant. Je sais où on peut aller.

— Je n'aime pas ta façon de le dire.

Gordon n'aimerait pas non plus, mais il s'en remettrait. Gordon s'en remettait toujours.

CHAPITRE 23
LE SOUTERRAIN

LA MORT d'Aegis n'avait pas ébranlé le centre commercial.

Zhan-Yo quitta la nacelle et s'arrêta sur le trottoir, stupéfait par le va-et-vient des acheteurs. Les livraisons par drone auraient dû, à elles seules, transformer cet endroit en une coquille vide, mais à mesure que les magasins s'adaptaient pour créer des expériences plutôt que des ventes, les gens revenaient. On aurait pu penser que la croyance en l'effondrement imminent des Paragons, la structure de la société, aurait gardé les gens chez eux. Au lieu de cela, il semblait que le plan du peuple pour maintenir les choses à flot était de dépenser, dépenser, dépenser.

Certains passaient en tenant des sacs, d'autres étaient suivis de chariots-drones flottants, se dirigeant vers des nacelles de toutes tailles pour ramener leurs achats chez eux. Zhan-Yo voyait tous ces visages, insouciants, emmitouflés ou rosés par le froid. Comme s'il n'avait rien fait du tout. Une musique insipide et sans paroles jouait en fond.

Voilà, c'était sa révolution à l'œuvre.

Pour l'instant.

Zhan-Yo suivit les lumières à l'intérieur, passant par le sas à vide conçu pour repousser l'air froid et garder la chaleur là où elle devait être. La légère pression poussa contre son visage, mais de l'autre côté, il retira le manteau passe-partout que Wexley lui avait prêté et embrassa la chaleur.

Des carreaux formant un motif indéchiffrable s'étalaient devant lui, et les deux étages du centre commercial s'étiraient jusqu'à un plafond lointain, d'où pendaient des œuvres d'art et des panneaux promotionnels. Des choses que Zhan-Yo n'aurait pas remarquées auparavant, sauf qu'il ne s'attendait pas à ce que tout cela soit encore là.

La déception de Zhan-Yo se muait en espoir à mesure qu'il continuait de voir la vie normale se poursuivre. Il avait passé tant de soirées à s'inquiéter de l'ampleur des changements que la destruction des Paragons apporterait au monde. Si, pourtant, la société pouvait traverser un événement aussi important que la mort d'Aegis avec si peu de changements, alors peut-être que ses propres efforts laisseraient une civilisation reconnaissable encore debout. Zhan-Yo pourrait prendre le contrôle d'une humanité endommagée, mais fonctionnelle.

Cette pensée mit un peu d'enthousiasme dans sa démarche alors que Zhan-Yo se dirigeait vers un magasin portant le nom et le logo de Ziran. Vendant du matériel technologique, des Tamas eux-mêmes aux accessoires et à tous les appareils domestiques connus de l'homme, le magasin aussi semblait inchangé. Malgré la déclaration de l'ancien PDG de Ziran sur la fin de la vie moderne, les employés à l'intérieur avaient l'air tout aussi ennuyés qu'avant. Les couleurs rouge et noir étaient tout aussi éclatantes.

Ils remarquèrent cependant Zhan-Yo qui traversait le magasin vers l'arrière. Un panneau indiquant les toilettes, et précisant qu'elles étaient réservées aux employés, marquait l'entrée. Zhan-Yo ne s'arrêta pas.

— Je peux vous aider ? demanda l'un des employés, Zhan-Yo pensait que le garçon aux cheveux ébouriffés avait l'air d'avoir quinze ans, en s'approchant de Zhan-Yo avec la démarche nerveuse de quelqu'un peu habitué à confronter des adultes.

— Non, répondit Zhan-Yo, et il continua d'avancer.

— C'est, euh, réservé aux employés ? tenta à nouveau le garçon.

— J'y suis autorisé, dit Zhan-Yo, puis il arrêta sa marche vers l'arrière, et ce qui se trouvait au-delà. Combien sont déjà venus ?

— Quoi ?

— Là-derrière. Combien ?

Le visage du garçon changea, et il fit même un pas en arrière. — Quelques-uns, je crois. Wexley nous a dit de les laisser passer. Désolé, je ne savais pas ?

— Tu te débrouilles bien. Il n'y a rien à craindre.

Le garçon le fixait du regard, alors Zhan-Yo se retourna, passa l'entrée réservée aux employés et, avec son Tama, scanna une porte verrouillée. Des lumières jaunes douces guidèrent ses pas dans l'escalier jusqu'à un simple vestibule, occupé par quelques chaises bon marché et pas grand-chose d'autre.

Une seule porte en bois épais menait plus loin, et Zhan-Yo hésita avant de l'ouvrir. De l'autre côté se trouverait, faute d'un meilleur mot, son destin. Le peu de pouvoir qu'il lui restait ne tenait qu'à un fil, et même si Mathieu trouvait les Paragons traîtres dont ils avaient besoin, Zhan-Yo ne pourrait pas faire un geste sans le soutien de ces gens.

Zhan-Yo aurait besoin de leurs représentants, de leurs hommes, de leurs ressources, et il les obtiendrait.

Il poussa la porte sans frapper, faisant cesser les conversations, et la demi-douzaine d'hommes et de femmes dans la pièce se figèrent, le regardant avec des coups d'œil paniqués qui se transformèrent progressivement en froncements de sourcils et en regards noirs que Zhan-Yo attendait.

— Tu es arrivé, dit Wexley, s'approchant du côté gauche de la pièce où il partageait des whiskies avec un leader du monde des transports. Je n'étais pas sûr que les nacelles te prendraient.

— J'ai utilisé ton compte. Zhan-Yo passa son regard sur les invités, notant chacun de ceux qui étaient venus et montrant, extérieurement du moins, qu'il ne s'attendait à rien de moins. C'est une bonne participation.

— Ils voulaient s'assurer que tu saches qu'ils ne sont pas contents.

Zhan-Yo sentit l'odeur de whisky dans l'haleine de Wexley et remarqua que son lieutenant ne portait pas les vêtements d'affaires qui lui collaient normalement à la peau. Au lieu de cela, Wexley arborait une tenue plus sportive ce soir, comme s'il était allé courir avant de venir ici. Au moins, cela correspondait à la prédilection de tout le groupe pour le noir.

— Bienvenue, commença Zhan-Yo. Je vous en prie, asseyez-vous. Nous avons beaucoup à discuter, et j'imagine que la plupart d'entre vous préféreraient être n'importe où ailleurs qu'ici.

— Vous avez raison, dit une femme, avec un accent, représentant une entreprise de produits naturels d'outre-mer, de ce qui avait été l'Afrique. Nous sommes ici parce que vous ne semblez pas comprendre ce que nous vous disons par vidéo.

Zhan-Yo connaissait tous leurs noms, mais refusait de les exhumer maintenant. Ils étaient tous identiques en cet instant, des créatures à contrôler par tous les moyens nécessaires.

— Vous êtes contrariés parce que j'ai commencé quelque chose en quoi vous croyiez tous, dit Zhan-Yo.

— Nous n'étions pas prêts ! dit un autre homme, à la droite de Zhan-Yo. Ce n'était pas le bon moment !

— Et quand le serait-ce ? Quand serait-ce le bon moment ?

L'homme leva les mains au ciel. Les autres dans la pièce se regardèrent, ainsi que leurs Tamas. Parce que, bien sûr, il n'y aurait jamais de bon moment. Prononcer de grands mots, et les oublier quand il fallait les concrétiser.

— Je crois que le bon moment, c'est quand on a une

chance, dit Zhan-Yo. Il se pencha en avant sur sa chaise, les bras tendus, paumes vers le haut. Suppliant, pour l'instant. Aegis nous a donné une ouverture, alors je l'ai saisie. Que cela signifie quelque chose maintenant dépend de vous.

À en juger par les visages autour de la table, les paroles de Zhan-Yo ne signifiaient pas grand-chose. La plupart étaient impassibles, et quelques-uns avaient même l'air malade. Comme s'ils étaient mal à l'aise d'être assis dans le même espace qu'un tueur. Zhan-Yo aurait peut-être été pareil il y a quelques années, mais il avait dépassé le stade du déni.

Le changement exigeait des sacrifices, et ces gens ne le comprenaient pas. Pas encore.

— Wexley, dit Zhan-Yo. Peux-tu verrouiller la porte ?

— Je... peux ? dit Wexley, mais il se leva et suivit quand même l'instruction de Zhan-Yo, passant son Tama contre le scanner noir à côté de la porte, dont la lumière passa du vert agréable au rouge d'avertissement.

Zhan-Yo passa à nouveau son regard sur ses adversaires, les fixant d'un regard implacable, — Avant que quiconque ne quitte cette pièce, vous allez vous engager dans cette voie. J'ai un nouveau plan, et il nécessitera des fonds et des ressources. Vous allez le soutenir.

— Tu ne peux pas nous forcer, dit un homme à gauche, repoussant sa propre chaise. Tu as perdu ta vision, Zhan-Yo. Nous ne nous sommes pas engagés pour un bain de sang.

— Et je n'en voulais pas non plus, dit Zhan-Yo, se levant pour faire face à l'homme, qui était plus grand, mais pas plus en forme que lui. Zhan-Yo leva une main, l'index dressé, pour empêcher Wexley de venir à sa défense. Les plans doivent changer pour s'adapter aux circonstances. L'objectif reste le même, les méthodes diffèrent.

En évaluant l'homme, Zhan-Yo pouvait dire qu'il venait d'un milieu privilégié, et pas du genre éphémère qui dépensait sans compter pour des marques de luxe juste pour le nom. Le costume de l'homme avait une qualité discrète, son

Tama était neuf mais montrait, avec des étiquettes colorées, des modifications faites par ceux qui savaient ce qu'ils faisaient. Il pourrait probablement outrepasser le verrou de la porte de Wexley s'il le voulait.

Des yeux bouffis montraient que le sommeil échappait à l'homme, probablement à cause du surmenage, et bien qu'il se soit ramolli sur les bords, il en restait assez pour remplir ses vêtements avec l'histoire d'une silhouette plus en forme. Le fait que l'approche de Zhan-Yo ne suscite aucune peur perceptible chez l'homme suggérait une expérience de l'adversité.

Dans l'ensemble, un individu imposant, et bien que la perception de Zhan-Yo l'ait aidé dans d'innombrables réunions d'affaires, trouvant les bons mots et désirs pour faire signer un contrat, ici elle ne montrait que ce que Zhan-Yo s'apprêtait à faire pouvait mal finir.

Avec tout ce que Zhan-Yo avait risqué pour cela, cependant, qu'était-ce qu'une chose de plus ?

— Assieds-toi, dit Zhan-Yo.

— Je suis venu pour une discussion, pas pour des ordres. Je m'en vais.

— Non, tu ne t'en vas pas. Pas sans accepter le nouvel arrangement.

L'homme, secouant la tête, fit un grand pas autour de Zhan-Yo, se dirigeant vers Wexley et la porte. Zhan-Yo le laissa passer, puis, le dos de l'homme tourné, lui asséna un coup sec à la cheville gauche. Une jambe solide, mais Zhan-Yo la frappa bien et balaya la cheville vers l'avant, faisant basculer l'homme en arrière.

Des hoquets et des cris, à la fois étouffés et non, remplirent la pièce.

Zhan-Yo attrapa la grande tête de l'homme avant qu'elle ne heurte le sol, puis la posa doucement, adressant un regard grave aux yeux écarquillés de l'homme.

— Ce n'est pas ce que je voulais, dit Zhan-Yo, jetant un

coup d'œil à la foule. Cependant, j'espère que vous voyez à quel point je suis sérieux. Nous allons faire cela, et vous allez aider. Il n'y a plus de retour en arrière possible maintenant.

Alors que Zhan-Yo terminait, il vit un tressaillement sous lui, et l'homme qu'il avait mis à terre lança un coup de poing sauvage depuis ses genoux vers l'estomac de Zhan-Yo. Zhan-Yo bloqua le coup vers le bas, reculant et laissant l'homme se remettre sur ses pieds, ce costume chic marqué par sa rencontre avec le sol en béton.

— Les Paragons tiennent un sommet, dit Zhan-Yo, esquivant un autre coup lourd. Tous les Champions viendront.

L'homme le traquait autour de la table, tout le monde observant la danse. Wexley, s'écartant du chemin, retourna à sa place.

— Avant ce moment, nous devons rassembler nos armes, à la fois physiques et numériques, continua Zhan-Yo, esquivant un autre coup.

Le visage de l'homme devenait de plus en plus rouge à mesure qu'ils continuaient autour de la table, la sueur marquant son grand front. Il tenait ses poings comme un boxeur, mais un qui ne lançait que des coups de masse.

— Quand ils se rassembleront, nous frapperons, dit Zhan-Yo. Nous mettrons fin à leur sommet et prouverons que nous méritons notre place dans leur monde. Toutes les caméras seront là, tout le monde entendra nos mots.

Ils passèrent devant la porte de sortie et l'homme y jeta un coup d'œil, son Tama prêt à faire ce geste de liberté. Puis il se retourna, hocha la tête vers les jambes de Zhan-Yo.

— De belles paroles, pour un lâche, dit l'homme. Tu m'as donné un coup de pied, maintenant tu veux que je me batte avec toi ?

— Je ne demande pas.

L'homme grogna, sans doute très habitué à obtenir ce qu'il voulait et frustré que cela n'arrive pas ici. Il s'avança à nouveau. Trébucha - peut-être Zhan-Yo avait-il fait plus que heurter cette cheville - dans un autre grand coup.

Cette fois, Zhan-Yo s'avança, contournant le coup. Il alla droit au visage de l'homme et, glissant sa jambe droite derrière celle de l'homme, poussa son adversaire en avant. Cette fois, il ne rattrapa pas la chute.

Avec l'homme gémissant au sol, Zhan-Yo se retourna vers le reste d'entre eux, ces leaders hésitants, si peu disposés à risquer ce qu'ils avaient pour mettre les normaux sur un pied d'égalité avec les Paragons.

Avant, quand il avait prononcé des discours enflammés sur un avenir meilleur, Zhan-Yo avait vu de l'espoir sur ces visages. Il avait lu le courage dans leurs épaules, leurs têtes qui hochaient. Maintenant, Zhan-Yo voyait la peur.

Il utiliserait cela aussi.

CHAPITRE 24
TRAÎTRES

EN MATIÈRE D'IMMEUBLES, les Paragons avaient tendance à choisir la structure la plus haute et la plus imposante qu'ils pouvaient trouver dans leurs villes. Même ainsi, pour Chicago, occuper le quart supérieur de la Willis Tower semblait excessif. Mais après tout, Mynx vivait dans une montagne à l'extérieur de Los Angeles, alors que savait-elle de la domination de la population ?

Comme c'était presque l'heure du dîner, peu de Paragons occupaient les bureaux, et ceux qui y étaient soit jeunes et frais, soit vieux et dévoués, debout ou assis dans les espaces, examinant les affaires en cours ou les cartes numériques de la ville superposées d'alertes de drones. Certains parlaient à ces drones ou aux personnes à l'intérieur, des ordres et des conseils ponctuant l'espace par ailleurs stérile.

Chaque bureau de Paragon avait son propre caractère. Celui de Chicago célébrait la culture locale, les racines de la ville, à la fois dans le passé lointain et dans son ère plus récente, dirigée par les Paragons. Des photos, de vraies photos physiques, tapissaient les murs avec des visages des rangs locaux, soit en style portrait, soit en action, sauvant quelqu'un ou quelque chose.

C'était drôle de voir combien peu d'entre eux Mynx connaissait, ou même reconnaissait. Il y avait maintenant tellement de Paragons, tellement d'anomalies courant librement sous leur nom. Il y a longtemps, les Champions accueillaient personnellement chaque nouvelle recrue, examinaient leurs capacités et les plaçaient dans leurs divisions respectives avec le même soin qu'on pourrait apporter aux couleurs d'un tableau. Maintenant, des algorithmes géraient tout, et les leaders régionaux intervenaient quand c'était nécessaire.

Les Champions ? Théoriquement, ils s'occupaient des problèmes plus importants. En réalité, ils bricolaient leurs projets passionnels et laissaient le monde suivre son cours.

Sa cible, une salle de conférence au centre du bloc des Paragons, avait une seule porte blanche épaisse bordée d'une ligne rouge lumineuse à l'extérieur. Mynx se regarda, portant maintenant un uniforme bleu classique de Paragon. Résolument loin du formel professionnel, prêt à l'action à tout moment, les uniformes rappelaient l'adhérence des vieux comics et, aussi, semblaient partager leur apparente invincibilité.

Tuer un Paragon demandait beaucoup de travail même sans cette chose. Avec elle, quiconque attaquerait Mynx aurait de la chance de survivre, même avec l'effet de surprise de son côté.

C'est pourquoi elle ne ressentait rien de plus que de la curiosité en regardant la porte, puis en la poussant pour entrer. Son Tama émit un seul bip en le faisant, annonçant la perte de son signal alors que Mynx franchissait le seuil et que la porte se refermait derrière elle.

Contrairement aux murs couverts de photos au-delà de la pièce, le gris ardoise dominait chaque surface ici. Une longue table, assez grande pour une douzaine de personnes, était centrée. Un seul homme costaud, aux cheveux roux et à la barbe rousse, occupait la place en bout de table, hochant la tête vers Mynx quand elle entra.

— Bienvenue, Champion, dit Innis, supposément le dernier Paragon à avoir vu Aegis vivant. Je suis content que tu aies enfin trouvé le temps de venir.

— Innis. Mynx prit place à l'autre bout de la table, face à l'homme. La distance entre eux était absurde, mais Mynx n'avait aucune envie de la réduire. Innis semblait trop composé, son sourire trop faux et ses yeux trop durs. Mynx n'avait jamais aimé cet homme, et le salut formel ne fit rien pour adoucir son attitude. Comme tu le sais, ça n'a pas été facile.

— Non, ça ne l'a pas été, répondit Innis. Mais on s'en sort plutôt bien. Tu as vu, c'est normal là-dehors.

— Comme je m'y attendais. Mais je ne suis pas ici pour voir comment tu gères ton bureau. Je veux savoir pourquoi tu ne l'as pas encore trouvé.

— Qui ?

Mynx plissa les yeux. — Ne fais pas l'idiot. Je n'ai pas le temps pour ça, et toi non plus.

— Il est insaisissable, concéda Innis. Zhan-Yo a beaucoup de représentants, beaucoup d'amis puissants. J'ai des gens qui le cherchent jour et nuit.

— Oui, c'est vrai. J'ai vérifié ça. Il semble que ce sont tes équipes les plus juniors qui font la chasse, et elles sont aussi les premières à être rappelées si un appel arrive. Mes drones sont les seuls à faire le vrai travail.

— Ne vont-ils pas être meilleurs pour ça ?

— Si Zhan-Yo se promène à découvert, peut-être, dit Mynx. Tu as des anomalies qui peuvent voir à travers les murs, qui peuvent entrer dans l'esprit des gens et en arracher leurs secrets. Pourquoi ne les utilises-tu pas ?

Innis se pencha en arrière, inclina la tête. — Je ne pensais pas qu'on était le genre de héros à faire ce genre de choses.

— Trouver des tueurs ?

— Torturer des innocents.

Mynx commença à rejeter l'idée — ce que les anomalies pouvaient faire n'était pas douloureux, la plupart de ceux qui pouvaient fouiller dans les pensées extrairaient des secrets sans que la cible ne sache même ce qui s'était passé — mais à la place, elle prit une profonde inspiration et utilisa ce moment pour étudier le regard d'Innis, le petit sourire suffisant qui s'était installé entre ses poils de barbe flamboyants.

— Pourquoi te bats-tu contre moi sur ce point ? demanda-t-elle à la place. Veux-tu même l'attraper ?

Innis balaya ses paumes sur la table, comme s'il brossait des miettes imaginaires sur le sol, puis les rassembla sous son menton, sa bouche tressaillant.

— Tu vois, Mynx, c'est justement ça. Le visage d'Innis devint maniaque, et l'estomac de Mynx se souleva. Je ne veux pas. Pas du tout.

Innis se leva de sa chaise, appuya sur un bouton de son Tama, et la lourde porte derrière Mynx, la seule sortie de la salle de conférence, se verrouilla avec un fort clic.

— Tu ne sais pas ce que c'était que de vivre sous la botte d'Aegis, dit Innis, commençant à marcher autour de la table vers Mynx. Il disait quelque chose, tu devais sauter. Il changeait les règles, tu devais changer avec elles. Et il ne m'aimait pas. Je n'allais jamais devenir un Champion. Je n'allais pas m'échapper.

Mynx entendit les mots et divorça ses émotions. Tout comme elle pourrait reprogrammer une routine frustrante, ou gérer les exigences ennuyeuses mais nécessaires d'une journée, Mynx repoussa la colère froide et morte et considéra la situation.

Innis suintait la menace. En tant que traître, Innis occuperait une position assez élevée dans la structure des Paragons pour passer à l'ennemi, mais une trahison comme la sienne ne serait pas inouïe. Avec tout leur pouvoir, certaines anomalies pensaient qu'elles feraient de meilleurs dirigeants que les

Champions. Certaines essayaient de mettre ces pensées en action.

Elles échouaient toutes.

— Maintenant, tu vas rester assise là, et on va contacter les autres Champions, dit Innis, marchant lentement pour laisser le temps à ses propres paroles de se déverser, comme s'il découvrait son plan en le prononçant. Ensuite, tu leur diras que tu me donnes l'Atlantide. Pas à Pixie. Après ça, tout ira bien.

Innis dépassa la moitié de la table. Se rapprochant. Sans signal Tama, Mynx ne pouvait pas appeler à l'aide. Reeves ne pouvait pas l'entendre. Et avec la porte verrouillée, elle ne pouvait pas s'enfuir dehors.

Très bien.

Mynx, toujours assise, leva sa jambe gauche et donna un coup de pied dans la chaise à sa gauche, l'envoyant glisser vers Innis tout en s'éloignant de lui. Il grogna, jeta la chaise sur le côté tandis que Mynx se levait.

— Ça n'arrivera pas, dit Mynx. Jamais.

— Si têtue. Tout comme Aegis.

Innis se rua sur elle, contournant la table et courant vers elle avec l'intention de la plaquer. L'homme avait suffisamment de muscles, et Mynx des os assez fragiles, pour qu'une telle attaque la laisse en ruine. Alors elle courut, poussant sa chaise sur le chemin d'Innis et contournant la table.

Maintenant, elle se tenait à l'opposé de la porte, à l'opposé d'Innis.

— As-tu demandé à Aegis de prendre sa retraite ? Comment l'a-t-il pris ?

— À peu près aussi bien que toi. Innis sauta sur la table, qui gémit sous son poids. L'homme voulait continuer à se battre jusqu'à ce qu'il tombe raide mort.

Une autre charge lourde. Cette fois, Mynx glissa sous la table pendant qu'Innis passait au-dessus. Ramper sur la moquette ne semblait pas très héroïque, mais cela empêchait l'homme de l'attraper. Pour l'instant, c'était ce qui comptait.

Elle commença à rouler vers la droite, puis revint à gauche alors qu'Innis, ses jambes visibles alors qu'il descendait de la table, donnait des indices sur sa direction. Mynx se releva dès qu'elle eut dépassé la table et réussit à faire un pas avant qu'Innis ne saisisse son bras droit.

— Je te tiens ! cria Innis, tirant Mynx en arrière.

Mynx utilisa l'élan, utilisa les années passées avec Aegis, s'entraînant sur son insistance qu'un Champion ne pouvait jamais dépendre uniquement des gadgets. Les héros, disait Aegis, devaient être prêts à utiliser leurs mains. Maintenant, Mynx utilisait sa gauche pour frapper Innis au nez, le talon de sa paume faisant une connexion craquante qui fit trébucher Innis en arrière, se tenant le visage.

Innis jura, et Mynx courut vers la porte. Elle tendit la main vers la poignée, activa le verrou, et y plongea.

Un paysage blanc s'étendait à l'infini sous un ciel gris. Des chiffres mouvants formaient des piliers flottants glissant au-dessus et autour d'elle, se fondant ici et là avec la plaine blanche alors qu'ils oscillaient à un vent invisible et imperceptible.

Le temps n'avait peut-être pas de sens ici, mais il s'écoulait tout de même à l'extérieur. Mynx devait trouver le verrou, et vite, avant qu'Innis ne réalise ce qu'elle faisait et ne l'assomme. Chaque verrou avait son propre caractère, mais ils partageaient tous certains traits : l'un de ces piliers serait la clé.

Mais il y en avait des milliers, peut-être des millions, flottant à perte de vue. Impossible.

Alors plutôt que de trouver la clé, Mynx changea le verrou. Elle plongea ses mains dans le sol blanc — ça ne ressemblait à rien — et un noir violacé se répandit à partir de son toucher, corrompant et modifiant le code du verrou.

En à peine plus de deux secondes, Mynx déforma le

programme Paragon standard du verrou — qu'elle avait conçu — en un nouveau lié au Tama de Mynx. À son signal, et à son signal seul, la porte s'ouvrirait et se fermerait.

Alors que la dernière variable se mettait en place, le dernier de ces piliers de chiffres se désintégrant en poussière virtuelle, l'espace entier se brouilla, comme des parasites sur une antenne.

Innis l'avait attrapée.

En un clin d'œil, un changement brusque, comme se lever rapidement d'une sieste, Mynx s'arracha de l'univers virtuel du verrou et se réveilla dans la pièce scellée. Juste à temps pour qu'Innis la jette loin de la porte et sur la table.

— Tu sais, dit Innis, respirant fort, deux traînées de sang souillant son visage dans leur voyage vers le sud depuis son nez. Je voulais conclure un marché. Maintenant, je pense qu'il serait peut-être préférable de te tuer aussi.

La tuer *aussi* ?

Intéressant.

— Tu as raté ta chance. Mynx tapota son Tama, envoyant le signal au verrou.

La porte obéit, émit un son clair et s'ouvrit. Dehors, déjà en attente, peut-être attirés par les bruits provenant de l'intérieur de la pièce, se tenaient une demi-douzaine de Paragons. En uniforme, prêts à venir en aide à leur Champion.

Puis Innis rit. Il fit signe aux Paragons rassemblés.

— Entrez ! aboya Innis. Mynx ne voit pas les choses à notre façon, alors venez m'aider à la persuader.

Le soulagement mourut avant d'avoir eu une chance de grandir. Mynx avait à peine traité les mots d'Innis, leurs implications, et ce que la soudaine constriction autour de sa poitrine signifiait pour sa survie. Un Paragon s'avança, tendit la main et la ferma en poing, l'écrasant davantage.

L'homme leva son poing, et Mynx flotta au-dessus de la table. Il ramena son bras en arrière et elle se déplaça vers lui, Innis hochant la tête tout le temps à sa droite.

— Tu vois, Mynx ? dit Innis, suivant Mynx hors de la pièce. Kevin t'a déjà battue. Il est clairement meilleur, alors pourquoi est-il coincé ici quand il devrait diriger une région ?

Mynx aurait répondu, mais le poing de Kevin rendait difficile de respirer, de parler. La pensée, cependant, coulait librement.

Au moins une douzaine de traîtres ici. À en juger par leurs visages, ces imbéciles crédules pensaient sans doute qu'Innis les mènerait au pouvoir, sinon à la gloire. Qu'ils obtiendraient une sorte de statut qui leur était refusé en travaillant ici. Comme si préserver la civilisation n'était pas suffisant.

Combien de fois les Champions avaient-ils purgé la pourriture des rangs des Paragons ? Apinya et Burov faisaient leurs tournées mondiales, scrutant les cœurs et les esprits et détruisant tous ceux qui nourrissaient des pensées séditieuses. Les purges avaient suffi à convaincre les rangs des Paragons et le monde entier que la dissidence ne serait pas tolérée.

Mais ces balayages avaient pris fin il y a des années, lorsque les Paragons étaient devenus trop nombreux pour être surveillés par des examens individuels. Mynx avait proposé les drones à la place, des corps autonomes incorruptibles surveillant les tentés et les tordus. Ses machines avaient raté leur cible. Chaque système avait des défauts, et il semblait que celui-ci pourrait la tuer.

Kevin — l'air sombre, mais satisfait de lui-même — guida son poing invisible pour placer Mynx au milieu de la foule de Paragons, qui s'écarta avec la Champion au centre. Des uniformes bleus l'entouraient, des visages sinistres fendus ici et là par le demi-sourire de quelqu'un sur le point d'obtenir enfin ce qu'il voulait.

— Que pensez-vous qu'il va se passer ? réussit à dire Mynx en reprenant son souffle. Vous me tuez, vous trahissez les Paragons ? Combien de temps pensez-vous survivre ?

Il y en avait des centaines dans la seule région de Chicago.

À moins qu'Innis ne les ait tous retournés, ce petit groupe se retrouverait détruit en quelques heures. Sans plan, ce n'était rien de plus qu'un suicide.

— On ne t'a pas tuée, dit Innis en entrant dans l'arène. Tu es morte en essayant de trouver Zhan-Yo. On t'a retrouvée. Tellement tragique.

Mynx leva les yeux au ciel, mais resta au sol. Elle ne voulait pas mourir tout de suite.

— Vous le croyez ? dit Mynx aux autres. Vous pensez qu'il pourra vous protéger ? Les points continuaient de se connecter, remontant aux autres paroles d'Innis. Il a trahi tout le monde, pourquoi pas vous ?

— Qu'avons-nous à perdre ? dit Kevin en s'accroupissant et en regardant Mynx dans les yeux. Une vie coincée avec ça, ou un instant à atteindre notre vrai potentiel ? Je sais ce que je choisirais.

Aegis aurait eu l'impression d'avoir échoué avec ces Paragons. Il aurait déploré leur moral, qu'ils aient pu choisir une telle voie. Ce que cette ambition inassouvie signifiait pour les Paragons dans leur ensemble.

Mynx se contenta de rire.

— Achève-la, Kevin, dit Innis au son. On doit passer au nettoyage.

— Fais-le, Kevin, dit Mynx. Accomplis ton potentiel, ou quelque soit les bêtises que tu te racontes.

Cela, au moins, fit froncer les sourcils du jeune Paragon. Il se redressa néanmoins, tendit son poing, et Mynx sentit à nouveau l'air changer, se resserrer autour d'elle.

Ce n'était pas ainsi qu'elle pensait partir, mais combien ont le choix ?

L'air se referma autour d'elle, la soulevant au-dessus des Paragons traîtres, puis commença à la comprimer en boule. Alors que ses bras se repliaient à l'intérieur et que ses jambes remontaient, Mynx regarda par-dessus leurs têtes et à travers les fenêtres, un dernier aperçu des lumières scintillantes de Chicago.

Seulement elle n'en vit aucune. Un noir d'ardoise à l'extérieur de chaque panneau, comme si des stores avaient été tirés.

— Termine, dit Innis.

Innis prononça l'ordre, et ces fenêtres noires explosèrent en une lumière vive. Quelques millisecondes plus tard, alors même que les Paragons commençaient à crier, le crépitement des éclats de verre mêlé aux tirs d'assaut emplit l'étage. Des balles, conçues pour percer l'armure des Paragons, balayèrent les rangs sous Mynx, décimant les traîtres.

Le poing de Kevin se dissipa en même temps que Kevin lui-même, et Mynx tomba au sol alors que les tirs cessaient. Elle atterrit exactement là où elle avait été, cette fois entourée de corps déchiquetés. Innis parmi eux. Sans vie.

— J'avais peur que tu n'aies pas assez de temps, dit Mynx en allant de corps en corps, confirmant leur fin.

— La salle sécurisée s'est ouverte il y a cinq minutes, répondit Reeves, sa voix provenant du Tama. Je n'en ai eu besoin que de trois.

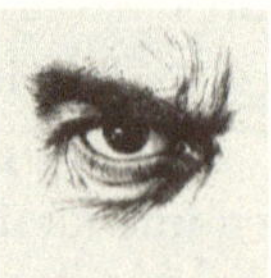

CHAPITRE 25
L'AUTRE CÔTÉ DU DÉSIR

THANE VIVAIT dans l'espace entre les rêves et l'éveil. Cette fine tranche de réalité où il ne pouvait pas tout à fait se faire bouger, où ses yeux entrouverts voyaient des roches noires se fondre en souvenirs. Incapable de bouger, mais conscient.

Les vibrations, l'air légèrement plus frais, la brise changée confirmaient que celui qui le portait montait une pente. Le bruit de ses pas confirmait la pierre, leur régularité confirmait un chemin bien usé. La logique dictait où ils se dirigeaient, et pourquoi.

La Duchesse le craignait.

Comme elle le devait. De sa position, menant un grand groupe d'anomalies par sa propre capacité, la Duchesse devait craindre Thane, une créature qui pouvait, par intention ou par accident, se transformer en une rage violente et irréfléchie. Pourquoi garder un monstre comme ça ? Pourquoi ne pas le tuer ?

Ah, mais tuer Thane ne serait pas si facile. Prenez un couteau contre lui et la peau de Thane durcirait à son contact, ses os se transformeraient en acier et tout serait alors terminé.

Alors comment, donc, se débarrasser de cet inconvénient soudain et mortel ?

Thane sauta de cette ligne de pensée. Peu importait que la Duchesse ait un moyen ou non. La question plus intéressante était de savoir pourquoi elle ne voulait pas quitter l'île, alors que, clairement, Thane représentait le meilleur moyen possible de le faire. Un monstre invincible et déchaîné comme lui pourrait soit détruire les drones, soit les distraire assez longtemps pour que la Duchesse puisse s'échapper.

La réponse vint sur le même air que la brise, mais par le son. Thane compta deux paires de mains le portant, chacune connectée à une bouche et chaque bouche murmurant une prière. Pas à un ancien dieu ou une religion commune, mais à la Duchesse.

Le doux nectar du pouvoir l'avait enivrée. Pourquoi abandonner un culte dévoué pour l'imprévisible inconnu ? Le vaste monde l'avait envoyée ici, et ici elle prospérait, alors ici elle voulait rester.

Thane voulait ce qu'elle voulait. La Duchesse méritait tout, et en lui donnant tout, ils seraient heureux. Il serait heureux. Comme c'était drôle qu'il puisse ressentir cela tout en sachant que la Duchesse le ferait probablement tuer. Mais c'est l'amour, n'est-ce pas ? Placer quelqu'un au-dessus de soi-même, et Thane placerait la Duchesse aussi haut que possible.

Avec ses muscles flasques et ses os fragiles, ce ne serait peut-être pas très haut. Toute cette adoration placide avait drainé la force de Thane au point où son propre cœur pompait le sang avec de faibles pulsations, ses poumons soufflaient des bouffées d'air avec difficulté. S'il restait dans cet état trop longtemps, Thane mourrait même si la Duchesse ne faisait rien du tout.

Ce qui ne conviendrait pas.

La Duchesse le faisait porter sur ce chemin rocheux pour une raison, et si Thane expirait avant d'atteindre le sommet, elle serait déçue.

Ainsi, il devait vivre. Ainsi, il devait trouver de la colère, de la douleur, de la motivation.

Thane essaya de parler aux mains qui soulevaient ses épaules, à la personne qui le tenait au-dessus de sa tête. Au début, un sifflement sortit et s'évanouit sans beaucoup de son. Cordes vocales atrophiées et faibles. Il devait rassembler l'énergie qu'il lui restait, plonger la louche dans cette flaque peu profonde et en extraire ce qu'il pouvait.

— Aidez-moi, dit Thane, les mots ressemblant au vent.

— C'est lui qui parle ? dit la voix en dessous de lui.

— Je n'ai rien entendu, répondit une autre voix, près des jambes de Thane.

— Aidez-moi, dit Thane à nouveau, cette fois en écorchant sa gorge avec un vrai son.

Maintenant, la marche s'arrêta. Thane sentit un mouvement, sentit les voix le déposer au sol, celle de devant disant à celle de derrière que Thane disait quelque chose. Définitivement en train de lui parler maintenant.

— Tu me dis que cette chose ridée t'a parlé ? dit la voix. La tête de Thane reposait sur la pierre, regardant sur le côté. Il n'avait pas la force de tourner son visage pour voir qui le portait. On dirait qu'il est mort.

— Il a dit de l'aider. Je le jure.

La voix de derrière rit. — C'est ce qu'on fait, non ? Qu'importe ce qu'il veut. On est presque arrivés.

— Je ne veux pas qu'il me fasse mal.

— Comment ce truc pourrait te faire mal ?

Oui, se demanda Thane, comment pourrais-je vous faire mal ? Comment pourrais-je faire du mal à qui que ce soit ?

— Je ne sais pas, dit la voix de devant. La Duchesse a juste dit qu'il était dangereux. Je ne pensais pas qu'il se réveillerait.

La Duchesse avait dit que Thane était dangereux ? Cette pensée l'inonda de tristesse, la même que lorsqu'Aegis avait dit à Thane qu'il n'appartenait plus aux Paragons, que quelqu'un d'aussi dangereux que Thane devrait être enfermé. Gardé là où il ne pourrait blesser personne. Quand Aegis avait dit cela, Thane avait voulu détruire le petit homme, mais maintenant, si la Duchesse disait la même chose, peut-être qu'Aegis avait raison. Peut-être que Thane devrait en finir.

— Faites-le, souffla Thane. Tuez-moi.

Les voix, toujours en train de se disputer, tombèrent dans le silence aux mots de Thane. Puis Thane vit de grosses jambes entrer dans son champ de vision, bronzées et se terminant par ces mêmes sandales d'herbe portées par tout le monde sur l'île. Le propriétaire des jambes s'accroupit, et Thane sentit le souffle de l'homme sur son visage, chaud et nauséabond. Pas beaucoup d'hygiène buccale dans un endroit comme celui-ci.

— Tu vois ? dit la deuxième voix, celle proche de son visage. Il le veut aussi. La deuxième voix tendit la main, poussa Thane à l'épaule. Il se moque de ce qu'on lui fait, il veut juste que ce soit fait. Comme la Duchesse l'a dit.

— Je ne sais pas.

La deuxième voix s'éloigna de Thane, retourna vers ses jambes. — Tu as tellement peur de ce type. Ce n'est qu'un vieil homme. Regarde.

Thane, faible, fragile, sentit le pied s'abattre sur sa cheville, sentit les os se briser. Ses nerfs atrophiés suivirent la sensation avec la douleur requise, avec le choc, avec une panique paralysante. La Duchesse voulait peut-être sa mort, Thane pouvait le voir, mais elle ne voudrait pas que lui, l'un de ses sujets dévoués, souffre. Non, cela n'aurait pas de sens. Cela ne suivrait aucun plan.

Elle ne voulait pas de douleur.

C'étaient des traîtres, ces voix terribles. Elles l'avaient blessé, sans raison. Juste pour être méchantes. Cruelles sans nécessité.

La flamme, une fois allumée, brûlait intensément dans l'esprit embrumé de Thane, d'abord le clarifiant puis le consumant. Ce faisant, ces mêmes muscles, à peine plus forts qu'un fil, grandissaient comme ce même feu, s'étendant, guérissant et bouillonnant en une énergie furieuse.

— Qu'est-ce que... Les mots venaient du premier garde, et ils se terminèrent en un flot de jurons de plus en plus aigus tandis que Thane se relevait du sol, grognant comme un animal pris au piège.

La Duchesse avait exigé l'obéissance, l'adoration, la soumission. De telles choses ne signifiaient plus rien maintenant. De tels concepts étaient hors de portée de Thane. Les deux gardes ne l'étaient pas. Thane les frappa au rythme de son cœur sur le flanc de la montagne, épais et rouge.

L'air vif envahit ses narines, la brise masquant les conséquences de la destruction de Thane. L'île s'étendait sous ses yeux, palmiers verdoyants et fougères se mêlant aux plaines herbeuses. Sauf à un endroit, pas très loin en contrebas, où des feux brûlaient et envoyaient vers lui leurs volutes de fumée, riches d'odeurs de nourriture.

Thane n'avait pas mangé depuis des heures et des heures, et son estomac brûlait pour le poisson, le sanglier, tout ce qui se trouvait là-bas. Il regarda les deux corps qu'il venait de fracasser, mais ils étaient trop pulvérisés pour être mangés. Il aurait besoin de choses plus fraîches.

Des choses plus épaisses.

Dévalant le flanc de la montagne, bondissant sur la roche, rugissant dans le vent, Thane fonça vers les odeurs. Vers la nourriture. En approchant, de petites personnes commencèrent à apparaître, à crier et à fuir devant lui. Certaines firent apparaître des choses étranges, conjurèrent la foudre de l'air ou rendirent glissante la surface sur laquelle Thane courait. Des égratignures brûlantes lui lacéraient la gorge tandis que des concussions soudaines et assourdissantes martelaient ses oreilles. Il rugit à travers tout cela, continua à presser vers les murs fragiles puis à travers eux, dans la ville elle-même.

Qui, apparemment, n'était plus là. À la place, Thane se

tenait dans une grande plaine bleue, avec des esprits argentés et translucides flottant tout autour de lui. Copies miroir de lui-même, ils gesticulaient quand Thane se tournait, rugissaient quand il rugissait. Mais ils ne sentaient pas comme lui pouvait sentir. Ne pouvaient pas goûter la peur comme Thane le pouvait. Alors quand il capta l'odeur, pivota et plongea, l'herbe bleue et les esprits fantomatiques disparurent, révélant la ville et un homme plus petit, criant, dans sa poigne. Un en-cas facile.

— Arrête ! Un ordre, pas un appel à l'aide.

Thane jeta l'anomalie de côté, le faisant rebondir contre un bâtiment et au sol. Il se tourna vers la personne qui répétait maintenant son ordre. Elle se tenait droite et grande, une lueur l'enveloppant, l'incarnation de la brillance. Thane plissa les yeux alors qu'elle lui ordonnait d'arrêter pour la troisième fois. Il devrait l'écouter, lui murmura son esprit, et dans ce murmure commença à saper la force de ses os.

Il devrait écouter, et obéir.

Mais Thane avait tellement, tellement faim.

Elle lui ordonna de s'asseoir, et cela, Thane ne pouvait pas le faire. Ne le ferait pas. Elle s'était maintenant approchée. À trois mètres. Beaucoup trop près, et il avait si faim.

Le monstre n'entendit pas ce qu'elle avait d'autre à dire.

Sa rage laissa Thane seul au centre d'Avalon, la peau tachée par ses efforts. Il ne restait pas une âme, bien que les feux brûlaient encore. Des haillons s'amoncelaient autour de lui, déchirés comme tout le reste. Ruinés comme tout le reste. La Duchesse l'avait pris, et maintenant il l'avait détruite. Des fragments repassaient dans sa tête alors que son feu s'éteignait : le portage jusqu'à la montagne, la charge dans le village.

S'il n'avait pas cédé à sa colère, alors Thane serait mort. Mieux valait elle que lui, n'est-ce pas ?

— Thane ? appela Cassidy depuis le bord de la ville, flanquée par ces murs. Tu es... de retour ?

Thane se leva, essuya les restes sur ses mains. — J'aurais besoin d'un bain.

Les anomalies survivantes de la Duchesse avaient décidé que changer d'allégeance pour le Néant avait du sens, alors qu'elles fuyaient le saccage de Thane, elles avaient trouvé Cassidy au-delà des murs et s'étaient ralliées à elle. La plupart étaient encore dans un état second, dû aux années passées sous l'emprise de la Duchesse, et Thane vit des larmes couler sur de nombreuses joues alors qu'ils erraient de retour dans leur ancien foyer. Ils avaient perdu leur leader, leur phare. Thane lui-même ressentait même cette perte, une blessure douloureuse dans son cœur, malgré le fait qu'il n'ait été sous son emprise que pendant une journée.

— Combien penses-tu qu'il en viendra ? demanda Thane à Cassidy, mangeant de la vraie nourriture après avoir passé un long moment à se rincer dans un ruisseau voisin.

— Venir où ? Tu es encore bloqué sur ce rêve stupide ?

— Stupide ? Je pense que c'est le seul rêve. Il y a des anomalies puissantes ici. Si nous nous concentrons, nous pouvons...

— Pas sans Arthur. Cassidy mordit dans l'orange, lécha son jus sur son propre menton. Je ne vais pas jeter ces gens là-bas face à ces drones à moins que nous n'ayons tout le monde sur cette île travaillant ensemble.

— Il me verra venir maintenant, répondit Thane. Je ne pourrai plus faire quelque chose comme ça à nouveau.

— Thane, c'est une bonne chose. Tu es terrifiant.

Il voulait rire de ça, mais Cassidy avait raison. Thane était terrifiant. Mais il faisait aussi ce qui devait être fait, et ce qui suivait nécessitait de l'aide. Nécessitait, osait-il le dire, des amis.

— Pourquoi es-tu revenue ? dit Thane. Ici, après que j'ai fini ? Pourquoi toi ?

— Sook a refusé. Il a dit que tu avais essayé de le manger avant. Cassidy secoua la tête. Je suppose que je ne voulais pas fuir en sachant que tu pourrais continuer et déchirer toute cette île.

— Donc tu avais un plan.

— Si tu étais encore le monstre fou et grognant ? Oui, j'avais un plan. J'aurais provoqué un trou dans ton cœur, et dans ta tête.

Elle prit une autre bouchée de l'orange, détourna le regard vers le ciel et les oiseaux de l'île voltigeant dans l'air sans nuages.

CHAPITRE 26

CENTRE-VILLE

LE VERRE TOMBAIT comme des balles, lacérant les passants sous la tour Paragon alors que Kat, Calvin et Seeker passaient dans leur nacelle. Au début, elle ne comprenait pas pourquoi les gens criaient, pourquoi des éclats explosaient en une pluie funeste sur le béton, mais quand d'autres pointèrent vers le haut, très haut, Kat commença à comprendre.

Ils arrêtèrent la nacelle et rejoignirent la foule, fixant le symbole de la loi et de l'ordre de Chicago. Des drones planaient autour des étages supérieurs de la tour, plus de drones que Kat n'en avait jamais vu en un seul endroit, illuminés par des lumières venant d'en bas comme des vaisseaux extraterrestres. Pendant un instant, Kat se demanda si les drones avaient trahi les Paragons, si le même groupe qui avait tué Aegis avait réussi d'une manière ou d'une autre à retourner les machines protectrices de la société contre eux.

La société ne tiendrait pas longtemps dans ce cas.

— Je ne sais pas trop comment me sentir par rapport à ça, dit Calvin alors que les premières nacelles d'urgence arrivaient en trombe dans la zone, des ordres électroniques poussant le véhicule original de Kat et Calvin à continuer sa route.

Je suis, genre, un Paragon maintenant, mais j'ai passé tellement de temps à les fuir...

— Je pense que tu peux te sentir mal pour eux. Kat pointa du doigt les gens au sol. Et pour nous.

— Pour nous ?

— Les Paragons ne sont peut-être pas toujours les meilleurs, mais ils gardent la plupart des anomalies sous contrôle. Kat jeta un coup d'œil à son Tama, pas de messages immédiats. Pas de diffusions d'urgence. Donc soit les Paragons avaient la situation sous contrôle, soit ils n'avaient aucun contrôle. Sans eux, ce genre de choses arriverait tout le temps.

— Donc tu penses que tous les anomalies comme nous sont fous.

— Peut-être. Kat fit un signe de tête vers le bas du pâté de maisons, en direction de l'hôtel qu'ils visaient. Allez, continuons avant que quelque chose d'autre n'arrive.

— Je n'oublierai pas ce que tu as dit.

— Je m'en fiche, Calvin.

Leur destination évoquait un luxe passé laissé à l'abandon au fil du temps, au point où ses lettres dorées et son auvent au-dessus de la porte tournante semblaient une parodie d'eux-mêmes. Un portier en chair et en os se tenait dehors et leur fit signe d'entrer. Kat dut tirer Calvin à l'intérieur — il n'était jamais passé par une de ces portes auparavant.

Ils traversèrent un hall bondé de gens consultant leurs Tamas, certains balbutiant sur ce qu'une attaque des Paragons pourrait signifier pour leurs réunions, leurs vacances ou leurs réservations pour le dîner.

Kat était déjà entrée dans des endroits comme celui-ci auparavant, des bastions de la vieille fortune, mais généralement pour poursuivre des cibles. Les anomalies qui esquivaient l'affectation des Paragons venaient de tous types et de toutes sortes. Tous n'étaient pas des fugitifs comme Calvin, se cachant dans des décharges et attendant la fin.

Pourtant, les lustres, le carrelage — certains ébréchés — et le grand escalier menant à une véritable mezzanine n'étaient pas le genre de Kat. Ce n'était pas non plus celui de Gordon, pour autant que Kat le sache, alors pourquoi avait-il choisi de séjourner ici ?

Seeker attirait les regards alors qu'ils avançaient, et Kat ne vit aucun autre animal de compagnie, mais la confiance régnait ici. Elle savait ce qu'elle faisait et tout le monde semblait être d'accord. Tout aussi probable, l'hôtel avait passé un contrat avec quelques anomalies pour fournir des services de nettoyage. Les poils de chien, les odeurs, ne présentaient pas beaucoup de difficultés si quelqu'un pouvait agiter sa main et faire tout disparaître.

Les ascenseurs grincèrent jusqu'au vingtième étage, et après avoir serpenté dans un couloir vert défraîchi avec des lumières dorées ternies, Kat frappa à la porte de Gordon. Calvin se tenait sur le côté, visible mais très clairement en retrait. Mieux valait, avait dit Kat, garder l'anomalie en périphérie.

— Tu as l'air mieux qu'avant, dit Kat quand Gordon ouvrit la porte, vêtu d'une chemise blanche et d'un pantalon de pyjama.

Gordon avait de profonds cernes sous les yeux, et sa peau avait cette teinte pâle et cireuse qui vient de trop de temps passé à l'intérieur, au lit. De l'eau gouttait de ses cheveux, prouvant que Gordon avait au moins essayé de se nettoyer avant l'arrivée de Kat et Calvin. Kat ne s'y attendait pas, elle s'attendait à un accueil bourru et à un désordre au-delà.

— Merci, répondit Gordon, s'écartant pour les laisser entrer, avec un signe de tête à Calvin. Je dirais que je travaille dessus, mais en réalité je suis juste allongé ici.

— C'est ce que tu es censé faire.

— Ils ne te préviennent pas à quel point c'est ennuyeux.

La chambre de Gordon contenait les accessoires traditionnels d'un hôtel ; des peintures banales et réconfortantes éparpillées le long des murs blanc cassé, un bureau et une commode avec un écran large au-dessus. Un lit queen se nichait dans la petite pièce, avec une table de nuit en bois sombre remplissant l'espace entre le matelas et le mur. Une salle de bain semblable à un placard se trouvait sur la droite. Un fauteuil rembourré solitaire occupait le coin à côté du bureau, semblant ne pas avoir été utilisé depuis des décennies.

Seeker les dépassa tous pour sauter sur le lit, provoquant un rire. Calvin se glissa dans la salle de bain, fermant la porte et laissant Kat et Gordon debout seuls dans l'espace exigu. Elle prit le fauteuil, et Gordon s'assit à côté de Seeker sur le lit, caressant le husky, qui lui donna quelques grands coups de langue en échange.

— Ça m'avait manqué, dit Gordon. Je suis content que Calvin ne t'ait pas blessée comme il l'a fait pour moi.

— Il a essayé, dit Kat, puis elle plissa le visage. Mauvais choix. Elle avait besoin que Gordon accepte, sinon apprécie, la nouvelle anomalie. Pas vraiment, en fait. Calvin s'est retenu.

— Mmhmm.

— Seeker t'aime toujours.

— Je vois ça. Tu ne l'as pas monté contre moi ? Gordon prit le visage du chien dans ses mains. Ta maman et moi ne nous entendons pas toujours, mais je t'aimerai toujours.

Seeker lui donna une autre tape baveuse.

— J'espérais en fait que tu pourrais le garder pendant un moment. Kat regarda vers la fenêtre en finissant sa phrase, vers l'immeuble de bureaux de l'autre côté de la rue. Les lumières jouaient aux dames à travers la vitre, des gens travaillant tard. Comme elle. Nous sommes au milieu de quelque chose, et je ne veux pas que Seeker soit blessé.

Gordon regarda vers la salle de bain. — Au milieu de quelque chose ? Tu es allée parler à Delano des Élémentaires ?

Kat relata les événements et, à la fin, Calvin était sorti de la salle de bain pour les rejoindre, s'appuyant contre le mur et regardant son Tama. Les yeux de Gordon allaient de l'un à l'autre pendant que Kat parlait, ses cernes s'assombrissant à mesure que son front se plissait de plus en plus.

— Donc, tu dis que quelqu'un essaie de te tuer, peut-être les Élémentaires aussi, et je suis censé garder ton chien ? C'est ce que tu veux ?

— Gordon, tu peux à peine marcher. Je ne vais pas t'entraîner dans un combat avec ce type.

— Un type qui a failli te tuer. Deux fois.

— On s'améliore, intervint Calvin. On sait comment il fonctionne. Toits, armes longues. On peut lui tendre un piège.

Gordon se laissa tomber sur le lit, achevant le mouvement avec un grognement exagéré. — Si je connais Kat, rien de ce que je dirai ne la fera changer d'avis, et bien que je ne te connaisse pas, Calvin, tu sembles pareil. Alors si vous savez ce que vous voulez faire, pourquoi êtes-vous ici ? Juste pour Seeker ?

— On a besoin d'un endroit sûr, répondit Kat. Il se fait tard, on est fatigués, et parmi les endroits où je pourrais aller, je ne pense pas que le tueur connaisse ton existence.

— Et le Paragon là-bas ? Il ne peut pas vous faire entrer dans leur tour ?

— La tour n'est pas vraiment sûre en ce moment, marmonna Calvin.

Cela conduisit à un tout autre examen, avec Gordon allumant l'écran pour qu'ils puissent voir la version vidéo complète des informations. La version actuelle qualifiait l'événement d'accident anormal, un test qui avait mal tourné. Cela ne correspondait pas exactement à une force de drones entière décidant, d'un seul coup, d'arroser un étage de balles létales, mais personne ne bousculait les Paragons, alors le journaliste délivra la déclaration avec un visage impassible.

— D'accord, dit Gordon quand le clip fut terminé. Donc vous voulez dormir ici, puis sortir le matin pour traquer ce type ?

— C'est l'idée, dit Kat. Ça te dérangerait ?

— Si ça me dérangerait d'avoir l'anomalie qui m'a mis dans cet état dormir dans ma chambre ?

— Légitime défense, dit Calvin.

— Tais-toi. Kat leva la main vers l'anomalie. Tu n'avais pas l'air si en colère quand il est arrivé ici avec moi.

— J'ai changé d'avis.

Gordon se leva, un mouvement tremblant, mais réussi. Kat se leva pour le rencontrer, et maintenant ils remplissaient tous l'espace étroit entre le lit, le bureau et la sortie de la chambre d'hôtel.

— Ah, regarde-moi ça, dit Calvin, passant outre la main de mise en garde de Kat pour se mettre juste devant le visage de Gordon. Tu fais le malin après que je t'ai remis à ta place ? Tu as besoin que je recommence ? Parce que je le ferai.

— Des trucs, c'est tout ce que tu avais, répliqua Gordon, levant les yeux vers le visage de Calvin, les poings serrés, la bouche crispée. Si on recommence, tu ne gagneras pas.

Calvin bougea rapidement, tendit la main et donna une légère poussée à Gordon. Le traqueur aurait peut-être pu se rattraper s'il avait été en bonne santé, prêt. Maintenant, ses jambes heurtèrent le lit et Gordon tomba en arrière dessus. Un bruit sourd sur le matelas ferme.

— Calvin, va faire un tour, dit Kat, alors même que Gordon essayait de se lever. Vous agissez tous les deux comme des idiots.

— S'il veut me provoquer, il ferait mieux d'assumer, dit Calvin, mais il fit ce que Kat demandait et sortit.

— Bien, marmonna Gordon, se redressant. Il n'apporte que des problèmes, de toute façon.

— C'est toi qui apportes des problèmes, et tu es stupide par-dessus le marché. Calvin est de notre côté. On a besoin de son aide.

— Vraiment ? Depuis quand avons-nous besoin d'une

anomalie ? Ce n'est pas comme s'il savait comment traquer quelqu'un.

— Il m'a sauvé la vie, Gordon.

— Il a failli prendre la mienne.

Kat ouvrit et ferma la bouche. Elle regarda vers Seeker, qui n'avait pas quitté le lit, qui n'apportait aucune réponse. Peut-être qu'elle avait agi trop vite. Elle avait battu Calvin, donc ce n'était pas grand-chose pour elle de donner une autre chance à l'anomalie. Gordon, cependant, avait été meurtri de plus de façons que physiquement.

— Je n'aurais pas dû l'amener ici, dit Kat. Je ne réalisais pas à quel point il t'avait blessé.

Gordon agita la main, — C'est de la vanité, Kat, je le sais bien. Je ne suis pas aussi stupide que j'en ai l'air, mais ouais, Calvin n'est pas exactement mon meilleur ami.

Et voilà l'énigme Gordon. Une minute il serait un crétin tête brûlée, énervant tout le monde et exigeant d'être traité comme le gamin le plus cool du quartier, et la suivante il fixerait le tapis et Kat aurait pitié de lui.

Elle aurait pitié, si tout ce bordel n'impliquait pas qu'elle se fasse tirer dessus.

— J'ai besoin que tu grandisses, Gordon, dit Kat. Calvin aussi. Tous les deux. Maintenant, tu ne peux pas me soutenir, alors à moins que tu ne veuilles que je me balade seule dans la ligne de mire, tu ferais mieux de m'aider à le ramener de mon côté.

Gordon hocha la tête, ne la regardant toujours pas, — Bien sûr, ouais. Je comprends. Mais quand je serai de retour, prêt, il dégage.

— Tout ce qu'il faut pour que je passe cette nuit, dit Kat, se levant. Maintenant sois gentil.

Elle se dirigea vers la porte de la chambre, Gordon se laissant tomber sur le lit comme un gamin boudeur cédant finalement à l'inévitable. Kat appuya sur la poignée, ouvrit la porte dans le couloir, commençant à dire que Calvin pouvait entrer.

Sauf que l'anomalie n'était pas là.

CHAPITRE 27

CONFRONTER LE TUEUR

PEU DE CHOSES pouvaient remonter le moral de Zhan-Yo comme des négociations agressives et réussies. Il avait l'adrénaline physique d'avoir malmené cet idiot dans la pièce, et le rush mental de voir tous les autres céder à ses demandes.

Ils avaient accepté d'y aller à fond si Zhan-Yo réussissait son coup au sommet.

Plus important encore, Zhan-Yo et Wexley avaient enregistré toutes leurs réponses. Si ce groupe se dégonflait à nouveau, l'enregistrement servirait de chantage très convaincant. D'une manière ou d'une autre, les principales entreprises mondiales, tous vestiges d'avant les Parangons, s'uniraient pour se battre pour leur liberté.

La capsule glissait le long des rues enneigées et bondées, et pour une fois, Zhan-Yo se délectait de regarder les foules blotties qui se faufilaient dans les magasins, les restaurants ou d'autres capsules. Les fêtes étant terminées, se promener simplement pour profiter du froid nocturne ne semblait pas judicieux, mais beaucoup à Chicago osaient encore sortir. Ils quittaient leurs maisons pour rejoindre leur communauté, leur ville.

C'étaient les gens de Zhan-Yo. Des citoyens, vivant leur vie dans l'espoir que chaque jour soit un peu meilleur que le précédent. Zhan-Yo les avait rapprochés d'un grand pas de cette vérité avec Aegis, et maintenant il les porterait jusqu'à la ligne d'arrivée lors du sommet.

La capsule bipa et Zhan-Yo jeta un coup d'œil à l'écran flottant contre la paroi de verre, juste devant lui. Là où auparavant une ligne bleue pâle indiquait le trajet prévu de la capsule, avec une adresse apparaissant quand Zhan-Yo regardait, une carte de la ville apparut, montrant une nouvelle destination.

Une destination que Zhan-Yo n'avait pas choisie.

Zhan-Yo tendit la main vers les portes de la capsule et tira sur la poignée, qui ne réagit pas. Il appuya sur le bouton de déverrouillage d'urgence, un cercle rouge près de son tibia, et cela ne fit rien non plus. Cette inaction confirma cependant qu'il ne s'agissait pas d'un simple changement d'itinéraire.

Seuls les Parangons ou leurs drones pouvaient restreindre une capsule de cette façon.

Pourtant, le véhicule ne s'arrêta pas pour que des anomalies surgissent des ruelles alentour et arrêtent Zhan-Yo, et la capsule ne prononça pas non plus de message l'avertissant de se rendre. Au lieu de cela, elle s'enfonça dans la neige fondue et rejoignit le trafic en direction du sud, s'éloignant du centre-ville.

Captif, Zhan-Yo examina la nouvelle destination, s'attendant à une prison existante, un avant-poste des Parangons, ou peut-être un quai oublié où il pourrait être assassiné et jeté dans le lac Michigan. Au lieu de cela, la capsule prévoyait d'emmener Zhan-Yo dans un vieux supermarché d'un quartier industriel qui serait très calme à cette heure-ci.

Pourquoi les Parangons l'amèneraient-ils là ? Pourquoi ne pas organiser une arrestation spectaculaire ?

Zhan-Yo ne pouvait pas lire dans les pensées, mais il

pouvait se préparer à ce qui pourrait arriver. Il sortit son Tama et envoya rapidement un message à Wexley avec les nouvelles coordonnées. Autre bizarrerie : Zhan-Yo supposait que toute embuscade des Parangons s'accompagnerait de brouilleurs de signal, d'un gel de ses appareils pour empêcher précisément cela de se produire.

Ce qui signifiait que Zhan-Yo n'avait pas affaire aux Parangons, ni même à des professionnels.

Fascinant.

La destination tint sa promesse : un trou sombre entouré de clôtures au milieu d'un quartier calme subissant une grande partie des changements que Zhan-Yo avait vus se répandre depuis la ville pendant les années Parangon. Des secteurs économiques entiers bouleversés alors que les Champions décidaient, selon leurs caprices momentanés, ce qui serait légal ou non, ce qui serait toléré ou non. Au-delà de ces forces venues d'en haut, les anomalies à elles seules avaient détruit la hiérarchie ; une seule anomalie efficace pouvait remplacer des centaines ou des milliers de travailleurs dans les usines et les bureaux.

En conséquence, des endroits comme celui-ci avaient perdu leur raison d'être. Pas besoin de supermarchés ou de magasins à chaque coin de rue quand on pouvait faire livrer n'importe quoi par un drone. Alors, à moins de désirer l'exploration, ou de pouvoir se rendre dans les magasins que Zhan-Yo voyait au centre-ville, ceux qui combattaient l'ennui par l'expérience, pourquoi quitter son domicile ?

Et donc ces quartiers restaient silencieux dans le froid, leurs familles passant chaque jour et chaque nuit en flottant sur un mince coussin de réputation, entretenues et dépendantes des Parangons.

Plus pour longtemps. Zhan-Yo redonnerait un sens à leur vie. Bientôt.

Le coup vint de sa droite, et la capsule réagit comme les

capsules le faisaient habituellement quand l'autorité se mani-festait : ses portes s'ouvrirent et la lumière intérieure, une protubérance intégrée au centre du plafond de la capsule, s'alluma en vert doux. Une couleur appropriée, car Zhan-Yo n'avait pas d'armes visibles. Il avait laissé ses épées dans l'appartement de Wexley, où elles n'attireraient pas les regards. Ni le sang.

Deux Parangons — Zhan-Yo s'était donc trompé — l'attendaient à l'extérieur de la capsule, debout et, semblait-il, frissonnant dans le froid. Tous deux portaient les uniformes bleus standard, et tous deux ressemblaient à de jeunes hommes, les bras croisés et les regards nerveux donnant des indices.

— Tu es Zhan-Yo, c'est ça ? dit le plus maigre, aux cheveux blanc neige et avec une grande tache de naissance noire sur la joue droite. Le gars qui a tué Aegis ?

— Le gars qui a tué Aegis ? répondit lentement Zhan-Yo. Je n'avais pas encore entendu celle-là, mais je suppose que c'est vrai.

L'autre Parangon pointa le sol du doigt, comme si Zhan-Yo était un enfant.

— Alors descends. Embrasse l'asphalte.

Zhan-Yo leva les sourcils, regarda le petit parking noir couvert de neige fondue et de boue où la capsule l'avait déposé.

— Non, je ne pense pas que je vais le faire.

— Fais ce qu'il te dit, dit Cheveux-blancs. Sinon...

— Sinon ? Vous êtes un peu jeunes pour menacer quelqu'un comme moi. Comme vous l'avez dit, j'ai tué votre Champion.

— C'est pour ça qu'on est là, dit l'autre, et Zhan-Yo choisit de le désigner par le chaume noir sur son menton sombre. Tu as tué Aegis. On veut se venger.

— Alors vous feriez mieux de la prendre.

Jouer avec le cadre avait été une chose, une démonstration pour la foule. Zhan-Yo, cependant, n'avait pas eu de vrai combat depuis sa bagarre avec Aegis dans les bas-fonds de Chicago. Il avait trop couru, trop parlé.

Zhan-Yo exorcisa ces démons en se précipitant vers Stubble et, juste au moment où celui-ci reculait, il poussa sur son pied droit et s'élança vers Shockwhite. Le Paragon ne vit pas le coup venir, car, comme tant d'anomalies, il avait oublié les bases du combat et se fiait à ses pouvoirs. Shockwhite vit Zhan-Yo se tourner vers lui, leva les mains en panique, et laissa un homme trois fois plus âgé que lui le soulever et le plaquer au sol.

Zhan-Yo ne resta pas immobile, mais se propulsa du Paragon à terre et continua de courir. Derrière lui, Stubble se ressaisit enfin suffisamment pour déchaîner... quelque chose. Zhan-Yo vit des lignes, comme des flocons de neige verts, exploser autour de lui avant de se dissoudre en fumée. Il essaya de danser autour des petits nuages, revenant en cercle vers Stubble, mais ne put tous les esquiver.

Les nuages brûlaient, s'accrochaient à ses vêtements et s'y incrustaient, laissant des contours noirs, d'une certaine beauté. Zhan-Yo sentit un flocon acide sur sa joue, sachant qu'il laisserait une marque rouge, ou pire. L'air froid, cependant, tempérait la brûlure et donnait à la douleur une pointe glacée.

Stubble ne réussit pas tout à fait à contrer l'attaque de Zhan-Yo, et alors que l'homme plus âgé se rapprochait, les flocons acides disparurent et Stubble se retourna pour fuir. Le gamin fit un pas, oublia qu'il se tenait sur une plaque de glace, et s'étala par terre. Zhan-Yo l'attrapa un instant plus tard, plantant son pied sur le dos du Paragon et mettant une main autour de la gorge du jeune homme, maintenant Stubble immobilisé.

— Ne lui fais pas de mal ! cria Shockwhite depuis derrière, visiblement souffrant. Ou je te tue !

— Un seul mouvement et je lui brise la nuque, dit Zhan-Yo, tournant la tête pour regarder le Paragon debout. Ces mots n'étaient pas vraiment vrais — Zhan-Yo n'avait pas la prise nécessaire ici pour donner un coup mortel — mais il pariait que Shockwhite ne le saurait pas. Si on recommençait depuis le début, en me disant comment vous avez trouvé ma capsule, et pourquoi vous m'emmenez ici, où personne ne peut vous aider ?

Shockwhite regarda au-delà de Zhan-Yo vers son ami, qui dut faire quelque chose, car toute la bravade, toute la confiance, ou ce qu'il en restait, s'échappa de Shockwhite et le laissa assis sur un tas de neige fondue à côté de la capsule inactive. Le Paragon passa ses mains dans ses cheveux, les salissant de boue, mais il ne sembla pas s'en apercevoir.

— Tu n'étais pas censé te défendre, dit Shockwhite. Tout le monde a vu les vidéos. Il a fallu une douzaine d'entre vous pour avoir Aegis. Il t'avait eu avant que tu ne le piéges.

— La vie ne se déroule pas toujours comme prévu, répondit Zhan-Yo. Répondez aux questions, s'il vous plaît.

— On est stupides. Ça marche comme réponse ?

— C'est évident, mais ce n'est pas une réponse.

— Dis-lui, mec, pour qu'il me lâche ! dit Stubble sous Zhan-Yo, les mots sortant rauques et étouffés par le sol qui écrasait le menton du Paragon.

— On travaillait pour Innis ! dit Shockwhite. Beaucoup d'entre nous ici le faisaient. Il n'arrêtait pas de dire qu'on allait bientôt être promus. Avoir de vraies choses à faire à part, genre, des patrouilles. Quand Aegis est mort, on était tous tristes, puis Innis a dit qui allait avoir le prochain gros boulot ? Et qui allait en profiter ?

— Vous ?

— C'est ce qu'on pensait. Innis nous faisait même transmettre des infos à cette femme. On envoyait des messages sur les plans des Paragons, et il nous disait que c'était la voie à suivre, répondit Shockwhite. Puis les choses ont commencé à empirer. Innis n'a pas été choisi pour être le prochain Champion. Shockwhite respira, regarda le P sur son uniforme comme s'il s'attendait à ce qu'il se décolle et tombe au sol. Puis ce type nous contacte, dit qu'il savait ce qu'on faisait avant, nous dit de prendre contact avec toi. Maintenant Mynx est arrivée, et on était en patrouille, mais c'est partout dans les infos.

Le combat à la tour des Paragons. Zhan-Yo en avait entendu parler sur son Tama. Une sorte d'attaque de drones et une explosion. Les médias l'avaient présenté comme un test qui avait mal tourné, mais cela semblait bien plus intéressant. Mathieu avait trouvé les infiltrés des Paragons, bien que leur statut d'infiltrés ne semblait plus tenir longtemps.

— Innis est mort, conclut Shockwhite.

Que le Paragon traître gémissant soit mort ne laissait à Zhan-Yo aucun sentiment particulier. Innis avait été la cible de Sylvie, un homme recouvert de l'odeur putride d'une ambition aveugle. Zhan-Yo l'avait laissé quitter les bas-fonds après le combat en espérant qu'Innis continuerait à infecter les Paragons, et il semblait qu'il l'avait fait.

— Donc maintenant vous êtes démasqués et seuls, dit Zhan-Yo, maintenant toujours Stubbles au sol. Mynx pourrait vous tuer si elle découvre un jour où vous avez placé votre allégeance, alors vous voulez acheter ses bonnes grâces avec mon corps.

Shockwhite fixa le sol, donna un léger hochement de tête.

Les outils prenaient de nombreuses formes. Le tachi de Zhan-Yo, resté dans l'appartement de Wexley, servait un but physique. Les gens, cependant, pouvaient résoudre de plus gros problèmes, à condition d'adapter la bonne personne à la tâche. Ces deux anomalies malchanceuses n'étaient peut-être pas les meilleures du lot, ni même dans la moyenne, mais en les branchant sur le bon problème, elles pourraient fonctionner.

— Voici ce que vous allez faire, dit Zhan-Yo. Vous allez

retourner, ne dire à personne votre relation avec Innis, et travailler pour moi à la place.

— Quoi ? Pourquoi ? dit Shockwhite. Stubble essaya de protester aussi, mais Zhan-Yo lui écrasa le visage plus fort contre l'asphalte pour l'arrêter. Ça ne va pas nous mettre du côté de Mynx.

— Mynx ne sera plus aux commandes très longtemps. Et elle va être trop occupée pour s'inquiéter de vous deux. De plus, je ne pense pas que vous soyez en position de refuser.

Shockwhite ne combattit pas ces faits et se plia à la réalité. Zhan-Yo exposa la tâche, une tâche simple : découvrir où aurait lieu le sommet, comment il serait protégé et, si possible, s'y faire envoyer pour aider le moment venu. Faites cela, dit Zhan-Yo, et vous vous retrouverez à des postes élevés quand la révolution arrivera.

— Comment sauras-tu qu'on fait ce que tu dis ? demanda Shockwhite quand Zhan-Yo eut fini. Peut-être qu'on va simplement se retourner et te tuer dès que tu laisseras Marcus se relever ?

— Peut-être que vous le ferez, mais j'ai des amis, et mon Tama a enregistré toute cette conversation. Ils recevront le message, et vous ne vivrez pas beaucoup plus longtemps après ça. Zhan-Yo savait comment délivrer un édit au regard d'acier quand il le fallait. Vous vous êtes enfoncés profondément, petits Paragons, et je suis le seul à vous offrir une porte de sortie. Mieux vaut la saisir.

Suffisamment menacés, Marcus alias Stubble et Xander alias Shockwhite confirmèrent leurs noms, dirent qu'ils saisiraient la chance offerte par Zhan-Yo. Ils n'avaient pas l'air enthousiastes, ni heureux, mais les révolutions exigeaient que beaucoup paient le prix, et ces deux anomalies en uniforme pouvaient se le permettre. Allaient se le permettre.

De retour dans la capsule, Zhan-Yo glissa dans les rues en direction de l'appartement de Wexley, savourant l'adrénaline, l'action. C'était ce que Sylvie avait fait toutes ces années, conclure des accords dans l'ombre, plier les gens à sa volonté par des menaces et des promesses. Zhan-Yo comprenait maintenant pourquoi elle aimait ça, pourquoi elle continuait malgré le danger.

C'était une drogue puissante, et il en voulait plus.

CHAPITRE 28
TRAVAIL DE CORPS

LE CARNAGE n'était plus censé se produire de nos jours. En tout cas, il n'était pas supposé arriver. Les Paragons, les drones, tout existait pour empêcher les massacres de masse, quelle qu'en soit la raison. Les gentils étaient censés débusquer les problèmes et les résoudre avant qu'ils ne puissent, comme un cancer, se métastaser.

Mynx se tenait dans l'impensable, observant les Paragons des étages inférieurs, ceux encore loyaux aux Champions et à la cause, traîner les corps de leurs anciens amis vers les drones en attente. Les corps seraient emportés au loin, nettoyés et ramenés lentement pour les funérailles, des excuses étant élaborées pour expliquer leurs morts. Personne ne saurait ce qui s'était réellement passé ici et ces Paragons, avec le temps, réaliseraient qu'il valait mieux oublier.

On apprenait à faire ça dans cette vie.

Le dégoût bouillonnait avec un choc glacial dans son ventre, refusant de se dissiper même avec la fin du danger. Parce que ce n'était pas à propos du danger, ni d'Innis et de ses sbires essayant de la tuer. Tant de personnes et de choses pires avaient essayé de le faire durant ses décennies à découvert. Les traîtres, cependant, la marquaient.

Qu'Innis s'oppose aux Paragons eux-mêmes ne serait pas inouï — les anomalies avaient souvent un grand pouvoir, bien qu'Innis lui-même n'ait pas été si fort — l'ambition brûlait toujours chez les anomalies au sommet. Pire, et plus étrange, était le nombre de victimes autour d'elle.

Comment Innis, loin d'être la personne la plus éloquente, avait-il convaincu autant de Paragons de participer à son plan ? Qu'avait-il pu dire pour les convaincre que leurs efforts seraient récompensés ? Après que Mynx ait choisi Pixie pour être la nouvelle Championne d'Atlantis, Innis et ses partisans auraient dû savoir qu'il n'y avait aucune chance.

— Peut-être devriez-vous vous nettoyer ? suggéra Reeves, le message s'affichant silencieusement sur son Tama. D'après les données que j'ai analysées, une Championne couverte de sang ne passe pas bien auprès du public.

Mynx ignora le message et dirigea quelques-uns des Paragons loyaux vers un drone de transport nouvellement arrivé. Ces petits ordres moment par moment servaient à reconstruire sa santé mentale, à restaurer une certaine normalité dans sa vie. Peut-être que se débarrasser du sang et pire encore sur son uniforme serait la prochaine meilleure chose à faire.

— Pas de caméras ici, annonça Mynx à l'étage. Si quelqu'un demande, dites-leur que je serai au rez-de-chaussée d'ici peu pour répondre aux questions sur l'accident.

Elle appuya sur ce dernier mot, suffisamment pour que tout le monde comprenne. C'était un accident, une conséquence involontaire de mauvais choix. C'est ainsi que cela serait expliqué, et c'est ce que ces corps représentaient.

De terribles accidents.

Alors que Mynx se dirigeait vers les toilettes pour se laver, elle vit Innis lui-même, toujours étalé près de la porte de sa salle de conférence centrale. On aurait dit que l'homme avait tenté de s'y réfugier et avait reçu des balles dans le dos. Un traître et un lâche.

Mais un avec un Tama. Là, sur son poignet gauche. Éclaboussé et abîmé, certes, mais probablement encore fonctionnel.

— Que faites-vous ? demanda Reeves alors que Mynx changeait de direction et s'agenouillait près d'Innis. Je ne pense pas que vous vouliez prendre ses vêtements.

— Dima, surveille-moi, dit Mynx à un jeune Paragon à proximité qui semblait choqué, mais quelque peu cohérent. Ça va avoir l'air que je dors, mais ne me touche pas et empêche tout le monde de s'approcher.

Dima s'approcha, confus. — Pour combien de temps ?

— Aussi longtemps que nécessaire.

Mynx regarda le Tama d'Innis, tendit la main vers lui et tomba à l'intérieur.

Des tonneaux, des tonneaux empilés aussi haut que Mynx pouvait voir, y compris au-dessus de sa tête et dans des angles impossibles. Pas les gros tonneaux de style cinéma, mais des fûts raffinés destinés à stocker des whiskies et des vins. Ses pieds aussi se tenaient sur d'autres tonneaux, en équilibre entre deux. Leurs piles semblaient former des murs, se brisant et menant à différents chemins tandis que Mynx prenait conscience de l'espace.

Innis avait une composition numérique unique, mais c'était le cas de tout le monde. Mynx n'était pas vraiment sûre de comment sa capacité formait le monde — elle pouvait elle-même le façonner en quelque chose de complètement différent avec le temps — mais Mynx soupçonnait que les tonneaux avaient quelque chose à voir avec les intérêts d'Innis. En d'autres termes, il semblait qu'Innis était un peu porté sur la bouteille.

Un examen plus attentif révéla que les tonneaux étaient plus que de simples décorations. Chacun portait une étiquette, marquée en noir-violet, déclarant son contenu. Çà et là se trouvaient des messages entre Innis et diverses personnes. La pile à sa droite contenait tous ses achats récents, et les tonneaux sur lesquels Mynx se tenait contenaient les diverses vidéos d'Innis.

Aucun ne semblait sécurisé, et pour tester, Mynx tendit la main vers l'un d'eux marqué d'une date vieille d'une décennie, étiqueté « Anniversaire ». Elle toucha la face du tonneau, ne sentant pas le bois dans ce monde numérique, et aucun mot de passe n'apparut, aucun chiffrement ne combattit son inspection, et la face s'effaça.

La vidéo commença à se jouer, formant un carré virtuel dans l'air, juste au niveau des yeux de Mynx. Innis courait avec plusieurs petits enfants, agissant comme le grand homme maladroit que Mynx avait toujours pensé qu'il était. Derrière lui, cuisinant contre un ciel bleu d'été, se trouvaient d'autres adultes. L'un d'eux criait sans cesse aux enfants d'attraper leur oncle, et la troupe finit par y parvenir, Innis feignant une chute sur l'herbe douce et succombant à une cascade de plaquages.

Mynx effaça la vidéo. Ainsi, Innis avait une famille. Aegis en avait une aussi, tout comme tous ces autres Paragons qui avaient suivi Innis dans l'abîme. Mynx donnerait à leurs morts l'anonymat qu'ils ne méritaient pas. Enterrés comme des Paragons, leurs familles seraient prises en charge. Ces enfants ne connaîtraient jamais la tache de leur oncle.

Même s'ils le devraient peut-être. Il fallait être créatif avec les gens pour conserver leur loyauté. Un drone n'avait jamais besoin d'être persuadé, n'avait pas besoin d'une promotion comme carotte. Si le service normal de Paragon ne suffisait plus à contraindre les anomalies, peut-être qu'un exemple cru fonctionnerait mieux.

Un dilemme pour une autre fois.

Mynx marchait à travers les piles, arpentant les barils et lisant leurs étiquettes, à la recherche de quelque chose d'utile. Elle se fichait de la correspondance, se fichait des objets de famille, ou de la grande pile apparemment consacrée à l'obsession jusqu'alors inconnue d'Innis pour les chaussures ; le

Paragon en avait des centaines, de toutes formes et tailles, photographiées et exposées sur des forums pour l'admiration d'inconnus virtuels.

Finalement, Mynx leva de nouveau les yeux vers le plafond. Elle se concentra et grandit, ou rapprocha le plafond. Les deux concepts fonctionnaient dans ce monde, et le résultat final lui permit de lire les étiquettes qui étaient trop éloignées au début.

— Innis, peut-être que je ne t'ai pas assez donné de crédit, dit, pensa, peu importe, Mynx. Pas de son ici pour porter les mots, mais sa bouche numérique bougeait quand même. Garde tes secrets bien en vue, et peut-être que personne ne les verra.

Les barils formant le plafond étaient bien en arrière dans les fichiers imbriqués composant le Tama d'Innis. Profondément enfoui dans les dossiers du système, mais dépourvus de barrières protectrices, elle avait négligé leur pertinence. Intelligent, mais viable seulement si on ne donne pas le temps à un intrus. Et avec Innis mort, Mynx en avait beaucoup.

Ces barils contenaient aussi des conversations numériques, mais avec plus encore. Des signatures de suivi, des listes d'adresses, des noms et des identifiants Tama. Tous étiquetés avec des codes étranges. Mynx en ouvrit quelques-uns et lut leur contenu, mais les valeurs réelles n'avaient aucun sens.

Voici le véritable chiffrement. Rendre les fichiers difficiles à remarquer, puis en remplir un millier de données fictives. Si vous ne saviez pas exactement ce que vous cherchiez, vous pouviez fouiller le labyrinthe d'Innis pendant des jours sans jamais savoir si ce que vous trouviez était réel.

Mynx, cependant, savait ce qu'elle voulait. Elle plaça sa main, paume étendue contre le plafond. Un film bleu clair se répandit de ses doigts, courant à une vitesse croissante jusqu'à ce qu'il couvre chaque baril suspendu. Le bleu cligna une fois pour signaler que la recherche avait capturé chaque objet, puis Mynx mit sa fonction au travail.

D'abord, elle isola les cibles évidentes : Aegis, Ziran, Zhan-Yo, et des mots-clés comme le niveau inférieur de Chicago. Elle s'ajouta aussi elle-même, juste pour s'amuser. Chaque commande fila de sa tête à travers ses bras, jusqu'à ses doigts et dans la fonction.

La recherche commença son travail, et à mesure que les termes creusaient leur chemin à travers les barils, les cibles commencèrent à disparaître tandis que Mynx les filtrait. Le plafond s'estompa par sections entières à mesure que les barils non pertinents disparaissaient. D'autres, que le film bleu mettait en évidence dans un vert néon, se frayèrent un chemin à travers leurs congénères se dissipant, formant une boîte nette au-dessus de Mynx.

Le temps ne s'arrêtait pas à l'intérieur du monde numérique, mais sans références comme le soleil ou une montre, Mynx ne pouvait pas le suivre, donc elle ne pouvait pas être sûre du temps qu'avait pris sa recherche, du temps qu'elle avait passé dans le labyrinthe de barils d'Innis, mais quand la fonction termina, elle avait six cibles au-dessus d'elle.

Avec des balayages rapides, Mynx scanna leur contenu. Elle trouva ce qu'elle soupçonnait : les plans initiaux concernant l'embuscade - Innis avait travaillé avec quelqu'un nommé Sylvie, qui avait, apparemment, à la fois nourri l'ambition d'Innis et menacé ces mêmes membres de sa famille que Mynx avait vus plus tôt pour assurer sa coopération.

Un autre contenait une planification minutieuse avec les autres Paragons concernant leur ascension potentielle vers la grandeur, remplie en grande partie de fantasmes sur le pouvoir futur.

Le troisième contenait quelque chose de mieux. Quelque chose qu'elle pouvait utiliser. Un dossier qu'Innis avait constitué sur celui qui était derrière l'assassinat d'Aegis, une collection qu'Innis lui-même avait notée, dans une brève description dans le baril, était pour sa propre protection. Si Zhan-Yo décidait un jour qu'Innis n'en valait pas la peine, Innis était prêt à transmettre les informations de l'homme à Aegis, aux Champions.

Et Innis avait trouvé la marchandise. L'homme était un monstre traître, mais il avait fait mieux que ce que Mynx aurait espéré. Voici ce dont elle avait besoin, voici la clé du sommet, pour réparer le désastre qui avait commencé quand Zhan-Yo avait plongé son épée dans le dos d'Aegis.

CHAPITRE 29
DE L'AIR CHAUD

L'ÉTROITE corniche offrait suffisamment d'espace pour que les anciens disciples de la Duchesse puissent regarder Thane jeter les haillons que l'anomalie portait autrefois dans la lueur orange bouillonnante en contrebas. Les vêtements n'atteignirent même pas le fond, s'enflammant avant d'avoir chuté d'une dizaine de mètres. En tant que cérémonie, silencieuse à l'exception des bouillonnements et des craquements venant des profondeurs, les funérailles de la Duchesse manquaient de presque tout, même du corps.

— Tu as fait le bon choix, dit Cassidy après que les funérailles matinales furent terminées, alors que le groupe rassemblé redescendait la montagne. Ils l'apprécieront.

— C'étaient des esclaves. Pourquoi voudraient-ils l'honorer ? dit Thane. Je ne supporterais jamais quelqu'un qui me contrôlerait.

— Tu es fort, répondit Cassidy. La plupart des anomalies ici n'ont pas travaillé avec des Champions, n'ont pas joué avec les Parangons. Nous étions des voleurs, ou des gens qui ont eu une mauvaise idée qui nous a amenés ici.

— Ah oui, vous n'êtes pas tous mauvais. J'oublie parfois cela.

— Le sarcasme ne te va pas.

— Peu de choses me vont.

Bien que la prédiction de Cassidy se soit avérée vraie — les anomalies des environs, sans chef, s'étaient tournées vers Thane et, comme Cassidy s'appelait elle-même, le Vide pour obtenir des conseils — Thane n'avait toujours aucune idée des pouvoirs qui vivaient au sein du groupe descendant avec eux, au sein du groupe encore en bas au village, rassemblant les choses qu'ils voulaient emporter.

— Tu sembles penser que le pouvoir te va bien, dit Cassidy, le ramenant à la conversation.

— Il n'a convenu à personne que j'ai vu jusqu'à présent, répondit Thane. Autant essayer à mon tour.

— Ce n'est pas facile.

— Est-ce un avertissement ? Thane chassa une mouche égarée, tentant de se nourrir de la sueur qui le recouvrait. Il s'avérait que les volcans rendaient les choses chaudes, et la brise de l'île ne l'avait pas encore rafraîchi. Parce que je sais dans quoi je m'embarque.

— Vraiment ?

— Vas-tu continuer à me bombarder de questions, ou vas-tu dire quelque chose qui en vaille la peine ? dit Thane, et il vit le visage de Cassidy s'assombrir à cette remarque. Parce que ce que j'ai du mal à comprendre, c'est comment je suis censé te prendre au sérieux quand ton grand accomplissement sur cette île est d'avoir attrapé quelques poissons et construit une hutte sur la plage.

Cassidy ne parla plus pendant la descente, et Thane se dit qu'il s'en fichait. La marche lui donna le temps de réfléchir, d'élaborer un plan pour Arthur et ce qui se trouverait au-delà.

Gardant cette petite flamme de colère suffisamment vive pour empêcher ses muscles de se flétrir complètement, Thane se concentra sur les drones, visibles dans leur anneau sombre. Trop nombreux pour être détruits, trop nombreux pour les affronter directement, peu importe les anomalies dont il disposait.

Mais l'anneau était peu profond, et il ne voyait pas de renforts. Passer la première ligne avec vitesse pourrait permettre de continuer. Quant à savoir si une anomalie sur cette île pouvait produire ce genre d'accélération, c'était une autre histoire.

— Alors, euh, tu as décidé qui obtient quel poste ? dit une nouvelle voix, celle de Sook. Cassidy était retombée dans la foule, parmi les gens qu'elle avait amenés avec elle. Sook avait remplacé le Vide à ses côtés, et il semblait avoir amélioré ses vêtements, ses chaussures et sa lance de marche au passage. J'aimerais souligner que je t'ai soutenu depuis le début. Tu serais probablement encore dans cette grotte sans moi.

Ah. Le pouvoir attirait les sangsues de tous les coins.

— Sook, je ne t'ai pas oublié. Que voudrais-tu ? Quel rôle te rendrait le plus heureux ?

Si Thane avait été un homme plus gentil, voir l'étincelle qui apparut dans les yeux de Sook à cette question aurait pu susciter une certaine chaleur, un bonheur flou d'avoir amené quelqu'un si près de son rêve. Au lieu de cela, Thane fronça les sourcils vers Sook, prenant en pitié sa petite ambition.

Pas que Sook s'en aperçut.

— Je ferais un excellent garde, dit Sook. Et, tu sais, diriger les gardes. Ta propre garde. Comme, des gardes du corps.

— Des gardes du corps.

— Tous les gens importants en ont. Tu es important.

— Je suis invincible. Thane ne savait pas si c'était techniquement vrai, mais c'était assez proche. Pourquoi aurais-je besoin de gardes du corps ?

— Les apparences, Thane ! Sook se retourna en plein milieu d'un pas et fit un geste vers la foule. Ils s'y attendent. Si tu n'as pas d'anomalies armées montant la garde en permanence, tu auras l'air faible !

— Et toi, Sook, entre tous, tu me ferais paraître fort ?

Sook rit, un son légèrement essoufflé. — Laisse-moi te le prouver. Je vais en choisir de bons dans le lot, et nous te ferons paraître comme le leader que tu es destiné à être, je te le jure.

Thane avait dirigé des dizaines de personnes auparavant, mais c'étaient toujours des forces militaires visant à accomplir des objectifs, jamais une société cherchant activement un leadership. Peut-être que Sook avait raison, peut-être que maintenant Thane devait jouer selon des règles différentes.

— Alors, Sook, je te donne la permission. Garde-moi en sécurité, fais-moi paraître fort. Choisis quatre autres personnes pour travailler avec toi. Réussis, et quand nous quitterons cette île, tu auras le choix des postes dans notre nouveau monde.

Sook accueillit la nouvelle exactement comme l'aurait fait un enfant, et l'anomalie disparut pour aller interroger tout le monde sur leurs capacités, martiales et autres. Thane devait reconnaître au moins cela à Sook : l'homme avait de l'enthousiasme.

Après la descente, Thane rassembla l'ensemble du contingent à l'extérieur des vestiges du village. Il parla lentement, de manière régulière et claire de l'objectif, de rallier Arthur à leur cause et de percer à travers les drones vers un monde nouveau et meilleur.

Les anomalies ne répondirent pas au discours par des acclamations enthousiastes, mais par des réactions sombres ou discrètes. Quelques hochements de tête, mais à part cela, ils ressemblaient à des moutons contents de suivre le troupeau. Des serviteurs ayant besoin de direction.

Eh bien, Thane pouvait leur donner cela.

— Tu avais une famille ? lui demanda Cassidy après coup, alors que les préparatifs pour le départ se poursuivaient, l'héritage de la Duchesse étant emballé dans des paniers tressés. Chez toi ?

— Pas vraiment. Il y a longtemps.

— Ça explique pourquoi tu es tout le temps un connard.

Thane rit. — Tout le temps ? Et qui ici a eu une bonne famille, un bon foyer ?

— Moi.

— Donc tu as choisi de trahir cette famille et de te retrouver ici à la place ?

— J'ai fait des erreurs. Toi aussi. Cassidy dit cela comme si elle connaissait Thane, comme si elle avait une idée de sa situation.

Pourtant, Thane se surprenait à lui parler encore et encore. Comme si des aimants les attiraient l'un vers l'autre après chaque événement. Il ne fallait pas beaucoup d'analyse - Thane avait assez de puissance cérébrale à consacrer à cela - pour voir que Cassidy avait simplement des choses plus intéressantes à dire que les autres anomalies.

Et le pouvoir pour les appuyer.

— Ce que je ne comprends pas, dit Thane, c'est pourquoi tu es encore si gentille. Je réprime à peine ma rage en permanence. Pas seulement à cause de cette situation, mais envers la vie en général. Je ne voulais pas de cette malédiction.

Faux. Complètement faux. Thane n'avait pas voulu mentir là, mais il savourait sa force, ses pouvoirs, et l'avait toujours fait. Parfois, cependant, il semblait préférable de le nier.

— Parce que j'ai essayé de résister et j'ai échoué, dit Cassidy. Ça m'a amenée ici et je donnerais n'importe quoi pour revenir en arrière, réessayer. Changer le cours des choses. Mais je ne peux pas, et après avoir passé beaucoup de nuits à être en colère à ce sujet, j'ai décidé de ne plus l'être.

— Tu as décidé de ne plus être en colère. Thane se pencha, cueillit une petite fleur sauvage dans l'herbe, la regarda se courber dans le vent. Tu t'es réveillée un jour et tu as dit que c'était fini.

— Pas aussi simple, mais oui, dit Cassidy. J'étais fatiguée, et je continuais à trouver d'autres anomalies comme moi, qui ne savaient pas quoi faire sur cette foutue île. On s'est donné un but les uns aux autres.

— Comme une famille. C'est ce que tu as dit.

— Tu devrais nous rejoindre. L'île, notre famille.

— Je ne veux pas rester ici. C'est le problème.

Cassidy leva les yeux vers le ciel, toujours d'un bleu clair et devenant plus lumineux à mesure que le soleil montait. Ils devraient bientôt se mettre en marche.

— Ils ne vont pas te suivre jusqu'au bout comme ça, dit Cassidy. Moi non plus. Tu penses que tout le monde veut quitter cette île, mais beaucoup d'entre eux ont une vie ici. Des amours, même une famille ou deux.

— Qu'ils voudraient élever ici, sur un petit cercle rempli de criminels ?

— Où d'autre ? Je pense que ton problème est que tu es trop concentré sur le départ pour voir comment rester pourrait être mieux. Tu pourrais, nous pourrions, créer quelque chose ici.

Thane s'accrocha à ce "nous". Cassidy n'était pas du genre à mettre de l'intonation, ou, de ce qu'il avait vu, de l'affection. Lui-même n'avait jamais beaucoup joué à ce jeu, car ces émotions se rapprochaient dangereusement de la colère. Après quelques résultats désastreux à l'adolescence - ces années l'avaient mis sur les mauvais radars, avant même que les Champions n'existent - Thane avait évité les plaisirs plus physiques de la vie pour les plaisirs mentaux infinis.

— Que veux-tu dire par "nous" ? demanda Thane, cédant à la curiosité.

— Tu es quelqu'un d'idées, je suis quelqu'un d'empathique, Cassidy prit la fleur sauvage de sa main et la glissa dans ses cheveux, au-dessus de son oreille. Tu les attires avec ta vision, et je les garde ici en écoutant la leur.

— Un partenariat, alors.

— Une équipe.

Thane médita ces paroles. Si Cassidy pouvait le décharger

de certains aspects plus délicats et désordonnés du leadership, alors cela pourrait en valoir la peine. À condition qu'elle
soutienne son objectif.

— Je ne reste pas sur l'île, dit Thane. Donc tu devras
l'accepter.

— J'accepterai que tu veuilles partir maintenant. Et que je
pourrais être capable de te faire changer d'avis.

Oh, combien de temps cela faisait-il que Thane n'avait pas
eu de vraies conversations avec, sinon des égaux, du moins
des personnes qui s'en rapprochaient. Cassidy avait du feu, et
il pouvait utiliser ce feu. Avec le temps, il lui ferait voir les
choses à sa façon, lui ferait comprendre que l'île était un
piège, un endroit à laisser derrière soi.

CHAPITRE 30
EN VILLE

L'HORLOGE DE SON TAMA, d'un blanc éclatant lorsqu'elle y jeta un coup d'œil dans la chambre sombre, approchait de minuit. Toujours pas de Calvin. Gordon lui avait suggéré de laisser l'anomalie partir seule un moment. Il avait dit que l'homme était probablement habitué à être seul, que Calvin reviendrait quand il serait prêt.

Maintenant, ces paroles semblaient insensées. Un tueur rôdait dehors, abattant les anomalies qu'il ne semblait pas apprécier, et Kat avait simplement laissé Calvin partir se promener seul. Peut-être que Calvin était dans une ruelle en ce moment, se vidant de son sang à cause d'une balle dans le ventre. Peut-être qu'il avait été kidnappé et que le tueur lui infligeait une torture pour obtenir l'emplacement de Kat.

Ou peut-être que la chambre d'hôtel et les ronflements doux de Gordon la rendaient folle.

Kat se glissa hors des couvertures et se tint sur le tapis pendant une seconde, laissant son corps s'adapter au mouvement soudain. Seeker, assoupi sur le tapis au pied du lit, ouvrit un œil, un mouvement que Kat aperçut lorsque les lumières extérieures frappèrent l'éclat de l'œil et le lui reflétèrent.

Kat mit un doigt sur ses lèvres, hochant la tête en direction de Gordon. Seeker ouvrit maintenant les deux yeux, et sa langue pendait de sa large gueule. Le husky pouvait s'enthousiasmer pour n'importe quoi, mais un voyage en pleine nuit ?

Oh oui, définitivement. Seeker voulait y aller.

S'il y avait un avantage à avoir peu de bagages, à simplement s'allonger sur le lit et flotter dans un sommeil semi-onirique pendant quelques heures, c'était que Kat était prête à sortir. Toujours en tenue de ville, elle n'avait pas besoin de se changer. Aurait-elle dormi toute la nuit en jean ? Ce n'était pas clair, mais cette pensée suscitait une certaine inquiétude quant à son état mental.

Quand Kat oubliait les habitudes de base, comme mettre un pyjama, cela semblait être le signe que quelque chose devait changer. Comme, peut-être, éviter les tueurs.

Kat manipula doucement la poignée de la porte pour la laisser, elle et Seeker, entrer dans le couloir avec un minimum de bruit. De là, elle emprunta le chemin banal éclairé de jaune jusqu'à l'ascenseur et descendit dans un bourdonnement jusqu'au hall. Si quelqu'un lui avait demandé à quoi elle pensait pendant ces quelques minutes, Kat n'aurait pas su répondre. Au-delà du désir de trouver Calvin, tout le reste était devenu un brouillard mental.

Le hall, parce que c'était Chicago et qu'il n'était pas si tard, était rempli de gens qui déambulaient. Le bar chic et le restaurant sur le côté semblaient bondés de personnes faisant de leur mieux pour éviter la journée à venir, tandis que les réceptionnistes s'occupaient des retardataires arrivant de l'aéroport ou d'autres destinations, débarquant en masses serrées. Les températures de février uniformisaient tout le monde sous d'énormes manteaux.

Kat, avec Seeker trottinant à ses côtés, passa la tête dans le restaurant et scruta les sièges du bar. Pas de Calvin, alors quand l'hôtesse, qui semblait épuisée par l'heure tardive, lui demanda si elle voulait une table, Kat se contenta de secouer la tête et sortit dans la rue.

Les flocons décidèrent de faire leur apparition nocturne, dérivant entre les grands immeubles en nombre épars. Pas assez pour rendre les choses magiques, mais les flocons donnaient une texture aux lumières éclatantes et aux gens éparpillés qui piétinaient le long des trottoirs. Les nacelles ne remplissaient pas les rues, mais elles passaient souvent, ajoutant leur vrombissement roulant aux sons de la ville.

Dans l'ensemble, comparé à l'appartement plus calme de Kat, le mélange du centre-ville semblait plutôt agréable. Comme une carte postale inoffensive.

— Des idées ? demanda Kat à Seeker, occupé à croquer un flocon.

Le chien la regarda, puis se concentra sur les odeurs attachées à un lampadaire proche.

— Bien vu, marmonna Kat.

Calvin n'était pas dans l'option la plus pratique — le bar de l'hôtel — et Kat doutait qu'il ait pris une nacelle pour retourner en banlieue. Même avec l'hostilité de Gordon, Calvin était assez intelligent pour ne pas se jeter dans un territoire mortel sans aide. Du moins, Kat l'espérait.

En même temps, Calvin ne touchait un salaire de Paragon que depuis une semaine, ce qui signifiait qu'il avait peut-être renoncé aux offres de l'hôtel pour une question de prix. Cela pouvait aussi signifier qu'il avait refusé de louer une nacelle. Plus que cela, si Kat incluait les nacelles comme option potentielle, elle aurait trop de destinations possibles.

Au lieu de cela, elle leva son Tama, rechercha les bars du quartier et trouva le moins cher et le plus crasseux. À quelques pâtés de maisons, dans un endroit qui fonctionnait comme un atelier de réparation de nacelles pendant la journée et se transformait en gargote pour les noctambules une fois le soleil couché.

Oil and Vinegar avait l'allure, et à en juger par le menu que quelqu'un avait plaqué sur son mur extérieur, il avait définitivement les prix. L'enseigne avait un néon clignotant qui criait le manque d'attention, et la porte unique était tellement embuée que Kat ne pouvait pas voir à l'intérieur. Pas de portiers ici, et ses voisins de luxe jumeaux — qui espéraient probablement qu'*Oil and Vinegar* brûlerait — étaient fermés, donc le bouge était seul alors que l'horloge approchait une heure du matin.

À l'intérieur, un bar étroit s'intercalait entre les râteliers d'équipement, les étagères miroir derrière étant couvertes de bouteilles que Kat ne pouvait ni identifier ni vouloir boire. Les étiquettes avaient été arrachées, et la femme debout derrière le comptoir semblait le faire depuis des années. Bien que fumer à l'intérieur soit illégal, elle tirait sur une cigarette et lança un regard glacial à Kat lorsque la traqueuse et son chien entrèrent.

Une demi-douzaine d'autres clients bravaient la fumée de la barmaid pour bavarder le long du bar ou regarder l'unique télévision du lieu, qui semblait bloquée sur des rediffusions sportives de plus tôt dans la soirée. Au bout du bar, sirotant quelque chose de sombre, se trouvait sa proie.

— Pas de chiens, dit la barmaid en retirant sa cigarette de sa bouche et en la pointant vers Seeker, qui restait derrière les jambes de Kat.

— Tu n'es pas censée en avoir une non plus, répliqua Kat. Seeker ne causera pas de problèmes, mais moi, je pourrais.

— Dans ce cas, tu peux faire demi-tour et sortir d'ici.

Au lieu de cela, Kat s'approcha du bar, où la femme lui souffla de la fumée au visage. Kat ferma les yeux tandis que le nuage l'enveloppait, retenant sa respiration pour ne pas tousser. Puis elle pointa du doigt une bouteille brune, espérant qu'elle contenait du whisky.

— Je prendrai un double de ça, dit Kat. Sec.

La barmaid ne bougea pas pendant une seconde entière. Kat croisa les bras sur le comptoir. Seeker lui frôla les jambes, commençant à sauter pour voir ce qui se passait, mais Kat plaça son mollet devant le chiot pour le maintenir au sol. Ce duel de volontés n'avait besoin que de deux protagonistes.

Un instant plus tard, Kat avait devant elle un verre fumé rempli de... quelque chose. La barmaid passa à d'autres clients, et Kat se déplaça vers le fond, où Calvin était assis, fixant la télé comme s'il souhaitait qu'elle le téléporte n'importe où ailleurs.

— Qu'est-ce qu'il y a ? demanda Kat en s'asseyant.

Calvin avait une bière en bouteille devant lui, l'étiquette toujours présente. Un homme intelligent.

— Je ne me suis jamais vraiment attaché au sport, dit Calvin. Je pense que ça te lie à un endroit, et je n'ai jamais vraiment eu de chez-moi.

— J'ai un chez-moi, et je m'en fiche.

— Pourquoi ?

— Parce que je suis trop occupée à essayer de rester en vie, dit Kat. Tu y penses parfois ? Parce que je commence à en douter.

— Pas moyen que ce type soit au centre-ville après nous avoir attaqués à l'ouest.

— Comment le sais-tu ?

— Une intuition.

Kat leva les yeux au ciel, goûta sa boisson, et... wow. Ce n'était pas excellent, mais elle avait définitivement du whisky entre les mains. Pas, par exemple, du poison pur ou, comme le nom du restaurant le laissait entendre, de l'huile.

— Tu comptais revenir dans la chambre ce soir ? demanda Kat.

— Est-ce que ça a de l'importance ?

— Tu sais bien que oui.

— Non, Kat, je ne sais pas. Calvin leva son bras gauche, regarda son Tama. Tu sais ce que ce truc me dit depuis qu'on est descendus ici ? Qu'un accident, cette chose qu'on a vue, a tué une partie de mes nouveaux collègues ce soir.

— Tué ?

Calvin relata ce qu'il savait au compte-gouttes, parsemant chaque détail de remarques sur le fait qu'il ne connaissait pas untel ou unetelle, qu'il n'avait même jamais été à cet étage. Qu'il n'avait rencontré Innis qu'une seule fois, avec une demi-douzaine d'autres nouveaux, et que l'homme avait semblé correct à ce moment-là, de la manière dont peuvent paraître correctes les personnes qu'on ne pense jamais revoir.

— Maintenant, ils sont tous, genre, partis, conclut Calvin. La première fois de ma vie que j'obtiens quelque chose comme une famille et, bien sûr, ils sont morts.

— Attends. Une famille ? Tu ne voulais pas être un Paragon.

— Ça ne veut pas dire que je ne peux pas voir les bons côtés.

— Donc ta solution, après avoir lu tout ça, c'était d'aller dans un bar et de boire ?

La bouche de Calvin s'ouvrit et resta ainsi, puis il se tourna vers sa bière et en prit une autre gorgée.

— Mec, poursuivit Kat. Tu as des problèmes. Et je dis ça en tant que fille qui en a plein elle aussi, mais tu ne vas pas les résoudre ici, maintenant, avec cette bière.

— Comme si tu résolvais quoi que ce soit avec ce whisky ?

— Ça ? C'est de la commisération. Kat se pencha et caressa Seeker. Trinquons à la tragédie.

Ils firent tinter leurs verres et burent une gorgée.

— Maintenant, dit Kat, je vais te demander de faire quelque chose pour moi.

Calvin pencha la tête en arrière, la regardant avec une terreur feinte.

— Tu vas devoir être gentil avec Gordon, dit Kat. Parce qu'il est trop bête pour l'être avec toi. Laisse-le geindre, se plaindre, peu importe, parce qu'on va avoir besoin de son aide. Ou au moins d'un endroit où dormir. Parce que demain, on va trouver ce type et l'éliminer.

Calvin rit. — Vraiment ? C'est ça que tu nous sors maintenant ?

— C'est ça, dit Kat, et elle commença à rire aussi. Déclarer une quête commune pour attraper un tueur dans cet endroit métallique et moite semblait ridicule. C'est ce que je veux. Puis elle s'arrêta, aussi vite qu'elle avait commencé. Parce que, Calvin, ce type a failli m'avoir. Deux fois. Je ne sais pas si je peux m'en occuper seule.

— Je ne sais pas si je serai d'une grande aide. Calvin fit tourner sa boisson, puis la finit. Mais d'accord, Kat. Je suppose que tous ces Paragons voudraient que je te suive de toute façon. Je suis censé être le bon samaritain maintenant, pas vrai ?

— C'est ça, dit Kat. Fais ce que ton Champion voudrait que tu fasses.

— Tu sais qui c'est maintenant ? dit Calvin. Cette femme, Pixie, à l'est ? Tu sais qui elle est ?

Kat secoua la tête. — Non, et je m'en fiche. Elle finit son whisky et s'éloigna du bar. Tu veux connaître le vrai secret pour survivre, maintenant que tu es dans ce monde ?

— Quoi ?

— Reste à ta place, Calvin. Reste à ta place.

CHAPITRE 31
L'ÉPÉISTE

SI ZHAN-YO PARVENAIT à toucher son père, il pourrait garder le tachi. Un simple contact, c'est tout ce dont le fils avait besoin, là, dans cette pièce aux panneaux blancs et au bois blond qui servait de sanctuaire à son père depuis aussi longtemps que Zhan-Yo s'en souvienne.

— Mais on s'est déjà entraînés tous les jours cette semaine, dit Zhan-Yo, sentant les douleurs dans ses bras et ses jambes et ne désirant rien d'autre que de retourner à son téléphone, son lien avec ses amis et des choses bien plus intéressantes que les vieilles épées de son père.

— Et nous continuerons à nous entraîner tous les jours jusqu'à ce que tu réussisses, répondit son père. La persévérance a autant à voir avec la victoire que l'effort initial. Tu dois continuer.

Zhan-Yo avait établi une hiérarchie avec son père, déterminant les niveaux sur lesquels il était autorisé à être en désaccord. Les petites choses, comme savoir si et où Zhan-Yo pouvait sortir le soir, représentaient des victoires faciles. Son père avait trop de travail, sa mère se consacrait aux projets communautaires, et cette attention divisée lui permettait de s'en tirer. Ces leçons, cependant, restaient fermement au sommet de la pyramide. Aucune supplication, cajolerie ou suggestion de prendre une journée de repos et d'aller chercher des snacks ne fonctionnait.

Le tachi en bois — les vrais, avec des lames, étaient accrochés aux murs de la pièce — semblait léger dans la main de Zhan-Yo, comme un jouet. Il avait tenu les vrais, et ceux-là donnaient l'impression de pouvoir faire de réels dégâts. Son père, cependant, maintenait que les tachi étaient un privilège à gagner. Zhan-Yo, qui n'avait pas encore quinze ans, ne l'avait pas encore mérité.

— Allez, dit son père, tenant sa propre épée en bois. Plus vite tu me battras, plus vite tu pourras retourner à tes messages.

Inspiré par cette proposition, Zhan-Yo souleva le tachi émoussé et se mit soudainement à courir, levant l'arme pour un coup en surplomb. Un mouvement télégraphié qui poussa son père à s'écarter, un mouvement télégraphié qui donna à Zhan-Yo l'ouverture qu'il voulait. Alors que son père évitait ce qu'il attendait, Zhan-Yo changea de pas, plantant plutôt son pied gauche et balayant largement le tachi.

La soudaine panique sur le visage de son père valait tout. L'homme plus âgé releva brusquement son propre tachi pour parer l'attaque de Zhan-Yo avec un bruit sourd, et Zhan-Yo utilisa l'élan inversé pour reculer, se préparant à autre chose.

— C'était différent, dit son père, copiant le mouvement de Zhan-Yo pour créer de la distance. Je suis impressionné.

Des éloges qui n'étaient pas donnés à la légère. Zhan-Yo suivit l'épée de son père, la façon dont il la tenait prête dans ses deux mains. Pas la posture détendue de quelqu'un de confiant dans sa réussite, mais plutôt celle de quelqu'un prêt à se défendre. Un adversaire digne.

Il était temps.

— Prêt à voir ce que je peux faire d'autre ? dit Zhan-Yo.

Car, malgré tous ses amis, malgré tout le plaisir qu'il aurait à courir dans le centre-ville avec eux plus tard, Zhan-Yo s'était entraîné. Il avait appris d'un professeur meilleur que son vieux.

— Sylvie aurait apprécié un rendez-vous comme ça, dit Wexley, assis en face de Zhan-Yo alors que les heures s'approchaient de l'aube. Une paire d'épées et un combat pour voir qui pourrait faire sauter les dents de l'autre ?

Wexley n'avait pas été ravi, exactement, du message de Zhan-Yo depuis la capsule sur le chemin du retour, mais il avait accepté de venir quelques heures plus tard, ce qui avait donné à Zhan-Yo le temps de faire une sieste rapide. Maintenant, avec du café frais à quatre heures du matin, Zhan-Yo devait convaincre son lieutenant qu'il n'était pas fou.

Pour cela, Zhan-Yo sentait qu'il devait renouer, encore une fois, avec Wexley, lui prouver qu'il avait toujours toute sa tête. Qu'il était toujours sain d'esprit et prêt à mener une guerre contre la plus grande, et unique, puissance mondiale.

— C'est comme ça qu'ils se sont rencontrés, dit Zhan-Yo. Les parents de ma mère dirigeaient un dojo, où ma mère enseignait quand elle était plus jeune. Mon père est venu pour une leçon, je suppose qu'il voulait quelque chose de différent du bureau.

— C'est tout ? Il a invité ta mère à sortir après qu'elle l'ait mis K.O. ?

— Quelque chose comme ça, dit Zhan-Yo. Ils ne m'ont jamais dit exactement comment ça s'est passé, mais ma mère a toujours soutenu que mon père ne l'avait jamais battue. Ensuite, elle a commencé à m'entraîner en secret. Mon père voulait toujours ces duels, mais ma mère s'intéressait à la technique. À vraiment s'améliorer.

— Les miens allaient au cinéma, dit Wexley. Moi, je jouais au foot.

Ils burent longuement leurs cafés, les yeux de Wexley glissant vers son Tama. Vers ce qui était probablement une liste dévastatrice de réunions et d'e-mails. Le genre que Zhan-Yo connaissait autrefois, et qui lui manquait de temps en temps.

— Donc tu as ces Parangons dans ta poche. Tu penses pouvoir leur faire confiance, dit Wexley, sa voix indiquant à quel point il appréciait peu le plan. Ils vont te livrer les détails du sommet.

— Peut-être, dit Zhan-Yo. Mathieu fait pression sur eux. Ce sont des gamins. Des ambitieux. On pourrait peut-être les utiliser pour entrer dans le sommet lui-même.

— Et ensuite ? dit Wexley. Tu veux faire sauter l'endroit ?

— Exactement, répondit Zhan-Yo. Ce n'est pas une question de nombre de morts ou même de blessés. C'est le message qui compte. Le monde doit voir que les Parangons, les Champions sont trop vulnérables pour le diriger. Cela créera notre ouverture.

— Donc tu vas faire entrer une bombe dans l'endroit le plus gardé de la planète ? Il y aura des anomalies là-bas qui peuvent lire dans tes pensées, qui seront capables de comprendre chacune de tes motivations en un instant. Tu ne garderas aucun secret.

— Il faudra d'abord qu'ils me trouvent. Zhan-Yo fit un geste vers la fenêtre. Les Parangons ne m'ont pas encore trouvé ici, et je suis déjà l'homme le plus recherché du monde. Qu'est-ce qui te fait penser qu'ils seront meilleurs au sommet ?

— Parce que tu viens à eux ?

— Fais-moi confiance, Wexley. Ça va marcher. J'ai juste besoin que tu gardes les comptes approvisionnés. Mathieu fait le travail de préparation pour moi, il trouve les gens dont nous aurons besoin pour ça. Il faudra les payer.

— Je ne peux pas dire que je m'attendais à financer une guerre de guérilla quand j'ai accepté le poste chez Ziran, dit Wexley. Mais une promesse est une promesse.

Le lieutenant se leva et jeta son gobelet de café vide dans la poubelle argentée à côté du comptoir. Un angle parfait, un panier parfait.

— Tu auras tes représentants. Fais juste attention, Zhan-Yo. Si tu meurs, tout ça meurt avec toi.

Lorsqu'il avait battu son père, peu après son seizième anniversaire, Zhan-Yo s'était attendu à voir de la fierté dans les yeux de son père. Un peu de joie sur son visage. Au lieu de cela, Zhan-Yo avait vu une douloureuse acceptation. Une réalité longtemps redoutée qui s'était finalement concrétisée.

Peut-être que Wexley ressentait la même chose. Peut-être que le monde entier aussi. Tous nerveux face à l'inévitable.

Zhan-Yo avait mérité ces tachi, et il les portait toujours.

CHAPITRE 32
MILA

MILA, la dernière Championne, décrocha dès la première sonnerie. Pas d'appel vidéo cette fois, et Mynx, épuisée après cette longue nuit, ne se formalisait pas que la préférence de Mila pour les sommets montagneux lui laisse une connectivité si médiocre que les visages n'étaient pas une option.

— Mynx, dit Mila de sa voix caramel qui passait bien malgré tout. Je suis si triste que tu ne viennes à moi qu'en dernier. Je pensais que nous étions amies.

— C'est pour ça que j'ai attendu la fin, répondit Mynx en contemplant le lac Michigan depuis l'ancien bureau d'Innis. J'avais besoin de quelque chose à attendre avec impatience.

— Alors tu devrais venir ici, où il y a toujours quelque chose de magnifique à l'horizon.

— Comme quoi ?

— Oh, aujourd'hui ? Aujourd'hui, je me réveille sur les pentes ensoleillées au-dessus de Lima, avec l'océan à mes pieds et les sommets au-dessus de ma tête, dit Mila. Le spectacle le plus magnifique qui soit.

— J'en suis sûre. Mais j'ai besoin que tu le laisses derrière toi pour un moment. Le sommet commence dans quelques jours. Je sais que tu as vu les détails.

— En effet, et j'y serai, bien sûr, même si ça me fait mal de laisser mes amours derrière moi.

Mynx s'inquiétait pour Mila, après leur première rencontre. La femme décrivait tout ce qu'elle aimait comme ses « amours », et semblait voir le monde à travers un prisme mélodramatique. Tout était soit dévastateur, soit extatique à parts égales.

Puis Mynx avait vu Mila transformer le corps d'un tueur, changeant cet homme fort et élancé en un être faible et brisé incapable même de se tenir debout. Ce que Mynx était au code informatique, Mila l'était à la forme physique ; elle pouvait entrer dans un corps et le réécrire à sa guise.

Effrayant, certes. Suffisamment pour qu'Aegis ait voulu la détruire avant que Mila ne décide de brouiller les corps des Champions. Au lieu de cela, Mynx et les autres l'avaient recrutée, prouvant à Aegis que les capacités de Mila pouvaient être bénéfiques. Pouvaient être incroyables.

Une promesse qui n'avait été que partiellement tenue.

— Merci, dit Mynx. Je sais que c'est un risque de tous nous rassembler, mais nous devons montrer au monde que les Champions restent unis et que nous avons un plan pour l'avenir.

— Et en avons-nous un ? Un plan ?

D'autres auraient pu sembler accusateurs, voire moqueurs en posant cette question, mais Mila laissa échapper un petit rire à la fin, comme si l'idée que les Champions puissent ne pas avoir un tel plan était absurde.

— Nous l'affinerons ensemble, mais l'essentiel est de choisir qui vous remplacera quand vous ne serez plus là. Mila devrait le savoir si elle avait lu les messages que Reeves avait envoyés avec les différents détails du Sommet. Tout comme nous avons choisi les Paragons régionaux. Comme nous t'avons choisie.

Silence au téléphone, puis quelques bruissements. Mila

qui se déplaçait. Mynx en profita pour savourer son café et le beignet que quelqu'un lui avait apporté.

— Je me souviens de ce jour-là, dit Mila. Comment t'en souviens-tu ? La plupart d'entre vous ne me faisaient pas confiance.

— Difficile de le faire, sachant ce que tu pouvais faire.

— Mais vous m'avez quand même acceptée, et regarde ce qui s'est passé.

— Ça a été quelque chose. Mynx n'aimait pas s'aventurer sur le terrain de la sentimentalité. Mais, Mila, je n'ai pas bien dormi et il se passe beaucoup de choses ici. On peut en parler plus au sommet ?

— Me cocher de ta liste et disparaître, je suppose ?

— Ce n'est pas juste.

— Oh, je plaisante. Va, sois reine.

— Je ne suis pas une reine.

— Si tu le dis, répliqua Mila. Mais si tu attrapes celui-là, garde-le-moi. Rien ne calme plus vite une révolution que de voir son leader se ratatiner en un petit raisin silencieux.

— Je le ferai. Merci, Mila.

Les Champions raccrochèrent alors que le ciel passait du noir au bleu profond, les plus infimes touches d'orange s'accrochant à l'horizon. Mila marquait un point. Tordre l'esprit de Zhan-Yo, en faire un fervent partisan des Paragons ? Sournois, mais parfait.

Mynx se leva et commença à faire les cent pas dans le bureau de fortune. Innis y avait un grand bureau avec deux écrans. Pas de photos personnelles, pas d'art aux murs. Soit il passait rarement du temps ici, soit il n'avait aucun goût pour la décoration. D'une certaine façon, Mynx appréciait cela : rien pour distraire du plan.

— Reeves, nous avons les cibles, dit Mynx.

— En effet. Les drones sont prêts à être lancés dès que vous le direz.

— Attendons encore deux heures. Je veux que la ville le voie. Je veux que les caméras soient prêtes à capturer ce qui va se passer.

— Une capture visible risque de galvaniser la base de Zhan-Yo, répondit Reeves. Ils pourraient y voir un point d'inflexion et commencer leur révolte. D'autres révolutions ont été déclenchées par des moments comme celui-ci.

— Non, nous n'allons pas faire ça discrètement. Nous devons montrer à tous que cela ne sera pas toléré. Pas permis. Zhan-Yo a fait son coup au grand jour, et nous ferons de même.

Reeves, comme l'IA le devait, accepta l'argument et commença à élaborer des plans. Mynx, l'épuisement brouillant les contours, quitta le bureau d'Innis et retourna à l'étage endommagé.

Déjà, les corps avaient été enlevés et plusieurs Paragons aux capacités constructives reconstituaient le verre d'un simple geste de la main ou d'un regard. Un autre refondait les balles usagées en balles utilisables, prêtes à être réapprovisionnées dans les drones. À midi, le bâtiment aurait retrouvé sa perfection.

Mynx les regardait travailler et se demandait : combien étaient vraiment loyaux, jusqu'où était allée la corruption d'Innis ? Après le sommet, elle passerait plus de temps dans le Tama de l'homme, fouillant tous ces tonneaux — ou, plus probablement, demandant à Reeves de le craquer — pour découvrir qui avait goûté à cette pomme de la trahison.

Avant, Mynx pensait qu'elle les éradiquerait tous et larguerait les plus dangereux sur son île. Mais combien pouvait-elle en prendre ? Combien pouvait-elle espérer qu'Apinya et Burov, avec leurs pouvoirs de manipulation mentale, en retournent ?

Les drones ne remettaient pas en question leurs ordres, ni leur commandant. Ils faisaient ce qu'on leur disait et exécutaient au maximum de leurs capacités. Les Paragons avaient des défauts humains, et ils devenaient de plus en plus difficiles à tolérer.

Alors pourquoi les tolérer du tout ?

CHAPITRE 33
RENCONTRER UN SCÉLÉRAT

LA POLICE L'A TROUVÉ SEUL, sur un tapis imbibé de sang, en train de pleurer. Son corps était ratatiné, froid et taché de rouge. Il était à peine neuf heures du matin, et Thane aurait dû être à l'école. Au lieu de cela, il avait voulu porter une vieille chemise. Sa mère lui en avait acheté une nouvelle. Pour cela, et uniquement pour cela, Thane les avait tous tués.

Malgré toute son intelligence, malgré toutes les heures qu'il avait passées recroquevillé sous les lumières de la prison du Champion, Thane n'avait jamais réussi à comprendre pourquoi ses capacités s'étaient manifestées ce matin-là. Pourquoi la protestation d'un garçon de douze ans s'était transformée en dévastation.

Après avoir détruit l'hôpital — où la police avait emmené son corps rabougri pour le soigner — et démoli plusieurs bâtiments dans une folle course vers le ruisseau glissant où le père de Thane l'emmenait pêcher, les premiers Paragons l'ont trouvé.

À nouveau mou et faible, allongé sur la mousse, et couvert de débris.

— Ils voulaient me sauver, dit Thane en écartant les fougères qui bloquaient Cassidy alors que leur groupe avançait du centre de l'île vers son côté est. Ils pensaient que je pouvais le contrôler. Un enfant.

— Tu aurais préféré qu'ils t'enchaînent, comme ils l'ont fait plus tard ?

Thane s'était excusé pour ce qui s'était passé avant, essayant de panser les blessures. Il n'y aurait pas de temps pour le drame une fois qu'ils atteindraient Arthur, surtout si le scélérat correspondait à l'estimation de Cassidy comme étant le plus dangereux de l'île.

Elle marchait à côté de lui et semblait heureuse de le faire, bien que plus prudente qu'auparavant. Thane remarqua qu'un œil restait toujours fixé sur lui, l'évaluant. Une méfiance méritée, supposa-t-il.

— Avec le recul, oui, dit Thane. Je n'avais aucune compréhension de moi-même, de ce que je pouvais faire. J'étais une arme aveugle débordant d'hormones qui avait massacré les seules personnes qu'il aimait. J'aurais dû être enfermé.

— Ils y croyaient, à l'époque, répondit Cassidy. Je n'ai jamais eu cette chance.

— Ce n'était pas de la croyance. Thane tâtonnait le sol. Les sous-bois épais rendaient facile de trébucher, de se tordre une cheville. C'était de l'insécurité. Ils pensaient pouvoir m'utiliser.

— Je les aurais laissés m'utiliser si j'avais su ce qui allait arriver. Cassidy avait ramassé une branche et l'utilisait comme bâton de marche, sondant le chemin. Je pensais qu'en défiant leurs ordres, je prenais position. Au lieu de cela, j'ai juste craché à leur visage tout-puissant.

Les Paragons avaient emmené Thane loin de la ville, dans un endroit isolé dans les bois du nord, près de la frontière entre les États-Unis et le Canada. Dans un camp où les anomalies apprenaient à ne pas tuer tout le monde autour d'eux. Cet endroit existait-il encore ? Des enfants dotés de pouvoirs envoyaient-ils encore des novas dans la nuit, protégés par des Paragons qui pouvaient les maintenir en vie ?

Combien de fois avaient-ils réparé les corps que Thane avait brisés ?

— Ils te façonnent dans ces camps, dit Thane. Ils m'ont appris à oublier ma famille. Je ne me souviens même plus de leurs noms, seulement de la leçon.

Chacun avait besoin de son propre plan. Un traitement, du premier jour jusqu'à l'obtention du diplôme, des années ou des mois ou des semaines plus tard, quand ils pensaient que tu pouvais gérer la société. Que tu pouvais gérer un vrai travail.

— J'ai entendu dire qu'ils déchirent les esprits ? demanda Cassidy.

— Plus que ça. L'idée est de créer le Paragon parfait. Quelqu'un qui peut élaborer des stratégies, qui peut diriger et se battre et servir, qui ne boira jamais trop et ne vaporisera pas une foule.

— Ce dernier point ne semble pas être un mauvais objectif.

— Tu penses que je déteste ce qu'ils ont fait ? Thane secoua la tête et rit. Non, je les aime pour ça. Les Paragons m'ont donné une vie à vivre. Sans eux, j'aurais été en colère et imparable jusqu'à ce que quelqu'un trouve un moyen de me tuer. Au lieu de cela, les Paragons m'ont rendu rationnel, m'ont fait oublier comment être humain.

— Tu es encore bien humain, Thane. Tu fais certainement assez d'erreurs pour être qualifié.

— Ce que je veux savoir, c'est pourquoi ils ne t'ont pas prise ?

— Trop vieille.

— Non. Ils auraient pris quelqu'un avec ton pouvoir à n'importe quel âge.

Cassidy détourna le regard vers l'horizon. La ligne de

drones noirs toujours présente restait immobile sous les nuages grandissants.

— Je te l'ai dit. Je n'ai pas eu le choix.

Cassidy n'en dit pas plus et Thane n'insista pas. De toute façon, ils approchaient de la fin de la pente, arrivant sur une étendue plate et boisée avant la plage de la lagune qu'Arthur appelait chez lui. Ils avaient quitté le territoire de la Duchesse et se tenaient sur un terrain contesté.

Contrairement au côté de Cassidy, le climat de l'île changeait ici, le volcan servant à arrêter et à diviser les nuages, de sorte que la pluie recouvrait les fougères, et le vert semblait beaucoup plus profond. Luxuriant décrivait tout. Le sol devenait plus boueux, et les sandales tressées de Thane faisaient peu pour empêcher le sol détrempé de s'infiltrer entre ses orteils. Plus d'insectes bourdonnaient autour, transformant l'eau généreuse en lits de reproduction. Les plantes à fleurs en bénéficiaient, leurs pétales violets et rouges s'épanouissant dans une timide splendeur.

Beau, et distrayant.

Les anciennes anomalies de la Duchesse, pendant la marche, avaient mis en garde à ce sujet, disant qu'Arthur surveillait étroitement ce qui se passait autour de l'île. La rumeur disait que l'homme gardait une anomalie qui pouvait voir ici et là, comme un projecteur brillant sur un mur de bâtiment noir. L'idée qu'ils puissent s'approcher, marcher jusqu'à la lagune comme Thane et Sook s'étaient approchés de la ville de Cassidy, était moquée.

Alors Thane marchait en tête de la colonne. Bien qu'avec sa légère colère toujours brûlante, Thane n'apparaissait pas comme le monstre le plus imposant, il pouvait encaisser un coup. Si Arthur choisissait une attaque surprise, Thane survivrait probablement assez longtemps pour riposter.

À quelle fréquence le leader sert-il d'appât, de cible ?

Pour Thane, cela semblait être tout le temps.

Cette logique tua la surprise lorsque la première anomalie,

portant une écharpe en travers de sa poitrine, teinte en bleu-violet à partir de pétales de fleurs écrasés, sortit de la jungle. Contrairement aux gardes de Cassidy, celui-ci ne portait pas d'armes, bien qu'il semblât assez en forme. Bronzé, musclé et l'air sombre.

L'alerte fut donnée le long des flancs de la colonne et Thane se détourna du premier nouveau venu pour voir l'air onduler sur toute la longueur de sa troupe. D'autres anomalies apparurent, comme si elles se débarrassaient de couvertures, des écharpes bleues en travers du corps. Bien que formant une ligne plus fine que le groupe de Thane, en quelques secondes les nouveaux arrivants les avaient encerclés.

Le problème avec les anomalies : les stratégies devenaient inutiles, car on ne savait jamais à quoi on avait affaire.

— Bien le bonjour, dit une autre anomalie, mince et petite, à la peau naturellement brune. Bienvenue dans notre foyer d'adoption. Je suis Arthur, et vous êtes l'intrus.

Étant donné le nom, Thane ne s'attendait pas à ce qu'il voyait : Arthur ne ressemblait en rien au chevalier européen de la légende. Il s'était attendu à quelqu'un d'imposant physiquement, prêt à compléter sa capacité par la force brute et un air sinistre. Au lieu de cela, Arthur éclata d'un large sourire. Les bras écartés, il s'avança et tendit une main vers Thane.

Qui hésita. Cassidy, elle aussi, lança des regards assassins à Arthur, mais le sourire de l'homme ne faiblit jamais. L'anomalie semblait déterminée à forcer le passage dans cette situation en exhibant ses dents sales.

— Je m'appelle Thane, dit-il sans tendre la main. Savez-vous pourquoi je suis ici ?

— Vous êtes ici pour nous aider à tous quitter cette île, répondit Arthur.

— Alors vous n'avez pas besoin de nous encercler. Vous n'êtes pas la cible.

Arthur rit, un rire mince. — Bien sûr que non. Mais je ne

vous laisserai pas non plus entrer sur mon territoire. C'est une prise de contrôle, et je ne la permettrai pas.

Des options. Soit ils se battaient ici, ce qui, vu les avantages évidents d'Arthur, entraînerait des morts que personne ne pouvait se permettre. Soit Thane pouvait accepter les circonstances et suivre Arthur, comme il l'avait fait avec la Duchesse, et planifier son attaque plus tard. Pas un choix si difficile à faire.

— Tu te souviens de Sienna ? demanda Cassidy avant que Thane ne puisse parler. Une de vos équipes l'a trouvée et emmenée.

Arthur laissa mourir la moitié de son sourire. Il porta une main à son menton et leva les yeux au ciel dans un regard exagéré qui poussa Thane à poser une main sur le bras gauche de Cassidy. Elle pouvait être aussi en colère contre Arthur qu'elle le voulait, à condition qu'elle n'agisse pas en conséquence.

— Sienna. Hmm, dit Arthur, puis il claqua les doigts de sa main gauche. Je me souviens ! Elle est juste là.

Arthur pointa du doigt le long de la ligne, vers une jeune femme — Thane estimait qu'elle avait une vingtaine d'années — qui essaya de se cacher derrière les autres. Même à dix mètres de distance, Thane pouvait voir le rouge sur son visage.

Parfois, Thane oubliait depuis combien de temps ces anomalies étaient sur cette île, combien d'histoire elles avaient pu accumuler.

— Alors tu lui as menti aussi, dit Cassidy sans se retourner. Elle ne s'effondra pas et ne recula pas devant le triomphe apparent d'Arthur. Tu rassembles tes pièces avec de douces paroles sur l'évasion.

— Menti ? N'est-ce pas pour cela que vous êtes ici ? Pour quitter cette île ?

— Nous allons vraiment le faire, dit Thane, reprenant la conversation avant que Cassidy ne décide d'agir impulsivement et d'ouvrir un trou dans la poitrine d'Arthur. Nous avons entendu dire que vous aviez un plan, alors nous sommes venus vous aider à le réaliser. Cela ne devrait pas être un combat.

— Et toi ? Void ? Qu'en dis-tu ? Arthur croisa les bras. Tu viens travailler pour moi aussi ?

— Pas pour, dit Cassidy. Avec. Juste pour cette fois.

Cette fois, quand Arthur tendit sa main, Thane et Cassidy la serrèrent tour à tour. Ensemble, ils quitteraient cette île, ou mourraient en essayant.

CHAPITRE 34
CHASSEUR TUEUR

SA COMBINAISON FAISAIT de son mieux pour empêcher l'eau de s'infiltrer, mais Kat sentait la neige fondue s'insinuer entre ses bottes et ses jambières. Il faisait froid, surtout avec l'assaut inattendu du soleil sur la fraîcheur hivernale. La neige fondante rendait sa tentative de camouflage, allongée sur le ventre dans un tas sur le toit près du café des Élémentaires, de plus en plus ridicule au fil de la matinée.

Pour le moment, Kat avait une vue dégagée sur tous les toits à des pâtés de maisons alentour, et sa combinaison blanche se fondait suffisamment dans le décor pour passer, selon Calvin, pour un amas de neige particulièrement tenace.

— Un signe ? demanda Kat dans son Tama.

— Rien au sol, répondit Calvin. J'ai arrêté de compter les tours.

— C'est plus sain comme ça. Les planques ont tendance à s'éterniser.

— Je commence aussi à attirer l'attention. Je vais peut-être devoir me replier un moment.

— Prends ta pause-café si tu en as besoin. Kat ne fit aucun commentaire sur sa situation actuelle, sur ses muscles qui s'engourdissaient, sur son envie d'aller aux toilettes ou de boire un peu d'eau. Je reste ici.

Mentalement, elle s'était préparée à ça. Sur le chemin du retour du bar la veille au soir, Kat et Calvin avaient décidé que la meilleure façon de gérer un assassin serait de prendre les devants. Ils avaient quitté la chambre de Gordon tôt le matin — après que Kat eut extorqué à son ami traqueur la promesse de s'occuper de Seeker — et étaient retournés à l'appartement de Kat.

Elle avait laissé Calvin monter la garde pendant qu'elle passait par une porte latérale, évitant l'entrée et la balle qui pourrait l'accompagner. Son appartement n'avait pas été mis à sac, et l'ouverture prudente de la porte s'était avérée inutile. Pas d'embuscades. Apparemment, le tueur limitait ses pièges à l'extérieur.

C'est ce que Kat et Calvin étaient en train de faire. Ils étaient retournés au café des Élémentaires — Kat les avait même prévenus, demandant aux anomalies rebelles de continuer comme si de rien n'était pour ne pas effrayer la proie. Avec un peu de chance, ce type viendrait et essaierait de faire son truc.

Et Kat espérait vraiment, vraiment qu'il viendrait. Elle ne s'était jamais considérée comme une personne vindicative, elle avait toujours pensé être au-dessus de ça, mais la journée d'hier n'avait cessé de la hanter, murmurant à son subconscient à quel point elle avait frôlé la mort. Et ce n'était pas seulement le fait d'avoir échappé de peu à la mort, mais aussi le fait que Kat avait échoué à attraper ce type à deux reprises.

Mortel, et aussi insultant.

— Tu veux, genre, un latte ou quelque chose ? intervint Calvin via le Tama. Ça peut paraître bizarre, mais j'ai des crédits à dépenser maintenant que je suis un Parangon. Je n'ai pas l'habitude d'offrir des trucs aux gens.

— Qu'est-ce que tu vas faire, me le lancer ?

Calvin hésita. — Peut-être ?

— Je suis déjà couverte de neige fondue. Si tu me balances du café dessus, on n'aura pas besoin de l'assassin pour avoir un cadavre aujourd'hui.

— Désolé d'avoir demandé, dit Calvin. Ne t'énerve pas trop là-haut.

— Ça ne va faire qu'empirer.

Kat coupa la communication. Elle se déplaça pour avoir une meilleure vue sur les toits à l'est. C'était plus plat de ce côté pendant un moment, bien que les bâtiments sur ces prochains pâtés de maisons soient principalement des habitations. Ce n'est pas comme si l'assassin allait sortir d'une fenêtre de grenier pour tirer dans les rues.

Et pourtant.

De ce côté, semblant ne pas vraiment venir d'une de ces maisons mais plutôt avoir grimpé sur les toits par le biais d'une vieille entreprise de nettoyage à sec, une silhouette traversa le champ de vision de Kat. Contrairement aux structures solides argentées et couvertes de neige, la silhouette bougeait, ressemblait à un humain, et portait la tenue entièrement noire privilégiée par leur cible.

Kat ne compta même pas l'énorme flingue accroché dans le dos de la silhouette, son canon offrant un contraste rectiligne avec la forme athlétique de l'assassin alors qu'il sautait d'un toit à l'autre. Il se déplaçait avec une vitesse qui suggérait une planification, ou du moins assez de répétitions pour apprendre le parcours idéal et le moins risqué : chaque saut entre les toits se faisait au point le plus proche possible entre les bâtiments irréguliers, tirant parti des surplombs et des bords surélevés pour se donner un avantage.

Kat aurait applaudi la démonstration si elle l'avait vue dans un film, ou dans une compétition. Chaque atterrissage était fluide et lui permettait de continuer à avancer, chaque saut synchronisé avec son impulsion pour donner à l'assassin un maximum d'air et d'espace pour atterrir. Kat se retrouvait rarement sur les toits à poursuivre des anomalies, mais même ainsi, elle enviait son talent.

Au lieu de cela, Kat allait tout lui prendre.

— Il arrive, dit Kat dans le Tama. On dirait qu'il va traverser en face du café pour s'installer.

L'assassin rencontra un obstacle dans son parcours juste après que Kat eut prononcé ces mots. Alors qu'il progressait vers l'avenue principale et une passerelle aérienne reliant deux bureaux — probablement pour filer sur le toit —, des drones interrompirent son trajet, passant au-dessus de la zone comme les observateurs silencieux qu'ils étaient. Sans doute que les coups de feu de l'assassin dans le coin avaient poussé les drones à effectuer des patrouilles supplémentaires.

Donc l'assassin aimait jouer dangereusement. La logique aurait voulu qu'il rende ses meurtres aléatoires, les répartisse dans la ville pour éviter que quiconque ne comprenne qu'ils étaient l'œuvre de la même personne. Le fait qu'il ne s'en soucie pas suggérait soit de la folie, soit que l'assassin se croyait invincible.

Dans un cas comme dans l'autre, Kat avait sa cible. Elle bougea, se tortilla sur le ventre pour garder l'assassin dans son champ de vision alors qu'il se dirigeait vers l'avenue principale et la foule qui l'encombrait. La chaleur de la journée poussait tout le monde dehors, comme un étau de plaisir pressant la population à l'air libre.

Cependant, se tenir au-dessus de la rue animée et essayer de tirer ne ferait que se faire prendre immédiatement, alors il s'installa quelques bâtiments en retrait et commença à préparer son arme.

— Il est au milieu du pâté de maisons, dit Kat. Trois bâtiments en arrière. On dirait un immeuble d'appartements. Il s'installe. Quelle est ta situation ?

— J'arrive, dit Calvin. C'est difficile de courir avec du café chaud.

— Alors jette-le, espèce d'idiot.

— C'est genre la cinquième fois que j'achète du café avec mon propre argent, répliqua Calvin. Je ne vais pas le jeter.

— Peu importe. Il est presque prêt. J'y vais.

Kat coupa la communication et roula hors du banc de neige alors que l'assassin, à quatre toits de distance, se penchait sur le fusil pour en stabiliser les pieds. Kat termina sa roulade et se précipita derrière une pile de ventilation, jetant un coup d'œil pour confirmer que l'arme accaparait toujours l'attention de l'assassin. La lunette devait être fixée, donc le tueur ne regardait pas dans la direction de Kat.

Maintenant, la partie difficile. Sauter entre les bâtiments en un sprint rapide. Les toits n'étaient pas exactement des coussins moelleux, mais Kat essaierait de rendre les atterrissages aussi silencieux que possible. Atterrir sur ses pieds, continuer à courir, et tout ça.

Elle adorait ce moment de précipice, l'instant avant que l'action ne commence, quand tout ralentissait. Plus de retour en arrière possible une fois qu'elle aurait fait ce prochain pas. Kat était devenue tracker pour de nombreuses raisons, et ces moments en faisaient définitivement partie.

Alors Kat saisit l'instant, contourna la pile de ventilation et sa fumée blanche qui s'échappait, et courut. Ses bottes serrées agrippaient les tuiles, donnant à chaque poussée de jambe tout l'élan dont elle avait besoin. La respiration était facile. La combinaison bougeait avec elle, comme une seconde peau.

Le masque, mettant en évidence l'assassin en rouge, traçait le chemin optimal vers lui. Les rebords des toits brillaient en vert, avec des flèches jaunes indiquant les meilleurs arcs pour les sauts en course — comme si Kat pouvait les atteindre parfaitement. Alors que Kat prenait de la vitesse, le premier rebord clignotait, puis restait lumineux : le masque estimait qu'elle avait l'élan nécessaire pour franchir le premier écart.

Kat planta son pied droit près du rebord et bondit, retenant son souffle alors que la ruelle passait en dessous d'elle. Les bennes à ordures, si elles avaient eu des yeux, auraient vu son corps blanc argenté flottant au-dessus d'elles pendant une fraction de seconde, et rien d'autre. Elle n'entendit aucun cri venant d'en bas, ses exploits passant inaperçus aux yeux des vivants.

L'atterrissage arriva rapidement, ce second moment de suspension se terminant par un choc brutal qui poussa Kat dans une roulade. Quelque chose sur le toit grinça tandis qu'elle le traversait, dur et lisse. En sortant de sa roulade, glissant un peu sur la neige fondue, Kat jeta un coup d'œil vers le bas. Des panneaux solaires. Pourquoi n'étaient-ils pas relevés, collectant la lumière du soleil au lieu d'être à plat, recouverts de neige fondue ?

Parce que Kat avait une chance misérable, voilà pourquoi.

Son masque bipa dans son oreille gauche alors que Kat rassemblait son élan restant et se tournait vers le tueur. Qui n'était plus là où elle l'avait vu en dernier. Le fusil de l'homme était toujours là, sur ses supports et prêt, mais son propriétaire...

Kat pivota davantage vers la gauche, traçant une ligne droite depuis son bâtiment, puis deux autres toits jusqu'à la rue principale. Le tueur franchissait l'écart vers le milieu, atterrissant en douceur sur le toit. Pas de panneaux solaires sur celui-là.

Son attaque furtive annulée, Kat leva son poignet gauche et serra sa paume, déclenchant le lancement de deux boules argentées à travers son toit vers l'endroit où l'assassin se tournait vers elle. Alors que les boules atterrissaient, Kat s'accroupit et s'élança en avant. Son pied gauche accrocha le rebord du toit — puisque l'assassin venait vers elle, Kat n'avait pas besoin de traverser tout le toit pour sauter — et elle s'envola.

L'assassin jeta un coup d'œil aux boules argentées, puis leva ce même pistolet vers elle. Kat, en plein vol, planait sans aucune protection. Son masque, comme s'il décidait qu'elle n'avait pas besoin de voir sa propre mort, obscurcit sa vision. Son estomac se tordit, et Kat essaya de garder conscience de sa position, où elle était et où elle serait dans une seconde.

Deux flashs, et Kat atterrit alors que sa vue revenait, une clarté soudaine qui montrait le tueur trébuchant loin d'elle, loin de ces boules argentées, son pistolet s'agitant largement tandis que son autre main agrippait son visage.

N'étant pas du genre à laisser un avantage s'estomper, Kat pressa le sien. Elle plongea en avant dans un plaquage, essayant de réduire la distance avec cette arme, de la rendre inutile. Le recul de l'assassin empêcha l'attaque de Kat d'atteindre une perfection glorieuse, et au lieu de cela, Kat se retrouva à agripper les chevilles du tueur.

Utilise ce que tu as.

Kat tira les pieds du tueur vers elle et l'homme lâcha le pistolet pour amortir sa chute, l'arme claquant sur les tuiles et rebondissant au loin. Kat fit claquer son poignet gauche alors qu'elle se hissait le long du pantalon aux multiples poches de l'homme, passant des grenades flash vides à quelque chose de plus utile. Avec sa main droite, elle essaya de clouer le poignet de l'assassin au sol.

Ça ne fonctionna pas. Le tueur se redressa, secouant toujours la tête, et lança un coup de poing maladroit avec sa main gauche. Le coup frappa le visage de Kat, le masque amortissant l'impact, mais bloquant l'attaque de Kat et permettant à l'assassin de trouver une prise avec ses pieds et de se dégager de sous elle.

Kat saisit son pistolet à impulsion, le leva et tira à bout portant sur l'assassin. La fléchette s'enfonça dans le gilet noir de l'homme, puis tomba. Le tueur ne sembla pas s'en soucier, et ils se levèrent tous les deux, se fixant du regard dans une flaque glacée.

— Tu devrais être morte, dit l'assassin. Comment ?

— Ça ne te regarde pas, répliqua Kat, puis elle s'avança pour un coup de pied, visant les chevilles du tueur.

Il recula en dansant, laissant le coup manquer sa cible, mais garda ses propres poings levés. — Des anomalies ?

— Celles que tu n'as pas encore tuées. Kat feignit un autre coup de poing, puis orienta son poignet gauche vers la jambe droite de l'assassin et tira.

Le câble d'acier jaillit et s'enfonça dans la cuisse du tueur, et l'homme cria, fort et aigu. Pas exactement le hurlement d'un berserker, mais le cri paniqué de quelqu'un qui n'avait pas ressenti beaucoup de vraie douleur. Il allait en ressentir beaucoup plus.

Kat secoua son poignet gauche et le câble tira le tueur vers le bas, le faisant retomber durement sur le toit.

— Kat, où es-tu ? demanda la voix de Calvin depuis le Tama. Sur quel toit ?

— Monte ici et tu nous verras, dit Kat en marchant vers le tueur.

Alors que Kat approchait, le tueur, respirant difficilement, attrapa un couteau vibrant à sa ceinture. Il glissa la lame vers sa cuisse et commença à travailler le bord contre le câble, pendant une seconde jusqu'à ce que Kat le repousse d'un coup de pied.

— Tu m'as eue une fois, dit Kat, regardant l'homme. Son masque cachait son visage, et bien qu'il n'ait pas de manteau comme Kat, un équipement noir couvrait tout, même le Tama de l'homme. Jamais plus.

Kat visa le pistolet à impulsion directement sur le cou du tueur, à ce qui devrait être un point faible dans l'armure.

— Arrêtez ! Baissez votre arme ! L'ordre à la voix sévère du drone résonna fort, l'orbe sombre flottant vers eux depuis la rue principale, sa technologie déployée et pointée comme un cactus vers Kat et le tueur. Immobilisez-vous ou vous risquez d'être blessés !

Les drones étaient proches, mais pas assez pour les survoler en quelques secondes. Il n'y avait pas eu de coups de feu bruyants, et Kat ne se serait pas attendue à ce que quelqu'un dans la rue, même s'il avait vu une paire de personnes sauter entre les toits, appelle à l'aide. Mais le drone était là, ce qui signifiait que Kat devait obéir. Elle baissa le pistolet à impulsion, fixant le drone tout du long.

Le tueur n'avait pas compris le message. Alors que Kat lâchait l'arme, elle sentit sa cheville céder sous elle quand le tueur lui donna un coup de pied. Il roula tandis que Kat glissait, pendant que le drone leur ordonnait de ne plus bouger. Le tueur, avec le câble de Kat autour de sa cuisse, roula jusqu'au bord du toit donnant sur la ruelle et continua son mouvement, se tirant par-dessus et tombant dans le vide.

Quoi ? L'homme venait-il de se suicider ?

Kat sentit le câble se dérouler de son poignet et fit un rapide calcul mental. Pas assez de mou pour qu'il atteigne le sol, ce qui signifiait qu'il l'entraînerait par-dessus bord aussi. Elle secoua son poignet, désengagea les pinces du câble et le sentit se relâcher un instant plus tard. Elle s'approcha du bord, regarda en bas vers la ruelle, s'attendant à voir un corps brisé.

Au lieu de cela, elle vit une benne à ordures cabossée et une silhouette boitillante disparaître au coin de la rue, s'enfonçant davantage dans le dédale de ruelles.

— Arrêtez-vous immédiatement ! cria à nouveau le drone. Ou je ferai feu !

— Pas besoin, dit Kat en se retournant vers le drone et en montrant ses mains, le pistolet paralysant remis dans son étui. Je ne résiste pas.

— Ce n'est pas elle la cible ! hurla Calvin, cette fois-ci, depuis le toit d'à côté, en grimpant à l'échelle de secours. C'est le type en noir, mec !

Le drone pivota entre Kat et Calvin, confus.

— Celui avec qui je me battais, dit Kat, assise sur le bord. Elle aurait pu essayer de poursuivre le tueur, mais plonger du toit semblait une mauvaise idée. Allez après lui. C'est lui qui tire sur les gens.

Le drone sembla enfin comprendre. La machine leur ordonna de rester sur place, puis s'éloigna dans la direction du tueur. Peut-être aurait-il de la chance, mais plus probablement il ne trouverait que du vent.

— Il s'est échappé ? cria Calvin depuis l'autre toit. Je croyais que tu le tenais ?

— C'était le cas, jusqu'à ce que ce truc débarque, répondit Kat en rembobinant son câble. Mais tout n'est pas perdu. On peut le retrouver, maintenant.

Elle pointa du doigt quelques toits plus loin, vers le fusil du tueur, toujours installé et prêt à les mener à son propriétaire.

CHAPITRE 35
GÉNÉRATIONS

LE CENTRE-VILLE DE CHICAGO en février restait fidèle à son vieux surnom, et des rafales bousculaient Zhan-Yo le long des trottoirs alors qu'il marchait, capuche relevée, sous les tours de verre et d'acier. Pas de tachi aujourd'hui, et il gardait la tête baissée, évitant les regards des passants allant et venant du travail, des loisirs, des courses. Tout le monde, en fait, semblait imiter son regard baissé, protégeant son visage du baiser glacial du vent.

Traversant sous Lake Shore Drive, ses larges avenues autrefois glorieuses, maintenant réduites pour s'adapter à l'efficacité accrue d'une nacelle, leur asphalte arraché et cédé à plus d'herbe, d'arbres, ces choses naturelles qui avaient été démolies dans la conquête de l'humanité. Il n'avait rien contre les choses plus vertes de la vie, mais Zhan-Yo ressentait cette douleur familière : un autre souvenir d'enfance réduit à néant.

L'immensité du lac Michigan, recouverte de dalles de glace flottantes comme la scène d'un audacieux sauvetage arctique, guérissait tout malaise. Bien que la brise restât aussi vive que jamais, elle semblait moins hostile ici, avec le large rivage s'étirant dans les deux directions. Zhan-Yo traversa le chemin, normalement bondé de cyclistes, de promeneurs et de flâneurs comme lui, mais maintenant une étendue déserte, jusqu'au bord muré et s'appuya sur la pierre froide, les coudes posés et le visage tourné vers l'avant.

Pendant longtemps, cette vue lui avait servi de point d'ancrage. Les nuages filtraient le soleil aujourd'hui, mais son doux orange restait inspirant, une chance de se connecter à plus que des sensations immédiates. Une chance de puiser plus profondément dans son but. Tout le monde devrait regarder une vue comme celle-ci et sentir qu'il pouvait, lui aussi, espérer un avenir plus radieux rendu possible par ses propres actions, et non par la générosité d'un Paragon.

Son Tama bipa et vibra, le signal caractéristique double rappelant Zhan-Yo de sa rêverie aux exigences du présent. La manche épaisse de la veste avait une fenêtre en velcro que Zhan-Yo ouvrit, lui permettant de voir le frère de Sylvie sur l'écran du Tama. La voix de l'homme lui parvenait étouffée, le vent la bloquant, alors Zhan-Yo dut lever son propre bras, le tenir près de ses oreilles, comme un téléphone d'antan.

— J'ai pris contact avec les deux Paragons dont tu m'as parlé, dit Mathieu. Si tu veux mon avis sincère, je ne leur ferais pas confiance pour quelque chose d'important.

— On n'a pas besoin d'eux pour autre chose que me faire entrer, répondit Zhan-Yo. Ils peuvent me faire passer ce qui surveille l'entrée. À partir de là, on les laisse en dehors de ça.

— Donc maintenant tu veux aussi les faire venir là-bas.

— Wexley s'en chargera. Dis-lui combien de places tu as besoin, dit Zhan-Yo. Fais-le. On y est presque.

— Et l'autre chose, les colis ?

La danse cryptique. Zhan-Yo sourit face au vent. Il n'avait pas mentionné le sommet, où ses Paragons renégats allaient voler, et maintenant ils discutaient de ce cliché de film d'espionnage : les colis. Tout Paragon écoutant réellement la conversation serait probablement confus, voire méfiant, mais les preuves n'existeraient pas. Ils ne pourraient pas planifier contre cela. Zhan-Yo avait toujours pensé que ce genre de choses semblait stupide, une perte de temps, mais maintenant, parlant réellement comme un espion ?

Il pourrait s'y habituer.

— Exactement comme commandé, dit Zhan-Yo. On ne peut pas rater ça, parce qu'il n'y aura pas d'autre chance.

C'est ce que Zhan-Yo avait pensé avec Aegis aussi, et il avait trouvé sa seconde chance, mais avoir autant de chance plusieurs fois semblait un mauvais plan.

— Non, il n'y en aura pas.

Entre le vent, tenir le Tama à son oreille, et plisser les yeux en regardant le lac, il fallut un moment à Zhan-Yo pour réaliser que la voix prononçant ces mots n'était pas celle du frère de Sylvie, et qu'elle ne venait pas du Tama.

Avec des nerfs se contractant en un cocktail excitant, Zhan-Yo se retourna. Debout de l'autre côté du chemin, vêtue d'un équipement d'hiver tout aussi volumineux qui encadrait son visage dans le halo d'une veste bleu foncé, se tenait une femme que Zhan-Yo ne reconnaissait pas.

— Tu ne me connais pas, n'est-ce pas ? dit la femme. Zhan-Yo jeta un coup d'œil à son Tama, le visage interrogateur de Mathieu le regardant, et Zhan-Yo le laissa tranquille. Il ne pouvait pas savoir ce qui allait se passer ensuite, et laisser un ami écouter pourrait être précieux. Tu m'as blessée, et tu ne sais même pas qui je suis.

Les rancunes s'accumulaient au cours d'une vie comme la sienne. Diriger une entreprise comme Ziran signifiait d'innombrables décisions qui faisaient des gagnants et des perdants. Comment pouvait-il savoir lequel avait finalement décidé de porter ses griefs à une fin physique ?

— J'ai beaucoup d'ennemis, répondit Zhan-Yo. Lequel es-tu ?

— Ton pire.

La femme fit trois grands pas à travers le chemin, comme si elle allait donner un coup de pied violent, ou peut-être un coup de poing. De toutes les choses qui ne pouvaient pas arriver à Zhan-Yo, une bagarre ouverte dans une rue très fréquentée était en haut de la liste : les Paragons viendraient, et alors il serait détenu. Alors, à la place, Zhan-Yo leva les mains, les tint devant son visage et prit la voie pitoyable.

— Arrête ça, dit la femme en passant du côté de Zhan-Yo, sans le frapper. Baisse tes mains et bats-toi contre moi comme tu l'as fait avec mon père.

Et voilà. L'indice dont il avait besoin. La fille d'aucun homme d'affaires ne viendrait l'attaquer dans la rue. Mais Aegis ?

— Si je baisse mes mains, me laisseras-tu parler ? dit Zhan-Yo. Ou es-tu venue uniquement pour me tuer ?

— Uniquement pour te tuer.

Droit au but, donc. Zhan-Yo pouvait admirer ça. Aurait admiré ça, sauf que mourir ruinerait ses plans.

— Alors tu ne sauras jamais pourquoi, dit Zhan-Yo, gardant toujours ses mains levées, reculant maintenant jusqu'à sentir le mur derrière lui. Je ne voulais pas tuer ton père.

— Je m'en fiche, dit la femme, et Zhan-Yo écarta légèrement les mains pour la voir marcher vers lui, son souffle formant des nuages alors qu'elle avançait. Ce qui compte, c'est le résultat final.

— Alors tu es aussi bornée que ton père l'était, dit Zhan-Yo, tentant sa chance.

La fille d'Aegis ne mordit pas à l'hameçon. Elle s'approcha rapidement de Zhan-Yo et lui asséna un coup de coude rapide dans l'estomac. Une douleur cuisante se répandit, et Zhan-Yo aspira l'air froid à pleins poumons, se pliant en deux et le recrachant en toussant. Bien sûr qu'Aegis avait appris à sa fille à se battre.

Peut-être qu'elle était aussi une anomalie, capable de le briser de mille façons.

— Tes dernières paroles ? dit la femme.

Zhan-Yo se laissa tomber en avant, vers la femme, qui

l'évita d'un pas de côté avec un bruit de dégoût. Dès que ses coudes touchèrent le sol, Zhan-Yo roula en avant, ignorant la protestation de son abdomen meurtri. Sortant de sa roulade avec une torsion, Zhan-Yo se redressa en position de combat, reposant aisément sur ses genoux.

La femme rit de lui, essuyant même quelques larmes de ses yeux. — Combien étiez-vous pour blesser mon père, si c'est tout ce dont tu es capable ?

Autour d'eux, rien ne semblait bouger à l'exception des capsules occasionnelles sur la route et, au-delà, les statues géantes avançant lentement dans leur orbite éternelle autour du parc. Malgré les remarques de la femme, l'espace avait une atmosphère épique, ce bourdonnement quand le destin frappe à la porte.

Zhan-Yo ne put réprimer un sourire. Il aspirait à cette énergie.

— Comment t'appelles-tu, petite ? demanda-t-il alors que la femme s'approchait à nouveau de lui d'un pas confiant. Comment Aegis t'appelait-il ?

— Celice, répondit la femme. Et tu n'as pas le droit de prononcer son nom.

Une fois de plus, elle se précipita vers lui, et une fois de plus, Zhan-Yo recula sur le trottoir et sur la neige séparant le sentier piétonnier de la voie rapide des capsules. Ses pieds s'enfoncèrent dans la croûte croustillante, mordant dans la poudreuse en dessous, et Zhan-Yo en tira parti : il s'arrêta et projeta la neige vers la charge de Celice.

Les flocons froids ne causèrent aucun dommage, mais ils forcèrent Celice à fermer les yeux, à lever une main pour protéger son visage pendant une seconde, et dans ce moment, Zhan-Yo fit un pas en avant et sur le côté, interceptant Celice alors qu'elle le suivait dans la neige et la projetant devant lui, fauchant sa cheville avec la sienne. Elle s'écrasa dans la neige, se releva presque aussi vite, se tenant debout avec des flocons couvrant ses mains et ses cheveux épars.

— Agressive, Celice, dit Zhan-Yo, se mettant en position. Tel père, telle fille.

Le combat pourrait signifier sa fin pour de nombreuses raisons, mais s'il ne pouvait pas l'éviter, alors Zhan-Yo allait, au moins, en profiter.

Celice fixa Zhan-Yo pendant un long moment, si long que Zhan-Yo se demanda si elle gagnait du temps. Peut-être pour donner aux drones un peu plus de temps, mais il ne voyait aucune sphère noire se précipiter vers eux. Pas encore.

— Mon père adorait ces combats, dit finalement Celice, faisant un pas lent vers Zhan-Yo, qui se tenait fermement sur le trottoir. Il pouvait parler pendant des heures de qui avait lancé quel coup de poing, asséné quel coup de pied. Parce qu'au final, il pensait qu'être physiquement *meilleur* que quelqu'un prouvait qu'on avait raison.

— Une vision simpliste, répliqua Zhan-Yo, reculant pour maintenir la distance entre eux.

Celice mit dans sa voix une note qui rendit Zhan-Yo légèrement nerveux. Un calme curieux, couplé à un regard sans vie, soulevait la possibilité que Celice ait coupé les derniers liens avec son humanité, laissant la froide vengeance et sa brutalité comme seul commandement de son corps.

— Je l'ai toujours vu différemment, continua Celice, avançant toujours. Aegis battait ses ennemis, mais ils revenaient toujours, parce qu'on ne peut pas assommer un mouvement avec un coup. On ne peut pas détruire une organisation avec un uppercut.

— Donc tu as joué un rôle, dit Zhan-Yo. La petite assistante de ton père.

— Sa protectrice, répliqua Celice. Il s'occupait de la surface, j'arrachais les racines. Maintenant, je dois faire les deux.

Celice accéléra au dernier moment, réduisant la distance avec Zhan-Yo et lançant un crochet du droit vers son estomac. Il baissa les bras pour bloquer, réalisant que Celice feignait alors qu'elle relevait sa main, donnant un coup de pied en même temps.

Le coup haut frappa le menton de Zhan-Yo et le fit reculer. Le crissement doux du trottoir l'avertit que la suite arrivait, alors même que Zhan-Yo essayait de baisser les yeux, d'arrêter le flou soudain dans sa vision.

L'instinct le sauva, projetant Zhan-Yo en avant dans le corps de Celice, fonçant dans son poing et réduisant son efficacité. Il activa ses bras, portant des coups rapides et serrés sur les points de pression tandis que Celice essayait de garder son équilibre, en vain.

Quand Zhan-Yo sentit son équilibre vaciller, il aplatit ses paumes et poussa, envoyant Celice au sol, où elle glissa sur un mètre, le regardant avec douleur gravée sur son visage, du sang coulant de sa lèvre. Zhan-Yo, lui aussi, sentait les ecchymoses le long de sa mâchoire là où son coup de pied l'avait atteint.

Avec Celice au sol, le combat avait atteint sa conclusion. Zhan-Yo, massant son visage, commença à s'approcher du côté de Celice. Un coup de pied sec à la tête et ce serait fini, et Zhan-Yo pourrait même s'échapper.

Toujours pas de drones.

Elle sortit l'arme plus vite que Zhan-Yo ne l'aurait cru possible. Une seconde, ses mains étaient sur le sol froid, la soutenant. La suivante, elles avaient glissé à l'intérieur de son manteau et en étaient ressorties avec deux pistolets très illégaux visant directement la forme approchante de Zhan-Yo.

Jamais, au grand jamais, on ne lui avait pointé une arme dessus. Pas une seule fois dans toutes ses années Zhan-Yo n'avait eu affaire au péril immédiat et mortel présenté par ces canons noirs.

Zhan-Yo se figea. Leva les mains. Son esprit courait entre ce qu'il pourrait dire, faire, croire qui changerait l'issue.

— Ton père n'utilisait jamais ça, dit Zhan-Yo.

— Je ne suis pas mon père, répliqua Celice.

— Mais tu n'es pas non plus une tueuse, la voix n'était pas la sienne, et Zhan-Yo leva les yeux, le long du trottoir pour voir Mynx debout là, son uniforme de Paragon brillant dans la journée, ses cheveux noirs ondulant dans le vent. Range tes armes, Celice.

— Il l'a tué ! cria Celice, sans se détourner de Zhan-Yo. Il l'a tué et tu veux que je range ça ?

— Il est déjà pris en charge, dit Mynx, et Zhan-Yo haussa les sourcils, ouvrit la bouche pour poser une question, et sentit deux impacts soudains dans son dos le projeter en avant.

Zhan-Yo ne resta pas éveillé pour voir le sol qu'il heurta.

CHAPITRE 36
LA RAGE D'UNE FILLE

LES DRONES ONT TIRÉ sur Zhan-Yo. Ils l'ont touché avec deux fléchettes paralysantes, puis Mynx a aidé à traîner le corps inerte de l'homme dans l'une de leurs soutes exiguës. Sur un bref ordre de transporter Zhan-Yo à l'aéroport, les drones ont quitté Mynx et se sont envolés.

— Je veux qu'il soit complètement hors jeu, a dit Mynx. Ramenez-le à notre installation.

— Près de chez nous ? a demandé Reeves, son IA, via le Tama. N'est-ce pas trop proche du sommet pour quelqu'un comme lui ?

— Suffisamment proche pour que je puisse lui soutirer ce qui lui reste et que je puisse encore arriver à temps pour mon événement.

— N'est-ce pas risqué, cependant ? a répondu Reeves. Je ne veux pas paraître nerveux, mais placer Zhan-Yo près des Champions, c'est chercher la catastrophe.

— Il sera enfermé et sédaté, a dit Mynx. Dès que nous aurons eu notre conversation, je l'expédierai sur l'île. On verra combien de temps il tiendra avec tous ces autres phénomènes. Peut-être que Thane lui arrachera la tête.

— C'est une image macabre.

Mynx n'a pas contredit, mais elle a regardé le trottoir, où Celice avait arrêté sa traque et observait depuis un point de vue. Attendant une conversation qui devait avoir lieu, une conversation que Mynx n'attendait pas avec impatience.

Que faire avec la fille dangereuse et ambitieuse de votre meilleure amie ?

— Où l'emmènes-tu ? a demandé Celice lorsque Mynx s'est approchée. Elles se sont toutes deux tournées pour regarder le lac et les blocs de glace, comme Zhan-Yo l'avait fait aussi. Dans une chambre de torture secrète, j'espère ?

— Nous obtiendrons ce qu'il sait. Apinya vient au sommet. Si Zhan-Yo ne veut pas me parler, alors Apinya lira dans son esprit.

— Que penses-tu trouver ? Un grand plan ? Celice a ri. Tu crois qu'un type qui se promène au bord du lac, tout seul, a une grande force qui attend le signal de départ ? Tu aurais dû me laisser lui tirer dessus.

— Ça ne t'aurait pas rendu service non plus. Mynx a posé une main sur l'épaule de Celice. As-tu déjà ôté une vie ?

Celice a secoué la tête.

— Il aurait dû être le premier.

— Non, a répondu Mynx. Tu ne devrais jamais avoir de premier. Garde ton ardoise propre. Tes rêves n'en seront pas si terribles.

— C'est ce que papa disait toujours, Celice a repoussé ses cheveux de son visage, posant ses mains sur ce qui devait être de la pierre glacée. Chacun reste avec toi.

— Pour lui, j'en suis sûre.

— Mais pas pour toi ?

— C'est différent quand tu es dans une machine, ou que tu en contrôles une, a dit Mynx. Je ne le prends pas trop personnellement.

Aegis avait conclu un accord avec Mynx, lorsque les Champions ont réalisé que donner des coups d'assommoir n'était pas tout à fait suffisant. Quand leurs ennemis sont passés de criminels anormaux à des armées et des États voyous. Mynx a conçu des armes capables d'anéantir des centaines, des milliers de personnes.

Fabriquer des drones pour détruire avait été facile. Mynx avait adhéré à l'idée, motivée par la rhétorique d'Aegis et la nécessité philosophique d'Apinya : créer un nouveau monde, dirigé par ceux qui ont des pouvoirs plutôt que par la cupidité et la corruption. Elle avait livré, et lorsque ces premiers ennemis sont tombés, déchiquetés par des missiles et des balles, Mynx n'avait pas ressenti la douleur. L'agonie déchirante de l'âme qu'Aegis disait accompagner chaque coup fatal.

Mais peut-être l'avait-elle ressentie sans le savoir. Peut-être que la vision froide et insensible que Mynx avait adoptée au fil des ans, où les vies hostiles étaient des obstacles plutôt que des personnes, était née de ces premiers jours et ne l'avait jamais quittée.

— Papa aimait dire que les Champions ne pratiquaient pas la vengeance, a dit Celice. Je n'ai jamais cru que c'était vrai. Il gardait rancune envers les gens qui lui avaient nui ou aux Paragons. Il m'en parlait. Mes amis à l'école riaient des films ou d'un parc à thème pendant que j'entendais parler d'un monstre brutal à l'autre bout du monde pendant le dîner.

— Tu étais son exutoire. Aegis a toujours essayé de garder l'organisation propre. Je m'en fichais, mais il savait que les gens ne nous suivraient pas si nous gardions des rancunes. Si les anomalies les plus puissantes de la planète ne pouvaient pas pardonner, alors comment quelqu'un d'autre le pourrait-il ? Les Paragons ont des équipes qui restent loin des projecteurs. Ils attrapent les criminels importants, puis nous les traduisons en justice.

— Loin des projecteurs. C'est drôle. Tu diriges les traqueurs. Ne sont-ils pas comme moi ? Dédiés à la traque des hors-la-loi ?

— Reeves dirige les traqueurs plus que moi, Mynx a frissonné, sa combinaison cinétique était presque vide. Il était temps de se diriger vers un endroit chaud. Je ne vais pas te faire la morale, Celice. Ton père a été assassiné, la façon dont tu gères ça te regarde. Mais Zhan-Yo a commis un crime, et il doit payer pour ce crime publiquement. Avec la justice des Paragons, et rien d'autre. Donc, que tu le laisses tranquille pour épargner ton âme, ou parce que ton père l'aurait voulu, je m'en fiche. Choisis l'une de ces raisons.

Mynx s'est éloignée du mur, se tournant pour se diriger vers une nacelle en attente.

— Je croyais que tu étais mon amie ? a demandé Celice au dos de Mynx. Et c'est ce que tu me dis, à propos de l'homme qui a tué mon père ? Choisis l'une de ces raisons ?

— Nous avons tous dû faire des choix difficiles pour en arriver là, ton père y compris. Si tu veux rester avec nous, tu dois apprendre. Les Paragons, les Champions sont plus grands que toi et ce que tu veux. Alors oui, choisis une raison, et passe à autre chose. Le monde l'a déjà fait.

Dur, peut-être. Cela dit, Mynx avait fait face à des choix similaires en grandissant, à mesure que les Paragons se développaient. Trop de fois pour les compter, ils avaient dû décider d'éliminer des ennemis, et d'anciens amis qui n'étaient plus d'accord avec le pouvoir croissant des Paragons. Les pertes, aussi, devaient être traitées. Leur accorder une larme, des funérailles, et passer à autre chose.

Si Celice le voulait toujours, après que Zhan-Yo ait eu son procès, que sa culpabilité et sa honte aient été exposées au monde entier, pour que quiconque ayant des pensées similaires voie jusqu'où ils pouvaient tomber, Mynx la laisserait appuyer sur la gâchette. Celice pourrait le faire dans une arrière-salle, sans témoin. Exorciser sa colère, et voir si l'expulsion de Zhan-Yo du monde des vivants lui apporterait une quelconque satisfaction.

Un cadavre n'avait jamais offert de réconfort à Mynx. La victoire, oui. La solution, oui. L'acte final ? Non. Mynx laissait maintenant cela aux machines. Elles s'en moquaient, et elles ne rataient jamais leur cible.

Mynx observait Celice tandis que la nacelle s'éloignait. La fille d'Aegis s'était retournée vers le lac, fixant l'étendue glacée comme si la réponse qu'elle cherchait se trouvait là, quelque part parmi les glaces.

Qui sait, peut-être y était-elle vraiment ?

CHAPITRE 37
LA PLAGE

LE PLAN d'Arthur allait tous les tuer. Thane en était aussi certain que de n'importe quoi d'autre, bien que la présentation théâtrale d'Arthur, avec son diagramme de sable incrusté dans une table rudimentaire, semblait convaincre Cassidy et les autres anomalies dans la vaste pièce.

Le simple fait qu'ils se trouvaient dans une pièce témoignait du pouvoir d'Arthur sur l'île. Si le groupe de Cassidy avait des huttes en bord de mer et des filets de pêche, la Duchesse avait fait mieux avec une véritable ville et des maisons plus grandes, bien que toujours couvertes de chaume. Arthur, lui, avait un village fragile.

L'explication, alors qu'ils avaient traversé une porte en bois pleinement fonctionnelle, reposait sur plusieurs anomalies dont les pouvoirs pouvaient s'unir pour mouler le sable en verre stable et résistant. La liaison assombrissait le sable, donnant aux murs du village, aux maisons, à la porte, l'apparence de boue brillante.

Un look intéressant, et pas un que Thane aurait choisi s'il avait eu le choix, mais sur une île comme celle-ci, on travaillait avec ce qu'on avait, et ce qu'Arthur avait surpassait le reste.

Ici, dans cette pièce, Thane avait même une chaise. Rembourrée d'un tissage d'herbe et de feuilles, les chaises encerclaient la table centrale d'Arthur dans une maison éclairée par des torches. Cette table, maintenant découverte pour révéler un bac à sable à l'intérieur avec des diagrammes dessinés, ramenait Thane aux réunions de planification de Paragon d'il y a longtemps. Bien que rudimentaire comparée aux ordinateurs, la véritable puissance de la table venait du fait que tout le monde se tenait au même endroit, partageant opinions et idées.

— N'importe où ailleurs, tu mettrais le feu à l'endroit, dit Arthur en démontrant son propre pouvoir pour allumer la première torche. Thane ne pouvait pas détecter la lumière plus faible autour de lui alors qu'Arthur puisait l'énergie du soleil pour la première flamme, mais toutes les autres torches faiblissaient quand Arthur aspirait leurs photons pour la suivante dans la ligne. L'anomalie touchait chaque mèche non allumée, son bras brillant, et le feu jaillissait et se propageait. — Mais nos maisons sont solides, ignifuges. Meilleures que chez nous, je pense.

Bien sûr, si ça ne vous dérangeait pas les sols en terre battue, l'absence de plomberie intérieure, et de vivre uniquement dans des endroits au climat idéal. Thane, cependant, garda sa bouche fermée. Laissons l'homme exhiber ses jouets.

Thane pourrait les lui enlever plus tard.

Dans le sable, bercé par des versions durcies de lui-même, Arthur avait dessiné son plan pour s'échapper de l'île. Thane, Cassidy, et plusieurs autres anomalies avaient regardé Arthur illustrer diverses positions, responsabilités et chronologies qui, si elles étaient menées à une fin absolument parfaite, détruiraient suffisamment de drones pour leur permettre de s'échapper.

— Nous ne pouvons pas les combattre directement, dit Thane, pas pour la première fois ce soir-là. La plupart de ces anomalies n'ont pas d'entraînement au combat, d'équipement, ou de capacités. Elles seront massacrées.

— Elles seront protégées. Arthur enfonça un pointeur en verre au centre du sable, où il avait dessiné un A pour marquer sa position. — Je vais attirer les drones, tu te souviens ? Ceux qui ne peuvent pas contribuer à l'embuscade seront cachés. Ils sauteront sur les arches et attendront.

— Mynx a fabriqué ces drones. Ils ne tomberont pas dans ton piège.

Arthur pointa Cassidy du doigt. — Et toi ? Tu es bien silencieuse. Tu vas laisser celui-là continuer à insulter mon plan ?

— Je suis d'accord avec Thane, dit Cassidy. Nous ne pouvons pas gagner une guerre. Nous pouvons, peut-être, réussir une évasion.

— Exactement, continua Thane, essayant de garder sa colère sous contrôle pour ne pas commencer à bafouiller, perdre ses idées. Une flèche. De vos quais directement vers le sud, jusqu'à Hawaï. C'est l'endroit habité le plus proche.

Bloqué par Thane et Cassidy, Arthur se tourna maintenant vers les autres anomalies, écartant les mains comme un vendeur dégoûté par les paroles insensées qu'il entendait.

— Ah, oui. Allons directement là où Mynx, cette personne que vous prétendez tout connaître, s'attendrait, dit Arthur. Si vous ne détruisez pas les drones, alors ils vous suivront. Percez leur ligne et ils vous traqueront.

Thane ne pouvait pas contester ce point. Les drones les suivraient certainement, et le feraient avec une intention létale. S'échapper signifierait une retraite combattante jusqu'à ce qu'ils puissent semer leurs poursuivants. Ce qu'ils pour-raient faire.

— C'est là que nous avons besoin d'aide, dit Thane. Mais avec ce que je vois ici, je pense que nous pouvons y arriver.

— Y arriver ? demanda Cassidy. Je ne pensais pas que nous avions déjà élaboré ce plan.

Arthur rit. — Vous voyez ? Ils ne connaissent même pas leurs propres plans !

— Non, dit Thane. Tu es la clé. Arthur était-il vraiment la clé ? Thane ne pouvait pas en être sûr, mais ça aidait généralement de flatter l'ego de quelqu'un. — Ceux qui fabriquent ton verre ? Ils peuvent former un dôme sur les arches. Les sceller hermétiquement, mais laisser une porte. Ensuite, nous partons et te gardons protégé. Tu attires l'énergie du soleil, tu l'envoies dans la mer.

— Créant de la vapeur, dit Arthur, son sourire se transformant en une expression neutre que Thane prit comme un signe positif. Aveugler les drones un moment, puis plonger. Si le timing est bon, nous pourrions les semer.

— Et nous ne laisserons pas autant d'anomalies mourir, dit Cassidy.

Maintenant Arthur acquiesçait avec eux. — Nous aurons quand même besoin d'attirer les drones vers le centre. Sans ça, ils nous encercleront simplement, et plongée ou pas, nous serons suivis.

— Quiconque nous enverrons au centre ne reviendra pas à temps, dit Thane. Ce serait un suicide.

— Pas du tout ! s'exclama Arthur. Et je vois là un moyen de combiner nos plans. Nous n'avons jamais eu l'intention de faire du volcan notre dernier bastion, mais plutôt un point de rassemblement pour attirer les drones, où je pourrais utiliser la lumière et l'énergie de la lave pour les détruire. Une telle chose pourrait faire exploser le volcan lui-même, c'est pourquoi nous fabriquons des planeurs.

Cassidy renifla et croisa les bras. — Des planeurs ? Vous allez faire exploser toutes les machines et simplement flotter jusqu'à la maison ?

— Bien sûr, dit Arthur. Nous travaillions avec la Duchesse pour les approvisionner, mais vous avez dû vous occuper d'elle avant d'apprendre notre accord ?

— Nous n'avons pas beaucoup parlé, dit Thane.

— Eh bien, heureusement, nous l'avons fait. Arthur planta son bâton au centre du sable, comme un drapeau. Nous attirons les drones, détruisons ce que nous pouvons, puis planons jusqu'à vous et nous échappons. Parfait.

— Ces planeurs, dit Thane. Combien de temps avant qu'ils ne soient prêts ?

Arthur regarda un autre anomalie, un homme trapu aux yeux maniaques et dont les mains, Thane le remarqua, ne restaient jamais immobiles.

— Nous avons le design, gronda l'anomalie. Un mois pour construire les prototypes, un autre pour tester et perfectionner, et un de plus pour être sûrs. Trois mois ?

— Non, répondit Thane. Trop long.

— Trop long ? Vous venez d'arriver. Nous sommes ici depuis des années. Pourquoi cette hâte ?

— Parce que vous êtes ici depuis des années. Thane enfonça un doigt dans le sable, encerclant le navire. Nous avons suffisamment d'anomalies. Ensemble, nous pouvons nous frayer un chemin vers la liberté sans les planeurs. Et nous pouvons le faire demain.

— Demain ? Ça ne marchera jamais. Non. Nous avons besoin de temps pour nous préparer.

— Vous l'avez eu. J'ai vu votre ville. Vous avez de la nourriture à stocker, la plupart des anomalies de l'île qui veulent partir sont déjà ici. Attendre ne fera que rendre le départ plus difficile.

— Votre précipitation va nous tuer.

— Votre paresse nous gardera ici pour toujours.

— Mais nous serons en vie, dit Arthur, puis il leva ses deux mains, l'une allant à son front pour se frotter doucement les yeux fermés. Je suis désolé, mais je suis épuisé, et cette dispute n'arrange rien à mon mal de tête. Nous poursuivrons cette conversation demain matin.

Après une séance comme celle-là, Thane ne se sentait pas du tout fatigué. Cassidy non plus. Arthur, après sa déclaration, en fit une seconde sur son imminent coucher et les autres anomalies firent de même, laissant Thane et Cassidy s'échapper dans la nuit et dans un village au repos.

Ils n'avaient pas besoin de parler pour savoir où aller : la plage, où le groupe de Cassidy s'était déjà installé avec leurs sacs de couchage en lambeaux. Les restes d'un feu de cuisine témoignaient d'un maigre dîner, mais jusqu'à présent, il n'y avait pas eu une seule bagarre.

— Penses-tu que ça peut marcher ? demanda Thane à Cassidy alors qu'ils s'éloignaient des autres, les vagues léchant leurs pieds.

— C'est toi qui t'es battu si fort pour ça.

— Je sais, et j'y crois. Mais j'ai besoin que tu aies confiance en ce plan aussi. Leur courage va faiblir, et les autres te regarderont, pas moi.

— Hah, dit Cassidy, puis elle pointa un endroit sur la plage à un mètre devant. Un trou apparut, comme si une cuillère invisible avait creusé le sable. L'eau de mer se précipita pour le remplir. Tu vois ça ? J'ai confiance en ça. Tout le reste n'est qu'une supposition.

La démonstration avait laissé Thane perplexe. — Je ne comprends pas. Si tu avais si peu confiance, alors pourquoi es-tu venue ? Pourquoi m'aider ?

— Ce n'est pas toi. Cassidy s'arrêta et se tourna vers l'horizon, serrant ses épaules. C'est tout ça. Tout le monde. Je sais qu'on s'entre-tue, je sais qu'on n'a pas toutes les choses que j'aimais avant. Je sais que ma famille n'est pas là. Mais Thane, comme Arthur l'a dit, nous sommes en vie.

Elle le regarda, et Thane sentit ses muscles se fatiguer, s'amollir alors qu'il essayait de la comprendre. Essayait de se mettre dans sa tête.

— Arrête, dit Cassidy. Tu changes. Laisse-moi juste parler. Ensuite, tu pourras faire ton truc mental si tu veux.

Thane utilisa l'ordre de Cassidy comme motivation. Il s'accrocha à la plus petite fierté piquée et laissa cette blessure le reconstruire. Cassidy attendit, alternant les regards vers les vagues et le visage de Thane.

— Tu es à peu près normal maintenant ? demanda Cassidy.

— Je n'ai pas de normal, répondit Thane. Mais je ne peux pas lire tes pensées, si c'est ce que tu veux dire.

— Ça ira, je suppose. Ce que j'essaie de te dire, c'est que j'ai peur. J'ai beaucoup à perdre ici, et je me demande, depuis un moment, si ce n'était pas tout le plan de Mynx. Si elle nous a mis ici pour voir si nous pouvions devenir de meilleures personnes que nous ne l'étions.

— Elle ne reviendra pas vous chercher.

— Tu n'en sais rien. Ces drones observent chacun de nos mouvements. Peut-être que tout ce que nous avons à faire, c'est de passer un certain algorithme et un avion apparaîtra pour nous ramener chez nous. Si nous nous battons contre les drones, peut-être que nous perdrons tout ça. Peut-être que nous perdrons tout.

Thane ne dit rien. C'était un choix, comme ça l'avait été pour Cassidy chaque minute qu'elle avait passée sur cette île. Fuir ou se battre. Elle avait fui jusqu'à présent, et tout ce que cela lui avait apporté était du poisson fumé et la menace constante qu'une anomalie la massacre dans son sommeil.

Il voulait dire tout cela, mais cela semblait cruel. Inutile.

— Alors tu dois choisir, dit Thane. Moi ou Mynx. Tu pourrais partir ce soir, retourner dans tes huttes et passer tes journées à attendre. Ou tu pourrais agir, avec moi, et contrôler ton propre destin.

— Facile à dire quand tu es si difficile à tuer, quand tu risques si peu.

Thane secoua la tête. — Je te risque, toi, et ce n'est pas rien.

Ces mots le surprirent autant qu'ils durent surprendre Cassidy, mais ils étaient vrais néanmoins. Thane ne connaissait le Vide que depuis quelques jours, mais ils avaient passé des heures et des heures ensemble, connu le danger et l'espoir ensemble, et, logiquement, Thane supposait que cela avait du sens.

Cela faisait si longtemps qu'il ne s'était pas soucié de quelqu'un d'autre que lui-même. Si longtemps qu'il n'était pas sûr de savoir encore comment faire.

Mais quand il sentit les doigts de Cassidy trouver les siens, Thane savait encore comment lui tenir la main.

CHAPITRE 38
TRAVAIL DE DÉTECTIVE

LE TUEUR ne voulait pas être trouvé. Kat examina à nouveau le fusil — une expérience quelque peu surréaliste, assise sur son canapé avec une arme aussi imposante — et confirma que chaque identifiant avait été effacé. Si tant est que le fusil en ait jamais eu. Le canon et le corps semblaient neufs, ou entretenus avec un soin maniaque. Bien que la plupart des armes à feu comme celle-ci dataient d'avant le contrôle de Paragon, Kat aurait parié que celle-ci n'avait été fabriquée que quelques mois auparavant.

La loi de Paragon interdisait ces armes car les Champions n'étaient pas invincibles. La plupart des anomalies n'étaient pas des Aegis et pouvaient être abattues à distance avec un tir bien placé. Si Kat se souvenait bien de son histoire, les premiers Paragons avaient perdu un grand nombre des leurs en combattant contre ce genre d'armes et leurs versions à tir rapide. Ensuite, ils ont changé de tactique.

Ses parents avaient raconté à Kat des histoires de cette époque, quand les Paragons émergeaient et que les anomalies choisissaient leur camp. Ceux qui avaient les capacités les plus puissantes, ceux capables d'anéantir des dizaines, des centaines ou des milliers de personnes d'un geste, ou capables de neutraliser des armées en un clin d'œil, étaient devenus des biens précieux. Les nations jouaient la carte de la loyauté, essayant de convaincre les gagnants de la loterie génétique qu'ils devaient mettre leur pays avant leurs pouvoirs. Rejoindre les rangs, se battre pour leurs dirigeants.

Les Paragons offraient le changement. L'égalité dans une organisation qui vous respectait et se battrait pour vous. Avec Aegis en première ligne, survivant à une tentative d'assassinat après l'autre alors que les normaux voyaient leur fin imminente, toute anomalie fidèle à sa nature savait quelle voie choisir.

Une nuit, alors que le monde se rapprochait d'un conflit global, les Paragons firent un geste décisif. Kat ne se souvenait pas des noms, mais elle se rappelait les images. Brandies comme des trésors d'un passé légendaire, les photos, vidéos et anecdotes rendaient hommage à cette nuit — appelée par les Paragons « la Pacification », et par tous les autres « la dernière fois que les normaux ont dirigé la planète » : des équipes d'intervention Paragon, utilisant des anomalies et leurs pouvoirs combinés, ont détruit ou rendu inutilisables presque tous les avant-postes militaires importants à travers le monde.

La mère de Kat semblait avoir du mal avec les implications que cela représentait : si les Paragons avaient tellement peur de ces choses, mais avaient le pouvoir de les oblitérer toutes en moins de douze heures, les Paragons n'étaient-ils pas encore plus dangereux ? Son père, cependant, exultait à ce moment-là. C'est alors que les Paragons sont passés du statut de groupe marginal à celui de force mondiale, d'un simple point à une inévitabilité.

— Nous savions que de vrais héros changeaient le monde, avait dit son père, une fois, avant qu'ils ne sachent que Kat n'aurait aucun pouvoir, ne serait pas une anomalie. Ce jour-là, nous avons prouvé que nous pouvions vraiment le faire, et ils ne pouvaient pas nous arrêter.

Une phrase qui avait pris un tout autre sens au fur et à mesure que Kat grandissait, alors qu'elle passait son propre test Gateway, ses parents double-anomalies excités de voir ce que leur fille pourrait faire avec ces puissants gènes, et rien. Rien du tout.

Des fusils comme celui-ci avaient été le pouvoir des normaux pendant si longtemps. Les pistolets paralysants que Kat utilisait, ces pâles imitations, correspondaient aux lignes légales des Paragons. Ils empêchaient les normaux de devenir trop forts, de faire exactement ce que ce tueur avait en tête.

Les jours qui ont suivi son Gateway s'étaient gravés en une longue séquence dans la mémoire de Kat. Ses parents essayaient d'épargner la douleur, l'embarras en le disant eux-mêmes aux proches, mais Kat ne se souciait pas des tantes et oncles, grands-parents, cousins. Pas même des autres enfants à l'école, dont la plupart se sont révélés comme elle. Tous ceux qui avaient reçu des dons d'anomalie des dieux génétiques disparaissaient dans les programmes des Paragons.

Les petits changements faisaient mal. La façon dont ses parents réagissaient quand Kat descendait le matin, comment ils parlaient, maintenant davantage, de ce qu'elle pourrait vouloir faire après son diplôme. Un optimisme forcé teintait leurs voix, et ce qui avait été de l'amour commençait à le sembler moins, une toxine s'infiltrant à travers le toucher et le ton.

Alors Kat s'est mise à partir. Passant des nuits chez des amis, ou au parc, ou à la bibliothèque, ou n'importe où ailleurs que dans cette maison où tout lui rappelait qu'elle avait échoué. Jusqu'à ce que sa sœur, par un coup du sort infiniment pire que celui de Kat, résolve ce problème et en crée des millions d'autres.

Le fusil n'avait pas de numéro, pas de nom attaché, mais cela ne signifiait pas que l'arme ne pouvait pas être tracée. Quelqu'un l'avait fabriquée, et ce n'était pas la première fois que Kat ou les Paragons tombaient sur quelque chose comme ça. Le bon côté de diriger le monde : on avait tendance à avoir des ressources.

Avec les drones assurant la surveillance et gérant la plupart des tâches de police, les anciennes stations autour de Chicago et, Kat supposait, partout ailleurs, s'étaient reconverties pour répondre aux besoins des Paragons. Cela allait des plaintes habituelles concernant un drone renversant ceci ou cela, aux demandes d'aide d'anomalies pour sauver, disons, un animal de compagnie perdu. Kat utilisait les stations pour déposer les anomalies qu'elle avait arrêtées et, occasionnellement, pour accéder à certains services que les Paragons gardaient pour eux.

Comme qui pourrait fabriquer des armes illégales dans la région.

— C'est une belle pièce, dit le Paragon, une femme plus âgée dans cet uniforme bleu vif, les cheveux tirés en arrière dans la seule concession qu'elle faisait à la sévérité. Tout le reste, de sa posture avachie à ses yeux mi-clos, témoignait d'un ennui écrasant que même le fusil ne pouvait percer. Donnez-le-moi.

Kat avait franchi le seuil de la station, de son hall d'entrée ennuyeux avec sa statue d'Aegis identique — celles-ci seraient, sans aucun doute, remplacées par le nouveau Champion d'Atlantis éventuellement — au réseau de couloirs labyrinthiques qui se trouvait derrière. Les cellules de détention pour anomalies et normaux jouxtaient les casiers d'équipement, séparés des bureaux par d'épais murs.

Kat avait entendu l'argumentaire marketing pour les murs en béton gris, soi-disant « à l'épreuve des pouvoirs ». Des normaux avec des fortunes pré-rep les avaient entièrement dépensées pour des maisons faites de ce matériau. Ridicule. Personne ne pouvait garantir qu'une anomalie ne serait pas capable de faire exploser quelque chose. Ou de le transformer en gelée. Ou en rien du tout.

Kat observait maintenant la femme soulever le fusil, le

balançant entre ses mains. Kat aurait juré que l'uniforme de la femme s'était soudainement illuminé, comme une lampe qu'on allume, et la femme hocha la tête.

— Nous en avons déjà vu comme celui-ci, dit la femme en posant le fusil sur son bureau et en tapotant son Tama. Ils viennent tous du même endroit. Pas très loin d'ici, en fait.

— Quoi ?

La femme leva les yeux, aussi confuse que Kat, — Tu ne m'as pas entendue ?

— Si, Kat secoua la tête. Non, je ne comprends pas. Vous dites que vous en avez d'autres comme celui-ci ?

— Oh, oui. Pas des fusils comme celui-ci, mais des armes plus petites, la femme gloussa, comme si des outils mortels étaient simplement hilarants. C'est incroyable le nombre que ces gens perdent. On nous les rapporte tout le temps.

— Ces gens ?

— C'est un groupe. La femme gloussa à nouveau, bien que de façon plus sinistre cette fois. Si on peut appeler ça comme ça. Ils collectent ces armes en dehors de la ville. Nous ne savons pas ce qu'ils en font, mais de temps en temps ils se plantent, se font prendre ou laissent tomber un de ces trucs.

— Attendez, donc ça arrive souvent ? Genre, c'est en cours ?

Le ton de Kat refroidit l'attitude de la femme, et elle se pencha en arrière derrière son bureau, tenant ses bras droits contre la surface, comme pour repousser Kat.

— Tu as l'air de juger, traqueuse, dit le Paragon. Je surveillerais ton ton si j'étais toi.

— Surveiller mon ton ? Vous me dites que vous laissez une bande de tueurs armés se balader dans la ville ?

— Des tueurs ? À peine. Ils ne dérangent pas les normaux. Ils ne nous dérangent pas.

Kat aurait aimé être assez naïve pour accepter cette réponse et s'en contenter. Elle aurait aimé ne pas pouvoir relier les points, ne pas comprendre comment les Élémentaux et les Paragons, qui voulaient tous deux éviter que les anomalies se battent dans les rues, pouvaient utiliser d'autres agents pour s'en prendre les uns aux autres.

— Donc comme ils visent principalement les Élémentaux, vous vous en fichez, dit Kat.

— C'est ce qu'Innis a dit. Ils restent dans leur voie, nous restons dans la nôtre. Ce n'est pas comme si les Élémentaux étaient sans défense : toutes les armes que nous récupérons viennent des combats qu'ils gagnent.

— Ouais, eh bien, plus maintenant. Kat pointa le fusil du doigt. Ces gens ne jouent plus fair-play. Ils ont tiré sur Calvin. Un Paragon. Et, je ne sais pas, vous ne vous souciez pas du tout d'être du bon côté ici ?

La femme considéra Kat pendant un long moment. Peut-être réconciliait-elle son moi actuel avec celle qui, il y a combien d'années, avait enfilé cet uniforme bleu avec quelque chose de plus grand en tête que de laisser nonchalamment des tueurs faire leur travail dans son quartier.

— Écoute, dit la femme. Je ne suis pas une combattante, et, en réalité, aucun d'entre nous ici ne l'est. C'est à ça que servent les drones. Si tu veux poursuivre cette affaire, j'enverrai l'adresse à ton Tama. C'est là que toutes ces armes sont récupérées.

— Merci, dit Kat, puis elle jeta un dernier coup d'œil au long fusil. Comment le savez-vous ? Vous pouvez le lire d'une manière ou d'une autre ?

La femme offrit un triste sourire, — Quand quelqu'un attache une forte émotion à un objet, je peux voir ce moment. Le retracer. Tu veux tuer ou blesser quelqu'un, c'est quelque chose d'important. Toutes ces armes, ce signal vient du même endroit.

Un endroit où Kat allait se rendre, prête à en découdre, et prête à faire ce que les Paragons ne feraient pas. Parce que quelqu'un devait le faire, bon sang.

CHAPITRE 39

INTERROGATOIRE

ZHAN-YO CRÉPITAIT comme de la glace en train de fondre. Ses os lui faisaient mal, ses muscles se contractaient tandis que ses nerfs s'agitaient, et son cerveau était embrumé. Malgré tout, il pouvait voir les murs, gris et lisses, comme du béton parfait non peint. Le sol était identique, et lorsque Zhan-Yo réalisa qu'il était allongé sur cette surface dure sans rien entre les deux, les douleurs prirent tout leur sens.

Surtout quand son Tama lui dit qu'il était allongé là depuis des heures.

Pire encore, son Tama ne lui disait rien d'autre. Déconnexion totale de tout réseau. Seule une horloge clignotante et un symbole d'erreur provenaient de l'appareil à son poignet, le lien de Zhan-Yo avec le monde.

Une porte solitaire se trouvait de l'autre côté, encastrée dans le mur, d'un argent brillant. Pas de fenêtres, et la lumière blanche provenait d'un plafond lumineux, comme si l'ensemble constituait une grande lampe.

Mynx l'avait emmené, Zhan-Yo se souvenait de ça. Elle lui avait probablement sauvé la vie, car il semblait que Celice était sur le point d'appuyer sur la gâchette. Si Zhan-Yo devait deviner, cependant, Mynx finirait probablement ce travail dès qu'elle aurait extrait les informations qu'elle voulait.

Et comment obtiendrait-elle ces connaissances ? Torture-rait-elle Zhan-Yo ?

Cette pensée s'accompagnait d'un étrange mélange d'émotions. De l'appréhension, oui, mais aussi un peu d'excitation. Zhan-Yo n'avait jamais été capturé auparavant. Un homme pouvait être évalué de nombreuses façons, et voir combien de temps Zhan-Yo pourrait résister à un interrogatoire en était une.

Son côté rationnel rejetait cette notion comme stupide, insensée. Embrasser une perspective toxique. Zhan-Yo devrait avoir peur, devrait se préparer à ce qu'il pourrait révéler pour sauver sa propre vie. La révolution n'avait une chance qu'avec lui à sa tête, peu importe qui il devait trahir pour y rester.

La porte s'entrouvrit, un pop-sifflement qui indiqua à Zhan-Yo que l'air de cette cellule particulière pouvait être isolé. Suffocation, gazage, tout était possible. Tout était inquiétant.

La première chose à entrer se déplaçait sur cinq pattes étroites, chacune se terminant par une griffe métallique flexible. Une machine brillante et carrée d'environ un mètre de haut, avec une caméra en forme de bosse noire sortant de son sommet comme un furoncle. Derrière elle venait Mynx, et enfin un troisième, un drone humanoïde que Zhan-Yo reconnut des opérations de sécurité autour de Chicago. Ce dernier tenait un fusil paralysant de qualité militaire, des lignes bleues courant sur le métal gris de l'arme révélant son but.

— Nous n'avons jamais eu de véritable présentation, réussit à dire Zhan-Yo en s'asseyant et en cachant une grimace de douleur. Merci de m'avoir sauvé.

— Je ne serais pas si content, répliqua Mynx.

Malgré toute sa stature, ses objectifs et son expérience, le cœur de Zhan-Yo se glaça lorsque Mynx posa son regard fixe sur lui. Être en présence d'une légende déformait la réalité — Zhan-Yo avait observé et soutenu Mynx, Aegis et les autres Champions pendant longtemps avant de se désillusionner de leurs efforts — et la pièce et son contenu devinrent flous. Les oreilles de Zhan-Yo bourdonnaient et ses yeux brûlaient tandis que Mynx poursuivait son jugement silencieux.

C'était comme la déception de sa mère. Sa propre honte.

La logique luttait contre le flot d'émotions. Se battait contre la marée tandis que Mynx faisait signe au drone élancé d'avancer. Zhan-Yo n'était pas un enfant. Il avait considéré les conséquences et les connaissait avant d'agir. Les Champions n'étaient pas ses parents. Ils n'avaient aucune supériorité morale. Mynx, Aegis, n'étaient pas les héros que Zhan-Yo avait idolâtrés : c'étaient des mythes, ceux-ci étaient des personnes.

Des personnes imparfaites.

Une respiration, deux. Se concentrer, comme le disait souvent Chloé, son instructrice d'arts martiaux. Dans un conflit, élimine le superflu et concentre-toi sur l'ici et maintenant. Comme sur le fait que ce robot s'était beaucoup rapproché, et que Zhan-Yo ne voulait pas que cette chose le touche.

— Ne résiste pas, ou je te ferai perdre connaissance à nouveau, dit Mynx alors que Zhan-Yo s'éloignait du drone. Et j'adorerais faire ça, mais ça rend la conversation difficile.

— Que fait cette chose ?

Zhan-Yo se leva, de sorte que le drone ne lui arrivait qu'à la taille. Le changement n'arrêta pas le drone, qui continua à ramper vers Zhan-Yo d'un pas patient. La machine semblait savoir que Zhan-Yo n'avait nulle part où s'échapper, ce qui ne fit rien pour apaiser les nerfs fatigués de Zhan-Yo.

— Je crois que vous êtes un homme intelligent, dit Mynx. L'autre drone et elle n'avaient pas bougé de leur place près de la porte. Et vous étiez un homme très riche. Quelqu'un comme vous ne risque pas tout sans un plan, et je pense qu'un plan comme le vôtre nécessite de l'aide.

Zhan-Yo recula dans un coin, puis détendit ses genoux alors que le drone araignée s'approchait. S'il devait combattre cette chose, il le ferait. Alors que le drone rampait à moins d'un mètre, Zhan-Yo lança un coup de pied. Il ne connecta pas. Ou plutôt, son pied heurta la griffe avant du drone, qui s'était levée à une vitesse ridicule pour attraper l'attaque de Zhan-Yo. Le drone tira sur le pied de Zhan-Yo, et l'ancien leader de Ziran, l'étincelle de la révolution, se retrouva à atterrir durement sur le dos, fixant le plafond blanc en essayant de reprendre son souffle.

— Je ne m'attends pas à ce que vous me disiez la vérité. Pas sans une certaine confirmation, dit Mynx, et d'après sa voix, elle s'était rapprochée. Vous savez que nous n'avons pas conçu le Tama. Les Champions, je veux dire ?

Zhan-Yo leva la tête alors qu'il sentait, voyait, la deuxième griffe du drone araignée se poser sur sa poitrine et s'étendre. La machine cloua Zhan-Yo au sol, et quand il essaya de bouger, la pression augmenta pour le maintenir en place, forçant l'air hors de ses poumons. Quand Zhan-Yo se rallongea, la force se relâcha, lui permettant de respirer.

C'étaient les règles.

— Je connais l'inventeur, dit Zhan-Yo. Ziran a investi dans son entreprise.

— Les Paragons aussi, et nous avons été très persuasifs, dit Mynx. Zhan-Yo regarda à gauche, et Mynx se tenait là, mais elle ne regardait pas son visage, mais son poignet gauche. La Championne hocha la tête une fois. Votre poignet contient tout ce dont nous avons besoin.

— Impossible. Les Tamas effacent tout quand ils sont retirés. C'est la seule façon pour que j'en porte un.

— L'impossible est relatif.

Zhan-Yo sentit une piqûre près de son coude, et en

quelques secondes, tout son bras gauche s'engourdit. Il leva la tête, la machine maintenant sa poitrine, et fit tout son possible pour garder son cri dans son esprit.

Quand il s'agissait de promesses à l'époque moderne, le Tama en maintenait une inviolable. Votre ami, votre professeur, votre mémoire du moment où vous en attachiez un jusqu'au moment de votre mort, votre Tama était censé être le vôtre, et uniquement le vôtre. Certes, les choses que vous diffusiez depuis celui-ci pouvaient être interceptées, mais les données qu'il recueillait sur votre santé, les enregistrements qu'il faisait, les moments qu'il stockait, tous guidés par des algorithmes conçus pour filtrer l'ennui et garder le sens, tout cela vous appartenait.

Uniquement à vous.

Le drone pressa une autre griffe contre l'écran du Tama de Zhan-Yo. Les extrémités métalliques s'étalèrent, couvrant la face, avant que de minuscules volets tout le long de la griffe ne s'ouvrent et que ce qui ressemblait à une centaine de minuscules outils ne jaillisse. De petits éclairs bleu-blanc étincelèrent tandis que les dispositifs se répandaient comme une canopée sur le Tama de Zhan-Yo, et il avait vu suffisamment de fabrication Ziran pour savoir que ces lumières marquaient des mesures précises.

— Comment avez-vous gardé ce secret ? chuchota Zhan-Yo tandis que les petits outils trouvaient leurs positions. Personne ne voudrait...

— Réfléchissez-y, dit Mynx, gardant les yeux sur le drone. Vous allez comprendre.

Le drone, quelque part au fond de ses entrailles mécanisées, émit un bourdonnement strident, et les outils se mirent en mouvement. Plongeant dans le Tama, creusant dans des trous microscopiques que Zhan-Yo ne connaissait pas, mais qui devaient être là. Qui devaient avoir été mis là dans la conception. Une porte dérobée par les Paragons.

Avec son bras gauche engourdi, Zhan-Yo ne sentit pas le poids quitter son poignet une minute plus tard. Il ne remarqua pas que, pour la première fois depuis près de quinze ans, ses bras étaient identiques. Il pouvait voir, cependant, et la tache blanche sans poils sur son bras semblait étrangère. Les Tamas utilisaient divers moyens pour garder leurs zones stérilisées et propres, mais ils ne pouvaient pas, ne s'assuraient pas que la peau qu'ils couvraient correspondait à celle d'ailleurs. Pourquoi le feraient-ils ? Vous ne seriez jamais en vie pour le voir.

Le drone souleva le Tama, son écran et son bracelet de connexion pendant mollement dans les airs. Malgré tout ce qu'il contenait, l'appareil semblait si petit, si insignifiant.

— Je vais aller jeter un coup d'œil à ça, dit Mynx. Malheureusement pour nous deux, je vais être occupée, donc il se pourrait que je mette un moment avant de revenir avec des questions.

Le drone souleva sa griffe de la poitrine de Zhan-Yo en se retirant vers la porte. Les griffes se relâchèrent, et le désespoir soudain de voir son Tama s'envoler loin de lui poussa Zhan-Yo à se recroqueviller et à se jeter sur Mynx. La seule chance de récupérer le Tama, ou de le détruire, résidait dans la prise en otage de la Championne.

Il n'y parvint jamais.

Le tir paralysant frappa Zhan-Yo avant tout progrès, et sa demi-élévation se transforma en spasme alors qu'il tombait sur le côté, loin d'être un puissant guerrier, loin d'un dernier acte de bravoure, loin de quoi que ce soit. Mynx regardait, un froncement de sourcils se transformant en ce qui ressemblait, presque, à une tristesse sincère.

— Vous croyez vraiment en vous-même, dit Mynx. Si ça peut vous aider, si ça compte, nous aussi. Et nous ferons tout pour protéger le monde que nous avons créé. Son propre Tama bipa, et Mynx leva les yeux, se tourna vers la porte.

Reposez-vous. Essayez d'avoir de beaux rêves, une dernière fois.

Zhan-Yo ne vit pas Mynx quitter la pièce, n'entendit pas le drone de garde l'enfermer à nouveau, car lorsque Mynx finit de parler, il quitta la conscience.

CHAPITRE 40
SUR PLACE

MALGRÉ AVOIR ARRACHÉ un Tama au potentiel assassin de son plus vieil ami, Mynx se sentait plutôt bien en descendant sur l'héliport du toit du stade. Au cours de la semaine précédente, des équipes de drones et d'humains avaient transformé l'immense lieu en un centre paré de bleu Paragon, prêt à accueillir les Champions du monde, les responsables régionaux de Paragon et d'innombrables groupes de fournisseurs qui avaient élaboré des programmes à la hâte. C'était remarquable, vraiment, à quelle vitesse les entreprises pouvaient agir quand on leur donnait l'occasion de présenter leurs visions à l'instance dirigeante mondiale.

Et ça commençait aujourd'hui. Ce soir, en fait.

— Qui est arrivé ? demanda Mynx alors que le drone se posait, celui-ci étant assez grand pour qu'elle puisse s'asseoir dans un véritable siège, contrairement à son jet exigu ou à la collection de petits drones qu'elle portait pour ses propres exploits. Dis-moi que ce n'est pas tout le monde.

Oui, Mynx voulait éventuellement que tous les Champions se présentent. Demain commenceraient les vraies discussions pour parvenir à un message de succession unifié, un modèle pour que le monde continue de tourner alors que les Champions prenaient leur retraite ou, aussi difficile que cette pensée puisse être, mouraient. Elle espérait que la journée puisse servir d'échauffement, une tentative de briser la glace pour certains qui ne s'étaient pas vus depuis des années. Trop de bagages personnels, trop d'egos fragiles en même temps et Mynx craignait que tout l'événement ne s'effondre avant même d'avoir commencé.

— Apinya et Burov sont sur les lieux, répondit Reeves. Ils discutent. Poliment.

— Quelqu'un d'autre en route ?

— Les capsules ne montrent personne pour l'instant, mais les registres des vols entrants indiquent que tous les Champions, y compris Pixie, sont arrivés dans la région de Los Angeles.

— Donc la fête pourrait commencer à tout moment.

— Je ne qualifierais pas cela de fête.

Mynx hocha la tête dans le vide. Reeves le verrait, bien sûr, l'IA étant liée aux caméras qui parcouraient le stade, à son propre Tama, aux capsules et au contrôle du trafic aérien et à tous les autres systèmes de Pacifica. Parfois, elle se demandait si donner tout ce pouvoir à Reeves était sage, si Mynx ne pouvait pas faire confiance à son propre code et aux limites qu'il imposait à Reeves, alors elle devrait aussi détruire les drones. Et toute anomalie suffisamment puissante pour causer des dégâts à une échelle similaire.

En bref, le monde était rempli de catastrophes potentielles, et pour l'instant Mynx n'avait de place que pour une seule.

Burov tenait le crachoir au centre du stade, debout sur une scène et se vantant auprès d'Apinya de quelque chose que Mynx avait manqué, heureusement. Elle avait erré dans le labyrinthe menant du haut en bas et sur un terrain artificiel, couvert de chaises portant des panneaux guidant les participants de demain vers leurs rangées et groupes appropriés.

— Dieu merci, notre hôtesse est arrivée, dit Apinya, l'air soigné et radieux dans un uniforme Paragon rouge, avec le logo et les coutures d'un noir pur. Mynx, peux-tu me sauver de cette torture ? Il fit un geste en direction de Burov. Je crois que si je l'écoute encore, je vais perdre le peu de santé mentale qu'il me reste.

Burov, qui gardait le bleu Paragon en dessous, dans un hommage intelligent aux anciens pays qui composaient sa région, portait une veste apparemment tissée de leurs drapeaux. Los Angeles restait chaude en février, alors Mynx ne savait pas comment le Champion évitait la transpiration, mais Burov semblait aussi impeccable qu'Apinya.

Le Russe ne partagea pas les salutations modérées d'Apinya. Au lieu de cela, Burov sauta de la scène, passa devant Apinya et enveloppa Mynx dans une étreinte de quelques secondes. Son haleine sentait le clou de girofle, et Mynx dut se retenir de tousser quand Burov s'écarta et passa un bras autour d'Apinya qui levait les yeux au ciel.

— Nous sommes venus ! annonça Burov. Les Champions réunis dans ce lieu magnifique que tu as construit. Regarde tout ce bleu. Combien de caméras vont tourner ? Sommes-nous déjà en direct ? Il promena son large sourire alentour, puis secoua la tête tandis que Mynx le regardait, un sourcil arqué. Mynx, je sais que tu n'as jamais été du genre à faire le show, mais c'est une opportunité à ne pas manquer !

— Et pourtant, comme j'aimerais pouvoir, répondit Mynx, ne parvenant pas à cacher un sourire. C'est bon de vous voir tous les deux, et je suis contente que vous soyez là tôt. Si nous pouvons établir une position, alors je pense que nous trois pourrons amener les autres à suivre.

Autour d'eux, les travailleurs de terrain continuaient l'installation, tous observés par plusieurs drones de sécurité en vol stationnaire. Des Paragons en uniforme bleu de Pacifica parcouraient les lieux et utilisaient leurs capacités pour ajouter des éclats étincelants au décor, flotter vers d'autres niveaux, ou s'entraîner à placer des illusions pour la céré-monie d'ouverture. Il y avait beaucoup d'activité, et cela amenait des oreilles attentives, alors avec Burov qui se plaignait du brusque passage au travail, les trois abandonnèrent le centre du stade pour l'une des loges ternes, mais bien plus privées.

Le trio n'alla pas plus loin que le hall extérieur, se dirigeant vers les escalators. Les marches noires tournoyantes couvraient presque les pas qui approchaient, mais les Champions, avec leurs habitudes forgées au combat, ne pouvaient ignorer le bruit des pas qui couraient.

Trois personnes, visiblement pas en bleu Paragon ni rien qui s'en approche, arrivaient en sprint. La zone autour des escalators, une vaste étendue de béton avec des fenêtres incurvées du sol au plafond lointain d'un côté et les niveaux empilés de l'autre, offrait un champ de bataille idéal. Ce qui correspondrait parfaitement aux personnes qui venaient vers eux.

— Ne faites rien, marmonna Apinya alors que le trio approchait. Ils ne vont pas se battre.

Des paroles fortes. Rosamund menait les trois, son calme raffiné perturbé par la course. Les deux autres, un homme relativement jeune — Mynx avait perdu la capacité de deviner l'âge avec précision — et une femme plus âgée, semblaient mieux s'en sortir, mais leurs bronzages trahissaient des foyers proches d'ici, tandis que Rosamund venait de bien plus loin dans le nord-est. Pas que la distance ait calmé la froide fureur sur son visage.

— Pas d'invitation ! lança Rosamund en guise de salut. Aucune ! Et vous appelez ça une réunion pour déterminer l'avenir de la planète ?

Bien que Rosamund s'adressât directement à Mynx, la Championne de Pacifica n'eut pas le temps de respirer avant que Burov ne s'interpose, une fois de plus les bras grand ouverts, tel un showman se moquant de son public.

— Ah, ne serait-ce pas les Élémentaux ? Vous vous sentiez exclus, n'est-ce pas ? Tant pis ! Si vous voulez, je vous invite à venir dans ma région quand tout ceci sera terminé. Il y aura plein de divertissements pour nous tous là-bas.

Rosamund jeta un regard noir au Russe, puis le contourna pour s'adresser directement à Mynx. Pas une mauvaise stratégie. Burov, contrairement aux autres Champions, avait adopté une ligne dure contre les opérations des Élémentaux dans sa partie du monde. Toute anomalie non affiliée aux Paragons était capturée, tracée et remise en service, point final. Peu importait l'organisation à laquelle on prétendait appartenir.

— Tu vas laisser cette brute parler pour toi ? demanda Rosamund.

— Burov, s'il te plaît, soupira Mynx. C'est chez moi ici, pas chez toi.

Cela lui valut un haussement d'épaules dédaigneux de la part du Champion, mais Burov s'écarta, ce qui était le mieux que Mynx pouvait espérer.

— C'est aussi chez nous, et nous voulons une chance de nous battre pour notre place, dit Rosamund, reculant heureusement d'un pas. Je...

— Comment êtes-vous entrés ? la coupa Mynx. J'ai besoin de savoir si la sécurité a des failles.

— Ta sécurité va bien, dit Rosamund, et Mynx remarqua un léger mouvement de ses pupilles vers sa gauche, en direction du jeune homme. Personne d'autre ne peut faire ce que nous avons fait, et nous ne sommes pas là pour nous battre. Évidemment.

— Ce n'est pas évident, observa Apinya. Tout dans votre approche dit le contraire. Je pensais que les Élémentaux voulaient plus que du sang dans les rues, pourtant vous voilà, comme n'importe quel autre vilain. Refusant de jouer selon les règles.

— Les règles sont truquées, dit Rosamund. Vous le savez tous.

C'était parce que ceux au pouvoir avaient fait les règles, mais Mynx ne le dit pas. Elle laissa Rosamund et Apinya échanger des arguments de plus en plus ésotériques et abstraits. Il y avait des solutions ici, allant du rejet catégorique à l'octroi aux Élémentaux d'un créneau pour présenter leur point de vue, ce qui était hors de question. Jamais.

— Tu peux assister, dit Mynx. Toi, Rosamund, et c'est tout. Et tu peux écouter, mais pas de questions.

Rosamund renifla. — En quoi est-ce juste ?

— Ça ne l'est pas, mais c'est ce que je suis prête à t'offrir, dit Mynx. Tu voulais entrer, et je te donne cette chance. Si tu ne la gâches pas, il y aura peut-être plus plus tard.

Apinya et Burov saisirent l'allusion et se dirigèrent vers l'escalator. Mynx, après avoir échangé des regards noirs avec Rosamund pendant une bonne seconde, les suivit. La Championne sentait un mal de tête arriver, et elle avait encore toute une journée devant elle. Reeves devrait apporter du thé, peut-être des pilules, si Mynx devait jouer ce jeu pendant des heures encore.

— Je serai là ! cria Rosamund derrière eux. Nous méritons tous d'avoir une voix, Mynx !

Et malheureusement, Rosamund savait comment utiliser la sienne.

CHAPITRE 41
LE TOURNANT

LE RESSAC CHANGEA en même temps que Thane. Au début, dans l'obscurité du petit matin, chaque éclaboussure était froide et piquante. Tandis que Thane se forçait à la détermination, à la force et à l'énergie, son corps se joignit à la plongée vers la résilience, s'écrasant dans les vagues bouillonnantes.

Derrière et autour de lui sur la plage, d'autres anomalies se levaient pour accueillir le jour à leur manière. Certains s'illuminaient de leurs propres capacités : l'un se réveillait et secouait des paillettes dorées, comme s'il muait, tandis qu'un autre tendait la main vers la mer et, comme par aspiration, canalisait l'eau de l'océan dans sa main en coupe pour la boire. Des rituels forgés dans le fer au fil des jours, des mois, des années, se réveillant face au même horizon, à la même ligne noire flottant là-bas, les observant tous.

— Tu es toujours debout tôt, dit Cassidy en brossant le sable de sa peau alors qu'elle s'approchait de lui. Et cette eau est glaciale.

— Ah bon ? dit Thane en regardant le ressac. Je ne ressens pas grand-chose comme ça.

— J'ai remarqué. Cassidy plissa les yeux alors que le soleil commençait son entrée.

Observer l'aube était devenu banal depuis que Thane était arrivé sur l'île. L'absence de lumière artificielle le poussait à se lever quand le ciel virait au bleu glacé, puis au violet, puis à l'orange. Il ne semblait jamais y avoir de nuages à ce moment-là, et les étoiles s'éteignaient une à une, l'univers disant au revoir tandis que Thane se concentrait sur la Terre.

Aucun des deux ne dit un mot jusqu'à ce que le soleil ait complètement émergé à l'horizon, trois points noirs altérant sa surface parfaite.

— Tu es prête ? demanda Thane.

— Tu ne nous donnes pas beaucoup de temps.

— Je n'ai pas beaucoup de temps à donner, répondit Thane. Chaque jour que nous passons ici est gaspillé. Ceux qui veulent rester resteront, et ceux qui veulent partir perdent un temps que nous ne rattraperons jamais.

— Mais nous pourrions trouver un meilleur plan, dit Cassidy.

À leur gauche, une anomalie s'approchait de l'océan, mais elle continuait de regarder dans leur direction. Thane la reconnut, mais ne put se rappeler son nom jusqu'à ce que Cassidy le dise, à voix haute et avec suffisamment de piquant pour attirer l'attention de Thane.

— Elle nous a quittés, dit Cassidy lorsqu'elle remarqua son regard interrogateur. Nous étions amies, je pensais. Jusqu'à ce qu'elle ne revienne pas.

Sienna, ses longs cheveux — presque tout le monde sur l'île avait les cheveux longs — s'étalant derrière elle dans la brise, adressa un petit sourire à Cassidy, puis se tourna vers l'océan. L'anomalie resta immobile, comme si elle tombait dans une sorte de transe méditative, puis le bras droit de Sienna, le poing serré, frappa vers le ciel.

Sienna abaissa son bras, puis le frappa à nouveau vers le haut, encore et encore.

— Que fait-elle ? dit Thane. Les pouvoirs des anomalies pouvaient être n'importe quoi, mais il n'en avait jamais vu de tel. Frapper l'air ?

— Regarde, c'est tout, grommela Cassidy.

L'océan, à quelques mètres, écumait et bouillonnait. Des vagues se brisaient là où il n'y en avait pas avant, s'accumulant autour d'un obstacle caché. Un obstacle qui se révéla quelques instants plus tard avec un nouveau coup de poing de Sienna.

Un navire. Non, un bateau. Trop petit pour être un navire, et trop rudimentaire. Thane estima qu'il mesurait quinze mètres de long, peut-être la moitié en largeur. Une chose carrée qui, néanmoins, captait la lumière du soleil sur sa coque brune et scintillait comme un ornement illuminé.

— C'est du verre teinté, dit Thane.

Ça ne pouvait pas être vrai — les bateaux en verre n'existaient pas — et pourtant, il était là. Lisse et chatoyant. Le bateau remonta à la surface, et Sienna continuait de donner des coups de poing, jetant maintenant des roches qui avaient été chargées sur le bateau dans l'océan en éclaboussures géantes et cascadantes.

Thane avait imaginé que l'embarcation de fuite d'Arthur proviendrait d'une anomalie, peut-être en modelant un navire géant à partir du sable. Mais ceci, ceci fonctionnait aussi.

— Sienna a un sacré pouvoir, dit Thane. Je comprends pourquoi tu voulais la garder près de toi.

— Elle voulait partir autant que toi, répondit Cassidy. Elle a des frères et sœurs chez elle. Je crois que je n'ai pas agi assez vite pour elle.

— Tu le fais maintenant.

Cassidy hocha la tête. — Nous partons cet après-midi ?

— Oui. Avec autant de personnes que possible qui veulent venir.

— Autant que nous pourrons en faire tenir. Cassidy passa devant Thane, se dirigeant vers Sienna, qui avait cessé son attaque contre le ciel, le visage rougi et les bras se frottant l'un contre l'autre.

D'autres anomalies commencèrent à s'occuper du bateau, chargeant des provisions et nettoyant les algues et autres détritus de l'océan qui s'étaient retrouvés à bord. Au-delà de sa masse, le bateau avait plusieurs emplacements pour des rames et une simple cabine vers l'avant, suffisante pour abriter une demi-douzaine de personnes en cas de tempête. Thane vit une anomalie soulever une trappe et y jeter quelques noix de coco, il y avait donc, au moins, un espace de stockage.

S'ils parvenaient à dépasser les drones, qui sait combien de temps ils navigueraient. Bien que les anomalies à qui il avait parlé, Arthur inclus, situaient l'île près d'Hawaï — les constellations dans le ciel semblaient le confirmer — Thane prendrait chaque calorie qu'il pourrait.

— Patron. Ça va ? demanda Sook en s'approchant, comme l'homme le faisait beaucoup trop souvent.

— Tu as la gueule de bois ? Thane jugea les yeux cernés et le visage en sueur de l'homme.

Thane ne dirait pas que l'île rendait la consommation d'alcool facile, mais les anomalies avaient trouvé comment faire du vin à partir de fruits fermentés, et les résultats avaient été visibles la nuit dernière. Une dernière fête pour leur prison insulaire.

— Rien qu'un peu de soleil ne puisse dissiper, dit Sook, puis il se pencha et s'aspergea d'eau salée.

— Au moins quelqu'un passe du bon temps. Thane regarda en direction du camp d'Arthur et de son activité croissante. On dirait qu'Arthur se mobilise pour notre évasion.

— Ah bon ? Sook, le visage ruisselant, imita Thane. Ce n'est pas l'impression que j'avais en venant ici.

— Regarde-les. Comme des fourmis, s'agitant dans tous les sens.

— D'accord, mais celui-là ? Là-bas ? Sook pointa du doigt une anomalie qui marchait dans l'océan et, avec un effort, remettait un simple piège à la mer. — Pourquoi installent-ils des pièges si on va partir ?

Sook en désigna un autre avant que Thane ne puisse trouver une réponse. — Et ces deux-là, ils continuent de travailler sur une nouvelle hutte. Pourquoi s'embêter, tu sais ?

L'avertissement de Cassidy traversa l'esprit de Thane. Toutes les anomalies ne voudraient pas quitter l'île, toutes ne voudraient pas sacrifier ceci pour un inconnu contrôlé par Paragon.

— Si certains veulent rester, c'est leur choix, dit Thane. Pourvu qu'on obtienne ceux qui sont nécessaires.

Le bateau, les drones, nécessitaient suffisamment d'anomalies avec des capacités utiles. Sans obtenir leur soutien, l'évasion finirait par tous les tuer. Ou ne démarrerait même pas. Une fin pathétique pour un rêve que Thane n'était pas prêt à sacrifier.

— Marche avec moi, dit Thane. Allons faire un tour.

Sook s'aligna, et tandis qu'ils s'éloignaient des vagues caressantes, Thane remarqua que plusieurs autres anomalies se déplaçaient pour les accompagner. Il les reconnut et réalisa, avec un éclair, que Sook avait pris son travail au sérieux. Le garde du corps avait tenu sa promesse, il avait recruté des observateurs.

Parfois, les meilleures personnes venaient des endroits les plus surprenants.

Le camp d'Arthur s'avéra aussi occupé qu'il en avait l'air, mais pour chaque anomalie que Thane voyait charger des provisions dans le navire, ou rassembler de l'équipement pour le voyage, il en comptait une autre concentrée sur des tâches inutiles. De nouveaux bâtiments, la plantation et le labourage de jardins, le renforcement des murs de dunes qui avaient été endommagés par les vents.

Une femme qui avait été dans la maison d'Arthur la nuit

précédente, lorsqu'ils avaient parlé des plans, était penchée sur une fosse boueuse, moulant un sol plus dur en pot. Les mains de l'anomalie laissaient des traînées rouges pâles partout où elles touchaient, des traînées qui fumaient et brûlaient la boue, la durcissant.

— Tu fais de la poterie, commença Thane, debout au-dessus d'elle. Pourquoi ?

— Parce qu'on en a besoin, répondit la femme sans lever les yeux.

— Pour quoi faire ?

— Du stockage. La femme commença à tracer, avec sa main droite, une spirale paresseuse sur le côté du pot. Nos récoltes sont assez importantes maintenant, on a besoin d'un endroit pour mettre les surplus.

— Sauf qu'on ne sera plus là après aujourd'hui, et on n'aura pas besoin de pots sur le bateau, Thane se sentit un peu stupide d'énoncer ce qui semblait évident.

— Je ne pars pas, répondit la femme.

— Pourquoi ?

Elle leva les yeux vers lui, ses cheveux sales s'agglutinant autour de ses épaules, ses dents ternies et sa peau salée et sèche, — Parce qu'Arthur m'a demandé de rester, alors je reste.

Thane posa des questions et la femme répondit, devenant de plus en plus moqueuse à chaque réponse. Thane obtiendrait ses vrais croyants, ceux qui voulaient vraiment quitter l'île. Tous les autres, ceux à la limite, qui ne voyaient pas mourir sous le feu des drones comme une fin noble à leur vie, resteraient. Arthur les accueillerait.

Arthur les soutiendrait.

Parce que ce maudit scélérat ne partait pas non plus.

CHAPITRE 42
ENTRE SES MAINS

POUR UN DERNIER REPAS, Kat savourait son sandwich et ses frites. La graisse, la moutarde et le pain grillé. L'endroit n'était pas chic, mais il avait l'avantage de la proximité : à deux pâtés de maisons de sa destination. Kat portait sa combinaison, mais gardait son masque baissé. Les gens avaient tendance à s'inquiéter quand elle passait en mode combat complet dans un espace bondé.

Kat paya son repas et sortit dans la rue froide, se demandant pour la cinquantième fois en une heure pourquoi elle avait décidé de faire ça seule.

Son raisonnement était le suivant : Gordon, encore en convalescence, n'était pas en état de se battre, même s'il le voulait. Calvin, un fugitif qui avait passé son temps à se cacher de ses ennemis plutôt qu'à les affronter, pourrait peut-être s'en sortir, mais l'anomalie n'avait pas aidé contre le tueur. Mieux valait garder Calvin en réserve, surveillant Seeker et attendant un appel.

Surtout, Kat préférait que ce soit ainsi. Pas de bagages. Pas de soucis pour quiconque autre que sa propre personne blindée et hautement qualifiée.

Pour une maison traitant d'armes mortelles, celle-ci

n'avait pas l'air si dangereuse. La peinture bleu clair défraîchie s'harmonisait avec un porche blanchi à la chaux, des volets bleu foncé et une pelouse couverte de neige pour cocher toutes les cases de l'ordinaire. Suspendues aux fenêtres du deuxième étage, comme pour confirmer l'ambiance ennuyeuse, quelques guirlandes de Noël pendaient encore, leurs propriétaires trop nonchalants pour les enlever après les fêtes.

Une question : mettre le masque maintenant ou plus tard ? Une protection maximale exigeait d'entrer en s'attendant à la mort et à la destruction, mais les combats avaient tendance à commencer quand un joueur entrait prêt à en découdre. Si Kat venait pour parler, les gens ici pourraient être disposés à l'écouter. Elle ne pouvait pas être sûre que le tueur était là, et effrayer sa seule piste ne l'aiderait en rien.

Alors Kat choisit le juste milieu. Elle fit un mouvement du poignet pour préparer les bombes flash, ajusta son col pour qu'avec un rapide hochement de tête le masque se déploie, mais laissa autrement son visage au nez rouge et à moitié gelé exposé au monde.

Pas de sonnette, pas de scanner Tama, alors Kat frappa à la porte en cèdre beige. Attendit. Souffla quelques bouffées fumantes. Frappa à nouveau. Attendit encore.

Comme si elle chronométrait ses pensées et leur tendance à vouloir défoncer la porte, un homme l'ouvrit brusquement. Il se tenait derrière la moustiquaire dans une tenue que Kat décrivit comme tactiquement de bon goût : un pull orné de rennes s'ajustait étroitement sur un gilet pare-balles évident, tandis que son pantalon noir chargé de poches laissait juste assez d'espace pour que des chaussettes couvertes de flocons de neige dépassent.

— Ce n'est pas tous les jours que j'ai une traqueuse à ma porte, dit l'homme à travers la moustiquaire. Que puis-je faire pour vous ?

Attends, quoi ?

— Comment saviez-vous que j'étais une traqueuse ? demanda Kat.

L'homme inclina la tête, puis haussa les épaules et ouvrit la porte moustiquaire.

— Peu de gens normaux portent un équipement comme ça. Et avant que vous ne demandiez comment j'ai su que vous étiez normale... Il s'écarta, maintenant les portes ouvertes pour elle. Pourquoi n'entrez-vous pas ?

— Vous laissez une inconnue entrer chez vous ? Kat essayait de gagner du temps, de comprendre le jeu de l'homme.

— C'est mieux que de perdre toute ma chaleur, répondit l'homme. Allez, entrez, je vous promets qu'il fait bon ici. Il y a même du café.

Kat esquissa un bref sourire froid.

— Eh bien, s'il y a du café...

Elle passa devant l'homme, gardant ses muscles tendus et ses yeux en mouvement tout du long. Dès l'entrée, la maison révélait ses origines basiques. Un escalier central menant à un étage supérieur, des pièces à droite et à gauche remplies de meubles génériques aux couleurs douces qui ne disaient rien sur les propriétaires, et un couloir menant vers ce que Kat parierait être la cuisine.

Toute cette tension fit qu'elle sursauta légèrement quand l'homme ferma la porte derrière elle. Kat se retourna alors que l'homme riait, sentit une rougeur monter à ses joues et la détesta.

— Pourquoi êtes-vous si nerveuse ? dit l'homme. C'est vous qui êtes venue ici, vous vous souvenez ? Maintenant, venez par ici. Parlons.

— Stop, dit Kat, gardant ses bras le long de son corps, où, avec un autre déclencheur de mouvement, ses étuis de pistolet paralysant pouvaient jaillir pour un tir éclair. Qui êtes-vous, et que se passe-t-il ?

— Rhimes, dit l'homme, tendant la main comme pour

serrer celle de Kat. Elle regarda l'offre, regarda son large sourire dentaire, et lui donna une seule poignée de main, disant son nom avec le geste. Et Kat, ce qui se passe, c'est que vous êtes apparue sur mon porche avec l'air prête pour quelque chose de rude. Je suis prêt pour une boisson chaude, alors je choisis cette option, si ça vous va ?

— J'entends ce que vous demandez, mais ce que vous portez dit autre chose.

Rhimes laissa son sourire disparaître pour la première fois.

— Kat, gagnons du temps et arrêtons de jouer les idiots. Je suis prêt à parier que vous n'apparaissez pas partout comme ça, ce qui signifie que vous savez ce qui se passe ici, et ce que nous fournissons. Alors, parlons de comment je peux vous aider.

L'honnêteté brutale. Kat admirait vraiment ça. Ça faisait avancer les choses beaucoup plus vite. Quand Rhimes termina son aveu en se dirigeant vers la cuisine, Kat le suivit, poursuivant son inspection et ne trouvant rien de plus que des œuvres d'art génériques qui correspondaient à la maison habitée mais sans vie.

Une petite table servait d'espace de repos dans la cuisine carrelée, et Kat s'assit sur une chaise en bois craquante tandis que Rhimes prenait quelques tasses et une carafe de la seule chose qui se démarquait vraiment dans la maison : une infuseuse de luxe, fabriquée par des mains d'anomalie pour siphonner la saveur et la caféine optimales des grains en fonction de la quantité d'eau que vous y mettez. Ces choses étaient merveilleuses, et Kat débattait sans cesse pour savoir si elle devait se faire plaisir en en achetant une, tombant toujours du côté de plus de jouets pour Seeker à la place.

— C'est vraiment bon, dit Kat après la première gorgée chocolatée et noisette.

— Ça l'est toujours, répondit Rhimes, sirotant sa propre tasse. Alors, je ne pensais pas que les traqueurs aimaient les affaires mortelles ? Ça réduit vos gains futurs ?

— Quand j'ai vu ce qui est arrivé à Aegis, j'ai pensé que je devrais avoir une meilleure protection, répondit Kat, inventant une histoire. Tout le monde ne joue pas fair-play.

— Bien sûr. Les Paragons n'ont rien pour vous ?

— Ils ne me prêtent pas beaucoup d'attention pour le moment.

Rhimes rit, ce qu'il semblait faire souvent.

— D'accord. C'est logique. Laisse-moi te poser une autre question. Comment as-tu su venir ici ? On aime savoir qui nous recommande, pour pouvoir les remercier, tu comprends.

— J'ai croisé quelqu'un pendant que je travaillais. Il avait du matériel impressionnant. Il ne voulait pas me le dire tout de suite, mais j'ai réussi à lui arracher l'adresse de cet endroit.

— C'est un groupe soudé, notre équipe. Rhimes finit son café d'une longue gorgée. Je ne veux pas te brusquer, mais on a d'autres clients qui vont arriver bientôt, et je préférerais que tu sois partie avant qu'ils n'entrent. Les clients n'aiment pas se croiser, tu vois ce que je veux dire.

— Bien sûr. Qu'est-ce que tu as ?

— Suis-moi, dit Rhimes en se levant. Et, si tu veux bien, laisse le café. On ne veut pas risquer que les choses deviennent désordonnées.

Kat aurait préféré finir, mais un délicieux café était bien moins important que le besoin de trouver le tueur et de comprendre comment cette équipe fonctionnait. Acheter une arme à Rhimes ne lui donnerait pas exactement ce qu'elle voulait, mais les voir pourrait l'aider à comprendre d'où venaient les armes.

Quand Rhimes s'approcha d'une porte ordinaire, l'ouvrit et révéla que le sous-sol était leur cache d'armes, Kat n'eut pas de surprise à cacher.

— C'est un peu cliché, non ? dit Kat tandis que Rhimes la guidait dans des escaliers solides, en métal, qui tranchaient avec l'ambiance boisée habituelle de la maison. Garder tous les secrets dans le sous-sol ?

— Je trouve que quand on a affaire à des gens dangereux, ça aide d'être prévisible, répondit Rhimes. Les gens gardent le doigt loin de la gâchette s'ils savent à quoi s'attendre.

Bien sûr, si tu le dis.

Kat n'eut pas besoin de trouver une réponse, car arriver dans le sous-sol proprement dit, où les lumières s'allumèrent automatiquement — détection de mouvement, probablement — mit fin à la conversation.

Kat n'avait jamais rien vu qui justifiait le mot "arsenal" jusqu'à maintenant. Elle passa devant Rhimes, qui restait au bas de l'escalier avec un sourire entendu, et regarda les pistolets, les couteaux, les longs fusils, et des choses plus adaptées à l'action militaire pure, tous montés sur des murs gris ardoise et organisés par létalité.

Le sous-sol avait aussi une deuxième pièce, et Kat aperçut l'extrémité opposée à travers une entrée sans porte : des armures, des gilets, des bottes, et tout l'équipement qu'un monstre exigeant pourrait vouloir.

— Impressionnant.

— N'est-ce pas ? dit Rhimes, derrière elle. C'est ce que tu cherchais, non ?

— Plus un qui qu'un quoi. Vous gardez une liste de clients ? Des noms, des numéros, ce genre de choses ?

— Bien sûr. Mais on ne la montrerait à personne. Pas même à une traqueuse.

Kat se retourna, faisant face à Rhimes directement, — Les Paragons sont peut-être un bazar, mais je parie qu'ils rassembleraient une équipe s'ils savaient ce que vous avez ici. C'est bien plus que quelques armes.

Une fois de plus, Rhimes laissa son sourire s'effacer pour une moue étudiée. L'homme était un maître des expressions faciales, toutes exagérées au point où Kat ne pouvait pas dire si Rhimes était sérieux ou non.

— Je pensais qu'on passait un bon après-midi, répondit Rhimes. Dommage de le voir gâché. Il tendit le bras, remonta la manche de son pull sur son Tama, tapota dessus pendant une seconde. J'ai notre liste juste ici. Un simple transfert Tama te convient ?

— Tu vas simplement me la donner ?

— Quelles sont mes options ? Rhimes s'approcha d'elle, tenant son bras gauche, avec le Tama, en avant. Je dis non, tu fais raser notre planque par les Paragons. Je préfère perdre un client que tous les perdre.

Un coup raisonnable, bien que Kat trouvait encore que la négociation avait été trop rapide. Trop fluide. Malgré tout, la liste des clients réduirait le mystère. Avec la propre base de données des Paragons, elle pourrait identifier quelques suspects probables et envoyer des drones pour les espionner tous. Une fois qu'ils auraient trouvé le bon, Kat pourrait faire résoudre le problème par les drones aussi. Facile.

Kat tendit son propre Tama, juste devant son poignet par rapport à ses gantelets lance-câbles. Rhimes s'approcha, tendit son Tama pour toucher celui de Kat. Un carillon sonna des deux côtés, prouvant la connexion. Maintenant Rhimes devait envoyer le document, et...

L'homme tenait un pistolet dans sa main droite.

Kat ne pouvait pas le voir pendant que les Tamas, ensemble, bloquaient la vue, mais elle reconnaissait un mouvement de dégainage quand elle en voyait un. Une petite arme, à en juger par la facilité avec laquelle Rhimes bougeait, et la proximité dont il avait besoin pour l'utiliser.

Kat ne lui donna pas cette chance.

Kat rejeta sa tête en arrière, et le masque se déploya, la recouvrant et mettant immédiatement en évidence l'arme dégainée comme une menace. Rhimes appuya sur la gâchette et la balle ricocha sur son bouclier soudain, laissant une fissure solide dans le verre du masque — sacrément cher à réparer aussi — et faisant tourner brièvement la tête de Kat.

Elle réagit plus par instinct qu'autre chose. Se ruant en avant, utilisant son bras gauche pour écarter l'arme de Rhimes tandis que sa main droite délivrait des coups rapides sur les points de pression. Rhimes, cependant, avait apparemment déjà été dans des bagarres et continuait à bloquer, amortissant l'attaque.

Pire encore, le masque capta et mit en évidence, avec de petites pulsations vertes, du bruit venant de l'étage. Des pas rapides. La porte d'entrée claqua aussi, après avoir apparemment été ouverte discrètement. Des renforts.

Pas bon.

Kat changea de stratégie. Elle tendit le bras, saisit le poignet droit de Rhimes avec sa main libre et le cassa net, faisant lâcher l'arme à l'homme. Kat la poussa d'un coup de pied sous l'escalier tandis que Rhimes essayait de la repousser comme un bulldozer. Kat esquiva sur le côté, sentit Rhimes tirer sur elle en passant, et elle se précipita vers les escaliers.

Elle devait sortir. Maintenant.

Kat atteignit la première marche, vit la porte du sous-sol s'ouvrir pour révéler un autre homme masqué de noir — trop corpulent pour être le tueur — qui se tenait là. Elle leva son poignet gauche, le tournant vers le câble, et tira. L'homme fixa sa cuisse gauche, soudainement ornée d'un crochet d'acier brillant, et Kat tira. La jambe de l'homme se déroba sous lui et il glissa, sur le dos, dans les escaliers.

Détachant le câble d'un autre mouvement du poignet, Kat sauta, ses jambes pompant alors qu'elle enjambait l'homme glissant comme quelqu'un franchissant un obstacle sur une piste. Elle monta les dernières marches jusqu'au couloir, et—

— Arrête-toi, ou on tire ! cria une autre voix, celle d'une femme cette fois.

Celle-ci se tenait en garde devant la porte d'entrée de la maison, ce qui ressemblait à un fusil plutôt lourd dans les mains. Un second cri vint une seconde plus tard, de derrière Kat. Dans la cuisine. Son masque brouilla de rouge devant et derrière, puis en ajouta un autre alors que les pas annonçaient l'ascension de Rhimes.

— Tu ne veux pas mourir ici, Kat ! appela Rhimes depuis les marches du sous-sol. Ce serait du gâchis.

— Du gâchis de quoi ? dit Kat, se tournant des deux côtés, essayant de trouver une sortie. Et tu n'as pas essayé de me tirer dessus à l'instant ?

Sa combinaison pouvait encaisser quelques tirs de petites armes, mais elle n'était pas conçue pour résister aux tirs d'armes lourdes. Les traqueurs n'étaient pas censés poursuivre des méchants armés jusqu'aux dents, mais plutôt des anomalies de bas niveau qui prenaient la fuite. Les Paragons devraient s'occuper de ça, pas Kat.

Mais ils n'étaient pas là, et elle si.

— Je t'ai donné la seconde pour te sauver, dit Rhimes, se rapprochant. Tu es une normale, Kat, et une bonne. Je ne veux pas te voir morte.

— C'est réconfortant. Kat s'élança en prononçant ces mots, plongea en arrière vers la cuisine.

L'homme était lent à dégainer, et la femme à l'avant n'avait même pas essayé de tirer. Probablement une bonne chose, car avec Kat qui plongeait pour s'écarter, le partenaire du tireur se trouvait pile dans sa ligne de mire.

Kat amortit sa chute en touchant le carrelage, rebondissant immédiatement vers les portes vitrées et le porche couvert de neige au-delà. Elle les traverserait, la tête sur le côté, et disparaîtrait.

Ou alors elle sentirait le tireur la plaquer, la projetant en arrière à travers la table où se trouvaient encore les tasses de café. Les restes de Kat se répandirent sur eux deux alors qu'elle frappait l'homme d'un coup de poing dans le cou avant de le repousser.

Là se tenait Rhimes, en sueur et avec une déchirure sur ce pull, tenant un pistolet paralysant qui semblait très familier. Kat tâta sa cuisse droite, là où Rhimes l'avait percutée en bas, et ne trouva rien.

— Comme je l'ai dit, lança Rhimes en levant l'arme. Je ne veux pas te voir morte.

Le dard frappa le masque, juste à l'endroit de la fissure que Rhimes avait faite plus tôt. Quand il avait essayé de la tuer, quoi qu'il en dise. Kat sentit la piqûre sur son front, suivie d'un engourdissement glacial.

Kat le lui ferait payer. Elle les aurait tous.

Juste après qu'elle se souvienne comment marcher, parler, penser, ou empêcher ses yeux de se fermer.

CHAPITRE 43

UNE AUTRE CHANCE

PAS DE FENÊTRES, pas de Tama, pas de notion du temps. Zhan-Yo ne savait pas quand il s'était réveillé, seulement qu'il s'était réveillé seul. Toujours dans la pièce scellée, laissé là avec un mal de tête, un estomac qui grondait et la gorge sèche. L'état idéal pour contempler ses échecs. Les occasions manquées.

Si Zhan-Yo avait été frustré quand la mort d'Aegis n'avait pas déclenché un vaste soulèvement, il avait au moins l'espoir de pouvoir réessayer. De lancer une révolution d'une autre manière. Maintenant, cependant, son Tama donnerait à Mynx toutes les informations dont elle avait besoin pour s'en prendre à tous ceux qui l'avaient aidé. Wexley serait le premier à tomber, et probablement Ziran elle-même suivrait. Ensuite, Mynx pourrait s'atteler à faire tomber chaque dirigeant d'entreprise, citoyen enflammé et vrai patriote que Zhan-Yo avait rencontrés au fil des ans. Un nettoyage total, comme à l'époque des ères les plus brutales de l'humanité.

Tout ça parce qu'il avait fait une promenade jusqu'au lac.

Zhan-Yo tambourina des doigts sur le sol de la cellule, les regarda bouger et traça les veines sur ses mains. Elles ressortaient davantage maintenant, avec sa peau qui s'amincissait.

Une métaphore vivante alors que Zhan-Yo perdait les éléments superflus de sa vie, se réduisant à l'essentiel. Sylvie aurait peut-être apprécié cette analyse, mais après tout, elle avait toujours été à cent pour cent essentielle. Pas de distractions, juste le boulot.

Il se leva, renifla et toussa à cause de l'odeur de ses vêtements — toujours les mêmes qu'il avait mis avant de quitter l'endroit de Wexley. La déshydratation signifiait que Zhan-Yo n'avait pas besoin d'utiliser les toilettes, qu'il trouva par accident en marchant sur la seule dalle de sol teintée d'un bleu vif. Derrière lui, une dalle avait glissé pour révéler un trou et, se dépliant sur le côté comme un jouet ingénieux, un petit dispositif avec du désinfectant et du papier toilette.

Vraiment, il vivait une époque merveilleuse.

Dans une exploration oisive, Zhan-Yo essaya de jouer avec le truc des toilettes maintenant. Il enroula ses mains autour de la tige métallique portant le rouleau et le distributeur de désinfectant et tira. Ça ne se détacha pas. Ça ne bougea même pas. Peut-être qu'un Paragon au loin, ou peut-être un drone, riait de lui.

Ou peut-être quelque part plus près.

Il entendit un bref staccato, ce qui aurait pu être de vrais éclats de rire. Mynx avait peut-être programmé les drones avec le rire le plus humiliant par pure méchanceté, soumettant Zhan-Yo à une moquerie impitoyable. Ils revinrent, plus forts cette fois, chacun se fondant dans le suivant, comme si la personne ne pouvait pas s'arrêter de rire.

— Oui, oui ! cria Zhan-Yo en direction de la porte, en descendant de la plaque et laissant les toilettes redescendre dans le secret. Je suis sûr que c'est hilarant pour vous.

Il aurait continué à crier après son tourmenteur anonyme, mais même crier cette seule phrase lui écorchait la gorge, les mots sortant rauques et durs. Au lieu de cela, Zhan-Yo s'approcha de la porte et frappa dessus. Puis il frappa à nouveau, et encore.

Le rire répondit à son troisième coup, fort et dur. Faisant vibrer la porte. Profond et net. Contrairement à tout rire que Zhan-Yo avait jamais entendu, et suffisamment étrange pour qu'il recule, se demandant si Mynx avait décidé de l'éliminer maintenant. Si elle estimait que garder Zhan-Yo, le révolutionnaire de pacotille, était devenu fastidieux.

Un autre bruit sourd à l'extérieur et la porte de la cellule s'ouvrit d'un coup, une fumée blanche s'échappant autour des bords, avant de s'ouvrir en grand. Xander, l'un des Paragons traîtres de Chicago, entra, l'air aussi confus et effrayé que Zhan-Yo. Derrière Xander, Zhan-Yo pouvait distinguer d'autres personnes, entendre des cris et plus de détonations. Pas des rires, réalisa-t-il, mais des armes. De vraies armes dans une installation Paragon.

— Qu'est-ce que tu fais là ? dit Zhan-Yo, inclinant la tête.

— Je viens te chercher, répondit Xander. On doit partir, maintenant. Avant qu'ils ne comprennent ce qui se passe.

Zhan-Yo avait vu assez de films, lu assez d'histoires pour reconnaître une évasion de prison quand il en voyait une, et bien que ces récits tendaient à punir quelqu'un pour s'être enfui, il n'avait pas vraiment grand-chose à perdre. Quand Xander avait commencé à parler, Zhan-Yo avait déjà commencé à se diriger vers la porte. Au moment où Xander avait fini, Zhan-Yo l'avait franchie.

Zhan-Yo s'était attendu à un couloir, des cellules bordant des murs solides avec tous les ornements sinistres destinés aux prisons. Au lieu de cela, il quitta sa cellule et entra dans un vaste espace, un étage entier dont la section centrale était recouverte de verre. La cellule de Zhan-Yo rejoignait effectivement d'autres autour du bord extérieur de l'étage, chacune s'ouvrant sur des dalles d'ardoise dure. Pas de fenêtres, sauf ce pilier central, dont la construction transparente s'étendait, apparemment, du bas jusqu'au toit.

La lumière du soleil qui entrait révélait le travail accompli par les potentiels sauveurs de Zhan-Yo, car des drones jonchaient l'espace, effondrés et crachant des étincelles dans des tas dans les coins alors que des hommes masqués en tenue tactique noire traînaient et déposaient les robots les uns avec les autres.

— Donc tu es toujours en vie, dit Mathieu, s'approchant et donnant à Zhan-Yo quelqu'un sur qui se concentrer, pour essayer de surmonter son choc. On ne pouvait pas être sûrs qu'elle ne t'avait pas tué.

— Comment ? Zhan-Yo hocha la tête en direction de l'équipe derrière Mathieu, et remarqua que Stubbles était là aussi, l'air malade alors qu'il aidait à empiler un drone araignée sur son camarade gladiateur.

— Ton Tama, dit Mathieu. Wexley l'avait fait tracer, donc on savait que tu étais venu ici. Quand tu as disparu un moment, alors qu'on arrivait encore, on a pensé que tu étais mort. Puis ton Tama s'est remis en ligne.

— Mynx l'a pris.

— Il l'a toujours, je pense, dit Mathieu. Elle est dans le bâtiment, mais on n'a pas le temps de la chercher. Mynx est probablement déjà en route.

Zhan-Yo voulait en savoir plus, mais avec le dernier drone regroupé, les mercenaires placèrent ce qui ressemblait à des explosifs en plastique — des cubes beiges avec de petits détonateurs noirs — à côté de chaque groupe. L'un d'eux fit signe à Mathieu, et Zhan-Yo n'avait pas besoin de traduction pour comprendre qu'ils devaient partir.

Seulement, comment ? Il ne semblait pas y avoir d'escalier, ni d'ascenseur.

— Viens, dit Mathieu en marchant sur le verre. Je dois admettre que je trouve ça plutôt ingénieux comme moyen de se déplacer.

— Qu'est-ce qui est ingénieux ? demanda Zhan-Yo en marchant sur le verre à son tour.

Marcus, l'autre traître Paragon, s'approcha d'eux et jeta un regard prudent à Zhan-Yo.

— Prêt ?

— Allons-y, dit Mathieu.

Marcus tapota sur son Tama, sélectionnant des choses que Zhan-Yo ne pouvait pas voir, et tout l'étage se déplaça, s'enfonçant vers le sol. Le carrelage blanc, avec les corps des drones, resta immobile.

Un ascenseur à l'échelle de l'étage. Inefficace, sauf si on voulait empêcher ses prisonniers de s'échapper. Si Zhan-Yo avait réussi à sortir de sa cellule, il aurait trouvé une chute de douze mètres qui l'attendait.

— Heureusement qu'on a trouvé ces Paragons, disait Mathieu. On dirait que c'est un centre régional, un tas de minables gardés ici. Marcus, Xander pourrait entrer tranquillement avec leurs accréditations.

— Ils n'en auront plus pour longtemps, dit Zhan-Yo.

— On allait les perdre de toute façon, dit Xander, bien que son air abattu laissait entendre que ce coût n'était pas gratuit. Seuls, on serait morts. Avec toi, peut-être qu'on a une chance.

L'ascenseur de verre atteignit le rez-de-chaussée, s'encastrant dans le hall. Mathieu ordonna à tout le monde de sortir par les doubles portes menant vers le soleil de l'après-midi, puis saisit le bras de Zhan-Yo. Il lui tendit un petit appareil noir.

— Tu veux faire les honneurs ? dit Mathieu.

Zhan-Yo accepta, et ils coururent dehors alors que des détonations retentissaient au-dessus, des éclats de métal pleuvant derrière eux dans de magnifiques tintements métalliques.

Trois grands pods passagers attendaient, sans doute déconnectés de leur réseau central. Mathieu confirma la supposition de Zhan-Yo quand, après avoir envoyé Xander et Marcus dans la première voiture, il se glissa dans le siège gauche de la deuxième, avec le volant d'urgence relevé et actif. Zhan-Yo prit la droite, et deux autres mercenaires complétèrent le véhicule.

— J'ai des contacts dans une planque à l'est, près du désert, dit Mathieu. Avec le sommet, je parie qu'on aura le temps de déterminer où aller ensuite avant que quelqu'un ne vienne nous chasser.

Oui. Ils pourraient retourner se terrer dans leurs trous, ils pourraient se cacher et attendre que Mynx vienne retrouver Zhan-Yo à nouveau, cette fois avec une force létale. Sans son Tama, Zhan-Yo n'avait plus aucun pouvoir de négociation. Elle le tuerait simplement, ainsi que tous les autres.

— Tu as dit que le statut Paragon de Marcus et Xander est toujours actif ? demanda Zhan-Yo alors que les pods démarraient.

— C'est comme ça qu'on est entrés dans le bâtiment.

Zhan-Yo jeta un coup d'œil vers la prison. Sans fenêtres, avec toute cette pierre brune épaisse, leurs bombes n'avaient pas laissé de marque. Trop semblable aux propres efforts de Zhan-Yo.

— On ne va pas à la planque, dit Zhan-Yo. Emmène-nous au centre-ville, mais séparons-nous. Ne faisons rien de suspect. On peut toujours exécuter le plan.

— Quand elle entendra ce qui s'est passé ici, Mynx ne laissera personne s'approcher, dit Mathieu. Le plan est fichu, Z.

— Non. Zhan-Yo regarda par les fenêtres du pod vers le centre-ville lointain de LA. J'ai été là où Mynx est maintenant. Elle n'annulera pas, elle ne déclarera pas d'urgence. Mynx reçoit tous ses rivaux, et elle ne peut pas avoir l'air faible. On y va.

CHAPITRE 44
DANS LA LOGE

UNE FOIS LES ÉLÉMENTAUX APAISÉS, Mynx, Burov et Apinya sont montés dans la loge supérieure pour un déjeuner tardif. Un repas que Mynx, sentant déjà son endurance sociale s'effriter, espérait petit, avec un seul invité surprise.

Pixie, seule dans la pièce, picorait dans un buffet central garni de mets de Pacifica. Des tacos côtoyaient du poisson fraîchement pêché et de l'ananas hawaïen. Des amandes et des noix de cajou traînaient dans des bols aux coins de la pièce, parfaits pour grignoter. Reeves, que Mynx avait chargé de s'occuper du traiteur, avait bien fait son travail.

— Tu nous as devancés, dit Mynx en faisant entrer Apinya et Burov dans la pièce, arborant le regard le plus chaleureux qu'elle pouvait trouver. Les Élémentaux sont arrivés et ont fait une scène.

Pixie, avec la patience usée que l'on ne trouve que chez les mères, hocha la tête.

— J'avais entendu dire qu'ils pourraient venir.

— Et maintenant ils sont là, dit Mynx. Mais ils ont accepté de bien se tenir, alors faisons ce que nous avons prévu. Pixie, voici Burov et Apinya. Je ne sais pas si vous vous êtes déjà rencontrés ?

— Pas encore, répondit Apinya en tendant la main que Pixie serra après avoir posé sa petite assiette sur la table. Bienvenue dans notre petit club.

— Oui ! renchérit Burov, s'emparant de la main de Pixie dès qu'Apinya l'eut lâchée. Je n'envie pas la tâche de succéder à Aegis, mais je vous souhaite bonne chance. Un tel héritage m'aurait fait fuir par cette porte et bien loin.

— Burov, dit Mynx. S'il te plaît.

Pixie, cependant, rit. Un rire profond, mais doux, empreint d'une chaleur authentique.

— Aegis et moi étions de bons amis. Nous avons combattu ensemble pendant longtemps, et avec New York si proche de Boston, nous étions plus des partenaires qu'autre chose. Je ne vois pas ça comme si je prenais sa place, mais plutôt comme si je me tenais aux côtés de ce qu'il a construit, en faisant de mon mieux pour l'améliorer.

Silence. Mynx ne put s'empêcher d'être impressionnée. Surtout après Innis, ce traître bon à rien, les dirigeants régionaux des Paragons avaient perdu de l'estime aux yeux de Mynx. Mais voici que Pixie arrivait, prête à marcher dans l'ombre d'une légende avec grâce et humilité.

Mynx se serait cachée. Elle se serait plongée dans le travail pour se distraire de ce moment jusqu'à ce qu'il soit complètement passé. Une version plus jeune d'elle-même aurait peut-être été jalouse, envieuse de Pixie et de son assurance. La Mynx d'aujourd'hui l'appréciait et la respectait.

— Eh bien, je pense que nous avons pris la bonne décision, dit Mynx. Pixie, je suis ravie de t'accueillir dans nos rangs. Les autres Champions devraient arriver au fil des prochaines heures, et j'espère que tu pourras tous les rencontrer avant que nous t'annoncions au monde.

Le déjeuner se poursuivit, le quatuor enchaînant les plats et la conversation libre sans, étonnamment, le drame qui avait tendance à surgir quand les Champions se réunissaient en un seul endroit pendant plus d'une minute. Même Burov, avec son visage cireux cachant les émotions qu'il avait volées pour la journée, semblait moins flippant que d'habitude. Mynx avait peut-être même ri.

Deux fois.

Une heure s'étira en deux, et Mila arriva, suivie de Lukas et des autres jusqu'à ce que tout le groupe déambule, échangeant des histoires. Dans l'ensemble, Mynx était stupéfaite. Pas un seul éclat, pas une seule menace ou vieille rancune n'avait été évoquée.

— Mynx, dit Pixie, apparaissant à côté de Mynx alors que la Championne de Pacifica cherchait à reprendre son souffle en remplissant son verre d'eau. J'ai une question.

— Je t'écoute.

— Je sais que certains des autres Champions ont des familles, dit Pixie. Mais, avec ce qui est arrivé à Aegis, j'espérais pouvoir obtenir quelques-uns de tes drones pour surveiller mes enfants. Et mon mari.

— Pixie, tu as le contrôle sur tous les drones qui sont à Atlantis, dit Mynx en retirant son verre plein, un plastique bleu Paragon qui, après cet événement, trouverait son chemin vers un recycleur alimenté par des anomalies. Tu peux les envoyer n'importe où.

— Non, je veux dire, je veux quelque chose de mieux, dit Pixie, et Mynx perçut le ton. Je ne suis pas Aegis, je ne suis pas le même type de combattante, et je ne vis pas dans le Bastion. Mes enfants sont vulnérables.

Une question difficile à répondre. Oui, Mynx pourrait concevoir un nouveau drone. Elle pourrait y attacher toutes sortes de gadgets et de dispositifs pour en faire la meilleure machine jamais construite. Mais cela ne répondrait pas à la question fondamentale de Pixie, à sa préoccupation principale.

— Tu es une Championne, Pixie, dit Mynx. Tu seras désormais une cible. Ta famille aussi, peut-être. Mais tu n'es pas seule. Tu nous as tous, tu as les Paragons. Les drones. Quiconque s'en prendra à toi sera retrouvé et traité. Je peux te le promettre.

— Je me fiche de la vengeance.

— Alors tu fais de ton mieux pour les protéger, dit Mynx. Déménage au Bastion. Fais ce qu'Aegis a fait. Engage des tuteurs. Garde-les avec des Paragons de confiance.

— Faire ça les empêcherait d'avoir une vie normale. Ils perdraient leurs amis. Pixie jeta un coup d'œil à son Tama, qui vibrait avec un message de, Mynx le supposait, l'un de ces mêmes enfants. Je ne voyais pas d'inconvénient à gérer ma région, mais ça ?

— C'est ce que tu es maintenant. Je suis désolée, Pixie, mais il n'y a pas de retour en arrière possible. Nous t'avons choisie. Atlantis, le monde, a besoin de toi. Nous abandonnerais-tu ?

— Pour ma famille ? Absolument.

Mynx prit une profonde inspiration. Ce n'était pas la conversation qu'elle aurait dû avoir. Apinya aurait été meilleure pour ça. Pixie, cependant, semblait avoir besoin d'une réponse maintenant.

— Pixie, je-

Les portes de la salle s'ouvrirent avec fracas, rebondissant sur leurs gonds. Celice, toujours dans la même tenue qu'elle portait à Chicago, prête au combat, entra en trombe, lançant des regards furieux à tout le monde à la fois. Après un bref instant à scanner la pièce, pendant lequel Apinya fit un premier pas fluide vers elle, Celice se focalisa sur Mynx et Pixie.

— La voilà, dit Mynx. Tu vas comprendre pourquoi on a besoin de toi.

Pixie ne dit pas un mot. Intelligente.

— Qu'avez-vous fait de lui ? lança Celice pour ouvrir la conversation. Où est-il ?

— En sécurité, bien gardé, répondit Mynx.

— De qui parlons-nous ? intervint Apinya, permettant à Pixie de s'effacer dans l'ombre de Mynx, loin de la colère de Celice. Celice, ça fait si longtemps qu'on ne t'a pas vue !

— La ferme, Apinya. Je parle de l'assassin de mon père. Mynx le détient, et je veux savoir où.

Apinya regarda Mynx, qui lui fit un léger signe de tête, gardant autrement la bouche fermée. Laissons le diplomate gérer celle-là.

— Parce que tu veux te venger ? dit Apinya.

— Bien sûr que je veux me venger, répliqua Celice, pointant un doigt accusateur vers Mynx. J'y étais presque à Chicago avant qu'elle ne l'emmène. J'espérais, peut-être, voir quelque chose en venant ici qui montrerait que vous faisiez quelque chose, Mynx. N'importe quoi. Mais non. Tout le monde pense toujours qu'il est libre, dehors.

— Il ne l'est pas, répondit Mynx. Si nous disons au monde que nous l'avons...

— Alors vous montrez qu'on paie le prix si on s'attaque aux Paragons, coupa Celice. Vous montrez que mon père va obtenir justice.

— Est-ce ainsi que ça fonctionne ? dit Apinya. La justice ? Il me semble que ce genre d'annonces attise plus le danger qu'il ne l'apaise. Cela pourrait, peut-être, faire sortir les partisans de cet homme de l'ombre. Au lieu de cela, nous le faisons disparaître un moment, et la ferveur s'éteint. Puis, quand nous montrerons un homme brisé, perdu, la cause sera oubliée.

Celice ferma les yeux. Serra les poings. Mynx reconnut les signes : Apinya utilisait son pouvoir, massant son esprit. Quelque chose que Mynx n'avait jamais vu faire sur un autre Paragon auparavant, encore moins sur quelqu'un comme Celice, qui savait ce qu'Apinya pouvait faire. Néanmoins, comme si on relâchait la tension d'une corde, le visage de Celice s'apaisa, ses épaules s'affaissèrent, et quelques larmes éparses remplacèrent la fureur qui avait animé la fille d'Aegis un instant plus tôt.

Sur un geste d'Apinya, Burov s'avança et posa doucement une main sur l'épaule de Celice. Sous ce masque, Mynx ne pouvait pas voir ce qui se passait, ne pouvait pas voir ces taches se déplacer, mais quand Celice éclata en sanglots, elle en vit les effets. Apinya avait préparé le terrain, et Burov l'avait poussée au bord du gouffre.

Avant que Celice n'ouvre les yeux, le Russe s'éloigna, retournant vers Mila et Lukas, comme s'il n'avait jamais été près d'elle.

— Je suis désolée, dit Celice. C'est juste que... je ne peux plus continuer comme ça. Il était tout ce que j'avais, vraiment.

— Viens, dit Apinya en passant doucement un bras autour d'elle. Allons te chercher à manger, beaucoup de vin, et tu pourras me raconter toutes tes histoires préférées sur ton père.

Une phrase comme celle-là n'aurait pas fonctionné sur une Celice lucide — ni sur Mynx elle-même — mais avec Apinya qui la guidait, la fille d'Aegis accepta ce baume et se dirigea vers le buffet.

— Ça, dit Pixie, c'était incroyable.

— Terrifiant, plutôt, répondit Mynx. Nous l'avons, cependant. Zhan-Yo. Bientôt, nous aurons tous ceux avec qui il a travaillé. On va tous les arrêter. Je la laisserai même appuyer sur la gâchette, si elle veut.

Son Tama vibra. Urgent, colérique. Une vibration réservée aux urgences. Mynx le regarda. Lut le message une fois, deux fois.

— Qu'est-ce qui ne va pas ? demanda Pixie.

— Tout.

CHAPITRE 45
LE ROI DANS SON CHÂTEAU

LA MAISON D'ARTHUR — impressionnante pour l'île, un taudis partout ailleurs — bourdonnait alors que la matinée battait son plein. Tandis que Thane s'approchait du bâtiment, situé à la lisière du village, au sommet d'une petite colline offrant une vue imprenable, des voix portées par la brise lui parvenaient. Des rires aussi. Cette cadence conversationnelle propre à un orateur face à un public admiratif.

Que Arthur tente une trahison, qu'il essaie de garder les anomalies les plus précieuses pour lui-même, ne surprenait pas vraiment Thane. On ne pouvait oublier que tous les habitants de cette île y avaient été envoyés pour quelque méfait grave. Pourquoi n'en commettraient-ils pas un autre ?

Et pourtant.

L'espoir n'avait jamais été la principale qualité de Thane. Il avait survécu grâce à sa ténacité, à travers des traitements médicaux forcés, et à la prise de conscience progressive que rien dans sa vie ne serait jamais facile. Travailler, se battre, déchirer, arracher, et peut-être que Thane arriverait quelque part. Pour la première fois en quarante ans, Thane avait une réelle chance de forger sa propre voie.

L'espoir résidait dans cette possibilité, et Arthur voulait la lui enlever.

Pourquoi ?

Thane s'approcha de la porte, un rideau de feuilles qui n'offrait guère plus de barrière que l'air, mais faisait un léger clin d'œil à l'intimité. À l'intérieur, sur le même sol de terre battue qu'il avait foulé la veille, il vit suffisamment de nouvelles empreintes pour confirmer les sons. Ce n'était pas une petite réunion.

Le monstre avait beaucoup d'amis.

Dès que Thane franchit la porte végétale, les conversations cessèrent. Pas de la manière progressive propre aux discussions qui s'achèvent, ni dans les silences soudains des commérages interrompus par l'arrivée du sujet de leurs bavardages. Non, ce silence s'abattit avec une force de vacuum, comme si Cassidy avait envoyé un vide et aspiré tout l'auditoire.

Pourtant, lorsque Thane contourna le hall et entra dans la pièce centrale de la maison, avec sa table de cartographie sablonneuse et ses chaises tressées, il vit des bouches bouger, une douzaine d'anomalies bavardant entre elles sans qu'aucun son ne parvienne à Thane. Arthur, déjà debout et se dirigeant vers Thane, affichait son sourire de showman.

Alors qu'Arthur franchissait une ligne invisible, ses pas retrouvèrent leur bruissement sablonneux, comme ceux de Thane. Les articulations de l'homme craquèrent tandis qu'il fléchissait ses mains avant de les écarter largement.

— Un invité inattendu, dit Arthur. Qu'est-ce qui t'amène ici, Thane ?

— Je ne peux pas les entendre ? Thane alla droit au but. Arthur savait sans doute pourquoi Thane était venu, et Thane préférait comprendre les menaces potentielles plutôt que d'échanger des politesses. Quelle anomalie ?

— Juste une petite bulle, répondit Arthur. Très utile dans un monde sans murs pour avoir une conversation à l'abri des oreilles indiscrètes. Comme les tiennes.

— Comme les miennes. Thane réprima sa colère. Ce n'était pas le moment de se lancer dans une bagarre. Il avait besoin de son esprit pour ça, pas de ses muscles. Qu'est-ce que tu ne veux pas que j'entende ?

Arthur fit un geste pour poser sa main sur l'épaule de Thane, et Thane recula d'un pas, forçant Arthur à hausser les épaules, puis à froncer les sourcils.

— Tu veux quitter l'île aujourd'hui, n'est-ce pas ? dit Arthur. C'est pour ça que tu as toutes ces anomalies qui travaillent pour préparer ce bateau ?

— C'était le plan.

— Tout le monde ne fonctionne pas à ton rythme. Certains d'entre nous, il s'avère, se sont attachés à cette île. On se plaît ici.

— J'ai cru comprendre. Thane pointa du doigt derrière Arthur, là où le groupe avait arrêté sa conversation et, toujours muet, observait la confrontation. C'est votre réunion pour vous partager l'île après notre départ ?

Arthur rit.

— On m'avait dit que tu étais intelligent ! Tu n'as pas aimé mon plan, je n'aime pas le tien, alors certains d'entre nous choisissent de rester ici à la place.

— Tu as entendu mon plan hier soir. Le désir d'étrangler Arthur commençait à l'emporter sur le raisonnement de Thane. Nous quittons l'île aujourd'hui.

— Ah, mais Thane, c'est là le truc. Les plans changent. Mes plans, spécifiquement. Tes plans, pas vraiment. Prends le bateau. Il est à toi. Pars avec ma bénédiction.

— Je ne veux pas de ta bénédiction.

— Alors pourquoi es-tu encore là ? Arthur réussit à avoir l'air confus. Aucun d'entre nous ne veut partir avec toi.

— Je suis ici parce que ce plan nécessite certaines anomalies pour réussir. Celles dont nous n'avons pas besoin peuvent rester, celles que je décide nécessaires partiront.

— Oh, je ne crois pas, non. Arthur secoua la tête. Non,

non, ça ne va pas marcher comme ça. Chaque anomalie sur cette île a le droit de faire son propre choix, mon ami, et tu devras te contenter de ceux que tu pourras persuader de t'accompagner dans ta petite balade en bateau vouée à l'échec.

Thane compta dix autres personnes dans cette pièce. Presque un quart des anomalies du camp. Déjà un déclin dangereux des capacités, et qui savait combien d'autres avaient vu le navire, jeté un coup d'œil aux drones ce matin et senti leur foi vaciller ?

Thane pouvait-il se battre pour obtenir la victoire ici ? Tabasser et démolir la maison d'Arthur et son contingent, puis essayer de forcer tout le monde à monter sur un bateau, où ils devraient travailler ensemble pour vaincre les drones ?

Une idée peu probable.

— Ça va, Thane ? continua Arthur. Tu as l'air perdu dans tes pensées. Tu me fais un peu peur.

— Je réfléchis à la possibilité de te tuer.

— Ah. Continue alors. Sache juste que si tu essaies, je te grille, puis je te mangerai pour le dîner. Je parie que tu serais un peu coriace avec tous ces muscles. Pas ma préférence. Arthur rit de nouveau, un gloussement agaçant. Je préfère les trucs gras. Un bon poisson. Du poitrine de porc. Ça fait longtemps que je n'en ai pas eu. Peut-être que si tu t'échappes, tu pourrais nous en envoyer ? Un largage aérien ?

— S'il te plaît, s'il te plaît, tais-toi.

— Non, je ne pense pas que je vais le faire. Arthur adressa un sourire à son public, qui le lui rendit. C'est mon territoire, Thane. Ce sont mes règles. Tu pars aujourd'hui, et avec qui tu pars dépend entièrement d'eux.

— Alors rassemble-les. Je veux tout le monde sur le front de mer. Nous leur exposerons notre projet, et nous verrons qui choisit de partir, qui choisit de rester.

— Un débat en plein jour ? Ça me semble charmant. J'y serai.

Thane n'attendit pas d'autres mots. Le bruit revint lorsqu'il quitta la maison d'Arthur, descendit la colline et retourna dans le village. Il trouva de quoi petit-déjeuner et mordit dans le poisson fumé avec un abandon vorace, la frustration alimentant sa bouche. Sook restait à une distance prudente, tenant les autres à l'écart.

Près du rivage, Thane vit Cassidy qui parlait encore avec Sienna. D'autres anomalies s'agitaient autour, regardant vers le bateau ou s'attardant près de leurs huttes, au-dessus de leurs poissons en train de cuire ou de leurs noix de coco brisées. Pris entre une vie stagnante et stable et l'espoir d'une vie meilleure.

Thane présenterait son argument, il exposerait sa vision d'un nouveau monde audacieux mené par ceux qui avaient perdu le monde actuel. Il les persuaderait de monter à bord de ce bateau, d'utiliser leurs pouvoirs pour se protéger, détruire et fuir les drones. Une armée d'anomalies faisant sa première incursion.

Ensuite, Arthur présenterait le sien, et quand le petit homme aurait terminé, Thane en verrait l'impact. Si Arthur avait bien fait, s'il voyait trop d'âmes hésiter, alors Thane lui briserait simplement la nuque sur-le-champ. Tuer le mouvement avec l'homme.

Thane quitterait cette île avec les anomalies dont il avait besoin. Aujourd'hui. Peu importe le coût.

CHAPITRE 46

L'HOMME DERRIÈRE LE MASQUE

QUELQU'UN LUI TENAIT LA MAIN. Pas de manière affectueuse, mais d'une poigne ferme, la maintenant plaquée contre le faux cuir doux qu'on trouve dans les pods-taxis haut de gamme. Ceux pour lesquels les gens payent des reps supplémentaires pour les réserver.

Kat voulait ouvrir les yeux, mais ses paupières semblaient lourdes, et voir ce qui l'attendait au-delà ne risquait probablement pas d'améliorer son humeur. Un mal de tête alternait avec son corps endolori — pas vraiment douloureux, plutôt comme un choc médical — s'atténuant après le coup de l'éclair paralysant. Heureusement, quelqu'un avait retiré le dard de son front.

L'autre raison pour laquelle elle gardait les yeux fermés ? Des gens parlaient.

— Mais tu t'attendais au plongeon ? disait Rhimes à quelqu'un d'autre, sa voix assez proche pour que Kat comprenne que c'était lui qui lui tenait le poignet. Si j'essayais ça, je crois que je me ridiculiserais.

— C'est sûr, répondit une voix de femme — celle avec l'arme ? Je t'ai déjà vu essayer de courir. Pas joli à voir.

— Je ne suis peut-être pas très gracieux dans l'action, mais qui l'a convaincue de descendre là-bas ?

— Et qui l'a laissée s'échapper ?

— Tu as déjà posé un traceur, toi ? Je ne crois pas.

Kat sentit le pod-taxi ralentir, prendre un long virage à gauche et accélérer à peine. Une petite route, donc. Elle voulait regarder sa Tama, comprendre où ils l'emmenaient, mais se retint. À la place, elle fit un nouvel inventaire corporel, testa ses nerfs et retraça ses douleurs pour confirmer que rien n'était cassé ni attaché. À part Rhimes qui lui tenait le poignet, ils ne l'avaient pas ligotée.

Audacieux, et stupide.

— Rhimes, la voix de la femme changea, plus douce, moins assurée. Tu as entendu parler de l'immeuble Paragon, non ?

— Quoi donc ?

— Je crois qu'on n'a pas eu de nouvelles d'Innis depuis.

— Et alors ?

— Je ne me suis pas engagée là-dedans pour me faire tuer. Un bruit, quelqu'un qui bougeait sur le large siège du pod. On avait notre accord, mais sans Innis pour nous protéger, combien de temps on va pouvoir continuer comme ça ?

— Tant qu'on sera payés pour le faire. Rhimes, imperturbable.

— Il t'a eu, hein ? répliqua la femme. Qu'est-ce qu'il a sur toi ?

— Des reps.

— À quoi elles vont servir si on est morts, ou, bon sang, si on gagne ?

— Alors peut-être que c'est de la loyauté. Ou les contacts. Pourquoi tu me poses toutes ces questions ?

Le pod ralentit, s'arrêta. Kat essaya de garder une respiration superficielle, régulière. Elle tentait d'analyser les mots, d'arriver à une conclusion, mais n'y parvenait pas.

— Je ne sais pas. Je suppose que les trajets en pod me

rendent pensive. Je suppose que je m'inquiète. La femme ouvrit sa portière, un léger bruit sourd.

— Fais-moi une faveur, dit Rhimes sans bouger. Garde tes inquiétudes pour toi. Elles n'aident pas en ce moment.

Si la femme répondit, Kat ne l'entendit pas. La portière de la femme se ferma, et quelques secondes plus tard, celle derrière Kat s'ouvrit, la faisant glisser jusqu'à ce que des mains la rattrapent par le dos.

L'air froid gifla le visage de Kat, s'infiltrant par la fissure du masque et restant piégé le long de ses joues et de son cou. Kat ne put retenir un frisson et ouvrit les yeux, regardant droit dans le visage de la femme, qui se tordit en un sourire mauvais s'accordant parfaitement avec sa peau sèche et tachetée, comportant plus de rides que les années de la femme ne le méritaient.

— Tiens, qui voilà réveillée ? dit la femme en traînant Kat dehors.

Kat avait suffisamment de sensations pour placer ses jambes sous elle en quittant le siège du pod, évitant ainsi une chute stupide et embarrassante. Avec la femme qui la soulevait et Rhimes qui lâchait prise, Kat se tint debout et regarda autour d'elle.

Et ne vit pas moins de trois armes pointées sur elle.

L'homme de la maison, plus deux autres, tous dans le même équipement noir, se tenaient à distance du pod, suffisamment espacés pour empêcher Kat de les atteindre tous d'un coup. Chacun avait son arme pointée vers elle dans une posture solide suggérant l'expérience d'une carrière.

Une carrière qui les avait tous menés à un parc, apparemment, et assez éloigné pour que seuls des bâtiments distants, émergeant au-dessus des cimes d'arbres sans feuilles, donnent des indices sur la proximité de Chicago. Des moineaux volaient au-dessus, gazouillant, tandis que la brise fraîche faisait onduler les hautes herbes de prairie exposées. Un chalet se dressait au bout du parking, adjacent à une patinoire.

Tout était vide. Étrange, pour un endroit si beau par une journée d'hiver ensoleillée.

— Kat Collins, annonça une nouvelle voix, s'approchant avec Rhimes et la femme à ses côtés. La meilleure traqueuse de Chicago, en chair et en os. Bienvenue.

Ce type, contrairement aux autres, portait un manteau d'homme d'affaires, des gants en cuir noir, de fines lunettes de soleil et des cheveux blonds coupés court. Un look de méchant de film tellement parfait que Kat faillit rire.

Faillit, car elle remarqua sa façon de marcher, comment le manteau en mouvement révélait un holster à la hanche avec un pistolet qu'elle reconnut.

D'un mouvement brusque, Kat fit replier son masque dans sa combinaison, la fissure se séparant et répandant quelques éclats de verre au passage. Ce serait coûteux à réparer, mais mieux valait quelques dégâts supplémentaires que d'affronter une confrontation avec une vision floue et rayée.

Et elle voulait vraiment voir ce type en face.

— C'est vous qui m'avez tiré dessus, dit Kat alors que l'homme s'approchait d'elle, prenant soin de rester hors des lignes de tir de ses alliés. Sur les toits.

— Pour être honnête, dit l'homme en joignant les mains, vous n'étiez pas ma cible, jusqu'à ce que vous ne me laissiez pas le choix.

— Parce que je ne voulais pas que vous tiriez sur mon ami.

— Lequel était-ce ? demanda l'homme, puis il jeta un regard aux autres mercenaires. L'un d'entre vous a tiré sur son ami ?

— Il s'appelle Calvin. L'un de vous a essayé de le tuer.

— Est-ce une anomalie ?

— C'est un Paragon.

L'homme croisa les mains et secoua la tête. Assez de faux regret pour gagner un prix.

— Ah, dans ce cas, je suis vraiment désolé, dit l'homme. Nous aurions dû le tuer dès le premier essai, cela nous aurait épargné cette conversation difficile.

Kat compta sept contre un dans le parking. Elle avait les gadgets de sa combinaison, bien que ses cuisses lui semblaient assez légères pour qu'elle soupçonne que ses pistolets paralysants avaient disparu. Même avec eux, se jeter dans un combat contre des gens armés comme ça ne finirait pas bien, euh, c'est sûr. Alors elle ravala sa fierté.

— Qui êtes-vous ? demanda Kat. Et pourquoi m'avez-vous amenée ici ?

— La deuxième question mène à la première. Pour faire court, je t'ai amenée ici parce que je sais qui tu es, et ce que tu n'es pas.

Kat attendit. Laissant l'homme se trahir.

— La traqueuse avec des parents Paragons, continua l'homme quand Kat ne parla pas. Toujours en colère contre les anomalies, même si tu en profitais. Combien de fois en as-tu neutralisé un, l'as-tu ramené en te demandant pourquoi le destin ne t'avait pas donné ce qu'ils avaient ?

— Peu importe, dit Kat. Venez-en au fait.

L'hésitation collective autour d'elle à la réponse de Kat confirma la relation patron-larbins entre l'homme et ses groupies armés.

— Efficace. J'aime ça. L'homme jeta un autre regard circulaire sur le parking, comme pour dire que ceci, ici, était le but. Tu te fais écraser sous la botte des anomalies. Nous travaillons à les détruire.

— En les assassinant ?

— En équilibrant le pouvoir. C'est tout. En rendant les choses équitables pour ceux d'entre nous que le destin n'a pas bénis. Nous devons leur montrer que les normaux méritent d'être traités correctement, comme des égaux.

— Tu as une drôle de façon de faire de la diplomatie.

— Alors, je te le demande, rejoins-nous. Aide-nous à nous améliorer, dit l'homme, et Kat se surprit à croire ses paroles, même si elle l'avait déjà catalogué comme psychopathe. Si tu peux trouver une voie pacifique vers ce que nous méritons, alors nous la prendrons. En attendant, notre seule option est la peur.

— J'ai eu peur pendant longtemps, répondit Kat. L'offre de l'homme rendait clair ce qui allait se passer ici, surtout si Kat disait non. Ce qui signifiait que chaque seconde qu'elle gagnait lui donnait une autre chance de résoudre l'énigme, de trouver une issue. J'évitais chaque anomalie que je voyais, je fuyais les Paragons. Mais après des années, j'ai réalisé que ce n'était pas une façon de vivre. Les anomalies ne choisissent pas ce qu'elles sont. Ce n'est pas leur faute.

— Alors tu les as rejoints.

— J'ai décidé de vivre ma vie, plutôt que de laisser mon passé la contrôler.

L'homme soupira, remonta sa manche gauche et jeta un coup d'œil à son Tama.

— J'espérais, en venant ici en personne, que je pourrais te convaincre, dit l'homme. Mais j'ai le sentiment que tu dis non.

Kat, en fait, ne dit rien.

— Regrettable, mais si je ne peux pas transformer un problème en avantage, alors je l'éliminerai.

L'homme leva une main.

— Attendez, dit Kat, brusquement et soudainement. Vous ne m'avez jamais dit qui vous étiez.

— Les morts n'ont pas besoin de savoir, répondit l'homme, agitant un seul doigt vers Kat alors que quatre fusils se levaient, les doigts appuyant sur les gâchettes.

CHAPITRE 47
INFILTRATION

POUR AUTANT QUE Zhan-Yo le sache, il n'existait aucun guide pour s'infiltrer dans les rassemblements des Paragons. Et même s'il y en avait eu un, sans son Tama, Zhan-Yo n'aurait pas pu le trouver. Cela ne l'empêcha pas pour autant de se séparer de Mathieu et des autres mercenaires pour se diriger, avec Marcus et Xander, vers le sommet.

Mathieu avait protesté contre cet arrangement jusqu'à ce que, après quelques efforts de persuasion, tout le groupe s'accorde sur un plan qui mettrait Zhan-Yo sous les projecteurs. Il aurait toute l'attention, et le monde entier serait alors témoin de ce que sa révolution représentait.

Le stade se dressant au loin à l'extérieur de la capsule — une capsule plus petite et ordinaire, remarquable uniquement par sa banalité d'un vert sale — Zhan-Yo et ses partenaires Paragons sortirent sous le soleil de fin d'après-midi. Bien que Los Angeles ne fût pas chaud selon les standards estivaux, comparé à un mois de février à Chicago, Zhan-Yo avait l'impression qu'il aurait dû être en short. En t-shirt. Sur la plage.

Zéro sur trois sur ce front-là.

Bien qu'ils aient trouvé le temps de s'arrêter dans un

magasin convenable en chemin pour que Zhan-Yo enfile un costume décent — il avait enduré les regards étranges des propriétaires du magasin sur ses bras dépourvus de Tama, mais ils avaient laissé Mathieu acheter les vêtements sans commentaire. Maintenant, le leader de la révolution ressemblait plus à un cadre moyen qu'à un guerrier du changement, mais étant donné que Zhan-Yo était censé pourrir dans une cellule, se plaindre de la mode semblait un peu exagéré.

Marcus et Xander avaient apporté leurs bleus de Paragon, ils avaient donc l'air dans leur élément lorsque le trio s'approcha de l'entrée principale du sommet, une chose clinquante suspendue avec des paillettes bleues et dorées, des banderoles, et des drones gladiateurs peints de quatre mètres de haut qui dominaient. Derrière les couleurs, Zhan-Yo remarqua des signes d'improvisation : le sommet avait été organisé en quelques jours, et derrière la décoration hâtive, le béton brut gris et le métal du stade donnaient à l'ensemble un aspect inachevé.

— Ziran organisait des événements mieux présentés que ça, dit Zhan-Yo à Marcus alors qu'ils s'approchaient des drones.

— Ziran essaie de vendre des Tamas, répondit Marcus. Les Paragons ne vendent rien.

— Seulement leur gouvernement tout entier.

— Mmmhmm, marmonna Xander tandis que Marcus haussait les épaules, regardant son Tama et tapotant sur son profil Paragon, indifférent à ce que Zhan-Yo essayait de dire.

Évidemment. Pourquoi Xander et Marcus se soucieraient-ils du monde, de ceux qui le dirigeaient ? Ces jeunes ne pensaient qu'à eux-mêmes. C'était à courte vue, mais Zhan-Yo pouvait l'accepter.

Ces deux-là n'étaient que des moyens pour parvenir à ses fins.

Les deux drones avancèrent à l'unisson lorsque le trio s'approcha, se rassemblant devant l'entrée et allumant les lumières de leurs casques — des fac-similés d'yeux qui brillaient d'un blanc éclatant. Marcus et Xander levèrent leurs Tamas et les deux drones, chacun s'inclinant pour regarder un Paragon, firent clignoter leurs lumières oculaires en vert. Tous deux se tournèrent ensuite vers Zhan-Yo.

Un visage qui aurait dû être enregistré sur toutes les listes de surveillance des Paragons, qui aurait dû provoquer une capture instantanée, ne suscita qu'une hésitation. Zhan-Yo n'avait pas besoin de regarder à sa gauche pour voir Xander exécuter sa magie, manipulant les ondes lumineuses entre les drones et Zhan-Yo. Le gamin avait promis que Zhan-Yo ne serait pas reconnu, et le fait qu'il n'ait pas encore été réduit en miettes semblait vérifier cette promesse.

— Nous escortons ce normal, dit Marcus. Il a un rendez-vous avec les Champions avant le début du sommet.

La question de savoir si les gladiateurs allaient traiter les mots de Marcus ou non devint sans objet lorsque les deux machines reculèrent, s'écartant pour laisser apparaître un autre Paragon. Pas un que Zhan-Yo reconnaissait, mais apparemment ses collaborateurs si, car tous deux se raidirent à sa vue.

Une femme petite et robuste avec un air renfrogné, vêtue d'une tenue légère — toujours bleue, toujours avec le P de Paragon sur la poitrine — s'interposa entre les drones et examina attentivement Zhan-Yo.

— Quel est le nom ? demanda-t-elle, d'une voix de stentor qui fit sursauter Zhan-Yo.

— Wexley, répondit Zhan-Yo. Je suis juste là pour parler de parrainage.

Si Zhan-Yo avait convaincu la Paragon, il ne put le dire d'après son visage. Il ne put toujours pas le dire quand la femme s'estompa, devint translucide puis explosa en un milliard de minuscules particules. La poussière traversa le costume de Zhan-Yo et ressortit de l'autre côté, où, lorsque

Zhan-Yo se retourna, il la trouva en train de l'observer à nouveau, le froncement de sourcils encore plus prononcé.

— Pas de Tama, pas d'identifiants, dit la femme. Ce sommet n'a pas été particulièrement bien planifié, donc nous n'avons pas de liste, ce qui signifie que vous n'y êtes pas. Je ne peux pas vous laisser entrer à moins qu'un Champion ne se porte garant pour vous.

— Allez, Settra, dit Marcus. C'est un local. Il a dit qu'il possède une chaîne de sandwicheries dans le coin et veut offrir des coupons.

Une chaîne de sandwicheries ? Des coupons ?

Zhan-Yo s'efforça très, très fort de garder un sourire innocent sur son visage. Il avait poussé pour ça, essayé de saisir l'occasion, et quand on allait vite, parfois on devait composer avec des amateurs. Il devait se rappeler qu'il y avait une raison pour laquelle Marcus et Xander effectuaient des tâches merdiques de Paragon à Chicago.

— Des coupons, répliqua Settra, aussi incrédule que Zhan-Yo face à cette idée. Et comment deux Paragons de Chicago connaîtraient-ils un propriétaire local de sandwicherie ?

— Je connais son père, interrompit Zhan-Yo. Depuis long-temps, depuis l'université. J'ai pris contact quand j'ai appris que le sommet avait lieu, puisque je savais qu'ils étaient des Paragons. Je voulais voir s'ils pouvaient m'obtenir un rendez-vous ? Pour mes magasins ?

— C'est ça, ouais, ajouta Xander. Juste, euh, pour donner un coup de main.

Settra avait un regard qui laissait présager d'autres ques-tions, jusqu'à ce que le drone à leur droite, montant la garde, lance des étincelles de sa patte arrière. L'engin s'agenouilla, ses yeux blancs virant au jaune. Settra le fusilla du regard et jura.

— Vous deux, dit Settra. Vous avez le plan du sommet sur vos Tamas ? Marcus et Xander acquiescèrent. Alors emmenez ce type à l'entrée principale. C'est là que sont les médias. Quelqu'un l'aidera là-bas.

— Compris, dit Marcus, et les trois se tournèrent pour entrer.

— Et ne le perdez pas, lança Settra à leurs dos. S'il se passe quoi que ce soit de stupide, je vous en tiendrai tous les deux pour responsables.

Aucun des deux Paragons ne répondit, mais Zhan-Yo perçut la peur dans leur démarche, dans leurs yeux. Ces deux-là étaient des gamins jouant à un jeu dangereux, et maintenant ils avaient fait un mouvement qu'ils ne pouvaient pas reprendre.

— Bien joué, parvint à dire Xander une fois qu'ils eurent franchi le seuil du stade, les sols en béton s'élevant au-dessus d'eux. Elle n'allait pas nous laisser partir.

— Ce n'est pas la première fois que je détruis un drone, dit Marcus, avec cette fausse bravade que Zhan-Yo avait vue tant de fois chez des gens essayant de faire leurs preuves auprès de leurs pairs. Un peu de jus directement sur les articulations, et ils lâchent.

Zhan-Yo leur fit sortir le plan du sommet tandis qu'ils se dirigeaient vers l'entrée principale. Une fois qu'ils furent hors de vue de Settra et bien au milieu de la foule mouvante des Paragons, qui commençait à grossir pour l'ouverture du sommet, Zhan-Yo les tira sur le côté.

— Vous connaissez vos rôles, dit Zhan-Yo, et les deux Paragons acquiescèrent. Alors allez-y.

Ils ne posèrent aucune question, et malgré l'agacement qu'il avait ressenti envers eux plus tôt, Zhan-Yo s'attarda à regarder les deux Paragons se mêler à la foule et le quitter. Les deux garçons avaient fait leur travail, s'étaient mis à l'épreuve, et avaient réussi.

La révolution n'avait pas pour but de détruire les Paragons. Ni de mettre fin aux anomalies ou de les chasser. Zhan-Yo voulait élever les normaux. Apporter la parité. Il y

avait de bonnes personnes dans les deux camps, et, en travaillant ensemble, ils devraient pouvoir créer un monde meilleur.

Les Champions, cependant, ne le verraient jamais de cette façon.

Zhan-Yo confirma cette vision en se joignant à la foule, se dirigeant lentement vers le centre du stade. Tandis qu'il se mêlait aux gens, gardant la bouche fermée et les oreilles ouvertes, Zhan-Yo entendit des bribes s'interrogeant sur la raison même de ce sommet, des commentaires habituels sur les célébrités à propos des Champions qui avaient été aperçus, et, plus important, des chuchotements tendus sur Aegis et ce qui adviendrait après lui.

Avec ces derniers venaient les insultes auxquelles Zhan-Yo s'attendait, mais qui l'attristaient toujours d'entendre. Les Paragons avaient toujours regardé de haut les normaux, mais, en public, tendaient à masquer ces sentiments avec des platitudes édifiantes et des louanges artificielles à un Éden unifié. Ici, en revanche, on entendait des promesses vengeresses, des calomnies furieuses, et des mensonges tous destinés à transformer le citoyen moyen en un monstre suspicieux attendant l'occasion de poignarder n'importe quelle anomalie dans le dos.

Aegis avait souvent parlé dans ses discours de purger la société de sa maladie, d'éliminer la haine et la colère pour les remplacer par la coopération et l'amour. Si Zhan-Yo respectait une chose chez cet homme, c'était la capacité de la légende à rester fidèle à ces principes même si l'organisation qu'il dirigeait les ignorait. Certes, Aegis distribuait des coups, mais il le faisait avec l'espoir sincère que chaque bagarre rendrait le monde meilleur.

Zhan-Yo ferait, faisait la même chose. Contrairement à Aegis, il réussirait.

Au prochain croisement, Zhan-Yo tourna à droite, se glissant entre les uniformes bleus et les drones bourdonnants

occasionnels pour s'engouffrer dans un tunnel menant vers l'herbe verte au centre du stade.

Le soleil tombait en biais sur des chaises disposées en rangées, tournées, comme les gradins, vers une scène circulaire centrale. Zhan-Yo longea une allée — ici, il y avait moins de Paragons, certains aidant encore à l'installation, d'autres prenant des photos sur leurs Tamas. Personne ne prêta attention à Zhan-Yo qui effleurait du bout des doigts les chaises métalliques chaudes, marchait sur les lignes blanches effacées destinées à des jeux qui ne se joueraient pas aujourd'hui.

Un tissu bleu drapait la scène elle-même, par ailleurs sans particularité. Sans doute que les orateurs seraient équipés de micros, ou amplifiés par un pouvoir d'anomalie. Zhan-Yo toucha le rebord, sentit le tissu. Il avait promis un signe à ses soutiens. Il devait la même chose au monde.

Posant ses deux paumes sur la scène, Zhan-Yo se hissa. Se tira en pleine vue. Des centaines, peut-être des milliers de personnes qui voulaient sa mort avaient maintenant un tir dégagé, et personne ne protesterait s'ils le prenaient.

Mais quand Zhan-Yo se dressa, il se tint droit. C'était son moment, et aucun Paragon ne pouvait le lui prendre.

CHAPITRE 48

OBSERVATION

SI ON LUI laissait le choix, Mynx opterait toujours pour son Usine. Cette construction bourdonnante, remplie de machines, accommodait ses rêves sans drame, permettait à Mynx de jouer avec ses idées sans que des idiots ne viennent tout gâcher en semant la pagaille.

Malheureusement, Mynx n'avait pas le choix. Elle observait Zhan-Yo monter sur scène depuis la loge des Champions située bien au-dessus et, lentement, très lentement, croqua dans la carotte qu'elle avait trempée avant que Reeves ne l'alerte de l'intrusion indésirable.

L'IA avait mentionné l'évasion de prison au moment où elle s'était produite, avait mobilisé des drones pour l'empêcher, mais Zhan-Yo, ce salaud insaisissable, s'était échappé. Mynx avait pensé que le révolutionnaire se réfugierait dans une planque, s'enfuyant dans les profondeurs pour y moisir avec ses plans. Au lieu de cela, et Mynx devait lui accorder un crédit rageur pour cela, l'homme avait opté pour l'impact.

Non que Zhan-Yo puisse atteindre un large public de là où il était. Le sommet n'avait pas officiellement commencé, et les médias avaient été parqués dans une zone d'entrée pour prendre des photos tape-à-l'œil à l'arrivée des Champions.

Quoi que Zhan-Yo dise là-bas, quelle que soit la protestation qu'il fasse dans les instants précédant l'effacement de son existence par Mynx, seuls les Parangons qui passaient par là l'entendraient.

Avec un peu de chance, les paroles de l'homme tomberaient dans l'oreille d'un sourd, et Mynx n'aurait pas besoin d'ajouter plus de nettoyage à sa liste déjà bien remplie.

— Apinya va s'occuper de l'homme, dit Burov en la rejoignant. L'attitude tonitruante du Russe s'était adoucie depuis l'apparition de Celice, car il s'éclipsait continuellement auprès de la fille d'Aegis pour lui voler sa colère et son hystérie. Nous devons la tenir à l'écart.

Mila et Pixie étaient actuellement chargées de s'occuper de Celice, la tenant éloignée des fenêtres et près des collations. Si Mynx entendait correctement, Pixie incitait Celice à accepter une position plus élevée dans Atlantis. Les Parangons ne feraient peut-être pas d'elle une Championne, mais garder la fille de la légende, suffisamment compétente par elle-même, dans l'équipe serait un bon coup médiatique.

— Je déteste ça, dit Mynx.

— Quelle partie ?

— Chacune d'entre elles.

— Je pourrais m'en occuper pour vous, dit Burov, et Mynx leva les yeux au ciel avant de remarquer son visage impassible.

L'homme pensait-il pouvoir aspirer ses aversions ? Transformer sa personnalité en celle d'une Championne mondaine, amoureuse des projecteurs ?

— Garde tes pouvoirs pour toi, dit Mynx, puis elle pointa vers la fenêtre. Je descends pour épauler Apinya. Si nous avons besoin d'anéantir Zhan-Yo, mieux vaut avoir quelqu'un prêt à le faire.

— Commencer le sommet par un meurtre, médita Burov. Un coup audacieux de votre part, Mynx.

— Ce sera peut-être le seul.

Mynx déposa son assiette et, avec un dernier signe de tête à Pixie, dans lequel leurs regards échangèrent leurs missions respectives concernant Zhan-Yo et Celice, Mynx se dirigea vers le hall.

La cérémonie d'ouverture était prévue dans quelques heures, mais les Parangons de tout le Pacifique et ceux qui avaient fait le voyage du monde entier encombraient déjà les allées. Bien que Mynx ait organisé le sommet pour que les Champions puissent discuter, divers groupes de Parangons avaient mis en commun leurs ressources à la hâte et organisé des sessions, des cours et bien plus encore.

L'ampleur de la production avait jusqu'à présent éclipsé les propres plans de Mynx pour l'événement, si bien qu'elle ne put s'empêcher d'être impressionnée en voyant les panneaux recouvrant chaque intersection, détaillant quelles salles et quelles scènes accueilleraient quelles conversations. Parfois, elle oubliait que les Parangons étaient bien plus que quelques Champions ; ils dirigeaient le monde et le prenaient au sérieux.

Peu après la loge, alertée par un bourdonnement de son Tama, Mynx tourna à gauche et se dirigea vers le bord du hall. De là, elle pouvait regarder à travers les hautes fenêtres l'après-midi de Los Angeles, la hauteur offrant une vue sur les stations de capsules, les boutiques de quartier et les restaurants. Mynx trouva également de l'espace, et un drone la repéra.

De minuscules machines, chacune de la taille d'une barre chocolatée ou plus petite, flottèrent autour d'elle, s'accrochant à son uniforme comme autant de décorations. À la fin, on aurait dit que Mynx avait orné sa tenue de Paragon de joyaux. Des bracelets entouraient ses bras et ses chevilles. Un peu ridicule, mais étant donné ce que certaines anomalies portaient ici, rien qui ne mérite beaucoup d'attention.

— Tu en as mis du temps, réprimanda Reeves, la voix de l'IA résonnant maintenant directement dans son oreille, grâce à sa nouvelle boucle d'oreille mécanisée. Les statistiques indiquaient qu'une attaque était probable il y a une heure.

— Je ne pouvais pas m'échapper, répondit Mynx, restant toujours à sa place, regardant par les fenêtres. Fais-moi un résumé.

Elle aurait pu lire les informations sur son Tama, mais Mynx trouvait plus facile de jongler avec les idées en écoutant un récit verbal. Laissons Reeves décrire les problèmes pendant qu'elle les résolvait.

— Ça s'annonce comme une rude journée, dit Reeves. D'abord, il y a eu l'évasion de prison. Les premiers rapports indiquent que les drones de garde ont été désactivés par des armes conventionnelles, puis détruits par des explosifs placés. Les autres prisonniers n'ont pas été affectés.

— C'est déjà ça. Une idée de qui l'a fait évader ?

— Un groupe normal. D'anciens militaires, d'après les vidéos.

— Bien sûr. Active les mandats. Tuer à vue.

Mynx tambourina du doigt sur la rambarde.

— Pas de capture ?

— Pas de capture. Nous avons le Tama de Zhan-Yo. Aucun mercenaire n'aura de meilleures informations. Et Zhan-Yo a déjà clairement exprimé sa position. Quiconque l'aide est complice.

— C'est fait, Reeves fit une pause. Cette prochaine information est inhabituelle.

— Attends.

Mynx se retourna vers le hall, vers les écrans vidéo qui s'étaient allumés et se concentraient sur la scène centrale, où Zhan-Yo se tenait debout et semblait crier des choses. Sans micro, Dieu merci, elle ne pouvait pas comprendre ce qu'il disait, mais, vu le nombre de Parangons qui s'étaient tournés vers le terrain, cette barrière ne tiendrait plus très longtemps.

— Continue de parler, dit Mynx en quittant son oasis et en

commençant à se frayer un chemin à travers la foule vers le centre. Les choses empirent ici.

— Et partout ailleurs, répondit Reeves. Notre petite île d'anomalies a des problèmes. Il semble qu'ils aient construit un bateau.

— Ils connaissent les règles. Faites détruire le bateau par les drones.

— Ce sera fait. Cependant, cet événement indique également un niveau de coopération que nous n'avions pas anticipé. Si les anomalies combinent leurs capacités, je calcule que les drones pourraient avoir des difficultés à réussir.

— Reeves. Vous avez des dizaines de drones létaux là-bas. Je me fiche de ce que vous devez faire, mais occupez-vous-en. Je ne peux pas me concentrer sur quelques anomalies lointaines en ce moment.

— Bien sûr.

Mynx atteignit le niveau du sol, évitant intentionnellement l'entrée principale et ce qui serait certainement des caméras inquisitrice. Des journalistes. Elle vit Rosamund et l'équipe des Élémentaires se frayer un chemin devant, écartant les Paragons alors qu'ils marchaient sur le terrain. Elle se doutait qu'ils seraient au premier rang, voulant entendre quiconque fustigerait l'ordre mondial.

— Il y a autre chose, dit Reeves. À propos de Zhan-Yo.

— Dis-le.

— Il semble qu'il soit peut-être entré avec deux autres Paragons. Nous les recherchons actuellement.

— Donc plus de traîtres. Apparemment, les Paragons avaient besoin d'une autre purge formelle. Apinya et Burov devraient peut-être recommencer à passer de personne en personne, peu importe le temps que cela prendrait. En quoi est-ce une nouvelle ?

— Parce que j'ai du mal à comprendre pourquoi Zhan-Yo viendrait ici si vite après son évasion, répondit Reeves. Il n'y a aucune bonne raison à cela. Venir ici garantit sa capture, ou sa mort, ou les deux, et nous pouvons contrôler le récit.

— À moins que ?

— À moins qu'il ne prépare quelque chose de plus grand.

Mynx sortit du tunnel et posa le pied sur l'herbe éclatante. Le soleil était partiellement tombé derrière le mur extérieur du stade, et sa lumière fragmentée baignait le terrain d'un orange flamboyant. La voix de Zhan-Yo résonnait clairement maintenant. Un discours harangueur sur le fait que les Paragons n'étaient pas différents des dictateurs du passé, que le monde méritait l'égalité et d'autres platitudes sans intérêt.

— Mynx, m'écoutez-vous ? demanda Reeves.

— Je vous ai entendu. Mynx s'arrêta, vit qu'Apinya s'était rapprochée de la plateforme. Elle regarda autour du stade, repéra la loge des Champions, avec Mila aux fenêtres, qui haussait les épaules dans sa direction. Qu'est-ce qui pourrait être plus important que de tuer Aegis ?

— Vous avoir tous les autres ?

Mynx ne ressentait plus beaucoup la glace dans ses veines. Elle avait vu la plupart de ce qu'on pouvait voir dans la vie, dans le danger, et avait survécu. Mais elle avait aussi construit tout un monde à partir de rien. Ses architectes étaient maintenant dans cet espace même avec elle, et cela les rendait vulnérables, peu importe leur puissance.

Reeves avait pourtant tant de sécurité autour du stade. Tant de drones et tant d'anomalies affectées à la protection. Comment Zhan-Yo, si récemment captif, pourrait-il orchestrer quelque chose d'assez complexe pour déjouer leurs mesures ?

Mynx regarda à nouveau vers la scène, vers le monstre qui y pérorait. Aegis avait sous-estimé l'homme, présumé de sa propre invulnérabilité jusqu'à la fin. Mynx ne ferait pas, ne pouvait pas faire la même erreur.

— Reeves, dit Mynx. Ordonnez-

Elle sentit une main sur son épaule, une qui la retourna, et

Mynx se retourna pour voir le visage sauvage et furieux de Celice.

— Tu as dit que tu l'avais, grogna Celice. Tu as menti.

Mynx ne vit pas venir le coup de poing, ne pensa jamais que la fille de sa meilleure amie, une fille qu'elle connaissait et aimait depuis si longtemps, frapperait, mais Celice la frappa fort, en pleine mâchoire, et Mynx perdit connaissance avant de toucher l'herbe.

CHAPITRE 49
EN MER

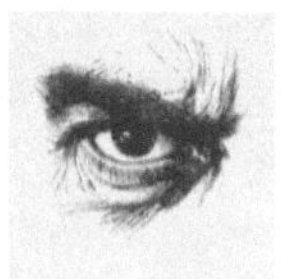

THANE NE JOUAIT PAS au jeu politique. Il ne faisait pas campagne pour obtenir du soutien, ne présentait pas sa position, et ne faisait pas de grands discours exhortant les gens à le suivre. Les menaces, la réputation et la soif de pouvoir étaient généralement les mécanismes préférés de Thane. Quand on avait raison, quand tout le monde voyait combien ils avaient à gagner en vous suivant, combien ils pourraient souffrir s'ils ne le faisaient pas, pourquoi avait-on besoin de démocratie ?

Cette stratégie s'est effondrée à l'approche du déjeuner. Thane avait demandé à Sook et ses autres gardes du corps d'interroger toutes les anomalies qu'ils pouvaient trouver sur leur position : partir ou rester, et, dans ce dernier cas, quelles capacités avaient-elles ?

Thane leur avait dit d'être gentils, sachant qu'il n'en était pas capable lui-même. Au lieu de cela, il choisit de servir son propre effort en faisant quelque chose qu'il comprenait. Thane retourna au bord de l'eau — Sienna et Cassidy avaient quitté le bateau, disparues quelque part — et monta à bord du navire. Il parcourut le pont de la poupe à la proue et inspecta sa surface miroitante.

La lumière du soleil se reflétait sur les planches, des pièces grossièrement façonnées moulées en place par les pouvoirs des anomalies plutôt que par l'artisanat. Beaucoup brillaient encore d'eau de mer, des cristaux de sel visibles là où la chaleur avait fait son œuvre. Le vernis protecteur ne procurait pas l'invincibilité, cependant ; Thane remarqua des endroits où le bois avait pourri, où des créatures marines avaient fait des trous et des maisons, et des planches qui semblaient spongieuses. Ce bateau pourrait flotter un moment, mais il ne survivrait pas à un long voyage en mer.

Tout en avançant, Thane entretenait cette petite flamme de colère. Il nourrissait sa faim pour devenir plus grand, plus fort. Un géant parmi les anomalies qui travaillaient. Les autres, chétifs, verraient leur chef, grand et terrible.

Les plus timides s'écartaient de lui, même en chargeant plus de nourriture. Ils apportaient du bois de rechange à bord. Ils glissaient des poteaux et des rames de fortune dans des fentes tout aussi médiocres. Des outils pour des corps inférieurs. Thane pouvait nager tout le trajet. Manger un poisson d'une main, nager avec ses jambes.

Le plus grand, le plus fort.

Plus tard, le plus petit homme annonça son arrivée sur la plage, interrompant Thane qui regardait les poissons dans l'eau, se demandant quel goût ils auraient s'il les attrapait et les mangeait sur-le-champ.

Arthur.

Le nom de l'homme laissait un goût flou sur la langue de Thane. Un nom à détruire si les choses tournaient mal. Si l'estomac de Thane grondait trop.

Des anomalies suivaient Arthur, y compris certaines que Thane reconnaissait, même si leurs noms ne lui venaient pas à l'esprit. Pas de la nourriture, celles-là, mais des amis. Ceux à protéger. Qui l'aideraient plus tard. L'une d'elles, une femme aux cheveux bruns, fit signe à Thane de s'éloigner du bateau.

Il devait le quitter, s'approcher du petit homme. Du casse-croûte.

Très bien.

Laissant un grand éclaboussement derrière lui, Thane piétina à côté d'Arthur, ses énormes pieds s'enfonçant dans le sable mouillé. Arthur ne semblait pas le remarquer. L'homme parlait à la foule, disant des choses que Thane ne se souciait pas d'écouter. C'étaient des mots ennuyeux, prononcés par un homme faible.

Mais l'homme faible avait l'attention. Les yeux étaient fixés sur Arthur, et Thane vit des hochements de tête. Quelques sourires. Même un rire. Thane grogna. Ce n'était pas le plan. Ils étaient censés aimer Thane, ce qu'il offrait. Le suivre sur le bateau et au-delà.

Thane tendit le bras, posa une grande main, sa peau tendue sur de longs os, sur l'épaule d'Arthur. Thane n'avait pas l'intention de pousser, pas vraiment, mais il projeta Arthur dans le sable. Arthur cessa de parler, et Thane vit ces sourires disparaître. Les yeux se tournèrent vers lui.

— Faible, dit Thane, enfonçant Arthur davantage dans le sable. L'homme essaya d'écarter la main de Thane, comme un moucheron tentant de soulever un rocher. Fort.

Thane leva son autre main, les doigts repliés en un poing géant. Il fit un pas de côté, gardant sa main droite sur l'épaule d'Arthur, et pointa vers le bateau.

— Libres, cria Thane. Nous !

Au lieu d'applaudissements ou d'une ruée effrénée vers le bateau, l'emportant avec elle, l'anomalie ressentit une piqûre. Sentit l'odeur âcre de la chair qui brûlait.

Sa chair. Son bras.

Arthur, une ombre sombre l'entourant alors que l'homme attirait la lumière ambiante et la tordait en un manteau brûlant autour de sa main, ne ressemblait en rien à la proie impuissante qu'il était un instant auparavant. Au contraire, chaque partie de lui manquait de lumière : ses yeux étaient gris ardoise, sa peau bronzée devenue cendreuse, et même ses dents semblaient comme de la poussière creuse.

Alors Thane le jeta. Il tira brusquement son bras droit, soulevant Arthur et le sable. Arthur vola et s'écrasa dans une vague qui arrivait, tourbillonnant noir et brillant alors que la nature rejetait son anathème sur la plage, où d'autres anomalies allèrent l'aider à se relever, toussant, tandis que la couleur normale revenait au corps d'Arthur.

Le bras de Thane restait rouge vif et blanc là où la prise d'Arthur l'avait brûlé. La douleur aurait dû mettre Thane en colère, aurait dû le pousser dans une rage, mais non. Au lieu de cela, Thane se frotta le bras, plissa le visage et essaya de comprendre.

Cette partie, cette forme, elle ne ressentait pas la douleur. Elle ne se blessait pas. Thane pouvait être bousculé, pouvait être piégé ou étourdi, mais la douleur ? Des dommages à son corps ? Jamais. Pas comme ça.

— Thane, calme-toi. Une femme parla, s'approchant de lui. Si tu perds le contrôle, nous les perdrons tous.

La femme. Thane la connaissait, et elle n'avait pas l'air effrayée comme la plupart de ceux qui le regardaient. Il pouvait les combattre, les manger, les détruire. Mais il regarda vers Arthur, qui lançait maintenant quelque chose d'autre à l'assemblée, quelque chose de colérique.

Celui-là pouvait lui faire mal. Thane se frotta à nouveau le bras. Pouvait peut-être le tuer.

Et pour la première fois, Thane ressentit de la peur.

Sauf que, de quoi avait-il à avoir peur ? Thane secoua la tête alors que son corps rétrécissait, que ses muscles s'atrophiaient jusqu'à ce qu'un homme normal, plus âgé, se tienne sur la plage. Sook et ses gardes du corps prirent le signal pour former une ligne souple entre Thane et les autres anomalies.

Si Arthur tentait de faire un geste, Sook le défendrait. Cassidy créerait un vide dans l'esprit de l'homme. Thane avait des alliés ici, et si les choses tournaient vraiment mal, eh bien, Thane parierait toujours sur sa colère écrasante contre le spectacle de lumière d'Arthur. Jusqu'à ce moment-là, cependant, une autre méthode serait préférable. Il avait essayé la force, maintenant Thane devait user de sa langue d'argent.

— C'est votre choix ! se remit à crier Arthur. Ce maniaque, ou moi ! Celui qui vous a menés jusqu'ici !

— Celui qui ne vous mènera pas plus loin, annonça Thane, puis il poussa Sook de côté pour que son public puisse le voir directement. Vous devriez remercier Arthur pour ses services, mais son voyage est terminé. Je vous le demande, avez-vous fini le vôtre ?

Les Paragons qui vous ont mis ici n'ont pas été punis. Vos familles vivent sans vous, se demandant où vous êtes partis. Quelles que soient les ambitions que vous ayez pu avoir, comment peuvent-elles être satisfaites ici, à dépérir dans cette prison, n'ayant droit qu'à ce que les Paragons vous donnent ?

Les visages se tournaient d'un côté et de l'autre, vers Arthur debout sur la plage, son village derrière lui, et Thane, encadré par le bateau.

— Les Paragons nous ont donné nos vies, rétorqua Arthur. Je n'ai aucun amour pour eux, mais je n'ai pas non plus envie de mourir. Thane ne vous mènerait nulle part sauf au fond de la mer.

— Je choisis de ne pas vivre dans la peur de ces drones, dit Thane. Je choisis de ne pas vivre dans la peur de ceux qui la prêchent. Il est temps de montrer au monde que nous n'en avons pas fini avec lui. Venez avec nous maintenant, ou vous ne verrez jamais une autre chance de quitter cette île.

Si Thane pouvait déclarer qu'un seul argument était plus efficace que les autres, ce dernier semblait retenir le plus l'attention. Chaque anomalie que Thane pouvait voir se repliait sur elle-même, regardait vers la mer ou le volcan de l'île et, sans doute, imaginait sa vie jusqu'à sa fin inévitable : des jours passés à attraper du poisson, à tisser de nouveaux vêtements et à regarder les nuages passer jusqu'à ce qu'une tempête ou une simple maladie ne les emporte des décennies avant l'heure.

Thane leur donna trois longues respirations, puis se retourna et s'avança dans l'eau, se dirigeant vers le bateau. Cassidy, Sook, ils comprirent et suivirent. Un peu plus tôt que prévu, mais c'était le moment.

Le cerveau l'emportait là où la bête avait échoué, mais Thane aurait son évasion. Le bruit d'éclaboussures et de chocs des pieds entrant dans les vagues le prouvait.

CHAPITRE 50

EXÉCUTION RATÉE

L'HOMME qui avait ordonné sa mort retourna à son pod, laissant Kat seule face à cinq adversaires dans le parking enneigé. Rhimes, flanqué de chaque côté par des mercenaires armés de fusils d'assaut, gardait sa main levée, retardant l'ordre de tir tandis que le pod de leur chef se mettait en route et s'éloignait en crissant. Il fallait éloigner le roi de tout tir potentiellement mal dirigé.

— Satisfais la curiosité d'une fille morte, dit Kat. Combien est-ce qu'il vous paie ?

Tout en posant la question, Kat fit un léger mouvement du poignet gauche, faisant pivoter les gadgets de sa combinaison.

— Nous payer ? répondit Rhimes. Peu importe. Une fois qu'on en aura fini, la réputation ne vaudra plus un clou.

— Alors vous faites tout ça par quoi, par amour ?

— T'as déjà entendu parler de loyauté, traqueuse ? Rhimes jeta un coup d'œil vers le pod qui s'engageait dans la rue et prenait de la vitesse. Ou t'es trop seule pour ça ?

Kat serra son poing gauche. Deux petites sphères argentées jaillirent de son gantelet, s'écrasant violemment sur l'asphalte couvert de neige avant de rebondir. Tous les regards se tournèrent vers les objets tandis que Rhimes baissait la main.

— Oups, dit Kat, et elle *bougea*.

D'un mouvement brusque du cou vers la droite, Kat remit en place son masque endommagé tout en fermant les yeux, se propulsant vers le sbire armé le plus proche. Les sphères argentées explosèrent dans un flash aveuglant dans le crépuscule déclinant. Le masque bloqua suffisamment pour que Kat ne ressente qu'un léger éclat violet-bleu à travers ses paupières.

Kat rouvrit les yeux en attrapant le premier sbire avec son bras droit, donnant simultanément un coup de pied dans le genou de l'homme avec sa jambe droite, le brisant alors qu'il portait ses mains à ses yeux brûlés. Le fusil de l'homme, suspendu par une sangle, se balança dans les airs tandis qu'il tombait, et Kat s'en empara, s'accroupissant dans le mouvement pour récupérer l'arme.

L'expérience de Kat en matière de tir avec des armes à projectiles, plutôt qu'avec les fléchettes paralysantes sans recul, se limitait entièrement aux stands de tir approuvés par Paragon. Le recul fit dévier sa visée, mais à cette distance, cela n'avait guère d'importance. Les balles fusèrent alors que les quatre autres trébuchaient, Kat visant d'abord le sbire le plus proche, puis balayant le canon vers les deux plus éloignés, touchant les trois avec ses tirs.

Rhimes, ce salaud, parvint à garder suffisamment de sang-froid pour se jeter au sol et ramper de l'autre côté d'un pod, évitant la première rafale de Kat en se plaquant contre le sol, et la seconde grâce à la construction robuste du pod haut de gamme. Le verre du véhicule vola en éclats, certes, mais sa structure tint bon.

Kat relâcha la détente, son épaule endolorie après que l'arme s'y était enfoncée un millier de fois en quelques secondes. Au-delà de Rhimes, elle ne vit plus un seul ennemi bouger. Pas même un tressaillement.

Venait-elle de tuer quatre normaux ?

Une soudaine envie de vomir lui noua l'estomac, réprimée uniquement par la voix de Rhimes qui l'appelait depuis sa cachette.

— Pas mal comme tour pour une traqueuse ! lança Rhimes. On n'aurait pas dû te sous-estimer.

Rhimes continuait de parler, mais Kat cessa de l'écouter. Elle devait se concentrer. Rester dans l'instant présent. Les arguments moraux pouvaient attendre, l'apitoiement sur soi aussi. La survie était primordiale. Rhimes d'abord, Kat ensuite.

— Arrête ! cria Kat en retour. Arrête, c'est tout.

Rhimes, heureusement, obtempéra.

— C'est fini, d'accord ? dit Kat, maintenant assise à côté du type dont elle avait brisé la jambe. Celui-là, au moins, était vivant, gémissant près d'elle et agrippant son genou à deux mains. C'est terminé.

Ou presque. Les coups de feu avaient déjà déclenché l'alerte de son Tama, ce qui signifiait que des drones allaient arriver, même à cette distance. Tous les Paragons à proximité seraient également prévenus. Si Rhimes et son équipe avaient tiré et étaient partis, ils auraient probablement pu s'en sortir. Maintenant ? Une prison de Paragon était leur meilleur espoir. La mort, le pire.

— Terminé ? dit Rhimes. Kat, ce n'est que le début.

D'où ce type tirait-il son aplomb ? Kat se pencha, détacha le fusil du garde gémissant, se leva et vit Rhimes surgir du coin en courant vers elle, les bras pompant. Kat leva le fusil, sa main pressant la détente, mais Rhimes écarta le canon d'une claque et la percuta de l'épaule.

Sur l'asphalte glissant, les pieds de Kat dérapèrent et elle tomba en arrière, se cognant la tête sur le sol dur. Sa capuche et son masque atténuèrent le plus gros du choc, mais le contrecoup lui coupa le souffle, même lorsqu'elle tendit le bras, attrapa le pied de Rhimes alors qu'il essayait de la piétiner, et le fit trébucher.

Rhimes tomba en arrière et Kat entendit le garde au genou brisé crier lorsque son chef atterrit sur lui. Elle n'attendit pas que Rhimes se relève ; se redressant d'un bond, Kat se remit sur pied, fit pivoter son poignet vers le câble d'acier et le leva.

Tira.

Rhimes se retourna, recevant le câble dans sa poitrine couverte d'équipement plutôt que dans le bras que Kat visait. L'homme grimaça, puis saisit le câble et tira, attirant Kat vers lui, ce qui lui donna l'élan nécessaire pour se remettre debout.

Être attachée à un homme comme Rhimes n'était pas une bonne chose. Kat essaya de détacher le câble, mais celui-ci ne faisait que tirer sur les vêtements de Rhimes, sans parvenir à les transpercer. Ses tentatives aidèrent Rhimes à combler la distance, et l'homme fonça à nouveau sur elle, esquivant le coup de pied que Kat tenta de lui porter.

Se faire écraser sous Rhimes n'était pas une option.

Kat continua de danser sur ses pieds, reculant face à la poussée de Rhimes, même lorsqu'ils dépassèrent les limites du parking pour s'enfoncer dans une neige plus épaisse. Elle lança des jabs de sa main gauche tandis que Rhimes attrapait sa main droite avec la sienne. Abandonnant le plaquage mais toujours lié de près par ce maudit câble, Rhimes balança son poing vers la tête de Kat, et rata sa cible.

Une danse stupide. Une danse mortelle. Deux combattants désespérés coincés ensemble et entre les esquives, l'adrénaline et les coups de poing, tout ce à quoi Kat pouvait penser, c'était qu'elle pourrait mourir ici, à côté d'un étang gelé, et comme elle n'avait jamais imaginé partir de cette façon.

Pas de coups de feu, pas de bagarres. Kat voulait une fin de vieille femme ; endormie et en sécurité.

— J'ai choisi le mauvais boulot, dit Kat en esquivant un autre coup sauvage.

— Moi aussi, répondit Rhimes, en poussant Kat plus loin dans la neige, en bas de la pente.

Le pied gauche de Kat atterrit sur quelque chose qui n'était pas de la neige. C'était, en fait, de la glace. Elle glissa, tourna, et entraîna Rhimes avec elle, la force pure donnant au câble suffisamment d'élan pour déchirer le gilet de Rhimes, laissant une fente au milieu mais, au moins, les libérant.

Pendant un bref instant, les deux se tenaient face à face, enveloppés dans leur propre souffle. La réalité eut le temps de s'installer.

— Tu as tué mes soldats, dit Rhimes, sans son sourire jovial habituel.

— Ils allaient me tuer.

Il y avait des stratégies. Des façons de gagner sur une surface comme celle-ci. Kat devait juste attirer Rhimes dans une autre charge et il tomberait probablement. Ensuite, un coup rapide à la tête et Rhimes serait hors jeu, et elle aurait un prisonnier. Quelqu'un à livrer aux Paragons, ou aux Élémentaux, ou à quiconque voulait affronter le reste de ces maniaques armés.

Pendant ce temps, Kat irait faire une thérapie. Et une longue sieste.

— Tu avais le choix ! dit Rhimes. Il t'a fait une offre.

— Et quelle offre c'était. Kat jeta un coup d'œil à droite, vers le ciel. Elle chercha des drones, n'en vit aucun. Jusqu'où étaient-ils allés ? — Je dis oui, je peux rejoindre votre équipe de tueurs. Je dis non, je meurs.

— Non, ce n'était pas du tout le choix. Il t'a offert une chance de t'échapper. Tu vis dans une prison que tu ne peux pas voir, mangeant à la cuillère que les Paragons te tendent. Avec nous, tu aurais pu avoir la liberté. Tu aurais pu aider le monde à voir ce qui les aveugle depuis si longtemps.

Génial. Qu'est-ce qui est pire que des tueurs à gages ? Des fanatiques. D'abord les Élémentaux, maintenant ces types.

Pourquoi venaient-ils toujours pour elle ? Qu'est-ce qui chez Kat la rendait si attirante pour ces gens ?

— Peut-être que j'aime ma prison, dit Kat. Il y a un gentil chien. Du bon whisky. Un lit chaud. Maintenant, si tu pouvais me laisser partir, j'aimerais y retourner.

Rhimes secoua la tête. — Non, je ne peux pas faire ça. Rejoins-nous ou meurs, Kat. C'est le jeu.

— Quel jeu pourri. Kat leva son poignet gauche, prête à tirer le câble.

Rhimes vit le mouvement et chargea, ses pieds glissant sur la glace. Kat retint son tir. Elle laissa la charge paniquée de Rhimes le faire perdre le contrôle. L'homme arriva en trébuchant vers elle, les mains tendues vers Kat, et elle l'esquiva, plantant ses propres pieds à plat pour qu'ils adhèrent. Alors que Rhimes passait, elle lui asséna un coup aux reins avec sa droite, le déviant de sa trajectoire et l'envoyant s'écraser sur la glace.

Elle profita de l'occasion, s'approchant rapidement de Rhimes, glissant un peu, mais réussissant à garder l'équilibre. Rhimes, le visage égratigné et ensanglanté par la chute, essaya de se relever, glissa et heurta à nouveau la glace.

— On dirait que tu perds cette manche, dit Kat, visa son pied, et tomba alors que des balles surgissaient de nulle part, explosant autour d'elle.

Roulant en heurtant la glace, elle regarda en arrière vers l'attaque, vit le garde — ça devait être celui au genou, vu comme il s'appuyait sur le pod — tenant son fusil, le pointant vers elle. Faisant une pause dans son tir.

— Laisse-moi me dégager, dit Rhimes, ses pieds raclant la glace en s'éloignant de Kat. Ensuite, tue-la !

Les mains sur la glace, les bottes glissant alors que Kat essayait de trouver une prise, elle regarda à travers le masque le fusil, la main du voyou alors qu'elle glissait vers la gâchette.

C'était vraiment un jeu pourri.

CHAPITRE 51
L'ÂME DE L'ENNEMI

IL FALLAIT L'ADMETTRE, Zhan-Yo ne s'attendait pas à commencer son discours inspirant et révolutionnaire en criant aux Paragons errants de faire attention. D'une manière ou d'une autre, il avait pensé que monter sur scène au centre du stade géant suffirait. Des caméras apparaîtraient et Zhan-Yo serait projeté dans le monde entier. C'est généralement ainsi que cela se passait lors des conférences de Ziran, quand il montait sur scène au son d'une musique palpitante, sous les applaudissements et mille regards adorateurs attendant de savoir quel nouveau Tamas serait lancé cette année-là.

Zhan-Yo compta peut-être une douzaine de costumes bleus parmi les sièges qui le regardaient. L'un d'eux le fixait avec une intensité suffisante pour suggérer qu'elle savait qui était Zhan-Yo. Alors que son visage se transformait en une grimace de plus en plus profonde, Zhan-Yo se demanda si elle n'allait pas simplement l'anéantir sur-le-champ. Invoquer un laser du ciel, ou peut-être transformer ses entrailles en gelée.

— Paragons ! cria à nouveau Zhan-Yo. Il leva les mains, comme pour essayer d'attraper le soleil couchant. Écoutez-moi !

Ils ne le firent pas. La cérémonie d'ouverture, d'après ce

que Zhan-Yo comprenait des panneaux affichés tout autour du stade, était prévue dans plusieurs heures et les Paragons semblaient plus intéressés par les retrouvailles entre amis que par l'écoute de l'étrange humain sur la scène.

Sauf un.

Descendant l'allée centrale directement vers Zhan-Yo, avec un sourire serein sur le visage, venait un Champion que Zhan-Yo n'avait jamais vu en personne, mais qu'il connaissait assez bien. Ridé, les cheveux longs attachés en arrière, Apinya portait un uniforme de Paragon rouge et noir, et bien qu'il ne marchât pas avec un bâton, Zhan-Yo ne pouvait s'empêcher d'en imaginer un dans les mains du Champion. Un vieux sorcier venant jeter un sort sur l'insolent.

Si les Paragons ne prêtaient pas attention à Zhan-Yo, ils donnaient certainement tout leur amour à Apinya. Les costumes bleus suivirent le Champion au centre, se déployant derrière lui et se tenant parmi les sièges, observant pour voir ce qui pourrait se passer, si le légendaire maître de l'esprit pourrait dispenser quelque sagesse ou une autre.

— Vous voilà, dit Apinya en s'approchant de la scène, et pas avec la voix tonitruante à laquelle Zhan-Yo s'attendait, mais d'un ton doux. Une conversation entre deux personnes, pas une harangue publique. Au cœur des choses.

— Au début de celles-ci, répondit Zhan-Yo, et il abandonna le centre de la scène pour se diriger vers le bord, se tenant devant et au-dessus d'Apinya. Aujourd'hui, nous commençons quelque chose de nouveau.

— Vraiment ? Apinya inclina légèrement la tête, ne montrant aucune contrariété que Zhan-Yo ait revendiqué la position dominante et, apparemment, ait l'intention de la garder. Et qu'est-ce que c'est, ce quelque chose ?

— Un nouveau départ pour nous ! Zhan-Yo leva les yeux en disant cela, abandonnant le volume conversationnel d'Apinya. Son public ici n'était pas le Champion. Ce n'était pas vraiment les Paragons dans le stade. Ils étaient des spectateurs pour les vraies cibles : le public. Sans doute quelqu'un enregistrait-il cela, peut-être même le diffusant en direct au monde entier. Les Paragons et les Normaux. Aujourd'hui, nous recommençons. Ensemble, comme des égaux.

— Une affirmation audacieuse, répondit Apinya. Une qui, je pense, vit plus dans les mots que dans les actes.

Alors qu'Aegis passait ses jours de gloire placardé sur des magazines et faisant des grimaces pour les caméras à chaque occasion, embrassant le rôle légendaire et s'y délectant, Apinya se faufilait dans les seconds paragraphes, les photos d'arrière-plan. Il jouait le médiateur, le solutionneur de problèmes, le négociateur subtil. Le Champion essaierait de jouer avec les mots de Zhan-Yo, de démonter son argument en public et de transformer la révolution en ridicule.

Zhan-Yo ne le laisserait pas, ne pouvait pas le laisser faire.

— Je sais que vous pensez que ce que vous faites est juste, déclara Zhan-Yo, ignorant à nouveau Apinya pour son audience mondiale-peut-être. Que vous préservez un système pacifique. Mais je vous dis de regarder autour de vous, de voir tous ceux que vous, les Paragons, écrasez chaque jour sous vos bottes. Vous vous considérez honorables, défenseurs de la justice, et pourtant, vous refusez de laisser ceux que vous défendez prendre leurs propres boucliers, défendre leurs propres causes. Par le hasard, les milliards d'êtres humains sont assignés à leurs stations, comme les anciens rois divins.

Il dut reprendre son souffle. L'air entra dans ses poumons, rafraîchissant ses mots pour de nouvelles lignes. Au moment où il commença à les prononcer, il n'était plus sur la scène. Il ne prêchait plus à un monde captivé.

Au lieu de cela, Zhan-Yo était assis sur un tabouret de pierre au sommet d'une montagne. Un échiquier en granit, le jeu prêt à commencer, se trouvait devant lui, et de l'autre côté, sur un tabouret trapu similaire, était assis Apinya. Le Champion arborait ce même sourire, le genre qu'on donnerait à un enfant qui persiste dans son comportement étrange mais inoffensif.

Zhan-Yo ne sentait aucun vent, et bien qu'il pût voir de la neige à ses pieds et des nuages se déplaçant en dessous de lui, aucun froid ne touchait sa peau. Aucune altitude n'amincissait son souffle, pas qu'il respirât même.

— L'esprit de chacun est différent, dit Apinya, puis il tendit la main et déplaça un pion blanc central d'une case vers l'avant. J'avais l'habitude d'accueillir les gens selon leurs propres termes, d'essayer de créer un foyer qui correspondait à leur expérience. J'ai réalisé que cela n'aidait pas mes efforts. Alors maintenant, je les amène ici.

Apinya hocha la tête en direction de Zhan-Yo.

L'ancien dirigeant de Ziran savait jouer aux échecs, mais connaître les règles et être bon au jeu étaient deux choses différentes. Alors il copia le mouvement d'Apinya et essaya de réfléchir à une réponse.

— Je sais que vous pourriez être confus, voire effrayé, dit Apinya, en faisant avancer sa reine dans l'espace libéré par le pion. Mais aucun mal ne vous sera fait ici. Et peu de temps passera là-bas. Nos mots sont légers, nos corps au-delà des limites physiques. Ici, nous pouvons raisonner sans émotion, résoudre sans rage.

Une fois de plus, Zhan-Yo copia son adversaire.

— Je n'ai rien à argumenter, dit Zhan-Yo. Vous savez pour quoi je me bats, ce que je veux.

— Des gens ordinaires au même niveau que les Paragons. Apinya déplaça un autre pion. Zhan-Yo ne se souciait plus du jeu — il allait copier chaque mouvement d'Apinya jusqu'à ce que le Champion gagne ou que cela devienne un désordre. Un noble objectif, bien que mal avisé.

— Ceux qui détiennent le pouvoir veulent souvent le conserver.

— Tu n'es pas jeune. Apinya ajouta une touche de conférencier à son ton. Tu as été témoin de notre ascension, et tu connais le monde d'avant. Le chaos qui régnait quand les dirigeants poursuivaient leur cupidité, leurs vendettas et leurs idées égoïstes. Tu as prospéré dans ce qui a suivi, et pourtant tu voudrais y mettre fin ?

— Pas y mettre fin. Le partager. Gardez vos Champions, gardez vos Paragons, mais laissez-nous entrer. Donnez aux gens ordinaires la chance de décider de leur propre destin. Ramenez le gouvernement à tout le peuple, plutôt qu'à quelques-uns.

Apinya et Zhan-Yo jouèrent plusieurs coups en silence avant que le Champion ne parle à nouveau.

— Tu prétends qu'un tel changement profiterait au plus grand nombre, mais où sont tes preuves ? Des sociétés démocratiques existaient avant les Paragons, et pourtant elles n'ont pas pu empêcher notre ascension. Elles ont failli sous des dirigeants imparfaits.

— Et vous aussi. Vous le voyez déjà, après Aegis. Tous les Paragons ne sont pas honorables. Tous les Champions ne sont pas comme toi. Que se passe-t-il quand l'un d'eux part en solo ? Que se passe-t-il quand des millions meurent parce qu'un Champion ne se soucie plus de rien ?

— Alors ils seront traités.

Zhan-Yo avait envie de rire, envie de pleurer. — Tu vois ? C'est ce que je veux dire. Il n'y a pas de contrôles, pas de leviers pour que les gens ordinaires puissent vous tenir en échec. La police surveille la police, et les gens ordinaires en souffrent.

Apinya prit la reine de Zhan-Yo. Un piège maladroit qui aurait été évident si Zhan-Yo avait fait attention. Bien qu'il ne puisse plus copier les mouvements d'Apinya, Zhan-Yo résolut de jouer avec un abandon erratique, échangeant une pièce contre une autre pour mettre fin rapidement à la partie.

— Tu as tué Aegis, dit Apinya. Quoi que tu dises, nous ne pouvons pas t'écouter. En plongeant cette épée dans son dos, tu as détruit ta propre position.

— C'était une erreur, répondit Zhan-Yo. Je ne voulais pas le tuer. Je voulais juste qu'il voie les choses de mon point de vue.

— Et il n'a pas vu ? Apinya prit une autre pièce, un cavalier cette fois.

Zhan-Yo prit sa revanche, même si prendre le cavalier d'Apinya mettait son propre fou en danger.

— Je... il ne m'a pas cru. Il pensait que j'étais arrogant. Que je faisais une erreur.

Apinya hocha lentement la tête en prenant le fou de Zhan-Yo et en se protégeant de toute véritable contre-attaque.

— Ne penses-tu pas que si une légende suggère que tu fais peut-être une erreur, que tu abordes peut-être le problème sous le mauvais angle, il pourrait avoir raison ?

Zhan-Yo essaya de considérer les paroles d'Apinya, mais elles semblaient moins un argument qu'un sentiment montant en lui, le froid désespoir qui survient quand le mauvais chemin est choisi, est emprunté.

— Je fais ce que je pense être juste, dit Zhan-Yo. Mais je le fais peut-être mal.

Il déplaça une pièce sans but. Un pion avançant péniblement. Apinya prit le dernier cavalier de Zhan-Yo. Il laissa Zhan-Yo jouer à nouveau en silence, et Apinya s'empara d'une autre pièce. Le jeu était devenu une déroute totale.

— Souviens-toi, nous sommes tous investis dans l'humanité, dit Apinya. Ensemble, les gens ordinaires et les Paragons font progresser la société. Toi-même, tu as transformé le monde avec les efforts de Ziran plus que presque n'importe lequel d'entre nous.

— C'est vrai.

Un autre mouvement. Zhan-Yo n'avait plus que quelques pièces, entourées par les hordes d'Apinya.

— Alors n'es-tu pas d'accord que nous avons nos rôles à jouer, les gens ordinaires et les Paragons ? Que cette révolution que tu mènes dépense des vies et de l'énergie qui pourraient autrement être utilisées pour aider ceux qui sont dans le besoin ?

Zhan-Yo ne pouvait pas assembler une pensée cohérente. Les mots lui échappaient alors qu'il essayait de les dire. Au lieu de cela, comme l'apparition d'une puissante drogue, Zhan-Yo sentit seulement que l'argument d'Apinya contenait une vérité incommensurable. Cette révolution, cette cause, était un gaspillage. Une mauvaise direction qui ne mènerait qu'au chagrin et à peu d'autre chose.

— Je comprends, murmura Zhan-Yo.

Apinya déplaça sa reine, la combinant avec une tour pour envoyer le roi de Zhan-Yo dans une prison d'échec et mat.

— Alors sois d'accord avec moi, dit Apinya, ce sourire ne quittant jamais son visage. Invite-moi sur ta scène et dis au monde que tu vois une meilleure voie. Ensemble, nous pouvons unir nos peuples et forger un chemin vers un monde meilleur.

Zhan-Yo tendit la main, renversa son roi, acquiesçant tout du long. Apinya avait raison. Il y avait trop de choses importantes à faire pour une stupide querelle entre Paragons et gens ordinaires. Mieux valait que chaque côté s'en tienne à son rôle, aidant à faire progresser la société du mieux que leurs capacités le permettaient.

Le plateau, les pièces et le sommet de la montagne s'estompèrent et, pendant un moment, Zhan-Yo eut l'impression de tomber à travers ces nuages, jusqu'à ce qu'il s'écrase de nouveau dans son propre corps, sur cette scène, avec les Paragons qui le regardaient, les drones flottant au-dessus de lui, et la mort à quelques secondes.

— Nous avons conclu un accord, annonça Apinya. L'homme n'était pas exubérant, mais les drones captèrent ses paroles et les amplifièrent. Ensemble, nous allons instaurer la coopération. Un partenariat entre Paragon et gens ordinaires.

Zhan-Yo acquiesça depuis la scène, fit signe à Apinya de le rejoindre. Le Champion plus âgé se dirigea vers le côté, où un petit escalier avait été placé pour quiconque n'avait pas l'esprit grimpeur. Tandis que le Champion marchait, Zhan-Yo se retourna vers la foule expectante de Paragons, vers les drones qui se pressaient autour.

Vers le fond, se frayant un chemin vers l'avant, il reconnut un visage. La femme qui avait essayé de le tuer à Chicago. Zhan-Yo devait lui dire qu'il avait fait une erreur. Qu'il s'était trompé. Ils ne devraient pas être en guerre, mais devraient être des alliés luttant pour préserver ce monde parfait.

Zhan-Yo leva haut sa main droite, l'agita vers elle, vit Celice le regarder, la haine sur ce visage. Si forte, si en colère. Zhan-Yo recula d'un pas, de deux, et baissa sa main, incertain et troublé.

Comment construire un pont vers celle-là ? Zhan-Yo ne savait pas, alors il se tourna vers Apinya, qui montait juste les marches, et chercha des réponses.

Mais le sourire du Champion disparut avec la terre qui se déchirait et rugissait. Des explosions retentissantes, crachant du feu, et soudain une obscurité aspirant Zhan-Yo vers le bas, encore et encore.

CHAPITRE 52
ÉVALUATION DES DÉGÂTS

MYNX.

MYNX.

Le bruit qui fit ouvrir ses yeux n'était pas un mot, mais un son harmonieux envoyé directement dans l'esprit de Mynx, conçu et testé pour provoquer une réaction viscérale à chaque fois. Le ping rebondit, résonna et brisa les œillères qui maintenaient Mynx inconsciente, révélant le stade en dessous d'elle.

En dessous ?

Attends.

Alors que Mynx reprenait conscience, de petits carrés apparurent dans son champ de vision en bleu, vert et rouge. Ils se déplaçaient et se centraient sur divers points autour... du désastre. De la fumée s'élevait, avec des feux qui vacillaient en dessous, tandis que des corps bougeaient ou gisaient immobiles. Des appels à l'aide et des cris de ceux qui en manquaient résonnaient alors que les sirènes d'urgence se rapprochaient. Au milieu des gradins éventrés et du gazon calciné et criblé, la coque en béton du stade tenait encore debout, comme un squelette vide et fracturé. Un squelette qu'elle avait laissé derrière elle et au-dessus duquel elle flottait.

Une combinaison. C'est là qu'elle se trouvait. Mynx se fraya un chemin à travers ses souvenirs tandis que de plus en plus de carrés apparaissaient sur sa visière, se superposant les uns aux autres. Tellement nombreux, et si peu en mouvement.

— Je t'ai évacuée avant que les explosifs ne se déclenchent, dit Reeves, l'IA enrobant ses mots de la tristesse appropriée. Après que Celice t'ait frappée, j'avais de toute façon activé la combinaison d'urgence.

— Comment as-tu su ?

— Su quoi ?

— Je suppose qu'il y avait des bombes ? dit Mynx. C'est pour ça que le stade est dans cet état ? Ou est-ce qu'un anomal a perdu la tête ?

— L'analyse désigne Zhan-Yo comme la source probable. Quand il est monté sur scène, j'ai immédiatement commencé une analyse de sécurité étant donné que...

— Il n'a pas de tendances suicidaires, interrompit Mynx, laissant la froide logique engourdir le désespoir maladif qui grandissait dans ses entrailles. Passe les détails, donne-moi la cause.

— Il ne semble pas y avoir une seule faute. Différents explosifs se sont déclenchés dans tout le stade.

Mynx prit les commandes de la combinaison et entama une descente contrôlée vers le stade. La combinaison d'urgence, plus une grande boîte sûre qu'un moyen de combat ou de service, avait deux bras flexibles que Mynx pouvait utiliser pour soulever quelques corps. Maintenant que la situation appelait un héros, Mynx pouvait aussi bien en être un.

— De petites bombes n'ont pas pu faire ça, dit Mynx. On avait prévu ce genre de choses. Des émeutes. Des attaques à petite échelle par les gens de Zhan-Yo.

— Elles n'en ont pas eu besoin, dit Reeves. Ceux qui ont planifié ça savaient ce qu'ils faisaient, Mynx. Les attaques ne sont pas venues de l'extérieur. Elles étaient déjà cachées dans le stade.

— Cachées où ?

— Partout, répondit Reeves. Dans les marchandises, la nourriture, les chaises et la scène. Dans les conduits d'aération du stade. Je pense que la seule raison pour laquelle le stade est encore debout est que suffisamment d'anomaux ont réagi, ont supprimé les dégâts avec leurs pouvoirs. Vous devriez tous être morts.

Reeves disait que tout leur sommet, chaque élément avait été compromis. Mynx avait établi la sécurité, oui. Elle avait placé des drones autour de l'entrée et avait vérifié les entreprises fournissant chaque article. Tout avait été vérifié. Toutes faisaient affaire avec les Paragons depuis des années et des années.

Donc, soit quelqu'un avait réussi à introduire des explosifs en douce, soit les Paragons avaient été compromis dès le début. Les fournitures avaient commencé à arriver il y a deux jours, des livraisons en vrac correspondant à l'urgence du sommet. Mynx pensait qu'ils avaient fait de leur mieux, mais peut-être que des erreurs avaient été commises. Des suppositions supposées.

Qui oserait s'en prendre aux Champions, après tout ?

Alors qu'elle descendait, Mynx vit des drapeaux des Paragons flotter en lambeaux dans le vent poussiéreux. Plus de cris filtraient à travers les haut-parleurs de la combinaison, et quand Mynx atterrit au centre brisé du stade, avec du gazon déchiré, des morceaux de chaises et du verre brisé partout, elle lutta pour réprimer un sanglot.

Les Paragons faisaient ce qu'ils devaient faire : Les héros qui n'avaient pas été détruits par l'explosion bondissaient autour, déplaçant les débris et faisant place aux drones médicaux et, maintenant, aux normaux pour évacuer les blessés. Personne ne prêtait attention à la femme dans sa combinaison au centre, regardant son désastre se dérouler.

Mynx effectua d'autres vérifications avec Reeves, confirmant mécaniquement la réponse d'urgence, s'assurant que tous les drones de LA assistaient soit la catastrophe, soit scannaient pour trouver les responsables. Quand elle arriva à la fin, avec Reeves lui répétant continuellement qu'il avait déjà fait tout cela et plus encore, Mynx prit une longue inspiration tremblante.

— Laisse-moi sortir, dit Mynx, et, malgré la protestation de Reeves, la combinaison obéit.

Son bouclier en verre s'ouvrit, et Mynx sortit sur la surface ruinée. Elle vacilla un peu, sa tête lui faisant mal, mais réussit à se stabiliser avec un bras tendu. Sans les filtres de la combinaison, Mynx respira qui sait combien de poussière, combien de produits chimiques. Elle sentit la chaleur des feux résiduels, leurs flammes étincelantes brillant autour d'elle alors que le soleil disparaissait. Et elle entendit, oh elle entendit.

Les Champions avaient tout vu auparavant. C'est ce que Mynx avait pensé, c'est ce qu'elle s'était dit avant d'innombrables missions. Rien ne pouvait la surprendre, et aucune horreur ne pouvait être trop pour ses veines glacées. Mynx pouvait tout supporter, tout enfouir et retourner à ses machines. Les rendre plus impitoyables, plus efficaces, pour que les Paragons qui ne pouvaient pas supporter l'humanité dans ses pires moments n'aient pas à le faire.

Et pourtant, voici quelque chose qu'elle n'avait pas vu. Ses amis, certains parmi ses plus proches confidents, pourraient être enterrés autour d'elle en ce moment. D'autres pourraient être morts et partis. Vaporisés ou emportés dans des ambulances, pour n'être revus qu'à un enterrement ou à la morgue.

Mynx se considérait comme une créature logique. Construite sur des chiffres et des preuves, des faits et des données. Apinya, Burov, ils géraient les émotions. Ils étaient préparés à faire face à cela au niveau requis. Mynx ne pouvait faire face qu'en transformant les émotions en chiffres.

Si même la moitié des Champions avaient été tués aujourd'hui, le monde serait plongé dans le chaos. Des luttes de pouvoir comme celle de l'Atlantide éclateraient, et des factions comme les Élémentaires — Rosamund avait-elle survécu ? — pourraient en profiter pour former leurs propres petits territoires. Les Paragons pourraient peut-être redresser la situation, mais cela nécessiterait des efforts massifs.

Mynx aurait besoin de drones par milliers, par millions. Mais qui lui ferait confiance maintenant ? Elle serait seule, ayant attiré les Champions et tant de Paragons dans un piège évident. Mynx ne recevrait aucun respect, et elle n'en mériterait aucun.

Elle marchait, parce que que pouvait-elle faire d'autre ?

Non loin d'elle, un Paragon en bleu déchiré toucha un morceau de béton qui grésilla et se désintégra en poussière, révélant une forme recroquevillée en dessous. Deux petits drones s'approchèrent en trombe, s'accrochèrent au corps et l'emportèrent tandis que le Paragon passait au suivant.

Mynx contourna lentement son armure posée au sol, comme dans un cauchemar, gardant une main sur la machine pour se maintenir stable. Physiquement et mentalement, elle s'effilochait.

L'estrade s'était brisée en morceaux. Une bombe avait dû être placée en dessous. Aucun corps là, aucun débris alentour. Pas de Zhan-Yo en vue, ni d'Apinya non plus, bien que les deux aient été juste ici. Au centre.

Apinya aurait dû arrêter Zhan-Yo. Le Champion pouvait retourner n'importe qui contre n'importe quoi, ou le réduire à néant. Maintenant, il s'était volatilisé. Peut-être soufflé par l'explosion. Mynx ne pouvait qu'espérer que Zhan-Yo avait subi le même sort.

— Mynx, dit Reeves, parlant à travers son Tama maintenant. S'il te plaît. Je reçois trop de requêtes à gérer. Les Paragons ont besoin de directives, et ils en ont besoin de ta part.

— Après ce que j'ai fait ? Ce que j'ai commis ? Mynx tendit la main, toucha le tissu déchiré et pendant de l'estrade. Que veulent-ils de moi ?

— Tu te souviens quand tu m'as dit, avant tout ça, que tu allais redevenir une Championne ?

Mynx ne dit rien. Elle cligna des yeux pour en chasser la poussière. Regardant les drones et les Paragons voler autour.

— Tu as dit que tu le ferais. Tu as dit que tu serais ce dont le monde avait besoin maintenant qu'Aegis ne le pouvait plus.

— Ça s'est bien passé.

— Ce n'est pas encore fini. Nous devrions avoir une liste des victimes bientôt. Mynx, je ne peux pas être celui qui annonce au monde ce qui s'est passé. Un ordinateur ne devrait pas délivrer des nouvelles comme celles-ci.

— Oh, quelle chance pour moi. Mynx s'assit sur l'estrade. Prit une grande inspiration, toussa à cause de la poussière.

Être une Championne signifiait vivre mille vies. Mynx avait rempli d'innombrables rêves dans sa Fabrique, partant à l'aventure avec Aegis et les autres, et maintenant le moment était venu pour le côté tragique. Elle portait l'uniforme — Mynx baissa les yeux sur elle-même — et le portait toujours. Même si elle était la seule.

— Dis-moi, Reeves. Qui avons-nous perdu ?

CHAPITRE 53

L'HORIZON NOIR

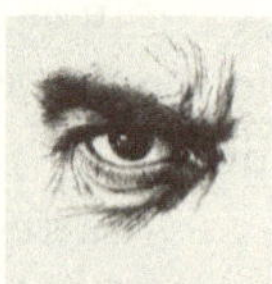

DANS LES MOMENTS ruisselants qui ont suivi la ruée à travers les vagues jusqu'au bateau, Thane et les autres anomalies ont dû interrompre leur course pour s'échapper et faire face à la réalité. À savoir, ils avaient un bateau sans moteur, quelques provisions, et une vingtaine de personnes dotées de pouvoirs qui ne savaient pas travailler ensemble. Avec la journée qui basculait dans l'après-midi et personne ne voulant affronter les drones dans l'obscurité, Thane s'est recroquevillé pour régler les choses rapidement.

Pendant que Cassidy faisait l'appel des anomalies, Thane s'appuyait sur elle et plaçait chaque réponse à sa position optimale sur le bateau. Sook, avec ses capacités à propulser de l'air, faisait un moteur naturel. Il serait à l'arrière, en rotation avec Sienna, qui pouvait rediriger son énergie cinétique pour donner un coup de boost au bateau.

Une autre anomalie, Avery, affirmait être celui qui avait scellé le bateau en premier lieu. Capable de transformer les surfaces en verre lisse, son pouvoir semblait d'abord inutile, mais Thane devait penser à plus que les eaux calmes de la baie d'Arthur ; au-delà, là où les vagues pourraient s'élever haut et où le petit bateau pourrait être secoué par les flots, sceller la surface en une ligne droite et lisse pourrait être essentiel.

D'autres anomalies pouvaient tordre l'énergie, modeler leur propre peau, ou tisser des filets durs entre les molécules à distance. Thane les rassembla au milieu du bateau, où ils pourraient se déplacer pour contrer d'où viendrait l'attaque potentielle des drones. Idéalement, les anomalies en fuite auraient du temps avant que les drones ne réagissent, prendraient assez de vitesse pour s'échapper de la poursuite.

Les drones pourraient être capables de suivre le bateau jusqu'à Hawaï, mais Thane gardait l'espoir qu'avec suffisamment d'élan et un peu d'offensive, ils pourraient percer la ligne et distancer les machines plus éloignées, arrivant à la civilisation à temps pour abandonner le bateau et disparaître.

— C'est tout, dit Cassidy, et Thane jeta un regard faible aux groupes qu'il avait arrangés. Tu penses que c'est suffisant ?

— On peut toujours en utiliser plus, dit Thane, regardant vers la plage, où Arthur et sa clique se tenaient, observant. Fais-leur un autre appel. Vois si certains ont changé d'avis.

— Je ne suis pas sûre que ce soit une bonne idée. Je ne pense pas que tu te sois fait beaucoup d'amis avec ton intervention tout à l'heure.

— Je n'essaie pas de me faire des amis.

Cassidy secoua la tête, soupira : — Thane, si tu veux être un vrai leader, tu vas devoir apprendre à agir comme si tu t'en souciais.

— Ce n'est pas que je ne m'en soucie pas. C'est que je me soucie de choses plus importantes que les sentiments des gens. Demande. Si Arthur essaie de se battre, je sauterai de ce navire et le mettrai en pièces.

Thane espérait ne pas montrer la légère peur qui s'infiltrait à cette idée. Son bras lui faisait encore mal là où Arthur l'avait brûlé sur la plage, une sensation singulièrement étrange après des décennies à considérer la douleur comme une nouveauté.

Pourtant, ce n'était pas le moment de perdre confiance en ses capacités. Thane devait être le phare invincible.

— Si tu nous fais tuer, je serai très contrariée, dit Cassidy, puis elle confia Thane à Sook pour le soutenir et retourna dans l'eau.

— Amène-moi à l'arrière. Je veux voir ce qui se passe.

— Bien sûr, patron, dit Sook. Au fait, c'est plutôt impressionnant. Tu sais, je ne pensais pas que ça allait vraiment arriver quand je t'ai trouvé dans cette grotte. Je pensais qu'on serait morts à l'heure qu'il est, en fait.

Sook, le garde du corps débraillé et dégingandé, avait pensé que Thane le mènerait à sa mort, et était venu quand même ?

— Merci, je suppose, dit Thane. Je te dois effectivement de m'avoir sorti de cette grotte. Quand nous arriverons dans une vraie ville, je veillerai à ce que ta dette soit remboursée.

— Ne t'inquiète pas pour ça. C'est déjà plus que suffisant. Plus que ce que je pensais obtenir, en tout cas.

Avec Sienna d'un côté et Sook de l'autre, Thane regarda Cassidy s'approcher de la plage. Arthur vint lui parler, et bien que Thane ne puisse pas tout à fait entendre ce que Cassidy disait par-dessus le bruit de l'océan, il pouvait voir qu'elle parlait autour de lui, au groupe d'anomalies sur la plage.

Arthur secouait la tête avant même que Cassidy ne commence, puis lui fit signe d'arrêter, son visage devenant de plus en plus rouge à chaque mot. Les anomalies derrière lui ne semblaient pas non plus se soucier de Cassidy, restant impassibles tandis que le Vide faisait son plaidoyer.

Ou essayait.

Avec un soudain assombrissement, Arthur leva la main en l'air et attira la lumière autour de lui, autour de la plage, de sorte que les ombres de tous se dirigeaient vers l'anomalie. Cassidy recula d'un pas, mais Arthur ne semblait plus la regarder. Au lieu de cela, il fixait au-delà d'elle, au-delà du bateau, et continuait d'aspirer la lumière.

— Est-ce qu'il est sur le point de s'exploser ? dit Sook.

— On ne peut qu'espérer, marmonna Thane.

Arthur, cependant, n'explosa pas. Cassidy se retourna et courut vers le bateau tandis qu'Arthur continuait d'attirer la lumière, éclaboussant tout sur son passage, alors qu'un après-midi lumineux se transformait en un crépuscule sinistre, puis en une nuit sans lumière.

L'anomalie brillait comme un phare, avec une lumière jaune-blanc tourbillonnant autour de lui, comme si Arthur était devenu sa propre étoile. Thane pensait pouvoir entendre Arthur crier maintenant, un cri sans mots.

Peut-être que Sook avait raison. Peut-être qu'Arthur protesterait contre toute cette aventure en s'explosant, envoyant tout le monde dans l'oubli. Thane ne pouvait même pas être en colère à cette pensée - il n'y avait pas le temps, et, d'une certaine manière, ce genre de fin grandiose serait trop impressionnant pour lutter contre. Il n'y avait rien d'autre à faire que regarder et voir si Arthur allait tous les réduire en cendres.

Puis, comme s'il lançait une balle rapide, Arthur se ramassa sur lui-même et projeta un bras en avant. Toute cette lumière en lui, toute la lumière qu'Arthur avait aspirée du jour, se déversa dans ce bras et sortit par son extrémité, fusant au-dessus du bateau vers l'horizon lointain.

Au moment où la lumière quitta Arthur, comme un nuage s'éloignant ou une éclipse touchant à sa fin, la clarté revint en une vague tandis que tout le monde se retournait pour voir si Arthur avait fait un joli spectacle, ou s'il avait un but précis.

L'éclair d'Arthur se déplaça si vite que lorsque Thane se retourna, il ne vit que les conséquences. Une explosion ondulante et spasmodique au niveau de la ligne sombre des drones, qui explosa et s'étendit, se propageant entre les drones comme un virus et les faisant exploser les uns après les autres jusqu'à ce que cinq ou six directement sur le chemin prévu du bateau aient disparu dans la nova.

— Il nous aide ? dit Sienna. Quoi ?

Thane ne comprenait pas non plus. Pourquoi Arthur se soucierait-il de leur fuite, pourquoi se donnerait-il tout ce mal pour faire exploser les drones sur leur chemin ? La gentillesse après que Thane l'ait humilié sur la plage ne semblait pas être le trait de caractère d'Arthur.

— Thane ! La voix d'Arthur porta à peine au-dessus des vagues. J'espère que tu as aimé mon spectacle ! Ce sera le dernier que tu verras jamais !

Une menace stupide. Thane voulait se retourner vers Arthur, lui répondre de la même manière, mais les cris et les doigts pointés à travers le bateau gardaient son attention sur l'horizon, sur tous ces autres points noirs.

Les drones encerclaient l'île, et maintenant ils bougeaient, répondant à l'attaque d'Arthur, un éclair qui les mènerait directement ici. Droit sur Thane et leur fuite.

Et les anomalies ne bougeaient pas du tout.

— Allez, dit Thane. Mettez le bateau en marche. On doit partir maintenant !

Cassidy s'approcha, saisit Thane alors que Sook et Sienna se tournaient pour faire démarrer le bateau. Thane continuait de crier aux anomalies de prendre leurs positions, de se préparer à l'attaque, à l'arrivée de l'essaim de drones.

Alors que Cassidy tirait Thane vers la cabine du bateau, il se retourna, jetant un dernier coup d'œil vers la plage où Arthur avait été. Là où les drones le trouveraient, devraient le trouver. Il pourrait attirer l'attention sur le bateau, mais Arthur attirerait aussi sur lui la colère robotique de Mynx.

Sauf que lorsque Thane se retourna, Arthur et son groupe restant avaient disparu, comme s'ils n'avaient jamais été là.

— On ne peut plus s'inquiéter de lui maintenant, dit Cassidy. C'est à nous de jouer, et on te suit, alors guide-nous.

Thane aurait pu dire que diriger les mercenaires de l'Élémentaire dans une résistance futile contre les Parangons était très différent de... eh bien, peut-être que ce n'était pas si éloigné. L'objectif dans le nord-est avait été de tenir assez longtemps pour que les Parangons concluent un accord. Ici, ils devaient tenir assez longtemps pour survivre.

Il pouvait faire avec ça.

— En position selon vos pouvoirs ! cria Thane, s'éloignant de Cassidy vers le centre du bateau, se tournant pour croiser le regard de chacun. Protecteurs devant, combattants au milieu. Ça ne sera pas rapide, alors parlez. Trouvez vos amis et travaillez ensemble.

Que ce soit le désespoir du moment qui ait cristallisé la réponse ou que le pouvoir d'une anomalie ait poussé tout le monde à une action coordonnée, le bateau tangua tandis que les anomalies trouvaient leurs positions. En voyant la réponse, Thane ressentit une fierté amère : tous ces vilains et ces marginaux mettant de côté leurs passés brûlés pour s'unir dans ce qui serait probablement un effort voué à l'échec.

Si c'était le cas, alors Thane serait heureux de se tenir à leurs côtés. Sa toute première véritable équipe.

Les drones se fichaient complètement de l'équipe de Thane, véritable ou non. Les petits points noirs devinrent des monstres de la taille d'une voiture alors que le bateau prenait de la vitesse en s'éloignant de l'île. Les machines volantes arrivèrent en trombe, l'une après l'autre.

— Dès qu'ils sont à portée, tirez tout ce que vous avez ! cria Thane. Si vous avez un bouclier, travaillez avec vos partenaires et levez-les à tour de rôle !

Ce n'était pas la défense la plus unifiée - avec plus de temps, Thane aurait pu élaborer des séquences de tir pour que les anomalies ne gaspillent pas leurs énergies à attaquer ou à se défendre contre les mêmes cibles. Thane n'avait pas ce luxe - ils devraient apprendre sur le tas.

À peine avait-il fini de parler que Thane vit deux anomalies au centre du bateau pointer vers le drone qui approchait. Une petite planche jaillit de la surface du bateau, s'allongea et s'affûta avant de se transformer - l'œuvre de la deuxième anomalie, imagina Thane - en une lance miroitante qui transperça la coque du drone entrant, séparant la machine en deux moitiés étincelantes et enflammées qui disparurent dans l'eau.

Une acclamation s'éleva, qui mourut rapidement alors que plusieurs autres drones approchaient, et des dizaines d'autres bourdonnaient derrière ceux-là.

Combien d'autres cette bande dépenaillée pourrait-elle encore détruire ?

CHAPITRE 54
CONNEXION

TU SAIS quelle est la meilleure façon d'éviter une balle ? Faire mordre le tireur par un chien d'abord.

Kat pensait qu'elle allait faire un nouveau séjour en enfer, mais la silhouette noir et blanc de Seeker plaqua le tireur agenouillé avant qu'il ne puisse tirer. Le husky renversa l'agresseur au sol, grognant et mordant son poignet.

Kat ne laissa pas passer l'occasion, se remettant péniblement sur ses pieds instables et se dirigeant lentement vers le bord de l'étang. Rhimes alla dans cette direction aussi, y arrivant en premier et se frayant un chemin vers le haut en hurlant, maudissant le chien de Kat. Du moins jusqu'à ce que Calvin arrive en courant derrière le chiot.

Et surtout quand Calvin posa une main dans la neige et l'autre sur le corps de l'homme à terre. Un glaçon humain a tendance à vous faire reconsidérer vos actions, et Rhimes transforma sa charge de sauvetage en une fuite en ligne droite à travers la neige, passant entre Kat et Calvin, se dirigeant vers les nacelles.

— Ne le laisse pas s'échapper ! cria Kat. Elle essaya de viser avec le grappin, posa mal un pied et s'étala face contre terre sur la berge enneigée de l'étang.

Elle sortit la tête de la neige pour voir que Seeker n'avait toujours pas lâché la main de sa victime. Calvin s'était lancé à la poursuite de Rhimes, mais malgré quelques rafales glacées qui se brisèrent contre le dos de Rhimes, il ne réussit pas à le rattraper.

— Après ça, grogna Kat pour elle-même, crachant de la neige tout en se relevant, je déménage dans le Sud.

Plutôt que de suivre le chemin de Rhimes le long de la berge enneigée, Kat se dirigea directement vers le parking. Elle déboucha sur l'asphalte, grimaça à la vue des corps qui le jonchaient toujours, et vit Rhimes plonger vers la nacelle qu'ils avaient amenée ici, à l'époque où Kat était sous sédatif.

Cela semblait une éternité. Le temps passait vraiment vite quand on se faisait tirer dessus, frapper, donner des coups de pied et jeter sur la glace.

Calvin envoya une autre salve de cristaux gelés vers la nacelle, se penchant en courant pour traîner sa main dans la neige. La glace se brisa et vola en éclats contre le véhicule de Rhimes, ne faisant absolument rien alors que la nacelle reculait et se tournait vers la sortie du parc.

Kat visa, songea à tirer le grappin, puis laissa retomber son bras alors que Rhimes s'éloignait, abandonnant ses soldats. Même si le grappin avait pu s'accrocher, et Kat doutait que l'engin aurait pu s'agripper à la nacelle, tout ce que cela aurait fait aurait été de traîner Kat dans une balade vraiment froide et inconfortable.

— Tu es en vie ? dit Calvin, s'approchant lourdement et jetant un long regard aux corps. Je ne pensais pas qu'on avait bien calculé le timing quand j'ai vu le carnage.

— Bien calculé le timing ? dit Kat, réalisant qu'elle était, en effet, toujours en vie. Vous étiez beaucoup trop en retard. J'aurais dû mourir une douzaine de fois.

— Trop en retard ? dit Calvin alors qu'ils se tournaient tous les deux vers Seeker, qui tenait toujours fermement son en-cas humain. Je croyais que tu ne voulais pas qu'on soit en avance ? Quand tu as envoyé le signal, j'ai attendu aussi long-temps que tu l'avais dit.

— Je ne pensais pas que je serais assommée, dit Kat.

Utiliser Tamas pour des notifications pré-programmées n'était pas exactement un secret. Que vous vouliez envoyer une note à quelqu'un quand vous entriez au travail, ou quand vous prononciez son nom suivi d'une tâche, créer un faisceau subtil vers un ami n'atteignait pas des niveaux de super espion. Kat était allée chez Rhimes, traquant les armes, avec Calvin suivant sa progression tout du long.

L'idée étant, bien sûr, que Calvin puisse appeler la cavalerie de drones quand les choses tourneraient mal. Au lieu de cela, quand Kat avait envoyé le signal pendant la lutte dans la maison — deux tapotements rapides sur Tama pendant qu'elle montait ces escaliers avaient fait l'affaire — rien ne s'était passé. La maison, selon Calvin, avait été une zone morte. Kat avait disparu quand elle était entrée à l'intérieur, et était réapparue plus tard, se dirigeant vers le nord et l'ouest en direction de l'étang.

— Pourquoi ? demanda Kat, faisant le tour de chaque ennemi à terre et confirmant qu'ils ne se relèveraient plus jamais. Pourquoi êtes-vous là, toi et mon chien, et pas les drones ?

— Je ne sais pas ! dit Calvin, et vu l'exaspération dans sa voix et ses gestes, Kat était encline à croire l'homme. J'ai essayé ! Littéralement, j'ai appelé le numéro des Paragons que nous avons tous et j'ai dit hé, mon amie, une traqueuse, est en danger et elle a besoin d'aide, et devine ce qu'ils ont dit ?

— Quoi ?

— Qu'ils étaient trop occupés. Apparemment, c'est à cause de ce sommet. Ils ont dit qu'ils me rappelleraient.

— Quel sommet ? dit Kat, distraite alors qu'elle touchait le quatrième et réalisait son taux de mortalité de cent pour cent.

Elle avait doublé son nombre de victimes en un seul après-midi. Et contrairement à certains traqueurs, qui semblaient prendre chaque prime d'anomalie et y ajouter la condition "Mort ou Vif", Kat avait envie de vomir. Voulait être seule. Voulait être avec des amis. Voulait oublier que tout cela s'était jamais produit.

— Le grand, à Los Angeles ? dit Calvin. Je ne sais pas pourquoi ça fout les choses en l'air pour nous, mais une fois qu'ils ont dit qu'ils n'allaient pas aider, j'ai pensé que Seeker et moi ferions mieux d'y aller.

— Mmhmm.

Kat ferma les yeux un moment. Quatre personnes. Peut-être avec des familles. Des vies.

— Mais Kat, tu sais, les Paragons ? On a les codes de déblocage pour les nacelles ? Elles vont super vite ! J'ai cru qu'on allait s'écraser, mais ce truc bougeait. On aurait été beaucoup trop en retard sans ça.

— Calvin, s'il te plaît, tais-toi.

— Désolé, je suis juste sur les nerfs.

— Ouais, dit Kat. Moi aussi.

Seeker aboya. Attirant leur attention vers le husky, et vers sa victime. Kat ne bougea pas vite ; l'homme à terre ne bougeait pas.

La prise de Seeker, s'avéra-t-il, avait rejoint le reste de la force de sécurité de Rhimes dans l'au-delà. Kat s'agenouilla près du soldat, dit à Seeker de laisser l'homme tranquille, et prit rapidement son pouls. Rien, ce qui avait du sens, car de la glace remplissait chaque cavité que Kat pouvait voir. Oreilles, yeux, bouche.

— Bon sang, Calvin, dit Kat lentement en se levant et en secouant la tête. Tu n'étais pas obligé de faire ça.

Calvin n'avait pas l'air particulièrement désolé.

— Ce type essayait de te tirer dessus, Kat. Je n'ai pas pensé à être gentil avec lui.

— J'ai l'impression qu'il y a un juste milieu entre être gentil et transformer ses organes en sculpture de glace.

Kat semblait avoir épuisé le reste de son adrénaline avec

cette phrase. Comme si elle avait de nouveau glissé sur la glace, Kat se sentait lourde, fatiguée, et un mal de tête lancinant confirmait qu'elle avait dépassé ses limites.

— Tu sais, pour quelqu'un qu'on vient de sauver, tu me fais vraiment beaucoup de reproches, dit Calvin. Je pense que Seeker et moi méritons un merci.

— Je sais. Merci. Mais on peut sortir d'ici ? Quelqu'un va finir par venir chercher ces gens.

Kat ne dit pas que, peu importe qui serait ce quelqu'un, que ce soit des Paragons faisant suite à l'appel de Calvin ou une deuxième équipe de tueurs, elle ne voulait pas avoir affaire à eux. Elle ne pouvait pas.

Elle avait déjà assez de cauchemars.

Pendant le trajet de retour vers l'hôtel de Gordon au centre-ville — son appartement, maintenant que Rhimes et son patron l'avaient repérée, était hors de question de manière hilarante —, Kat caressa la fourrure de Seeker et fixa le vide. Calvin essaya de parler à quelques reprises, mais, sentant son humeur, se tourna vers son Tama à la place.

À part envoyer un message à Gordon pour l'informer qu'ils arrivaient, Kat évita le monde extérieur. Les expressions de Calvin, ses sifflements et ses jurons murmurés indiquaient clairement que quelque chose de grave se passait, mais pendant l'heure qu'ils passèrent dans la capsule, Kat ne pensa qu'aux corps.

Elle avait demandé une fois à ses parents, quand elle avait environ treize ans, s'ils avaient déjà tué quelqu'un. S'ils avaient dû blesser des gens comme Aegis le faisait de temps en temps. Au début, ils avaient dit non. Ils avaient tous deux affirmé que leurs rôles étaient pacifiques. Amicaux. Kat avait vécu avec cette idée pendant encore un an, jusqu'à ce que sa mère rentre tard un soir avec une longue égratignure sur le visage et le poignet dans un angle anormal.

Le père de Kat était parti avec elle à l'hôpital, et grâce aux soins des Paragons, elles étaient de retour une heure plus tard, la mère de Kat paraissant parfaite. Les preuves, cependant, avaient suffi pour une nouvelle question, plus insistante.

Pourquoi lui avaient-ils dit la vérité ? Était-ce parce que, à ce moment-là, ils savaient tous que Kat ne serait pas une anomalie ? Essayaient-ils de la réconforter quand ils lui ont dit, une tasse de chocolat chaud entre les mains, que le travail de Paragon était compliqué ? Qu'il fallait apprendre à vivre avec des choses terribles ?

Comment faire cela, comment vivre avec ces choses, avait été un sujet laissé pour un autre jour. Un jour qui n'était jamais venu.

Gordon les attendait dans le hall de l'hôtel, l'air bien trop grave pour quelqu'un qui semblait enfin capable de bouger normalement. Au début, Kat pensa que l'expression livide de l'homme venait du fait de revoir Calvin, mais quand Gordon fit un signe de tête vers le bar et que Calvin acquiesça, Kat abandonna cette logique.

Et quand elle vit les nouvelles diffusées sur les écrans, quand elle les confirma sur son Tama, Kat se joignit au silence choqué du bar bondé, rompu seulement par le bruit des bouteilles versant de l'alcool dans les verres.

Que pouvait-on faire d'autre à la fin du monde ?

CHAPITRE 55
ZONE DE L'EXPLOSION

DOMMAGES COLLATÉRAUX. C'était le risque, et Zhan-Yo l'avait accepté. Il avait ordonné à Mathieu de lui en dire le moins possible sur le dispositif, la réponse rapide que Zhan-Yo lui-même avait ordonnée des jours plus tôt lorsqu'ils avaient découvert l'emplacement du sommet. Apinya, d'autres Parangons, pourraient être capables d'extraire les plans de l'esprit de Zhan-Yo. Le seul indice que Mathieu avait offert, la seule échappatoire donnée à Zhan-Yo, avait été les mots chuchotés avant qu'ils ne se séparent après le sauve-tage : *centre de la scène.*

Quand les bombes ont explosé, Zhan-Yo s'attendait à mourir. À disparaître dans un geyser de flammes ou à être projeté suffisamment haut pour s'écraser en morceaux en touchant le sol. Au lieu de cela, il est tombé. Il a juste... chuté alors que la scène se fissurait autour de lui, s'affaissant au milieu et laissant Zhan-Yo tomber dans les labyrinthes infé-rieurs du stade.

Il a atterri sur un faux tas de terre tandis que du gazon artificiel pleuvait autour de lui. Les oreilles de Zhan-Yo bour-donnaient, et le nettoyage mental d'Apinya lui avait laissé la tête engourdie. Des picotements douloureux se manifestaient.

Une lumière bleu-blanc autrefois encastrée dans le plafond de la chambre, maintenant suspendue par un fil, vacillait alors que des débris continuaient de tomber. D'après les cris au-dessus, Zhan-Yo réalisa qu'il s'était soit évanoui, soit qu'il était resté allongé sur ce tas pendant plusieurs minutes déjà. Il voulait rester allongé quelques minutes de plus, laisser le choc passer.

Sauf que ça n'allait pas marcher.

Zhan-Yo avait commis son acte ultime. Déstabilisé le monde. Mourir maintenant ne serait certainement pas dans son intérêt. Cela gâcherait cette merveilleuse opportunité.

Il bougea, s'agrippa et se tira en avant à travers la terre, descendant le tas vers le sol en pierre. Chaque mouvement était douloureux, et Zhan-Yo sentait la chaleur révélatrice du sang, humide sur ses jambes, ses bras, le long de son visage. Des éclats, peut-être, ou la force de l'onde de choc de l'explosion. Qui sait.

Mais il vivait, et Zhan-Yo ne s'attendait pas à tant.

Le sol en ciment offrait un froid réconfort. Zhan-Yo toussait dans l'air poussiéreux. Ses yeux brouillés par la poussière brûlaient alors que des substances dangereuses flottaient autour de lui. Une vibration profonde se fit sentir lorsque quelque chose de lourd atterrit au-dessus, faisant tomber plus de terre et libérant des fils électriques de leurs conteneurs endommagés.

Se levant avec un effort tremblant, Zhan-Yo jeta son premier regard à travers la grande salle et réalisa que l'espace couvrait toute la longueur du stade. Le terrain entier, avec des portes à chaque extrémité. Probablement pour l'entretien du gazon.

Que ferait-il maintenant ?

Cette pensée titillait Zhan-Yo. La planification future avait été une entreprise risquée, abordée uniquement avec des mots larges et des maximes, un vague ton inspirant qui laissait la porte ouverte à la mince possibilité de réussite. Il s'était concentré sur le présent, mais alors que Zhan-Yo boitait le long du ciment, errant autour des sections effondrées, il imaginait un nouveau monde.

Bien qu'il ne saurait pas combien de Parangons, combien de Champions étaient tombés dans l'attentat, Zhan-Yo supposait que le chaos serait absolu. Et une implication normale serait trop difficile à cacher ici. Le monde saurait que des gens avaient décidé de se battre contre leurs maîtres, et ces gens auraient besoin d'un leader. Ils élèveraient Zhan-Yo comme tel.

Dans leur peur ébranlée, les Parangons, les Champions restants, devraient négocier. Avec les normaux, des milliards et des milliards, derrière lui, Zhan-Yo aurait le levier. Les Parangons pourraient l'appeler de tous les noms qu'ils voulaient, pourraient le déclarer monstre et terroriste, et Zhan-Yo s'accrocherait à cette alternative plus propre : combattant de la liberté.

À la table, face au tumulte mondial, les Parangons devraient faire des concessions. Devraient accepter un placement égal, un traitement égal. Un retour au gouvernement démocratique. Le peuple, non divisé entre normaux et anomalies, aurait à nouveau son heure.

Et si, après tout cela, les Parangons insistaient pour que Zhan-Yo soit quand même mis à l'épée ? Eh bien, il pourrait l'accepter. Sa vie n'était pas l'objectif. L'histoire se souviendrait de lui.

Sur sa gauche, un bruit de craquement-gémissement-rupture accompagné de terre tombant en vagues sombres fit trébucher Zhan-Yo vers la droite. Il s'était approché d'une extrémité — dans l'obscurité, sous terre, Zhan-Yo n'avait aucune idée de quelle extrémité, il se dirigeait simplement vers une porte — et maintenant il semblait avoir choisi la mauvaise. Zhan-Yo continuait d'avancer, regardant le plafond se plier, se déformer et se briser, les débris d'en haut s'écrasant au sol et soulevant des nuages de poussière, projetant des pierres, et forçant Zhan-Yo à se protéger les yeux, fermer la bouche, et espérer que rien de fatal ne le trouverait.

Rien ne le fit, mais on ne pouvait pas en dire autant du corps étendu entremêlé avec les roches et le gazon bleu Paragon tenant l'une des zones d'en-but. Un bras, une jambe, et, presque engloutie par la terre, une tête aux cheveux courts dépassait, égratignée et ensanglantée.

Zhan-Yo grimaça, puis continua. Il devait bouger, il devait sortir.

— À l'aide.

Zhan-Yo ne pouvait pas être sûr qu'elle avait même prononcé ces mots, ou si elle avait juste gémi et que son esprit avait fait le reste. Néanmoins, il se retourna, fronçant les sourcils.

— À l'aide.

Cette fois, ses lèvres avaient bougé, et voyez, elle avait un œil ouvert. L'autre semblait gonflé, pas en bon état. La façon dont ses membres étaient étalés suggérait des os brisés, et on n'était pas censé déplacer quelqu'un dans cet état. Cela pourrait causer des dommages permanents.

Il devrait s'en aller.

Sauf que le plafond gémit à nouveau. Plus loin, vers l'endroit où Zhan-Yo était d'abord tombé, un autre trou s'ouvrit. Le terrain lui-même semblait s'effondrer. Quels que soient les dommages que la Paragon pourrait subir si Zhan-Yo l'aidait, ce devait être mieux que mourir, non ?

— S'il vous plaît.

Mais cela, c'était l'ennemi. Aider la Paragon, ce serait prêter main-forte aux personnes mêmes qu'il essayait d'arrêter. Bon, non. Il ne voulait pas vraiment arrêter les Parangons. Zhan-Yo voulait l'égalité. Cela signifiait travailler ensemble.

Oui, il avait provoqué cette catastrophe pour faire valoir son point de vue. Mais cette Paragon, cette unique victime, n'était pas sa cible principale. Elle n'avait peut-être aucun pouvoir, mais elle pourrait se souvenir, plus tard, de la personne qui l'avait sortie de là.

Zhan-Yo s'en souviendrait aussi, et dans les longs jours et nuits à venir, ce serait peut-être bon d'avoir quelque chose pour apaiser sa conscience. Une bonne action à saupoudrer sur ses actes terribles.

— Patron, on doit y aller, lui parvint une voix derrière lui, et Zhan-Yo se retourna pour voir la porte ouverte, Marcus se tenant là, poussiéreux mais autrement indemne dans son uniforme bleu de Paragon. Ils sont encore confus, mais ils se reprennent vite.

— D'accord. Zhan-Yo regarda à nouveau la Paragon brisée, les deux yeux maintenant fermés. Viens ici, aide-moi avec elle.

Marcus courut rejoindre Zhan-Yo près de la Paragon, mais ses yeux écarquillés et son expression interrogative correspondaient à ses mains figées à son arrivée. Zhan-Yo avait déjà commencé à dégager un peu de terre, soulevant une pierre et la jetant de côté.

— Qu'est-ce que tu fais ? dit Marcus. Tu es fou ? Tu as une commotion ? Elle n'est pas de notre côté.

— Pas encore. Nous ne sommes pas des monstres, Marcus. Aide-moi à la sortir de là.

Secouant la tête, Marcus commença à tirer sur les roches, — Mec, tu viens de faire s'écrouler un stade sur un tas de têtes de héros. Si tu n'es pas un monstre, je ne sais pas qui l'est.

— Et pourtant, tu m'aides.

— Écoute, je t'aide parce que j'ai fait mon choix, répondit Marcus, soulevant avec Zhan-Yo un morceau de béton et le faisant rouler, dégageant le torse de la Paragon. Ça ne veut pas dire que je me mens à moi-même à ce sujet.

Zhan-Yo se mentait-il à lui-même ? Avait-il franchi cette ligne entre visionnaire et terreur, comme tant de rois et dictateurs auto-proclamés jetés aux cendres de l'histoire ?

Avec Zhan-Yo guidant les épaules de la Paragon, Marcus dégagea ses jambes et l'héroïne glissa le long du tas de décombres jusqu'au sol. Zhan-Yo fit de son mieux pour garder son cou droit et horizontal, et quand elle reposa sur le béton, il fut surpris de son propre soulagement en la voyant respirer.

— Traînons-la près de la porte, ce sera plus solide, dit Zhan-Yo. Ensuite, on pourra la laisser.

— Le pécheur et le saint, marmonna Marcus, mais il obtempéra. Tu es un type étrange, Z.

Z. Wexley et Sylvie l'appelaient comme ça. Personne d'autre, vraiment. Ça faisait un moment. Peut-être devrait-il en parler davantage. Tous ces monstres historiques n'avaient-ils pas de grands noms ? Des noms sinistres ? Zhan-Yo pouvait simplement être Z, simple et léger. Quelqu'un avec qui travailler, quelqu'un pour qui travailler, quelqu'un qui pourrait sauver le monde.

Ils déposèrent la Paragon à l'entrée et, avec Marcus en tête, ils disparurent dans le stade et la cohue chaotique où gens et drones s'efforçaient de sauver les sauveurs.

CHAPITRE 56
BILAN DES MORTS

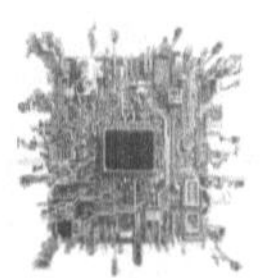

MYNX POUVAIT VOIR les lumières du stade en ruine depuis la tour Paragon de Los Angeles. Elles flottaient devant les grandes fenêtres, une fumée brumeuse planant encore autour d'elles alors que les équipes de drones et d'humains passaient directement du sauvetage aux réparations. Les quartiers environnants, eux aussi, avaient besoin d'aide ; des fenêtres soufflées, des gens piégés, des capsules qui avaient suivi leur programmation d'évitement des catastrophes et s'étaient précipitées les unes contre les autres.

— Tu ne l'as pas trouvé, n'est-ce pas ? dit Celice.

D'une manière ou d'une autre, dans cette catastrophe, la fille d'Aegis avait survécu. Un miracle de placement, prise dans la bulle protectrice d'un Paragon que le héros anonyme de base avait fait apparaître lors des premières explosions. Pendant que Mynx planait au-dessus, Celice avait regardé le stade s'effondrer autour d'elle, ses grands morceaux s'écrasant contre le bouclier et glissant, une demi-douzaine de Paragons s'entassant à l'intérieur avec elle.

— Reeves n'a pas signalé sa capture, ni son corps, dit Mynx. Il y a une chance, aussi mince soit-elle, que Zhan-Yo ne se soit pas immolé dans le stade.

Une chance plus grande que mince. Mynx avait trouvé le trou au centre de la scène. Elle avait envoyé un drone à travers et avait vu les empreintes de pas sales qui s'en éloignaient. Puis tout le terrain s'était effondré, ensevelissant toute preuve — et son drone — sous des tonnes de gazon et de terre. Il faudrait des jours, peut-être des semaines, pour savoir si Zhan-Yo avait été pris dans cet effondrement.

— Connaissant notre chance, il s'en est probablement sorti sans une égratignure, dit Celice. En train d'enregistrer une grande annonce. Déclarant que tout doit être changé, maintenant. Tu aurais dû me laisser lui tirer dessus.

— J'aurais dû.

Celice, cependant, n'avait pas l'air échauffée. Elle n'avait pas l'air en colère. Elle semblait perdue, vaincue. Comme Mynx.

— Désolée de t'avoir frappée, dit Celice, pour la troisième fois maintenant depuis qu'elles s'étaient réfugiées dans la pièce. Je l'ai juste vu et j'ai perdu le contrôle.

— Je comprends. Mynx baissa les yeux sur son Tama, tapa rapidement quelques ordres à Reeves et aux autres Paragons. Je ne peux pas dire que j'aurais fait la même chose, mais je comprends.

— J'allais aller droit sur lui. Le descendre là, devant tout le monde. C'était mon plan. Tout mon plan. Celice soupira. C'est comme si ma vie avait une boîte noire autour de lui. Je ne pouvais pas voir au-delà de lui. Au-delà de ce qu'il a fait.

Oh, Mynx connaissait cette boîte noire. Elle pouvait la voir, ou du moins elle l'imaginait, vers le nord. Sa Fabrique, attendant de la ramener dans ses confins mécanisés et bourdonnants. Des projets avec lesquels jouer, mis en attente depuis trop longtemps maintenant. Qui devraient attendre encore un peu plus longtemps.

— Tu ne peux plus te le permettre, dit Mynx. Nous ne pouvons plus nous le permettre.

— Ouais, je crois que je comprends ça.

— Les Paragons vont avoir besoin de toi. Je ne sais pas combien de Champions vont s'en sortir, mais nous aurons besoin de leaders.

— Tu ne veux pas que je dirige quoi que ce soit en ce moment.

— Ce n'est pas une question de vouloir, mais de *besoin* que tu diriges. Que tu le crois ou non, les Paragons te voient comme la fille d'Aegis. Nous avons besoin de ton soutien. Mynx s'éloigna des fenêtres, s'assit en face de Celice et but une grande gorgée de sa tasse chaude. Reeves a continué à s'attaquer au Tama de Zhan-Yo.

— Pendant que le stade explosait ?

— C'est un ordinateur. Il peut faire plusieurs choses à la fois.

Celice hocha lentement la tête. Mynx se demanda si elle avait l'air aussi fatiguée et détruite que Celice. Probablement. Peut-être pire, car Celice avait facilement trente ans de moins.

— Tout le plan de Zhan-Yo tourne autour de pousser les normaux à se retourner contre nous, dit Mynx.

— C'est stupide. Tout le monde aime les Paragons. Le monde se porte mieux que jamais.

— Tu as besoin de sortir plus, si c'est ce que tu crois.

— Dit la Championne qui ne quitte jamais sa Fabrique.

Mynx reconnut cette vérité en levant sa tasse. Laissa l'argument s'essouffler.

— Mon point, poursuivit Mynx, c'est qu'il va essayer de retourner le public contre nous. Nous devrons contrer cela. En temps normal, je dirais que les Champions pourraient simplement rire à sa face.

— Mais vous êtes faibles.

— *Nous* sommes faibles, Celice. Après ça, nous sommes très faibles. Nous devons montrer que nous ne sommes pas brisés, et que nous sommes prêts à changer.

Celice se renversa en arrière, ses yeux se rétrécissant en fentes, sa prise sur cette tasse se resserrant, — Tu veux un accessoire. C'est pour ça que tu me veux. Une normale célèbre, à qui on donne une place près du sommet.

— Pas un accessoire, répliqua Mynx. Surprise, aussi, de le penser vraiment. Ce n'est pas facile pour moi de le dire, Celice, mais j'ai peut-être eu tort. Peut-être avons-nous besoin de normaux chez les Paragons, peut-être avons-nous même besoin d'un Champion normal.

— Et tu dis que c'est moi. Comme c'est pratique.

Mynx pinça les lèvres, puis les détendit, essaya de trouver la ligne diplomatique et non, elle ne pouvait tout simplement pas le faire. Pas un jour comme aujourd'hui. Pas maintenant, avec son Tama qui bourdonnait à chaque seconde avec un nouveau rapport de victimes. Un nouveau titre déclarant les Champions morts et le monde en plein chaos.

Elle frappa la table. Fort. Se leva et fixa du regard la petite fille qui était devenue une source de problèmes incessants depuis que son père était parti.

— Tu vas arrêter ça, et tu vas l'arrêter maintenant. C'est plus grand que toi, plus grand que ta fierté. Nous ne pouvons pas nous permettre de jouer à ces jeux stupides en ce moment. Soit tu montes à bord, soit tu sors.

Pendant une seconde, une seconde bien trop brève, il sembla que Celice pourrait réellement écouter. Comme si la fille d'Aegis pourrait céder à cet argument et accepter l'offre.

Celice se repoussa de la table, se leva à la hauteur de Mynx.

— Je t'ai déjà demandé une fois de me laisser entrer, et tu as refusé, répondit Celice. Tu m'as dit que les Paragons n'étaient que pour les anomalies. Que je n'y avais pas ma place. Tu ne peux pas changer ça quand ça t'arrange. La vie ne fonctionne pas comme ça. Je ne suis pas ton billet de sortie, et je ne veux pas jouer à ton jeu.

Laissant sa tasse sur la table, Celice se dirigea vers la porte.

— Je vais retrouver Zhan-Yo. Je vais terminer ce que j'ai

commencé. Et quand j'aurai fini, on verra, Mynx. On verra quel genre de monde il nous restera.

— J'attendrai, dit Mynx, mais au moment où ces mots franchirent ses lèvres, Celice avait déjà claqué la porte.

Partie encore une fois.

— Mynx, interrompit Reeves le silence. J'essaie de te contacter depuis un moment.

— J'avais remarqué.

— Nous avons retrouvé Apinya. Il est vivant.

CHAPITRE 57
L'ÉCHAPPATOIRE

FAIRE l'inventaire des anomalies en plein combat n'était pas, en effet, une tâche facile. Thane, essayant de contenir sa colère et son désespoir pour ne pas devenir fou furieux, courait sur le navire oscillant, demandant aux anomalies recroquevillées ce qu'elles pouvaient faire et les dirigeant là où elles pouvaient être utiles.

Celles sans pouvoirs offensifs ou défensifs allèrent aux pôles, aidant à guider le bateau à travers les récifs et les bancs de sable le long des abords de l'île. D'autres disparurent sous le pont, dans la cale peu profonde remplie de noix de coco et de poisson séché, où elles ne gêneraient pas.

Plus de deux douzaines d'anomalies sur le bateau, cependant, trouvèrent des places pour utiliser leurs pouvoirs. Étant donné que Mynx avait utilisé l'île pour les anomalies dangereuses, Thane ne fut pas trop surpris de voir l'air autour du bateau bientôt rempli d'éclairs filants, de trombes d'eau lancées depuis la mer, de vides manipulant la gravité de Cassidy, et d'autres manifestations défiant les lois de la physique.

Au début, les drones encaissaient les coups sans réfléchir,

balayant l'espace dans leurs passages meurtriers, crachant du feu que Cassidy aspirait dans son vide. Ou, si Cassidy devait reprendre son souffle, une autre combinaison d'anomalies fournissait le bouclier à la place : les deux anomalies qui étaient avec Arthur travaillaient en tandem. L'une lançait une gigantesque trombe d'eau depuis l'océan, balançant ses bras comme une illusionniste, et l'autre transformait le jet en sel pur, créant une épaisse colonne blanche qui se gonflait sous les tirs des drones.

Les anomalies plus offensives tiraient leurs coups, abattant ou endommageant les drones avec de l'acide, des flammes, ou par pure concentration qui tordait et brisait les armatures métalliques des machines.

Le bateau continuait d'avancer, Sook et Sienna alternant leurs rafales et leurs poussées cinétiques, et ils gagnaient de la vitesse. Ils dépassèrent le récif, et de plus grosses vagues heurtèrent le bateau, le projetant en l'air toutes les quelques secondes alors qu'il franchissait l'une après l'autre. Le sceau anomal maintenant le bateau intact tenait bon, et l'embarcation glissait sur la surface de l'eau comme si elle y appartenait.

Thane s'autorisa à espérer, juste un peu.

Mais les anomalies n'étaient pas infatigables, et à mesure que la journée avançait, le nombre de drones et leurs vagues incessantes commencèrent à les user. Des anomalies furent touchées. Des brûlures de laser ou des balles les projetaient sur le pont ou par-dessus bord. Personne n'avait le temps de pleurer, ni de faire autre chose que de prendre la place des tombés.

Cette évasion ne serait pas une victoire rapide, mais une épreuve d'endurance. Un défi pour tenir jusqu'à ce qu'ils atteignent des lieux habités, et là, peut-être pourraient-ils disparaître dans la foule.

Ou, pensée vraiment sinistre, ces drones pourraient ne jamais s'arrêter. La poursuite pourrait les suivre jusqu'au bout, jusqu'à ce que chaque anomalie soit morte, que ce soit au fond de la mer ou dans une rue bondée.

— Cassidy ! appela Thane alors qu'un nouveau passage de drones laissait les anomalies haletantes. Celles en première ligne alternaient, se repliant vers le centre du bateau pendant que les remplaçants prenaient leurs positions, observant et se préparant pour la prochaine vague. Nous devons changer notre plan !

Le Vide, à la fois épuisée et frustrée, s'appuya sur Thane en quittant sa position.

— D'accord. Je ne pense pas qu'on puisse tenir comme ça beaucoup plus longtemps, dit Cassidy, et Thane, sentant la chaleur qui émanait d'elle, ne pouvait pas la contredire. Quel est ton plan ? Est-ce qu'il nous fait sortir d'ici ?

— On joue la défensive, et ça doit changer, dit Thane. Je pense qu'on ne pourra jamais les distancer.

— Les attaquer comment ? répliqua Cassidy. On survit à peine, au cas où tu ne l'aurais pas remarqué.

— Toi, Cassidy. Tu es la clé.

— Ce n'est pas ce que je voulais entendre.

Thane tira Cassidy vers le bas alors que des piliers de sel jaillissaient et que la prochaine vague de drones passait. Une anomalie debout sur le point le plus élevé du bateau sembla encaisser plusieurs tirs d'énergie des drones et, se retournant à leur passage, renvoya les frappes à leurs créateurs, envoyant deux machines s'écraser dans la mer. Une acclamation déchirante s'éleva, même si l'anomalie s'effondra sur ses genoux, le sang coulant de son nez.

— Quelle taille peux-tu lui donner ? demanda Thane. Pourrais-tu capturer une vague entière ?

Cassidy secoua la tête contre son épaule.

— Je ne sais pas, Thane. Je suis déjà si fatiguée. Même si je le faisais, je pourrais brûler. Mettre le bateau en feu.

— Je ne veux pas te le demander, mais je ne vois pas d'autre solution. La prochaine vague de drones fit demi-tour, deux douzaines s'approchant pour un passage depuis l'arrière du bateau. On va craquer, et bientôt.

— Je pensais que tu avais dit, sur l'île, qu'on pouvait le faire, ensemble, murmura Cassidy. Je t'ai cru.

— Et je ne te décevrai pas. Thane remit Cassidy sur ses pieds, grimaçant alors que sa peau lui brûlait les mains. On a juste besoin de ça. Maintenant.

Les ordres vinrent rapidement une fois qu'il eut fait bouger Cassidy vers l'arrière du bateau. Le Vide regarda vers les drones qui approchaient et se concentra, sa peau devenant rouge incandescent. Sienna tira de l'eau quand Thane le demanda, aspergeant Cassidy d'eau de mer glacée, une douche continue qui fit crier Cassidy, la faisant disparaître dans un nuage de vapeur alors que le liquide la frappait et s'évaporait.

S'évaporait. Thane jeta un coup d'œil à ses propres mains, ses épaules. Elles étaient rouges, oui, mais pas noires ou en train de peler comme s'il avait été bouilli. Il pouvait supporter ce niveau.

Des cris, cependant, attirèrent l'attention de Thane vers le ciel, et il vit alors pourquoi.

Les drones qui approchaient semblaient scintiller et s'étirer, certains disparaissant complètement alors qu'un ovale noir apparaissait et grandissait, ses bords n'étant pas une ligne épaisse mais un flou brumeux. La lumière ne parvenait pas à s'échapper. Si Cassidy avait créé un petit espace négatif auparavant, voici un véritable vide, aspirant tout ce qui se trouvait à proximité.

Et les drones fonçaient droit dedans.

Ce qui aurait pu être, ce qui aurait dû être spectaculaire, était au contraire un triomphe silencieux. Sans lumière, l'efficacité de Cassidy provenait des drones situés sur les bords de la formation, ceux qui filaient juste à l'extérieur de l'attraction la plus forte du vide. Même là, le travail de Cassidy tordait leur vol, les secouait plus fort qu'ils ne pouvaient compenser, les attirait et les faisait s'écraser les uns contre les autres, leurs épaves enflammées étant aspirées dans le vide de Cassidy comme par un aspirateur, s'étirant jusqu'à disparaître.

Pas un seul drone n'était passé, bien que Thane puisse à peine le constater, car le brouillard avait enveloppé tout le bateau.

— Arrête ! cria Thane. Cassidy, c'est fini !

Pas tout à fait vrai. D'autres drones arrivaient, d'autres vagues, mais pour quelques minutes au moins, ils avaient du répit. Thane ordonna à Sienna de continuer à pulvériser, jusqu'à ce qu'enfin le brouillard cesse de se renouveler et que le bateau filant à toute allure laisse derrière lui ses restes. Thane allongea Cassidy sur le pont, les yeux fermés, pour qu'elle puisse grappiller quelques secondes de repos avant que la prochaine vague ne frappe.

Le plan avait fonctionné. Tout un vol de drones avait été éliminé. En faisant cela encore quelques fois, ils pourraient dégager les cieux. S'offrir la liberté dont ils avaient besoin, et l'espace nécessaire pour que Thane puisse élaborer une nouvelle idée.

— Avons-nous gagné ? demanda Cassidy lorsque Thane l'eut réveillée en l'aspergeant à nouveau d'eau froide quelques minutes plus tard, alors que la vague suivante de drones se regroupait pour son attaque. Je suppose que je suis en vie ?

— Tu as été brillante, répondit Thane, la tenant toujours. Tu as été tout ce dont nous avions besoin. Tu les as eus. Tous sans exception.

Cassidy laissa échapper un rire sec, glissa son regard le long du bateau.

— De ce groupe. Je vais devoir recommencer, n'est-ce pas ?

Thane ne pouvait plus lui mentir. Ni maintenant, ni jamais.

— Tu peux ?

— On meurt si je ne le fais pas, c'est ça ?

Thane n'avait pas de réponse. Seulement un triste hochement de tête.

— Tu devras me tenir à nouveau, dit Cassidy. Plus fort cette fois. J'ai failli glisser, et ça ne va faire qu'empirer.

Se tenir à côté d'un brasier infernal pendant qu'elle sauvait leurs vies ? Thane pouvait faire ça. Il pouvait puiser dans la profonde injustice, dans le monde sinistre qui les avait amenés à ce moment et garder Cassidy debout, se maintenir en vie.

— Je serai là, dit Thane en la remettant sur pied. À tes côtés jusqu'à la fin.

CHAPITRE 58
LE LENDEMAIN MATIN

KAT NE TROUVAIT PAS l'amusement dans la fin du monde. Elle ne voulait pas se joindre à une quelconque festivité, jeter toutes ses préoccupations aux orties et accepter l'anéantissement dans une gigantesque beuverie qui ferait tourner l'horloge jusqu'à ce que l'inévitable les réduise en cendres. Non. Au lieu de cela, ce que Kat, Calvin et Gordon firent, après ce premier verre, fut de se regarder les uns les autres et d'observer les autres dans le bar, tous faisant la même chose, puis de monter à la chambre de Gordon.

Ils ne parlèrent pas vraiment, n'échangèrent pas d'histoires ni ne décrivirent comment Kat avait à peine survécu à la confrontation avec Wexley, Rhimes et ses sbires. Tout cela semblait sans importance dans le contexte plus large ; quand l'ordre mondial disparaîtrait dans une explosion brûlante, les problèmes personnels de Kat paraissaient pathétiques.

Seul Seeker, reniflant autour et léchant les bottes blanches de Kat, semblait imperturbable.

Calvin ne les suivit pas jusqu'au bout. Son Tama s'était illuminé avec des exigences, des demandes, puis des ordres de Paragon pour qu'il se présente au quartier général pour des affectations, pour des informations. Kat essaya de l'interroger avant que l'anomalie ne parte, d'obtenir quelques détails, mais Calvin n'avait rien à dire si ce n'est qu'il resterait en contact. L'homme disparut dans une nuit silencieuse et paniquée.

Se retirer dans la chambre d'hôtel de Gordon semblait inapproprié, ou trop confiné, ou trop peu face à... l'existence ? Que faire face à un tel désastre ? Les Champions n'étaient pas des amis, n'étaient pas de la famille, ne venaient pas aux fêtes d'anniversaire de Kat — comme si elle en avait — mais les rapports alarmants venant de Los Angeles lui faisaient l'effet de coups de poignard dans le ventre malgré tout.

— Je vais promener Seeker, avait dit Kat après qu'ils eurent appuyé sur le bouton de l'ascenseur mais avant que les portes ne s'ouvrent.

— Bonne idée, avait répondu Gordon, aucun des deux ne considérant à quel point une promenade de minuit serait absurde dans une ville en ébullition après les calamités répétées de Paragon.

Ni l'un ni l'autre ne parlèrent alors qu'ils faisaient le tour des pâtés de maisons avec Seeker. Des capsules passaient, bien que Kat aurait dit que les rues étaient plus vides que prévu — tout le monde à l'intérieur réfléchissant à son sort. Ils passèrent devant des bars encore bondés, les clients fixant les télévisions ou les Tamas plus qu'ils ne buvaient. Toutes ces lumières au néon qui appelaient s'estompaient dans l'épaisse ombre de l'inquiétude.

Kat ne savait pas quand le sommeil était venu. Ils s'effondrèrent sur le matelas, Seeker entre eux, et se réveillèrent à peu près dans la même position, dans un état surréaliste qui ne poussait qu'à une seule chose : découvrir ce qui était arrivé à leur réalité ?

— Il y a des gens qui essaient de te tuer, dit Gordon alors qu'ils se brossaient les dents, se lavaient le visage, retrouvaient un semblant de normalité. Je sais, je sais qu'il y a toute cette histoire avec Paragon. Mais ça va se jouer. Tu ne peux pas te laisser distraire. Pas maintenant.

— Mmh mmh.

— Je veux dire, nous sommes des traqueurs. Nous avons des compétences. Si les Paragons ne fonctionnent plus, alors quelque chose viendra après eux qui aura besoin de nous. On s'en sortira.

— Bien sûr. Kat se regardait dans le miroir. Pas si mal. Une petite égratignure sur le bras à cause du plongeon dans la maison aux armes, une croûte rouge sur le front à cause de la fléchette, mais à part ça, son manteau et son jean cachaient les bleus de la danse sur glace meurtrière. Tout sera exactement comme avant, Gordon.

Avec son uniforme emballé dans le simple sac de nuit, le remplissant complètement, Kat devait décider où aller. Elle n'était pas plus près de trouver le tueur, et à part retourner à la maison et voir si Rhimes voulait un deuxième round, il n'y avait pas d'options évidentes.

Sans compter que Kat avait éliminé pas mal de larbins. Si l'homme voulait sa mort avant, il ne l'aimerait probablement pas plus aujourd'hui. Elle serait en infériorité numérique, moins bien armée. À moins que...

Kat regarda son Tama à son poignet gauche. Comme tous les Tamas, et comme Kat s'assurait que le sien le fasse très bien, il avait enregistré chaque conversation qu'elle avait eue la veille. Avec les Paragons de son côté, Kat pourrait donner les enregistrements à Calvin et regarder, du pop-corn à la main, les anomalies et les drones se venger pour elle. Aller à la maison et brûler Rhimes. Peut-être identifier l'homme de main principal par sa voix et régler tout d'un coup.

Certes, les Paragons avaient probablement des problèmes, mais un réseau de meurtriers à Chicago devait mériter une certaine action. La ville ne pouvait pas être laissée dans l'anarchie à cause d'un désastre à Los Angeles.

— Je peux venir avec toi ? demanda Gordon alors qu'ils

quittaient la chambre. Les tableaux des traqueurs n'ont aucune information. Mynx, si elle est encore en vie, ne dit rien.

— Bien sûr, répondit Kat. Souviens-toi juste que je suis apparemment une cible. Si tu marches avec moi, tu pourrais te faire tirer dessus.

— J'en ai l'habitude.

— Vraiment ?

Gordon haussa les épaules et Kat n'avait pas assez d'énergie pour pousser la dispute. Elle avait besoin de café, et de nourriture. Et, de préférence, de retourner à son appartement sans la peur d'être réduite en miettes.

Chicago, apparemment, ressentait la même chose. Après une longue nuit à contempler le désastre, des files d'attente débordaient des cafés du centre-ville alors que les gens réalisaient que le travail normal continuerait même si sa normalité semblait ridicule maintenant. Kat fit la queue, cependant. Passa la commande sur son Tama et la récupéra quand la tasse fumante tomba sur le comptoir.

Les reps fonctionnaient. Payèrent l'achat. Tout cet échange suffisait à donner à une fille le sentiment que les choses pourraient ne pas être si mauvaises après tout.

Ce sentiment dura trente minutes, jusqu'à ce que Kat, Gordon et Seeker atteignent la tour Paragon. Elle avait essayé d'envoyer un message à Calvin, mais il n'avait pas répondu. Les informations du matin ne cessaient de parler de Los Angeles. Apparemment, certains Champions s'en étaient sortis, Mynx incluse, bien que rien de plus qu'une déclaration sommaire sur la persévérance, la recherche des coupables, et bla bla bla standard n'ait été publié.

Aegis aurait été en première ligne de tout cela. Il se serait tenu debout dans ces ruines, prêchant le feu et le soufre, le courage et la conviction. L'inspiration et la détermination dans le sillage de la tragédie.

Au lieu de cela, Kat et Gordon trouvèrent une foule

devant la tour Paragon, débordant des portes du bâtiment jusque dans les larges rues. Des drones et quelques policiers de Paragon avaient installé des barrières dans la fraîcheur matinale, détournant les capsules, mais ils semblaient débordés et se contentèrent de faire signe à Kat de passer.

— Tu veux vraiment entrer là-dedans ? demanda Gordon alors qu'ils se tenaient à la périphérie.

La foule oscillait entre des cris inquiets et des manifestations plus virulentes, scandant des mots étranges et des slogans qui réclamaient plus de liberté, plus de choix et de justice pour les normaux. Des pancartes, certaines semblant bien trop professionnelles pour avoir été confectionnées dans la demi-journée entre la crise de Los Angeles et ce matin, portaient les mêmes revendications.

— Que se passe-t-il ? demanda Kat dans le vide sans obtenir de réponse. Même Seeker s'accrochait à ses jambes, ne voulant pas s'approcher de cette énergie négative. Justice pour les normaux ?

— On dirait le discours du type qui a tué Aegis, dit Gordon, se faufilant avec elle à travers la foule. N'est-ce pas ce qu'il défendait ?

— Je n'ai pas vraiment eu le temps de lire les nouvelles dernièrement, répondit Kat, mais le commentaire de Gordon lui semblait effectivement familier.

Quoi qu'il en soit, il semblait que les Paragons auraient fort à faire. Kat n'imaginait pas que quelqu'un puisse écouter sa requête, même si elle parvenait à entrer. Une prétendue tueuse ne faisait pas le poids face à la chute du gouvernement.

— Où allons-nous maintenant ? dit Gordon alors qu'ils reprenaient leur errance dans les rues de la ville. On retourne à l'hôtel ? On attend de voir ce qui va se passer ?

— Je veux mon appartement, dit Kat. Et je ne veux plus avoir à regarder constamment par-dessus mon épaule.

— Moi aussi, j'ai des envies, Kat.

— La différence, c'est que je sais comment obtenir ce que je veux. Les idées viennent parfois des endroits les plus inattendus, et la simple réponse de Gordon raviva un souvenir chez Kat. Gordon, j'ai besoin que tu fasses un choix maintenant.

— Oh oh.

— Exactement, oh oh. Je ne sais pas ce qui va se passer ensuite, mais je ne pense pas pouvoir affronter ces types toute seule. Les Paragons ne vont pas nous aider, pas tout de suite, peut-être jamais, dit Kat, prenant la direction de la gare. Gordon la suivit. J'ai besoin d'alliés, des gens qui passeront à l'action.

— Je ne suffis pas ?

— Tu m'aides. Kat lui adressa un sourire. Mais toi et moi, on n'est pas de taille face à ce type.

— Alors qui l'est ?

— Le tueur s'est fait des ennemis. Maintenant que j'ai une idée de comment le trouver, ils pourraient nous aider à l'éliminer. Mais Gordon, ce ne sont pas des gentils. Si on va les voir, on conclut un pacte avec des gens que les Paragons n'aiment pas. Ça pourrait mal tourner pour nous.

— Mais si on ne fait rien, ce type va te tuer.

— Probablement.

— Alors c'est tout ce que j'ai besoin de savoir.

CHAPITRE 59

DÉCLENCHER LA GUERRE

QUE FAIT-ON quand tout s'est bien passé et qu'on se retrouve quand même assis dans une caravane sombre à regarder les informations parler d'autres personnes, d'autres lieux, d'autres projets ?

Zhan-Yo n'avait pas de Tama, mais la planque de Mathieu disposait d'un ordinateur qu'il avait connecté à ses anciens comptes via un réseau brouilleur de signal pour rendre tout traçage quasi impossible. Il s'attendait à un déluge, d'innombrables questions et demandes d'interviews de la part d'organisations médiatiques du monde entier.

Comment avait-il réussi ce coup ?

Pourquoi l'avait-il fait ?

Que signifiait tout cela ?

Zéro. Et ce n'était pas comme si cette information était secrète. Les coordonnées personnelles de Zhan-Yo avaient déjà été divulguées auparavant, y compris par lui-même. Une rapide recherche sur Internet suffirait à obtenir ces informations. Pourtant, rien.

Les Parangons, naturellement, faisaient l'objet de milliers de questions. Chaque chaîne d'information, que dis-je, chaque citoyen bombardait leurs représentants de propositions paniquées annonçant la fin du monde. Comme si cette explosion, une seule dans un stade unique et pratiquement vide, signifiait la fin.

Cela dit, à écouter les Parangons, on pourrait le croire.

— Comment peuvent-ils dire ça ? s'exclama Zhan-Yo en montrant l'écran du doigt, où le chef régional des Parangons de Los Angeles venait de terminer en avertissant tout le monde d'être prudent, d'éviter les espaces publics jusqu'à ce que les Parangons traduisent les criminels en justice. Ce n'était pas une attaque aléatoire.

— Mieux vaut le faire paraître ainsi, dit Xander, avant de retourner à son dîner, croquant dans du poisson élevé à proximité. Les Parangons ne veulent pas...

— Diviser les gens, oui, je comprends. Zhan-Yo se pencha en avant. Son poignet gauche le démangeait là où se trouvait autrefois son Tama. Toutes ces absurdités sur l'unité. Où était-ce hier ?

— On n'en avait pas besoin hier.

Zhan-Yo jeta un regard irrité vers Xander, mais le gamin ne regardait pas. Il fixait l'écran. Au moins, la télé avait l'avantage de la taille ; Zhan-Yo n'avait peut-être pas les informations instantanées d'un Tama au bout des doigts, mais pouvoir voir le visage de Mynx en grand lorsqu'il apparut à l'écran n'était pas rien.

L'inquiétude illuminait les rides de la Championne. Ses cheveux gris semblaient plus prononcés maintenant, et ses yeux paraissaient terriblement rouges. Pas assez de sommeil, et portait-elle toujours son uniforme de Paragon du stade ?

Ça, c'était un compliment. Causer tant de nervosité et de désastre à une Championne qu'elle ne pouvait même pas enfiler une tenue propre ?

S'il ne pouvait pas avoir sa révolution, alors Zhan-Yo se contenterait de ça.

Il passa une main dans ses cheveux, grimaçant lorsqu'elle effleura une coupure. Zhan-Yo en avait beaucoup. Des ecchymoses aussi. Et son oreille droite semblait manquer environ la moitié des sons qui y entraient. Mathieu n'avait pas de médecin sous la main, mais l'un des mercenaires avait été infirmier de combat, et son examen rapide avait déclaré Zhan-Yo meurtri mais vivant.

— Hé, capitaine, dit Xander, et Zhan-Yo se retourna pour voir Mathieu entrer dans la pièce, portant deux assiettes et deux autres sandwichs. L'homme portait toujours son équipement tactique, comme s'il devait être prêt à une attaque à tout moment.

— Comment ça se passe ? demanda Mathieu en tendant une assiette à Zhan-Yo. On a la couverture qu'on voulait ?

— La couverture, oui, répondit Zhan-Yo. Mais tout est centré sur les Parangons. Tout tourne autour de la façon dont ils vont gérer l'attentat. Ils ont l'occasion de faire tous ces discours larmoyants sur un avenir meilleur.

— Et ça ne te plaît pas ?

— Pas quand ça ne nous inclut pas, répliqua Zhan-Yo. Wexley a dit qu'il avait fait sa part. Les manifestants sont partout, devant chaque tour majeure des Parangons dans chaque grande ville. Seulement, ils ne sont jamais à l'écran. On nous muselle.

— Tu es surpris ?

— On dirait que toi, tu ne l'es pas.

Mathieu prit une grosse bouchée, essuya un reste de moutarde avec sa main pendant que la télé continuait à déblatérer sur les couvre-feux et la présence accrue de drones. Le frère de Sylvie mâchait son sandwich et, tout comme avec la sœur de Mathieu, Zhan-Yo aurait aimé pouvoir lire dans les pensées de l'homme.

— Il y a deux façons dont ça peut se passer pour toi, répondit Mathieu. Soit tu acceptes que c'était ton meilleur coup, tu laisses les résultats se dérouler et tu espères que quelque chose se passe. Tu t'éloignes de tout ça, tu changes de nom et on t'expédie quelque part pour profiter de ta vie en paix.

Il hésita. Observa le visage de Zhan-Yo et vit sans doute son froncement de sourcils s'accentuer.

— Je ne fais pas ça pour la paix, répliqua Zhan-Yo. Je fais ça précisément parce que la paix nous a volé notre place dans notre propre monde.

— Alors on envisage la deuxième façon. Ce qui signifie qu'on continue sur cette voie, en la suivant où qu'elle mène, quel qu'en soit le prix.

Zhan-Yo leva les yeux au ciel. Ce n'était pas une habitude qu'il appréciait, ni qu'il employait, mais la frustration du moment éclipsa sa retenue.

— Mathieu, qu'est-ce qui, dans ce qu'on vient de faire, te semble *civilisé* ? On a posé des bombes dans un stade. On a blessé ou tué des Parangons, des innocents, et blessé des normaux à l'extérieur et autour du lieu. S'il y a une route sombre à emprunter, je suis déjà dessus.

« Cependant, je refuse de marcher sur cette route aveuglément. Je ne consentirai pas au meurtre sans but. Il est encore tôt. Si cela ne suffit pas à mettre notre révolution sur les rails, alors peut-être qu'on s'éloigne de la violence. Peut-être qu'on arrête de détruire, et qu'on commence à construire.

— Pas un mauvais choix, dit Xander. Zhan-Yo avait oublié que le traître Paragon était toujours là. Quand ils nous formaient, le truc était de toujours trouver un terrain d'entente. Tout le monde, même les autres Parangons, n'allait pas être comme toi. Il fallait les mettre dans ton équipe, surtout quand ils avaient peur ou étaient en colère.

Xander se tut, observant les deux hommes plus âgés. Zhan-Yo pensa que le Parangon avait l'air si jeune à cet instant, osant donner son opinion à des personnes bien au-dessus de son rang et attendant, espérant qu'elle serait bien reçue.

Zhan-Yo s'accorda un moment de réflexion en prenant une bouchée. Mathieu fit de même, se tournant à nouveau vers la télé. Xander avait raison. Zhan-Yo avait créé la peur, mais peut-être que cette peur n'était pas suffisante. Il devait montrer ce que les gens *pourraient* avoir s'ils saisissaient leur chance, écartaient les Parangons et reprenaient en main leur propre destin.

— Certains Champions sont morts, dit Zhan-Yo. Où ?

— En Russie, en Europe. Mathieu réfléchit un instant. Je crois que ce sont les cas confirmés. D'autres pourraient être blessés, mais on ne sait pas.

— J'ai des amis en Europe, dit Zhan-Yo. Des ouvertures là-bas. Xander, j'aime ton idée. Ici, les dirigeants sont encore en place. Les Parangons trop puissants. De l'autre côté de l'océan, cependant, il pourrait y avoir des opportunités.

Zhan-Yo se leva, grimaçant au craquement de ses genoux. — Je vais dire à Wexley que je pars à l'étranger. Il organisera les réunions. Mathieu, prépare ton équipe. Nous devons agir vite.

— Agir vite ? dit Mathieu, puis il termina son sandwich d'une bouchée gigantesque. Qu'allons-nous faire ?

— Apporter l'ordre dans le chaos.

Et si plus de chaos était nécessaire, Zhan-Yo pourrait aussi s'en charger.

CHAPITRE 60
SALLE DE RÉTABLISSEMENT

LES CHAMBRES d'hôpital n'inspiraient pas souvent l'euphorie, mais celle-ci le faisait, car Apinya s'y trouvait, et il était vivant. Le Champion, à l'allure étrange dans sa blouse d'hôpital bleue et blanche, tenait une infirmière en haleine lorsque Mynx entra. D'après ce que Mynx pouvait comprendre, Apinya donnait des conseils à l'infirmière sur son mariage, et à en juger par les notes qu'elle tapait sur son Tama pendant qu'Apinya parlait, ce n'était pas si mal.

— Tu ne t'arrêtes jamais, hein ? dit Mynx après que l'infirmière eut quitté la chambre précipitamment.

— Pourquoi ? répondit Apinya avec un doux sourire. J'apprécie mon don, alors je le partage.

— Je suis contente que tu puisses encore le faire.

— Eh bien, Apinya leva les bras, montrant l'absence de tubes et d'attaches. Il semblerait que je ne sois pas en si mauvais état. En fait, les machines m'ont dit que je pourrais sortir cet après-midi.

— Moins d'une journée. Mynx secoua la tête. On devient vraiment doués à ce jeu-là.

— Non, dit une autre voix, se faufilant près de Mynx avec deux boissons énergisantes à la main. C'est juste que je suis là.

Mila, venue d'Amérique du Sud, s'attendait peut-être à des remerciements, mais Mynx doutait qu'elle s'attende à l'étreinte. Profonde, longue et pas du tout raide, un mélange peu naturel pour Mynx qui semblait pourtant nécessaire ici et maintenant.

— Combien en as-tu sauvé ? demanda Apinya à Mila.

— Je te l'ai déjà dit.

— Dis-le encore. Apinya fit un signe de tête vers Mynx. Pour qu'elle le sache.

— Trente-sept, répondit Mila, croisant les bras et regardant le carrelage. J'aurais dû en sauver plus, mais ça m'a pris trop de temps pour sortir de la loge du stade. Les escaliers se sont effondrés alors j'ai dû faire le tour avant de pouvoir atteindre les corps.

— Néanmoins, c'est un travail de Champion. Apinya joignit ses mains et s'adossa au lit. Et puis tu m'as trouvé ici, et tu m'as transformé d'une épave ridée en un homme en bonne santé.

— Toujours ridé, cependant. Mynx ferma la porte de la chambre. Elle ne donnerait pas à cet endroit un statut confidentiel, mais empêcher les oreilles indiscrètes serait appréciable. Nous avons perdu Lukas et Burov. La plupart des autres sont déjà partis. Ils ont pris l'avion pour se faire soigner dans leurs propres régions.

Le sommet avait été un échec épouvantable, et la situation continuait d'empirer. Mynx s'était forcée, avec les supplications constantes de Reeves, à donner quelques interviews et à faire d'autres déclarations unificatrices. Tout cela sonnait un peu creux, mais apparemment, ça passait bien.

Quelques manifestations avaient éclaté, mais elles étaient contrôlées, et les Paragons régionaux avaient, jusqu'à présent, gardé leur sang-froid. Ce qui se passerait quand il faudrait faire le bilan des victimes et combler les vides, Mynx ne pouvait le dire.

— Je vais les rejoindre, dit Apinya. Ce soir, je pense. Sauf complications. Ta petite magie n'en cause pas, n'est-ce pas ?

— Seulement si tu me mets en colère, répliqua Mila.

— Ah, alors je dois définitivement partir le plus tôt possible.

— Apinya, dit Mynx. J'espérais que tu pourrais rester un jour ou deux de plus. Juste pour montrer un peu d'unité. Maintenir l'impression que tout ne va pas si mal.

— Mais tout va mal, marmonna Mila.

— Je le ferais, Mynx. Nous n'avons même pas eu le temps de rattraper le temps perdu. Apinya tendit une main vers Mila, qui la prit et resta silencieuse. Malheureusement, comme les autres, j'ai maintenant un public urgent et exigeant qui ne se reposera pas pendant mon absence. Ils voudront des réponses, et je devrai les leur donner. En personne et avec assurance.

Apinya ne conclut pas par des excuses. Mynx n'aurait pas dû en attendre. C'était comme ça que les choses étaient. Ni plus, ni moins.

— Alors, as-tu des conseils à me donner ? demanda Mynx. Avec Pixie qui est si nouvelle dans tout ça, je vais devoir prendre les devants. Être l'image de la fierté des Paragons et tout ça.

— Mon conseil ? Je trouverais ceux qui ont fait ça, et je les trouverais vite. Je les ruinerais aux yeux du monde, puis je les jetterais là où personne ne pourrait retrouver leurs corps.

— Celice est déjà sur cette mission.

— Est-elle seule ?

Mynx jeta un coup d'œil à Mila, qui haussa légèrement les épaules. La vengeance et la colère n'étaient pas vraiment le genre d'Apinya, mais voici les paroles les plus ferventes que Mynx avait entendues de lui depuis des décennies.

— Je ne sais pas ? répondit Mynx. Elle est partie précipitamment.

— Alors va la rejoindre. Les Champions ont été attaqués,

Mynx. Les Paragons ont été agressés. La raison et le discours sont inutiles quand l'ennemi refuse d'écouter. Une menace comme celle-ci doit être éliminée, pas accommodée.

Maintenant, Mynx croisa les bras, faisant face à Apinya, — Tu as parlé à Zhan-Yo. Quand il était sur cette scène. As-tu appris quelque chose qui te fait parler ainsi ?

— J'ai appris qu'il croit en sa cause de tout son cœur, dit Apinya. Il ne s'arrêtera pas, Mynx. Il ne s'arrêtera pas tant qu'il n'aura pas obtenu ce qu'il veut.

— Eh bien, moi non plus.

Mynx quitta la chambre un peu plus tard, après avoir convaincu Mila de rester et de remplir le rôle d'unité d'Apinya pour les caméras. En quittant l'hôpital, Mynx prit la navette qui la conduirait à sa Fabrique et envoya des ordres.

Tous les drones, dans le monde entier, continueraient à chercher Zhan-Yo. S'ils le trouvaient, il n'y aurait pas de capture. Pas d'étourdissement ni d'interrogatoire.

Et si Zhan-Yo jouait la discrétion ? S'il restait caché ?

Mynx avait infiltré les endroits les plus sécurisés de la planète avant le règne des Champions. Elle avait assassiné des vilains à distance avec un minuscule tir bien placé. Les drones qui avaient donné des résultats discrets et sanglants pour la révolution des Paragons étaient restés en sommeil pendant des années et des années.

Il était temps de les réveiller.

CHAPITRE 61
LA PLONGÉE

COMBIEN D'ÉVASIONS de prison impliquaient une vingtaine d'anomalies traversant l'océan à toute vitesse dans un bateau de fortune maintenu par la salive et des super-pouvoirs ? Thane aurait parié gros sur zéro, mais il commençait à penser que celle-ci pourrait réussir du premier coup. Avec Cassidy qui entrait et sortait, relayée par les autres anomalies utilisant leurs capacités pour créer une couverture, les drones avaient subi de lourdes pertes. Les vagues derrière le bateau scintillaient de taches noires, certaines encore fumantes, témoignant du travail de Cassidy.

Non que Cassidy elle-même ne fût pas épuisée. Thane devait la soutenir à chaque fois, puisant dans sa propre peur et son désespoir pour se protéger de la chaleur intense de Cassidy, même lorsque l'eau glacée de la mer les éclaboussait. Le Néant faisait son œuvre, aspirant un drone après l'autre dans ce trou dimensionnel, les déchirant et maintenant les évadés en vie.

L'île s'amenuisait à l'horizon, son volcan formant une sombre lance fendant le ciel lointain. Arthur et sa bande de traîtres étaient toujours là-bas, en sécurité sur une terre qui serait, pour l'essentiel, sans contestation. Ils pouvaient garder leur paradis piégé. Vivre leur vie tranquille sans rien avoir à montrer pour les grands dons que la nature leur avait accordés.

— Que font-ils ? murmura Cassidy, s'appuyant contre Thane qui, à son tour, s'adossait au bâbord du bateau.

— Qui ? demanda Thane en regardant à travers le bateau, vers les anomalies à leurs positions assignées.

C'était vraiment incroyable à quel point ils s'étaient tous rapidement mis en rang. Thane n'avait eu qu'à aboyer quelques ordres et ces redoutables vilains s'étaient précipités pour faire ce qui devait être fait. Le fait que l'échec signifiait la mort y était peut-être pour quelque chose, mais Thane avait déjà rencontré des anomalies téméraires auparavant, celles qui utilisaient leur propre ego pour se protéger de la raison. Ici, cependant, ils avaient un équipage.

À l'arrière, Sook propulsait le bateau en avant tandis qu'à la proue, un autre, Avery, qui avait scellé le bateau au départ, utilisait sa capacité pour lisser un chemin à travers les vagues, créant une surface miroitante comme de la glace en plastique sur laquelle le bateau filait. D'autres anomalies créaient des diversions pour les drones, empêchaient l'eau d'envahir le pont, ou aidaient à naviguer par des moyens que Thane ne pouvait saisir.

— Les drones, dit Cassidy. Ils ne reviennent pas pour une autre passe.

C'était vrai. Plutôt que de se regrouper pour une autre rafale de tirs — assez d'anomalies avaient les bras ou les jambes bandés, ou gisaient sur le pont en train de se faire soigner pour montrer que les assauts des drones avaient été efficaces — les drones semblaient s'écouler autour du bateau, étirant leurs effectifs en un grand cercle. De près, Thane aurait pu considérer cette manœuvre comme une menace d'encercle- ment. Les drones, cependant, planaient au-delà de la portée des anomalies et, aussi, de la leur propre.

— On dirait qu'ils nous observent, dit Thane. Ce qui est un problème.

Tôt ou tard, le bateau s'approcherait de la civilisation. Le plan avait été d'échapper à la poursuite, de disparaître en pleine mer et d'atteindre la terre ferme sans être repérés. Si les drones les suivaient tout du long, les forces de Paragon pourraient encercler et recapturer, ou tuer, le petit groupe de Thane.

— Je ne peux pas les atteindre si loin, dit Cassidy.

— Je sais.

Thane écarta Cassidy, l'aidant à s'appuyer contre le bastingage.

Au centre du bateau, aucune stratégie évidente ne se présentait. Thane fit l'inventaire des anomalies restantes et de leurs capacités, cherchant une clé pour débloquer leur évasion et n'en trouvant aucune. La pleine mer n'offrait pas beaucoup d'options, même aux super-puissants. Ils pouvaient continuer à avancer, en espérant que les drones épuisent leur énergie avant que les anomalies n'atteignent la civilisation.

Ou alors.

— On plonge, dit Thane à Cassidy. Tu crées une ouverture, un vide devant nous et tu le pousses vers l'avant, dégageant l'eau. Avery scelle l'eau derrière nous à mesure qu'on passe, et les autres continuent à nous propulser vers l'avant.

— Ils pourront toujours nous suivre.

— Pas si on descend assez profond. Pourquoi Mynx équiperait-elle des drones aériens pour ça ? Si on descend suffisamment, on pourra les distancer.

— Tu crois.

— J'espère, parce que sinon la seule façon dont ça se termine, c'est par notre mort.

Cassidy n'eut pas de réponse à cela. Au lieu de ça, avec un soupir tremblant et en s'agrippant au bras de Thane, elle se remit sur pied. Thane partagea les plans, et bien qu'il ne trouvât pas beaucoup d'enthousiasme parmi les anomalies, la résignation fonctionnait tout aussi bien.

Thane, Cassidy, Avery et Sienna se dirigèrent vers la proue. À l'arrière, les autres anomalies surveillaient les drones, maintenaient le bateau en mouvement en poussant l'air derrière eux.

— Prête ? demanda Thane, et il vit Cassidy jeter un dernier regard au ciel ensoleillé de midi, paradisiaque.

Profiter d'une dernière belle vue.

— Prête, dit Cassidy. Une fois qu'on aura commencé, il faudra continuer jusqu'à ce qu'on ne puisse plus. Remonter trop tôt, et ça ne servira à rien.

Alors que Cassidy finissait de parler, des cris s'élevèrent à travers le bateau. Les drones, voyant apparemment quelque chose qui ne leur plaisait pas, avaient rompu leur formation. Les machines volantes plongeaient vers le bateau de tous côtés, une attaque dispersée qui, avec les anomalies hors position, pourrait être désastreuse.

— Allez-y ! cria Thane.

Devant, la prochaine vague ne s'effondra pas, ne se sépara pas, elle disparut simplement. Le bateau plongea vers un soudain vide noir et Thane réalisa que la vague elle-même n'avait pas disparu, mais que la lumière venant vers eux avait été aspirée. Le vide de Cassidy grandit et poussa, inclinant le bateau vers le bas.

Avery déploya sa capacité autour d'eux alors que l'eau s'enroulait autour du vide de Cassidy, le bateau filant derrière le mini trou noir. L'eau qui aurait dû les balayer par derrière et par-dessus se figea en verre, se brisant en gouttelettes quelques instants plus tard alors que le bateau passait. Avery lui-même, un homme bronzé qui paraissait avoir entre vingt-cinq et cinquante ans, se mit à transpirer abondamment.

Sienna ne s'est pas dérobée, cependant. Elle a tiré de l'eau de sous la proue du bateau, accélérant leur descente, et l'a projetée sur le groupe. La glace se transformait en vapeur sur la peau de Cassidy, adoucissait celle d'Avery, et faisait tellement frissonner Thane qu'il a puisé dans sa peur persistante, son espoir et son désespoir pour se fortifier.

Mais ils ont plongé. Ils ont coulé sous la surface et encore plus bas, jusqu'à ce que partout où Thane regardait, le bleu, d'abord clair puis plus sombre, enveloppe le bateau.

L'eau bloquerait les tirs des drones. Cela leur donnerait un peu de temps. Aucun éclair ne pourrait traverser une telle épaisseur d'eau, aucune balle non plus, et ces drones n'auraient pas de torpilles. Du moins, Thane espérait que Mynx n'avait pas été aussi prévoyante, aussi paranoïaque.

— Il y en a encore un derrière ! Un cri venant de l'arrière, et Thane a analysé les mots suffisamment pour se retourner, vers ce long tunnel qui s'effondrait.

Un seul drone, d'un noir menaçant, s'était engouffré dans le tunnel de la queue du bateau. Libéré de sa formation, le drone zigzaguait dans l'eau-verre qui s'effondrait, esquivant les éclairs et les explosions envoyés dans sa direction par les anomalies avec une aisance déconcertante. Comme s'il pouvait voir d'où viendrait chaque attaque, avant même que l'anomalie ne la lance.

Impossible, à moins que la programmation du drone ne lise le langage corporel des anomalies. Qu'elle ne lise la chaleur, les yeux, la respiration et tous les autres indices qu'une créature vivante émet avant de bouger. Le robot dansait tandis que la réalité explosait autour de lui, et le drone répliquait de la même manière.

Les propres éclairs et balles du drone frappaient le bateau, et sans les vides de Cassidy ou les barrières d'eau-verre de Sienna et Avery pour bloquer les attaques, les anomalies commençaient à tomber. Le drone tirait avec précision, chaque coup marquant une fin fatale. Sook s'est effondré quand un éclair a frappé sa poitrine, le bateau tremblant alors que son accélération faiblissait.

Encore une minute, et le bateau serait un tombeau.

— Cassidy ! a crié Thane. Nous avons besoin d'un autre vide ! Derrière nous !

Devant, ils avaient besoin d'un trou noir de plusieurs mètres aspirant un chemin à travers les profondeurs. Cassidy, déjà enveloppée de fumée par l'effort, Thane la tenant debout, sa peau brûlante contre la sienne, a tremblé à ses mots. Il a vu sa tête se tourner, ses yeux pleins de larmes à peine ouverts contre la douleur.

— S'il te plaît, a dit Thane. Je crois en toi.

Un rugissement rapide, suivi du grincement du métal qui se tord, est venu de derrière eux. Thane s'est retourné, a vu le drone se briser, ses moteurs toujours en marche, propulsant l'épave vers eux. Thane a senti des éclats rebondir sur son dos, les a vus percer Sienna, Avery. Les autres.

A vu Sienna trébucher et tomber par-dessus bord.

A senti la concentration d'Avery se briser alors que ses mains se portaient à son épaule, où une fine pointe de métal s'était logée. Le tunnel de verre s'est fracturé, s'est arrêté, et la mer a commencé à se refermer autour d'eux.

Thane a cédé à sa peur, son désespoir, sa perte. Ses bras serrés autour de Cassidy, toujours une nova, l'océan s'est précipité pour les engloutir.

La bombe a fait plus que détruire un stade : elle a ébranlé le monde. Alors que la fumée se dissipe, Celice part pour l'Europe sur les traces du poseur de bombe, la vengeance brûlante dans son esprit. Elle a les outils et l'âme torturée pour s'assurer que sa cible souffre. C'est une chasse sans merci, qui pourrait avoir un prix plus élevé que ce que Celice est prête à payer.

Continuez l'aventure de Celice avec *La Révolution s'Élève*:

REMERCIEMENTS ET NOTE DE L'AUTEUR

Le Défi du Champion est, malgré la signature, une œuvre qui a vu le jour grâce à de nombreuses personnes. Nicole, ma femme, a été un soutien infatigable pour mon écriture, m'accordant de nombreuses matinées, après-midis et soirées pour tisser les récits que vous lisez dans ces pages. Mes parents aussi, en lisant toutes mes œuvres et en m'encourageant.

Les lecteurs comme vous jouent un rôle énorme, car j'écris ces histoires pour qu'elles soient lues, appréciées et, peut-être, pour qu'elles suscitent une ou deux questions intéressantes.

Le Code du Héros est une série qui, pour moi, traite de la confrontation avec le pouvoir sous ses multiples formes, et de la manière dont beaucoup de ces formes sont à la fois bonnes et mauvaises. Le conflit entre ce pouvoir et les idéaux de ceux qui vivent avec lui constitue le cœur de cette série, et je suis impatient de vous montrer où cela nous mène.

De plus, les super-héros sont simplement amusants à côtoyer, et vraiment, quand vous écrivez ces romans, vous avez la chance de passer du temps avec des personnes et des lieux que vous ne verrez jamais autrement. Aegis, Mynx, Kat — j'ai la chance de passer du temps avec ces personnages merveilleux, et je suis tellement chanceux de pouvoir le faire.

Merci de votre lecture, et attendez-vous au prochain livre, car il sera là avant que vous ne vous en rendiez compte !

À PROPOS DE L'AUTEUR

A.R. Knight tisse des histoires dans une maison glaciale à Madison, dans le Wisconsin, principalement occupée par deux chats. Après avoir été happé par le tourbillon du travail lors de la crise économique de 2008, il s'est retrouvé à voyager dans l'espace et à vivre de grandes aventures pendant des réunions ennuyeuses.

Finalement, après s'être consacré aux podcasts, aux scénarios, aux nouvelles et à d'autres romans, il a trouvé une histoire dans laquelle il pouvait se plonger et un casting de personnages à la fois divertissants et pleins de cœur.

A.R. Knight prévoit de sauter vers d'autres mondes et de trouver de nouvelles histoires à raconter dans les frontières illimitées de notre imagination.

Merci, comme toujours, de nous lire !

Pour plus d'informations :

www.blackkeybooks.com

À Ashe